Barbara Perna

Annabella Abbondante

La verità non è una chimera

Questa è un'opera di fantasia. Ogni riferimento a fatti accaduti
e a persone esistenti o realmente esistite è puramente casuale.

www.giunti.it

© 2021 Giunti Editore S.p.A.
Via Bolognese 165 – 50139 Firenze – Italia
Via G. B. Pirelli 30 – 20124 Milano – Italia

Prima edizione: settembre 2021
Prima ristampa: ottobre 2021

*A mia madre che mi ha insegnato
l'importanza della buona lettura,
a mio padre che mi ha trasmesso
la sua instancabile passione per la scrittura.*

*A mio marito Paolo, che mi ha incoraggiato
a inseguire il mio sogno,
a Caterina e Giulia
che mi hanno permesso di realizzarlo.*

1

Annabella "Bellabbondante"

Il colpo di sonno la sorprese a tradimento.

Per fortuna durò solo un attimo. Il mento le scivolò dalla mano e così il giudice si riscosse dallo stato ipnotico in cui era caduta a causa del lungo intervento dell'avvocato Malfatti, che ancora, dopo quasi un'ora, non accennava a finire.

Preoccupata, gettò un'occhiata furtiva agli avvocati presenti in aula. Nessuno sembrava aver notato la cosa, grazie a Dio.

In che modo avrebbe potuto arginare quel fiume in piena?

Annabella Abbondante iniziò a chiederselo, mentre continuava a sorridere benevola e a ostentare il suo inconfondibile sguardo, denso di acume giuridico, messo a punto dopo anni di costante esercizio allo specchio.

Ogni cellula del suo corpo si ribellava disperata all'inutilità di tanto sforzo oratorio. L'istanza dell'avvocato era *palesemente, inesorabilmente e inequivocabilmente* priva di fondamento e non poteva che essere respinta. Lei, però, era tenuta ad ascoltarlo fino in fondo. O almeno fino allo sfinimento.

Dopo l'ennesima citazione, a sproposito, di una sentenza della Cassazione, finalmente, lo strazio si concluse. Il giudice Abbondante si rivolse rassegnata all'avvocato della parte avversa, dandogli la parola per il suo intervento. L'avvocato Silvati, per fortuna, conosceva il limite della sopportazione umana, e doveva aver intuito che quello del giudice stava per essere oltrepassato, ma soprattutto sapeva di non aver bisogno di combattere per una battaglia già vinta in partenza. Così si limitò a insistere per il rigetto della domanda, senza ulteriori sproloqui, e l'udienza terminò nel sollievo generale.

Iniziò il solito tramestio di sedie e di carte. L'aula cominciò pian piano a svuotarsi, mentre il giudice, com'era solita fare al termine dell'udienza, andò ad aprire il finestrone per far entrare un po' d'aria fresca. Si trattenne lì qualche istante appena, a godersi la vista dei vigneti rischiarati dal sole e a respirare il profumo frizzante, quasi primaverile, di inizio marzo.

Fu a quel punto che l'avvocato Malfatti sentì il bisogno di uscire di scena buttandola sul conviviale.

«La lasciamo al suo pranzo, giudice Abbondante!» esclamò, superando con voce stentorea il brusio di sottofondo.

Ora, al tribunale di Pianveggio, tutti sapevano che la Abbondante era sempre a dieta. Con diligenza, accanimento e costante disillusione. Non perdeva un etto. Mai. E nessuno sano di mente si sarebbe mai azzardato a nominare il pranzo nella sua aula di udienza. Nessuno, tranne l'avvocato Malfatti.

Nell'aula calò un gelo imbarazzante e il normale scorrere del tempo parve fermarsi per qualche attimo. L'aria si fece tesa ed elettrica, come prima di un temporale. I più lesti raccattarono le loro carte e si dileguarono senza voltarsi indietro. Gli ultimi ancora seduti trattennero il fiato. Nel silenzio assoluto si udiva soltanto il ronzio del neon dell'uscita di sicurezza, rotto da un'eternità.

Annabella Abbondante si staccò dalla finestra, si voltò e soffiò via dalla fronte un ricciolo ribelle. Rimase in silenzio ancora per un istante, mentre un lieve tremore del labbro inferiore tradiva il suo disappunto. In prima fila, due avvocati incassarono la testa nelle spalle e socchiusero gli occhi, in attesa dell'inevitabile bordata.

Lei, però, si limitò a sorridere: era troppo stanca anche per il sarcasmo.

«L'udienza è finita, avvocati, andate in pace» scherzò.

Tra i banchi di legno scattò una risatina nervosa da scampato pericolo, mentre l'avvocato Malfatti, meravigliosamente inconsapevole di sé, si allontanò soddisfatto.

Il giudice si avviò su per le scale per raggiungere il suo studio privato al primo piano del piccolo tribunale. Stringeva al petto il voluminoso fascicolo del processo appena terminato che, stando al dolore degli avambracci, doveva superare i sette chili. Al quinto gradino, la dottoressa Abbondante sbuffava già come un mantice per lo sforzo. Sperò nell'intervento provvidenziale di qualche giovane praticante, al quale sbolognare il fardello, uno di quelli volenterosi e servizievoli che di solito le stavano sempre intorno. La sua speranza però andò delusa: i furbi quando servivano davvero non si facevano mai trovare.

Era appena arrivata alla fine della rampa, quando sentì l'inconfondibile rumore: il maledetto nastro che chiudeva il faldone del fascicolo aveva ceduto e non le restava molto tempo. Impallidì. Doveva agire con prontezza se voleva evitare il peggio. Iniziò così la folle corsa verso il suo studio che, neanche a dirlo, era quello più lontano: ultima porta a sinistra. Doveva con tutte le sue forze evitare di seminare i duecentocinquanta fogli del fascicolo lungo il corridoio del tribunale. Sarebbe stato un vero disastro. L'ultima volta, per ricomporre *il cadavere* e rimettere tutti i documenti al giusto posto, aveva impiegato almeno un'ora.

Entrò nello studio aprendo la porta con un calcio. Sentiva

che il contenuto del fascicolo le stava ormai scivolando giù dalle braccia, ma per fortuna la scrivania era a pochi passi.

Poi, purtroppo, proprio mentre credeva di avercela fatta, accadde il peggio. Inciampò nel filo elettrico della stampante, autentica trappola mortale da tempo immemore lasciata appesa tra la porta e la scrivania, forse per testare ogni mattina la sua prontezza di riflessi. Stavolta però il giudice non superò la prova e cadde, non senza avere trascinato con sé la lampada, il mouse e il caricabatteria del cellulare. E il fascicolo, naturalmente.

Rimase così, seduta a terra in mezzo a quel tappeto di carte, in un intrico mortale di fili, incapace di rialzarsi e in preda a un attacco irrefrenabile di risa isteriche.

Neanche a dirlo, squillò il telefono. A quel punto, il giudice dovette gettarsi nell'ardua impresa di raggiungerlo senza provocare ulteriori danni ed evitare di rompersi l'osso del collo, magari scivolando sulla copertina traslucida della consulenza tecnica di ufficio. Le era già successo una volta, di scivolarci, ed era stato molto, molto doloroso.

Afferrò la cornetta senza riuscire a sciogliersi del tutto dal garbuglio di fili, per cui rimase in bilico sul bordo della scrivania. Riconobbe la voce di sua sorella Maria Fortuna.

«Annabella! Perché non rispondevi? Possibile che con te non si riesca mai a parlare?»

«Fortuna, non è il momento. Non posso proprio, adesso, sto cercando di sbrogliare una situazione piuttosto… intricata. Scusami, ti richiamo quando riesco a liberarmi.»

Riattaccò senza darle il tempo di replicare. Non poteva discutere con sua sorella così, senza preavviso: per affrontarla aveva bisogno di un minimo di preparazione psicologica.

Si era appena sciolta dall'intrico di fili, quando il cancelliere entrò con i fascicoli per l'udienza del giorno dopo. L'uomo si bloccò per qualche secondo alla vista della marea di carte, che ancora ricoprivano gran parte del pavimento, e poi sorrise, con serafica indifferenza.

«Dottoré, complimenti per il tappeto! È vostro o si tratta di una fornitura ministeriale?» le disse il cancelliere, mentre si puliva gli occhiali con la pezzuola.

«In effetti, se pensiamo all'età del fascicolo, potrebbe trattarsi di un pezzo di modernariato» considerò il giudice. Andò a sedersi sulla sua poltrona, dietro la scrivania, soffiò via il solito ricciolo impertinente dalla fronte e aggiunse: «E comunque fai poco lo spiritoso».

«Giudice, lo sapete che con voi non mi permetterei mai. Voi siete per me come un faro nella nebbia. E se la Signoria Vostra mi dice che si tratta di un tappeto, eventualmente anche volante, io non posso che crederci, con il massimo rispetto.»

«Paolo, dacci un taglio.»

«Obbedisco, signor giudice» rispose il cancelliere, scattando sull'attenti, con la mano alla fronte per il saluto militare e un'aria così solenne che neanche Garibaldi davanti al Re a Teano.

La Abbondante non poté fare a meno di concedersi una bella risata. Il cancelliere sorrise soddisfatto: si era aggiudicato l'incontro.

«Scherzi a parte, dottoré, qua fuori ci stanno due persone che vi cercano. Che faccio, dico che non ricevete?»

«E perché dovresti dir loro che non ricevo?»

«Boh. Pensavo che magari volevate fare una pausa.»

«E per cosa?»

«No, dicevo, visto che si era fatta quest'ora…»

«Che ora?»

«L'ora di pr…» solo a questo punto Paolo Sarracino si rese conto di essere finito nelle sabbie mobili. Da persona intelligente quale era, scelse di fare l'unica cosa saggia possibile in situazioni simili: restare immobile. «Niente, giudice, fate finta che non ho detto niente. Allora li faccio entrare?»

«Ma di cosa mi devono parlare, te l'hanno accennato?»

Mentre la aiutava a raccogliere da terra gli ultimi documenti del fascicolo, le spiegò che, se aveva capito bene, le due persone erano venute per discutere della tutela di un giovane ingegnere schizofrenico, da lei stessa, qualche mese prima, dichiarato interdetto. La Abbondante reagì alla notizia con uno sguardo interrogativo. Quel fatto non le diceva proprio nulla.

«Francesco Santangelo, vi ricordate?» continuò il cancelliere. «Voi l'avevate soprannominato *Faccia d'angelo.*»

Sguardo catatonico della Abbondante.

«Maronna mia, dottoré! Ma com'è possibile che non vi ricordate?» insistette Paolo. «Quello con la sorella gemella che fa l'avvocato qui da noi...»

Niente. Lo sguardo della Abbondante era perso nel vuoto.

Il cancelliere alzò gli occhi al cielo e si rassegnò a dare l'indizio decisivo: «Quello che voi dicevate che era bellissimo».

Un lampo di luce attraversò la mente del giudice.

«Certo, come no... Adesso ho capito di chi si tratta!» esclamò lei, mostrando di proposito più entusiasmo del necessario. «Mai visto un uomo così bello in tutta la mia vita. Due occhi azzurri meravigliosi!» concluse, dopo un lungo sospiro e un languido battito di ciglia che neanche Greta Garbo.

Il cancelliere accusò il colpo, ma non le diede soddisfazione. Le voltò le spalle e riprese a trafficare con i fascicoli.

«Sì, ma non ho capito chi mi vuole parlare» disse ancora, già tornata a un tono più professionale.

Paolo chiarì che si trattava dell'avvocato Artusi, il quale aveva accompagnato la sua collega di studio nonché sorella dell'ingegner Santangelo, a suo tempo nominata tutore del fratello. A parte questo, però, non riuscì a fornirle altri particolari: a quanto pareva, i due avevano insistito per parlare direttamente con il giudice, trattandosi di una questione piuttosto delicata.

«Bah! Io gliel'ho pure detto che potevano dire a me, senza disturbare a voi, ma l'avvocato Santangelo ha insistito» il cancelliere aveva pronunciato quest'ultima frase con gli occhi fissi sui propri piedi e le mani sui fianchi.

Era chiaro che si fosse offeso. In effetti, capitava di rado che qualcuno gli negasse la propria confidenza. Era la classica persona di cui tutti si fidano a pelle. Sempre disponibile, educato, gentile, non perdeva mai la pazienza con il pubblico, anche con i più petulanti e insistenti. E nel suo lavoro era preciso, ordinato e preparato. Non a caso, il giudice Abbondante lo aveva soprannominato Dolly.

Aveva iniziato a chiamarlo così dopo un'udienza, quando un avvocato, colpito dalla precisione con cui Paolo aveva selezionato i fascicoli e appuntato gli adempimenti da fare, aveva commentato con aria ammirata che "di cancellieri come Sarracino, ce ne sarebbero voluti almeno dieci per tribunale". Al che la Abbondante, folgorata da un'improvvisa intuizione, aveva risposto che, pensandoci bene, avrebbero proprio dovuto clonarlo, come la pecora Dolly, e distribuirne almeno una *copia* in ogni distretto giudiziario. La frase aveva suscitato l'ilarità dell'intera aula, e da quel giorno tutti in tribunale avevano cominciato a chiamarlo così; tanto più che al diretto interessato, sotto sotto, non dispiaceva affatto.

«Allora ci parlo da sola. Dopo, però, torna qui, che dobbiamo controllare la scadenza delle sentenze… Questo maledetto computer non mi si collega con il sistema e non riesco a capire perché» disse la Abbondante, mentre continuava a pestare con accanimento i tasti della povera innocente tastiera.

«Caro giudice, come potrei rifiutarvi un aiuto?» flautò il cancelliere con la mano appoggiata allo stipite della porta e lo sguardo da sciupafemmine.

«Dolly, finiscila...» lo redarguì.

«Lo so, dottoré, avete ragione! Ma non vi arrabbiate: è che non riesco proprio a trattenermi.»

«Piuttosto, prima di andartene a casa, mi porteresti una risma di fogli per la stampante, che li ho finiti?»

«Va bene, ve li porto. Ma usateli con parsimonia, perché stanno quasi per finire.»

«Così presto? Ma siamo solo all'inizio di marzo!»

«Eh, ma sapete come si dice: *l'acqua è ppoca e 'a papera nun galleggia*!»

«Ho capito, dal prossimo mese cominciamo con le contribuzioni volontarie al Ministero della Giustizia.»

Paolo annuì più volte con convinzione, intanto che finiva di sistemare sul carrello gli ultimi documenti da portare via.

«Dottoré, ma io e voi ci possiamo spendere sempre lo stipendio in carta, toner, e fogli protocollo? Cose da pazzi!»

Era la sua frase preferita, e Dolly la usò per uscire di scena e lasciar entrare nella stanza Matilde Santangelo e l'avvocato Artusi.

Annabella Abbondante credeva che l'umana comprensione e il buon senso dovessero essere alla base di tutte le sue azioni, come donna e come magistrato. Credeva nei rapporti umani, ci credeva in modo sincero. Per questo non le piaceva atteggiarsi a giudice intransigente e fiscale, soprattutto fuori udienza. Aveva verificato che tenere le distanze e mantenere un rigido formalismo oltre il necessario non era per niente produttivo. Finiva solo per creare nei propri interlocutori la sensazione di non essere ascoltati. Perciò aveva intenzione di accogliere l'avvocato Santangelo e il suo collega di studio, Achille Artusi, nel suo modo abituale: con estrema cordialità e rilassatezza. Anche se, nello specifico, l'impresa poteva apparire un po' più ardua del previsto.

Matilde Santangelo, trentacinque anni e non sentirli, un metro e ottanta senza tacchi, taglia quarantadue portata comoda, quarta di reggiseno a occhio e croce, lunghi capelli castani e ciglia folte, era una sfida dichiarata al genere femminile. Annabella Abbondante, per sua fortuna però, non si era mai sentita in competizione con le donne molto belle. Anzi, con la sua florida taglia quarantotto, si considerava un po' come un film fuori concorso al festival di Cannes: acclamato dalla critica ma che non ambisce alla Palma d'Oro.

Si sistemò dietro l'orecchio il solito ricciolo indisciplinato, che si ostinava a scivolarle sulla fronte, e sfoderò il sorriso di ordinanza.

«Ditemi. Di cosa si tratta?»

«Innanzitutto la ringraziamo per averci ricevuto all'ora di pranzo» disse l'avvocato Artusi.

La Abbondante avvertì un lieve fremito all'angolo destro della bocca, ma mantenne il controllo: «Non c'è problema. Sedetevi pure».

«Dottoressa, è accaduto un fatto gravissimo che riguarda mio fratello» esordì l'avvocato Santangelo, dopo essersi accomodata sulla poltroncina di fronte alla scrivania, e aver accavallato il suo metro e venti di gambe affusolate proprio sotto il naso del giudice. «Ho pensato di rivolgermi a lei, perché so di avere a che fare con una persona di giudizio e di grande sensibilità. Lei mi ha sempre dato l'impressione di avere a cuore i casi che decide…»

E qui Matilde Santangelo si fermò un momento, si portò la mano al petto e respirò profondamente, come per placare un'ansia che sembrava non darle tregua.

Annabella s'incantò a osservare la perfezione di quel viso, avvertendo una punta di invidia farsi largo dentro di lei, proprio lì in mezzo, tra la curiosità e l'apprensione. Bella era bella. Andava riconosciuto. La Abbondante se la ricordava bene all'udienza, circa un anno prima, il giorno in cui aveva accompagnato in tribunale il fratello, che doveva essere esaminato nel processo per interdizione. Entrando, avevano fatto voltare tutti gli avvocati presenti in aula.

Il viso angelico e l'andamento flessuoso. Un sorriso studiato per piacere, lo sguardo sempre allusivo negli occhi azzurri dal taglio a mandorla, ombreggiati da ciglia lunghissime. Lei e il fratello erano come due gocce d'acqua, accomunati da una bellezza fuori dal comune. Lei lo aveva assistito con occhiate apprensive per tutta l'udienza, così presente e protettiva, e si era subito dichiarata disponibile ad accettare l'incarico per la tutela, nell'ipotesi in cui il fratello fosse stato riconosciuto incapace di intendere e volere. Come poi era accaduto.

«Si faccia coraggio. Mi dica cosa è successo» la esortò il giudice, riscuotendosi dai suoi pensieri.

«Da circa ventiquattr'ore Francesco è scomparso dalla casa di cura dove era ospitato. Le infermiere non lo hanno trovato in camera quando sono entrate per portargli le medicine del pomeriggio. Saranno state le cinque, da quello che mi hanno riferito... A quel punto è stata messa a soqquadro la struttura, ma mio fratello sembra essersi dileguato nel nulla. Non appena si sono resi conto che era scappato, hanno subito chiamato me, in quanto suo tutore.»

«La polizia cosa dice?» la interruppe la Abbondante.

«Non l'ho ancora avvertita. È questo il punto, dottoressa» disse l'altra, e iniziò a tormentarsi una ciocca dei lunghi capelli castani.

«Non capisco, avvocato Santangelo. Perché non ha denunciato subito la scomparsa?»

«In verità, dottoressa, mi pongo il problema dei miei genitori. In questo momento sono in volo per il Sud America: sono andati a trovare la sorella di mio padre a Caracas. E temo che la notizia della scomparsa di Francesco, mentre sono così lontani, potrebbe sconvolgerli. Ma proprio su questo volevo avere il suo consiglio. Ritiene che, come tutore di mio fratello, io stia violando il mio dovere funzionale? Cosa mi consiglia di fare? Mi sento così impotente!»

Scoppiò a piangere: un pianto lento e soffocato, senza lacrime. Sembrava che facesse un grosso sforzo per riprendere il controllo di se stessa.

«Credo che lei abbia il dovere di rivolgersi alla polizia, senza perdere altro tempo, e lo sa benissimo anche lei» le disse la Abbondante, prima di porgerle un fazzolettino di carta.

La Santangelo si soffiò il naso e provò a ricomporsi. Era molto pallida.

«Non si faccia offuscare dall'emotività» continuò il giudice. «Capisco, mi creda, le sue legittime preoccupazioni per i suoi genitori; tuttavia questo non deve indurla a venire meno ai suoi doveri di tutela.»

Detto questo, aprì il piccolo armadio di lato alla scrivania, prese una bottiglia d'acqua e ne versò un bicchiere per l'avvocato Santangelo, che le appariva ancora molto scossa.

«Facciamo così» riprese la Abbondante, «io farò finta che lei non mi abbia detto nulla. Lei, però, vada subito a denunciare la scomparsa. Mi aspetto di avere al più presto la notizia del ritrovamento di suo fratello da parte delle forze dell'ordine. Mi tenga informata sugli sviluppi, mi raccomando.»

Fece quindi cenno di alzarsi per accompagnare alla porta i due legali. Proprio in quel momento intervenne l'avvocato Artusi, che fino ad allora aveva fatto scena muta.

«Giudice, la collega si sente in qualche modo responsabile, perché non ha vigilato come avrebbe dovuto. È anche colpa mia, a dire il vero, che le ho affidato troppe cause da seguire in quest'ultimo mese... le posso assicurare che Matilde ha svolto l'incarico di tutore sempre con grande impegno e sollecitudine.»

Era chiaro però che Achille Artusi avvertisse il bisogno di tutelare non tanto l'immagine professionale della collega quanto quella del suo studio legale. La Abbondante ebbe un moto di insofferenza. Non apprezzava gli ipocriti e gli opportunisti, e Artusi rientrava a pieno titolo in entrambe le categorie. Ma fu solo un attimo. Era davvero preoccupata per il giovane scomparso e non voleva distogliere la sua attenzione dal problema principale.

In quel preciso momento la voce di Giorgio Gaber cominciò a diffondersi nella stanza. Proveniva tragicamente dalla sua borsa.

La libertà non è star sopra un albero...

Senza scomporsi, lei la afferrò e diede inizio all'affannosa ricerca del suo cellulare. Impresa titanica, tenuto conto dello stato pietoso della borsa in questione.

Non è neanche il volo di un moscone...

Vennero fuori due diversi tipi di dolcificante, uno smalto per unghie *rosso giungla*, una radiolina portatile, un pacchetto di fazzolettini umidificati al mentolo, un mazzo di carte napoletane, e molto altro non fu estratto per comprensibile pudore,

ma ancora niente cellulare. *La libertà non è uno spazio libero...*
Libertà è partecipazione!, continuava a cantare il povero Gaber,
mentre i due avvocati mostravano espressioni sempre più per-
plesse. Solo quando la situazione sembrava ormai disperata, per
lei e per Gaber, la Abbondante avvertì sotto le dita il malefico
oggetto.

«Sì, pronto» rispose trionfante.

«Dal numero di squilli deduco che ti ostini ancora a usare
quella orrenda borsa gigante, che ti sei comprata a Firenze la
passata stagione. Che fine ha fatto la Michael Kors che ti ho
regalato a Natale?»

Riconobbe la voce familiare del suo amico Nicola.

«Commissario Carnelutti, buongiorno. In verità sarei impegnata... sto ricevendo delle persone» stava già per riattaccare quando le venne l'idea. Uno spunto impulsivo in perfetto
stile Abbondante, lo sapeva bene, ma tale considerazione non
fu sufficiente a farla desistere. «Commissario, mi attende un
secondo in linea?»

Lo sguardo del giudice si posò sul volto pallido e tirato della Santangelo. La fissò dritto negli occhi. L'altra sostenne lo
sguardo, in attesa.

«Avvocato Santangelo, a che ora devo dire al commissario
che passerà da lui?»

Il tono era stato perentorio, e non lasciava spazio a inter-
pretazioni alternative. La giovane donna parve comprendere
al volo. Abbassò gli occhi e rispose: «Anche subito, dottoressa».

Dentro di sé Annabella Abbondante esultò, ma non lo diede
a vedere.

«Commissario, le sto mandando in ufficio l'avvocato Matilde
Santangelo, che deve denunciare la scomparsa di suo fratello
Francesco. I particolari glieli riferirà lei stessa.»

«Annabella, di cosa ti stai andando a impicciare?» domandò diffidente l'amico al telefono. «Non è che mi stai ammollando una rogna, vero?»

Annabella e Nicola Carnelutti erano amici dai tempi del liceo, e lui la conosceva troppo bene per non allarmarsi. Capiva subito quando la Abbondante stava tramando qualcosa.

«Negativo, commissario. È tutto regolare, non si preoccupi» lo tranquillizzò lei.

«E che mi preoccupo a fare!» rispose, già rassegnato, Carnelutti. «Con te è del tutto inutile. Tanto farai comunque quello che hai deciso di fare, se pensi che sia giusto... In ogni caso, ti avevo chiamato per altro: più tardi ci raggiungi alla Palermitana per un caffè? Alice ha consegnato l'articolo ed è al settimo cielo. Dobbiamo festeggiare.»

«Affermativo, commissario. Ora devo salutarla.»

Il giudice Abbondante a questo punto si alzò e, senza parlare, si diresse verso la porta. I due avvocati la seguirono.

Ad Annabella piaceva accompagnare coloro che lasciavano il suo studio, proprio come avrebbe fatto a casa sua. Era un semplice gesto di cordialità che sembravano apprezzare sempre tutti.

Stringendo la mano di Matilde Santangelo ne avvertì tutta la tensione inespressa. L'energia controllata dei muscoli del viso della donna si contrasse in un ultimo sorriso.

«Allora mi tenga informata, mi raccomando.»

Stava per richiudere la porta quando la vide. La signora Gasperini, vedova Rastelli. Lo sguardo intenso e triste, le spalle abbassate, le mani nervose e aggrappate alla borsa. La crocchia di capelli grigi raccolti sulla nuca, le poche ciocche sfuggite sulla fronte.

«Signora Gasperini, che ci fa di nuovo qui?»

«Dottoressa, non si arrabbi. Lo so, mi aveva detto di aspettare e avere fiducia nella giustizia, ma proprio non ce la faccio. Quella casa è tutto quello che possiedo, mi deve capire. E poi ci sono le piante di ulivo, che se non me le potano... Gianluigi ci teneva tanto» e tirò fuori il fazzoletto ricamato dalla borsetta. Le lacrime le avevano riempito gli occhi.

Ancora lacrime, pensò Annabella, mentre si grattava il sopracciglio sinistro con la punta dell'indice. *Oggi è giornata.*

«Non mi arrabbio, signora. Venga dentro» le sorrise per rassicurarla.

Il marito della signora Gasperini era morto l'estate scorsa. Aveva lasciato una casa, pochi spiccioli e un mutuo impossibile da pagare. La banca, dopo alcune rate insolute, aveva iniziato la procedura per la vendita forzata dell'immobile. Era stato fatto tutto secondo la legge: la banca stava agendo per far valere un suo legittimo diritto. Il risultato, però, suonava comunque molto iniquo. La Abbondante detestava far vendere all'asta le case della povera gente. Non poteva sottrarsi a quest'incombenza, perché era suo dovere, tuttavia ogni volta lo faceva a malincuore. E si batteva come un leone per far ricavare il massimo possibile.

«Ha parlato con il commercialista che ho nominato come custode dell'immobile?»

«Ci ho provato, dottoressa: non risponde mai al cellulare. La stagione della potatura è cominciata da due settimane, non c'è più molto tempo. Forse mia cugina mi presta i soldi per ricomprarmi la casa; se mi danneggiano gli ulivi, come faccio dopo a tirare avanti?»

Il giudice le posò una mano sul braccio.

«Adesso ci penso io, signora» le disse. «Ha fatto bene a venire da me.»

Dal centralino si fece passare lo studio del custode giudiziario. Rispose la segretaria: il dottore non era in studio, gli si poteva lasciare un messaggio. Il giudice Abbondante, senza farselo ripetere due volte, lasciò detto di riferire al dottor Pivetti che intendeva revocargli l'incarico. Attaccò senza dare il tempo alla segretaria di commentare.

«Stia a vedere, signora: tra pochi minuti questo telefono squillerà. E potremo avere il piacere di parlare con il caro dottor Pivetti. Nel frattempo, ci facciamo un caffè.»

Il giudice Abbondante aveva un problema di grave dipendenza con la caffeina. E non riusciva a smettere. Si era perfino comprata una simpatica moka elettrica che troneggiava in bella vista sullo scaffale delle *sentenze in decisione*, subito dopo quello dei *decreti ingiuntivi da firmare*. Mentre il caffè cominciava a uscire, in effetti, il telefono squillò. La signora Gasperini ebbe un lieve sobbalzo, ma sorrise divertita. Il giudice aveva azzeccato la previsione.

«Buongiorno, dottoressa Abbondante, la disturbo? Forse stava già pranzando?»

Ecco. Se fino a quel momento c'era stata una remota possibilità di conservare l'incarico di custode giudiziario, il dottor Pivetti se l'era giocata del tutto con quell'improvvida domanda.

Annabella Abbondante se lo cucinò a fuoco lento sulla graticola, con aumento progressivo e inarrestabile dei decibel, finché la portata della *inqualificabile negligenza* del malcapitato non fu ben compresa, oltre che da tutto il primo piano del tribunale, anche dal solitario ciclista che passava in quel momento sotto la finestra dell'ufficio.

Concluse quella chiamata rossa in viso e con la vena aortica del collo gonfia di rabbia. La signora Gasperini, in compenso, sembrava un'altra persona: aveva gli occhi vispi e le guance rosee. Si era goduta quella telefonata almeno quanto il caffè che il giudice le aveva offerto.

«Ecco fatto, signora. Domani le nomino un altro custode e vedrà che presto le poteranno i suoi ulivi. E poi se sua cugina le presta i soldi, potrà sanare il suo debito ed evitare la vendita. Va bene?»

«Lei è proprio un giudice speciale, dottoressa Abbondante.»

«Si sbaglia, signora. Sono un giudice come gli altri. Faccio solo il mio lavoro, mi creda.»

«Ma non tutti i giudici avrebbero preso così a cuore la mia faccenda.»

«Tutti forse no, ma mi piace pensare che in molti l'avrebbero fatto. Adesso torni a casa e cerchi di stare un po' più serena.»

«Grazie per il caffè» disse la signora stringendo con affetto le mani del giudice tra le sue.

«L'accompagno» rispose Annabella e arrossì leggermente.

Salutata la Gasperini, rimase qualche secondo ferma al centro della stanza, combattuta sulle sue priorità. In effetti aveva l'imbarazzo della scelta. Telefonata a sua sorella Fortuna, che tanto prima o poi le toccava, con relativa discussione sul suo orologio biologico in scadenza. Firma a oltranza di decreti ingiuntivi, che invocavano la sua attenzione dall'apposito scaffale. E, *dulcis in fundo*, i deprimenti broccoli lessi al limone senza sale e poco olio, che attendevano fiduciosi nella borsa thermos.

Annabella Abbondante credeva con tutta se stessa che il dovere venisse prima del piacere. Perciò scelse i broccoli.

Lo squillo del telefono fisso la costrinse a ingozzarsi con l'ultima forchettata. Dopo qualche secondo di panico da soffocamento, ne venne fuori e sollevò la cornetta.

«*Pfronto*?»

«Annabella! Ma allora mi stai evitando?» come al solito, sua sorella l'aveva battuta sul tempo.

«No, Fortuna, come ti viene in mente? Sono stata impegnata

finora a ricevere gente… e non potevo certo farli aspettare fuori della porta per parlare con te, abbi pazienza!»

«Ma, dico io, possibile che tu devi essere l'unico giudice in Italia a lavorare in continuazione, e addirittura di pomeriggio?»

Ebbe la certezza che sarebbe stata una lunga telefonata.

«Fortuna, per favore, risparmiami gli slogan qualunquistici e dimmi perché mi hai chiamato. Che ti serve?»

Nello stesso istante in cui pronunciò quella domanda, Annabella seppe di avere commesso un tragico errore. Insinuare che sua sorella potesse avere un secondo fine era come sedersi di proposito su un cactus.

«Non mi serve nulla, Annabella. Io, se permetti, mi preoccupo solo per la tua felicità. E tu, invece, cosa fai? Mi ripaghi con il tuo solito sarcasmo e con quell'insopportabile aria di sufficienza. La verità è che nessuno mi apprezza, nessuno si accorge di tutti i miei sforzi e delle attenzioni che io…»

Era partita. E sarebbe durata a lungo. Annabella posò la cornetta sul tavolo con delicatezza, intanto che la sorella continuava la sua invettiva, e cominciò a studiare i decreti ingiuntivi da firmare. Dopo circa cinque decreti accolti e due rigettati, riprese in mano il telefono. Fortuna non aveva ancora ripreso fiato.

«Ed è solo per questo che ti avevo telefonato, ingrata! Allora? Che ne pensi?»

Panico. Aveva ripreso la cornetta troppo tardi. Cercò di prendere tempo per capire di cosa stesse parlando, ma sua sorella aveva già mangiato la foglia.

«Annabella, l'hai rifatto!» strillò Maria Fortuna.

Ecco, era scivolata in una nuova zona pericolosa. Iniziò a sventolarsi con un fascicolo, rossa per la tensione. Provò a smarcarsi attaccando: «Ma non è affatto vero! Mi prendi per una bambina? Guarda che è offensivo…»

Patetico tentativo. Sua sorella non abboccò: «Lo sapevo, non hai sentito niente di quello che ti ho detto! Lo trovo davvero maleducato, Annabella, e soprattutto crudele».

Doveva tentare il tutto per tutto. Un gesto disperato.

«Certo che ho sentito. E sono d'accordo» disse.

Si sentì un gridolino di giubilo levarsi dall'altro capo del telefono.

«Sicura? Per domani sera? Brava! Però, non mi hai chiesto neppure come si chiama. Non sei curiosa?»

Solo in quel momento Annabella realizzò di cosa si trattasse, ma il danno era ormai irreparabile. Come aveva potuto farsi incastrare per l'ennesima volta? Per la rabbia diede, senza volere, una terribile ginocchiata sotto la scrivania.

«Ma chi?» chiese, mentre si massaggiava il ginocchio massacrato.

Sua sorella sbuffò e rispose: «Ma come chi? Il medico».

Ecco, il medico mancava alla collezione. Sperò che almeno si trattasse di un ortopedico. Per il ginocchio.

«Hai ragione, Maria Fortuna. Che sbadata! Dimmi, come si chiama?» la interrogò, obbediente, Annabella.

Incoraggiata dalla spontanea domanda di sua sorella, Fortuna declamò: «Lorenzo Di Salvo. Quarantatré anni, portati benissimo. Alto, colto, spiritoso. E credo sia di sinistra. Così saprete di cosa parlare. Non sei contenta?».

Il giudice Abbondante non poteva rispondere, intenta a colpirsi ripetutamente la fronte con la cornetta del telefono.

«Annabella, mi senti?» insistette sua sorella.

Anche stavolta la domanda di Maria Fortuna non ricevette risposta. Dall'altra parte arrivavano soltanto deboli lamenti.

«Annabella?»

Alla fine, il giudice Abbondante capitolò: «Domani sera da te?» domandò, con un filo di voce.

«No! Non a cena da me. Vi ho prenotato un ristorante a Lucca, dentro le mura. Si chiama L'angolino di Giò. Sta in via Burlamacchi 43. Bel posto, non ti preoccupare. Ho letto le recensioni su Internet... In realtà, quella del ristorante, è stata un'idea di Massimo. Dice che sarà più intimo così.»

Suo cognato Massimo era una persona intelligente.

«A che ora?»

«Alle ventuno in punto, mi raccomando. Annabella, non farci fare brutta figura. È un caro amico del direttore di Massimo. Tu capisci...»

«Va bene, sarò lì *alle ventuno in punto mi raccomando.* Adesso scusami, devo tornare al mio lavoro.»

«Ma sono le tre! Non pensi che potresti staccare e farti un giro ogni tanto? Che ne so, vedere un po' di gente, andare in palestra, passare dal parrucchiere... Stai sempre rintanata dentro quel tuo tribunale.»

«Ciao, Fortuna, è stato bello» e attaccò.

Rimase qualche secondo in stato catatonico a contemplare la riproduzione su tela dei papaveri di Monet, sulla parete di fronte alla sua scrivania... Ventitré, dal 2006 a oggi. Erano gli uomini che sua sorella aveva cercato di procurarle negli ultimi quindici anni. Tutti ricchi, scapoli e di buona famiglia. Tutti egocentrici, arrivisti, noiosi e narcisisti. Il medico sarebbe stato il numero ventiquattro.

Non voglio pensarci adesso, ci penserò domani. Dopotutto, domani è un altro giorno.

La saggezza di Rossella O' Hara le fu di conforto. E si tuffò sulla pila dei decreti ingiuntivi.

Parecchi provvedimenti più tardi, Annabella si faceva largo tra gli scaffali ricolmi di libri usati e le vecchie poltrone di pelle del suo bar preferito. Dovette faticare un po' per raggiungere la sua postazione abituale, proprio nell'angolo tra il grammofono e la vecchia radio modello Capri ancora funzionante, perché il locale era parecchio affollato quel pomeriggio.

La Palermitana era un posto magico, sempre profumato di arabica e cannella, un rifugio speciale. Il giudice Abbondante in pratica abitava lì. Quando non stava rinchiusa nel suo studio in tribunale.

Raggiunse i suoi amici, che la stavano aspettando ai soliti posti, da quasi un'ora. Sprofondò stremata nel divano di cuoio.

«Michele, portami un caffè doppio in tazza grande, per favore.»

Il proprietario del bar, non si mosse, in attesa del seguito.

«Nient'altro. Ti ringrazio» Annabella pronunziò questa frase con orgoglioso tono di sfida.

«Se lo dici tu, signor giudice...» Michele sorrise ironico e si accarezzò la barbetta incolta, dopodiché si allontanò verso il bancone. Sullo sfondo, Alice e Nicola si davano gomitate e ridacchiavano.

«È inutile che fate gli spiritosi» si inalberò la Abbondante. «Stavolta ho deciso di fare sul serio. E non intendo fare trasgressioni alla dieta.»

«Certo, tesoro, ti crediamo» disse il commissario Carnelutti, con le labbra arricciate in una smorfia dispettosa e le mani occupate a giocherellare con il suo bicchiere di passito.

Alice, invece, guardava in alto, per cercare di non ridere e, soprattutto, di non infierire. Come al solito, però, la sua migliore amica non gliela avrebbe fatta passare.

«Tanto lo sai che non dura, Annabella. Stai diventando un

po' patetica con questa tua ossessione per la dieta. Dovresti rassegnarti a essere un po'... abbondante.»

«È facile per voi due! Spazzolate tutto come cavallette e siete sempre magri» protestò Annabella un po' offesa.

«*Nomen omen*» fu il commento lapidario di Michele, appena tornato per servirle un caffè aromatizzato.

«Ah, Michele, taci! Con il fisico da bronzo di Riace che mamma ti ha fatto gratis, non puoi proprio capire» lo rintuzzò lei, di rimando.

Michele sgranò gli occhioni felini, fingendo stupore. Non disse nulla, ma puntò un dito su un ritratto a carboncino che stava in bella mostra sopra una vecchia Singer dei primi del Novecento. Era il ritratto di Annabella Abbondante. Con quello sguardo liquido color caffè, il famigerato sguardo *che non accetta un no come risposta*, la massa di capelli ricci che le cadevano sulle spalle, l'eterno ricciolo fuori posto sulla fronte e la scollatura *abbondante* in vista. Michele le aveva detto che l'aveva rappresentata un po' come la famosa popolana della Rivoluzione francese, immortalata da Delacroix quale simbolo della libertà. E lei, tutto sommato, si riconosceva in quel disegno e si piaceva molto, perché Michele aveva colto quello spirito indomito e battagliero che lei amava di se stessa.

«Tu sei bella così, signor giudice. Ricordatelo» disse poi il barista.

Annabella gli lanciò un bacio con la mano mentre lui si allontanava per andare a parlare con il pianista. Con Michele non riusciva proprio ad arrabbiarsi. Faceva dei cannoli troppo buoni. Come tutti quelli che lo conoscevano a fondo, era poi affascinata dal suo molteplice ingegno. Non solo era appassionato di pittura e musica rock, il poliedrico Michele, ma era dotato anche di un irresistibile talento in cucina, ereditato senza dubbio dai nonni, famosi in tutta la Sicilia per la loro fine arte pasticcera. Per il bar aveva rinunciato alla carriera universitaria, quel pazzo. Tra la filosofia e i cannoli, aveva scelto senza esitazioni. Diceva sempre che lavorare dietro un bancone gli permetteva di conoscere le persone nel modo più autentico: quando abbassano le loro difese e si rilassano davanti a una fetta di cassata. E, uno così, non potevi non amarlo, con quell'aria un po' stropicciata, lo sguardo magnetico e le maniere da nobile siciliano.

Questo pensava Annabella, mentre lo seguiva con lo sguardo e lo vedeva muoversi tranquillo nel suo territorio, accompagnato dalle occhiate seduttive delle immancabili turiste tedesche. Dopo un po', Michele si accorse che il giudice lo stava osservando e ritornò al loro tavolo, con un luccichio impertinente negli occhi.

«Allora, commissario, ti porto qualcos'altro?» domandò a Nicola.

Carnelutti piegò la testa di lato e si spettinò con una manata nervosa i capelli sulla nuca. Sembrava combattuto. Ma alla fine capitolò. «Magari una seconda fettina di cassata...»

«Certo. Te la porto subito. Come la preferisci?»

Era il segnale che gli altri aspettavano.

«Bellabbondante!» esclamarono in coro Nicola, Alice e anche Michele.

«Ma non vi stancate mai di questo scherzo? Siete peggio dei bambini dell'asilo. Saranno quindici anni che lo fate!» rispose lei, piccata. Anche se, in realtà, con quello scherzo idiota erano riusciti a farla sorridere e, quindi, rilassare. Come sempre.

Per cambiare argomento, Annabella chiese a Nicola notizie di Matilde Santangelo. E Carnelutti confermò che era passata per denunciare la scomparsa del fratello come le aveva promesso. Da bravo commissario, lui aveva già dato disposizioni per le ricerche.

«Cosa, chi è scomparso? Dove?» Alice drizzò subito le antenne.

Alice Villani di Altamura faceva la giornalista freelance e lavorava soprattutto per i quotidiani online. Era sempre a caccia di notizie esclusive e, come è facile immaginare, tormentava l'amico commissario per averne di prima mano. Nicola, dal canto suo, figura mitologica metà commissario di polizia e metà inguaribile pettegolo, era sovente combattuto tra il dovere istituzionale di mantenere il segreto e l'impulso irrefrenabile di spiattellare tutto. Su questo faceva affidamento Alice, che sapeva quali tasti toccare per estorcergli informazioni. La notizia di una scomparsa era troppo allettante per non destare l'attenzione della giornalista, che infatti si era già messa in allerta. Annabella, neanche a dirlo, se l'era fatto sfuggire di proposito. Alice era un vero e proprio segugio: avrebbe fatto tutte le domande al posto suo, evitandole di farsi dare della ficcanaso.

«Non posso dirti niente, Ginger, è una questione delicata» disse Nicola.

«Finiscila, Nichi… Te lo si legge in faccia che non vedi l'ora di raccontarci tutto! Dài, come se non ti conoscessimo. E, poi, smettila di chiamarmi *Ginger*! Sei cieco? I miei capelli non sono rossi: sono castano ramato! Quante volte dovrò ripeterlo?»

«Sul punto la giurisprudenza non è unanime» rispose lui, strizzandole il naso lentigginoso.

«Per favore, parla!»

«Non parlerò, mi dispiace. Sono un poliziotto serio, io!»

I due avviarono la litigata standard, intanto che Annabella, alle prese col secondo caffè, si limitava a osservarli compiaciuta. Ogni tanto controllava l'orologio, per verificare se Nicola potesse riuscire a battere il suo record di resistenza, fermo ormai da un paio d'anni a dodici minuti e quarantacinque secondi. Dopo circa dieci minuti di battibecco, Nicola cedette. Purtroppo niente record.

«E va bene, Carotina. Hai vinto: ti dico tutto. Domani vieni in commissariato, e vedrò cosa posso fare...»

Alice gli diede un bacio sulla guancia per ringraziarlo e subito dopo, implacabile, gli assestò un montante sotto le costole, che lo lasciò senza respiro. Quindi, incurante dei lamenti di dolore del poveretto, la giornalista si rivolse all'amica per sapere se, tra le carte del processo, avesse informazioni utili per l'articolo. Ecco la richiesta che Annabella s'aspettava... Concordarono che Alice sarebbe passata il giorno successivo in tribunale per le fotocopie del fascicolo.

«Più informazioni riusciremo a raccogliere e più facilmente lo ritroveremo» commentò alla fine la Abbondante.

«Ritroveremo?» ripeté il commissario, ripresosi giusto in tempo dalla temporanea crisi respiratoria per ammonirla con uno sguardo severo.

Porca miseria. Le era proprio scappato, quel plurale.

«Ritroverete. Voi della polizia, intendo» provò a rimediare.

Nicola si girò di scatto e le puntò un dito diritto sul naso: «No, Annabella, ti avviso! Stavolta non ti permetterò di impicciarti delle indagini. La devi piantare» tirò indietro la mano accusatrice e se la infilò tra i capelli, per spettinarli e *volumizzarli*. Dopo aver controllato con la coda dell'occhio il risultato nello specchio di lato al divano, borbottò: «Tu e quel tuo cancelliere fissato per i gialli...»

«Agatha Christie» si limitò a precisare Annabella.

«E non scriveva gialli?»

«Romanzi polizieschi.»

«E non è la stessa cosa?»

La Abbondante lo guardò come un vegano contempla una bella fiorentina al sangue, poi concluse lapidaria: «Assolutamente no».

«Ragazzi, vogliamo cambiare argomento?» sbuffò Alice, esasperata dall'inutile battibecco.

«Hai ragione» le concesse il giudice. «Passiamo al vero dramma della giornata. Siete pronti? Rullo di tamburi... Mia sorella Fortuna mi ha trovato il *numero ventiquattro*.»

«No!» gridò Nicola, poco al di sotto di un ultrasuono, e si accostò con la poltrona per sentire meglio.

Alice scattò in piedi per poi trovare posto sul bracciolo, accanto al poliziotto: «Ma l'ultimo caso non risale a soli tre mesi fa?».

«In pratica, siamo alla terza vittima in un anno. Tua sorella Fortuna sta intensificando gli episodi seriali, e fra poco la psicosi sarà incontrollabile» valutò il commissario con aria professionale. «Attenta, Annabella!»

«E chi sarebbe la nuova vittima?» si interessò Michele, che era venuto a portare un vassoio di paste di mandorla appena sfornate.

«Finitela. Qui la vera vittima sono io» insorse Annabella.

«Su, tesoro, facci capire. Questa volta di chi si tratta?» domandò Nicola. «Aspetta, non dirlo: voglio indovinare... Avvocato? Commercialista? Dentista?»

«Uh, Nichi, sei peggio di una vecchia comare. Ti mancano solo lo scialle e l'uncinetto!»

«Zitta, Ginger, non la distrarre. Allora, Annabella? Come si chiama, il tipo? Quanti anni?»

«Non ricordo niente» ammise la Abbondante. «So solo che mia sorella mi ha organizzato un'altra uscita. Lo sapete che non riesco a concentrarmi bene su quello che mi dice.»

«Oh... mio... Dio...»

«Nicola, non ti esaltare. È solo un appuntamento al buio.»

Ma Nicola non la stava più ascoltando, il suo sguardo era fisso in direzione dell'ingresso del bar. Annabella si voltò nella stessa direzione e arrossì. Era entrato il capitano Gabriele Gualtieri. Il comandante della compagnia dei carabinieri di Pianveggio. In assoluto l'uomo più attraente mai entrato nell'Arma. Almeno secondo l'insindacabile giudizio di Annabella Abbondante.

Non appena si accorse di loro, il capitano si diresse verso l'angolo dove i tre erano seduti e, dopo avere salutato il commissario e Alice con modi affabili, si rivolse ad Annabella con un leggero inchino.

«Dottoressa, è sempre un piacere incontrarla.»

Annabella continuava a sorridergli con sguardo inebetito, senza rispondere. Alice allora le assestò una gomitata nel fianco, e finalmente lei si riprese.

«Anche a me fa piacere rivederla, capitano. Come sta?»

L'intenzione era quella di tendergli la mano ma, con la forza distruttrice di cui solo lei era capace in condizioni di estremo imbarazzo, urtò con violenza la tazza del caffè, mandandola per aria insieme al suo contenuto. Un disastro ambientale. Caffè ovunque.

Il capitano rimase impassibile di fronte a tanto scempio, e le strinse la mano con la cordialità di sempre, nonostante le vistose macchie di caffè che adesso decoravano la divisa di ordinanza. Un vero signore. E non si scompose neppure davanti all'affannoso tentativo di Alice di rimediare all'incidente, armata di tovaglioli e fazzolettini. Continuò con grande naturalezza a fissare il giudice con i suoi occhioni verdi, senza mostrare di essersi accorto di nulla.

Annabella farfugliò qualche cosa di incomprensibile. Il capitano a quel punto si congedò con un cenno del capo e si allontanò con impeccabile disinvoltura, lasciandola paralizzata per la vergogna.

Nicola era sprofondato nella poltrona per l'imbarazzo, ma non fece commenti, per non infierire sulla sua amica ancora in stato confusionale.

Alice, invece, intervenne col solito tatto: «Annabella, ma devi proprio ridurti in questo stato ogni volta che incontri quell'uomo? Se è una tecnica di seduzione, ti avverto: non funziona».

«Michele, per favore, portami un cannolo» mormorò con voce triste la Abbondante.

E la dieta se ne andò a farsi benedire.

Come tutte le sere, Serafino la stava aspettando in cima alle scale. L'ora dei suoi croccantini era già passata da un po' e per questo la stava scrutando con evidente delusione, offeso per l'imperdonabile ritardo.

«Ho capito, ho capito… ma guarda che anche a te un po' di dieta non farebbe affatto male.»

Annabella Abbondante contemplò i venticinque scalini che la separavano dalla porta di ingresso e ancora una volta si disse che avrebbe dovuto cambiare casa. Si trascinò il pesante trolley carico di fascicoli su per la ripida scaletta esterna, facendo attenzione a non travolgere la impressionante quantità di piante e vasetti da fiori che l'affollavano. Giunta alla fine dell'arrampicata, si affacciò alla balaustra della loggia, per riprendere fiato. Rimase qualche istante immobile a mirare il chiarore della luna piena, che si intravedeva tra i tetti di Lucca. Nel piccolo giardino di sotto i due ciliegi stavano cominciando a fiorire. Presto il loro profumo avrebbe invaso l'aria. Notò che i rami del glicine avevano raggiunto la piccola loggia e i primi germogli cominciavano a spuntare. Ad aprile sarebbe stata un'esplosione di colore. E la mimosa, nell'angolo vicino al cancelletto di ingresso, era già un tripudio di giallo. La leggera brezza della sera le regalò per qualche istante la sua essenza inconfondibile. E fu così che anche quella volta Annabella Abbondante decise che, dopotutto, non sarebbe andata a vivere da nessun'altra parte.

Stava per entrare, quando con la coda dell'occhio notò qualcosa di anomalo. L'azalea appena comprata. Quella speciale, screziata cremisi. Dal numero di foglie che giacevano sul pavimento capì che la poveretta aveva le ore contate. Si sentì terribilmente in colpa. Con ogni probabilità aveva ammazzato l'ennesima pianta. Si trattava di un omicidio colposo, certo, ma questo pensiero non la consolò. Mentre tirava fuori dal frigo l'insalata di finocchi e carote, Annabella concluse che quella fosse la giusta punizione per un'assassina di azalee.

Ormai la tristezza si era impossessata di lei per quella sera. Allora accese la radio sulla sua stazione preferita, che a quell'ora dava solo jazz, tirò fuori il limoncello di suo padre e brindò alla memoria della povera azalea.

2

Fuochi e fiamme

L'aula delle udienze era stracolma di gente.

Il giudice Abbondante si fece largo tra la folla con il thermos del caffè e il Codice di procedura civile sotto il braccio – strumenti indispensabili per affrontare l'udienza delle vendite all'asta. Dolly era già in postazione, dietro il banco del giudice, armato di penna e taglierino, per l'apertura ufficiale delle buste contenenti le offerte. Ma la maggior parte delle persone presenti in aula non si trovava lì per quello. Erano venuti ad assistere allo spettacolo...

Il rituale si ripeteva pressoché inalterato tutte le volte. E anche stavolta il giudice Abbondante e il cancelliere Sarracino, in arte Dolly, non intendevano deludere le aspettative dei loro affezionati spettatori. Perciò, non appena si fu seduta, la Abbondante si rivolse al suo assistente con un tono che cercò di rendere il più severo e autoritario possibile:

«Cancelliere, ha messo le buste in ordine cronologico? Vediamo di iniziare in orario, almeno oggi. Pensa di riuscire a contare le buste senza sbagliare? Se fosse possibile, entro il termine della mattinata...».

«Mi sforzerò, giudice, tenuto conto delle mie limitate capacità» rispose pronto Paolo.

«Eh, purtroppo, miei cari avvocati, questo ci passa il Ministero! Ci hanno concesso un solo assistente di udienza, che non sa neppure contare bene.»

Tutti risero. Tutti tranne l'avvocato Malfatti, intento a parlare al telefonino come se nulla fosse nel bel mezzo dell'aula. Solo dopo l'occhiataccia del giudice e un paio di gomitate di un collega si decise a uscire.

«Giudice, ma lo sapete che siete particolarmente radiosa stamattina?» Paolo pronunciò questa frase quasi senza guardarla, mentre cominciava ad aprire le buste, per poi passare il contenuto alla dottoressa Abbondante, cui spettava darne lettura per la verbalizzazione.

«Cancelliere, non si distragga e non dica sciocchezze, che poi rischia di ferirsi con il taglierino... lo sappiamo che lei è un tantino imbranato.»

«Scusatemi, signor giudice, è che quando vi vedo, non riesco a trattenermi.»

«Cancelliere, si attenga strettamente al suo dovere istituzionale e non travalichi» lo ammonì il giudice Abbondante, muovendo la penna nell'aria come un direttore d'orchestra.

«Non posso travalicare, quindi?»

«No, non può.»

«Allora mi attengo?»

«Bravo. Si attenga.»

«Però è un peccato, giudice.»

«Cancelliere, qui stiamo ancora tutti aspettando che lei finisca di aprire queste benedette buste. Si dia una mossa!» ordinò perentoria la Abbondante, dopo aver chiuso con veemenza il fascicolo che stava consultando.

Gli avvocati del foro di Pianveggio ridacchiavano godendosi la scena. Era il momento della settimana che tutti preferivano.

Quei duetti tra il cancelliere Dolly e il giudice Abbondante erano diventati una piacevole consuetudine.

«Ecco, giudice, ho completato l'apertura delle buste. Possiamo procedere con la verbalizzazione delle offerte» comunicò il cancelliere con una certa solennità.

«Scriva, cancelliere: offerta per la procedura esecutiva numero 740 del 2019. Lotto 5. Ha scritto tutto, non è vero, cancelliere?»

«Mi pare di sì, giudice, ma se volete controllare…» e le si avvicinò, a dire il vero un po' troppo, per mostrarle il verbale.

«Non importa, mi fido. L'offerta numero uno è valida. L'offerta numero due… Cancelliere, sta scrivendo?»

«Un secondo, dottoré, datemi il tempo.»

«Cancelliere, ma lei è di una lentezza esasperante. Poi si lamentano dell'inefficienza della giustizia… per forza!»

«Mamma mia, giudice, ma come stiamo nervosi stamattina! Lo sapete come si dice? *Pe' i' 'e pressa, 'a jatta facette 'e figlie cecat'…* Comunque, mi state trattando malissimo, ve lo devo far notare, siamo ai limiti dello stalking.»

Ti piacerebbe, caro Dolly! Ma qui al massimo si tratta di mobbing, non farti strane illusioni, lo fulminò la Abbondante.

Punto, set, partita.

Sarebbero potuti andare avanti all'infinito. Un duello verbale animato e collaudato da anni di esercizio, che non stancava mai il pubblico degli affezionati. Il giudice aveva verificato che questa atmosfera scherzosa aiutava a mitigare la tensione ingenerata dalla pubblica asta.

«Il lotto 5 è aggiudicato all'avvocato Marinelli per persona da nominare. Venga, avvocato, deve sottoscrivere il verbale… Cancelliere, questa era l'ultima di oggi?»

«Sì, dottoré.»

«Allora l'udienza è tolta. Buona giornata a tutti.»

Paolo si avviò in cancelleria col suo inseparabile carrello dei fascicoli, mentre il giudice andò ad aprire il finestrone per godersi i suoi cinque minuti d'aria pura. Si trattenne, a dire il vero, qualche minuto in più perché quel giorno la luce era particolare e l'aria tersa consentiva allo sguardo di spaziare ben oltre i vigneti della collina di fronte.

Nel frattempo che lei recuperava dal banco dell'udienza i suoi effetti personali, Paolo rientrò in aula e le si avvicinò senza parlare. Era chiaro che stava cercando il modo giusto per comunicarle una notizia che non le sarebbe affatto piaciuta. Il giudice gli fece cenno di vuotare il sacco.

A quanto pareva, il curatore del fallimento *Amici per la Pelle s.a.s.* era venuto a dirle che la notte precedente nella segheria del fallito era scoppiato un incendio. Il giudice si mise subito in allarme, perché si trattava di un immobile che era stato aggiudicato all'asta solo due mesi prima, e temeva per i danni subiti.

È una mattinata di fuoco. In tutti i sensi, pensò.

E così si diresse piena di apprensione verso il piano superiore, dove il curatore la stava aspettando. Da lontano scorse un omino piccolo e tondo davanti alla porta del suo studio. L'incendio doveva essere stato di notevole entità, stando all'ampiezza dei movimenti inconsulti delle braccia del buon dottor Sottile.

«Dottoressa, è un guaio terribile! Come facciamo?» piagnucolò a mani giunte l'ometto.

«Per prima cosa, mi dica come mai viene solo a quest'ora a riferirmi di un fatto così grave» l'affrontò con durezza il giudice Abbondante, prima ancora di aprire la porta della sua stanza.

«E che le devo dire? La polizia e la procura avevano contattato prima il vecchio curatore, quello che lei ha sostituito tre mesi fa. E questo ha aspettato oltre quattro ore prima di farmi sapere qualcosa» si affrettò a precisare il dottor Sottile, mentre trotterellava dietro il giudice all'interno dell'ufficio.

«E questo dimostra che ho fatto bene a sostituirlo» concluse lei, dopodiché invitò con il gesto della mano il curatore a sederle di fronte.

«E pensare che mancavano soltanto pochi giorni alla scadenza del termine per il pagamento del prezzo» si lamentò Sottile, quindi si accomodò con un piccolo saltello su una delle due poltroncine poste davanti alla scrivania.

«Mi sta dicendo che la società che si era aggiudicata l'asta non aveva ancora versato il saldo prezzo?»

«Per l'appunto, dottoressa. Il termine per il pagamento non è ancora scaduto. E temo che adesso potrebbero rifiutarsi di pagare... lei non crede?»

Di sicuro il dottor Sottile era un professionista onesto e responsabile, ma non era il curatore più sveglio che si potesse desiderare in una situazione del genere. Era ovvio che l'acquirente non avrebbe mai versato i soldi! Dopo l'incendio il valore dell'immobile si era senza dubbio ridotto e anche di parecchio. Avrebbe dovuto annullare la vendita o almeno ridurne il prezzo. Alla luce di queste considerazioni comunicò perciò al curatore che avrebbe fissato un'udienza per sentire tutte le parti interessate e poi avrebbe deciso il da farsi.

Sottile sospirò incrociando le braccine sul petto: «Che sfortuna. Se solo fosse successo qualche giorno più tardi!».

Il giudice si chiese se in effetti l'incendio fosse davvero casuale, e non il frutto di una strategia. Si informò se la polizia fosse già andata sul posto. No, Sottile era stato rintracciato dai carabinieri intervenuti per primi, mentre il sopralluogo tecnico era stato fatto dai vigili del fuoco, che per il momento non si erano pronunciati sulla natura dolosa dell'incendio.

«Lei crede che possa anche essere doloso, dottoressa?» si stupì l'ometto.

Il giudice Abbondante controllò un pericoloso moto di insofferenza che stava lievitando nel suo stomaco. Riuscì a sorridere, nonostante la sconfortante ingenuità della domanda. Anche senza aspettare il responso dei vigili del fuoco, salvo a ipotizzare un fenomeno di autocombustione, appariva evidente che si trattasse di incendio doloso. Il problema era piuttosto capire chi e perché avesse avuto intenzione di appiccare il fuoco in una segheria abbandonata.

«Sottile, lei si è recato sul posto?»

«Non ancora, dottoressa. Lei ritiene sia urgente?»

Non si trattenne più. Lo fulminò con lo sguardo.

«Ma che discorsi sono? Certo che è urgente! Deve fare al più presto un sopralluogo con l'architetto Bonomei, per la stima dei danni e una verifica dello stato di sicurezza dell'immobile.»

«Va bene, come vuole. Contatto subito l'architetto e poi verremo a riferirle. Adesso la lascio al suo pranzo.»

Il giudice si morse il labbro inferiore e poi sorrise ancora, materna.

«L'accompagno…»

Poco dopo, Paolo Sarracino si affacciò nella stanza. Portava con sé il carrello stracolmo di fascicoli.

«Ecco, mio caro giudice, un regalino per voi.»

«Mio carissimo Dolly, non ti dovevi disturbare, sei sempre troppo premuroso. Io, comunque, per ricambiare il favore ti ho preparato quella bella pila di provvedimenti già fatti, da comunicare alle parti. Vedi? Sta lì, sullo scaffale di sinistra.»

Paolo si paralizzò per un istante alla vista della colonna infame di incartamenti a lui destinati, ma riuscì a incassare il colpo con sportività.

«Per la Signoria Vostra questo e altro.»

«Paolo, arrotola la lingua, altrimenti rischi di inciampare» scherzò lei.

«Non ne posso fare a meno, lo sapete, è la mia natura.»

Il giudice Abbondante rise. Come avrebbe fatto senza il suo cancelliere?

«Ci sono già prenotazioni per oggi?»

«Avete voglia, dottoré! Là fuori è una giungla. C'è solo l'imbarazzo della scelta. E tanto per gradire, ci stanno pure le sorelle Bigazzi.»

La Abbondante trasalì.

«Oddio, le sorelle Bigazzi no! In ogni caso, hai messo il foglio per le prenotazioni? Altrimenti litigano.»

«Naturale, dottoré. Già si stavano scannando a chi scriveva il nome per primo. Manco se davate le pizze gratis…»

Annabella rise di nuovo. Dolly fece per uscire, poi con una mezza piroetta tornò indietro.

«Mo' quasi mi stavo dimenticando: fuori c'è pure la vostra amica, quella coi capelli rossi, che mi ha chiesto se la posso far passare un secondo.»

«Mica glielo hai detto?» si allarmò Annabella.

«Che cosa?» si meravigliò il cancelliere.

«Che ha i capelli rossi.»

«E che so' fesso, dottoré? Le rosse, i loro capelli, non li possono sopportare. Lo sanno tutti» sentenziò Paolo, con l'aria da fine intenditore del genere femminile.

«Falla entrare, ma solo un minuto, ché mi dispiace fare aspettare le persone in fila.»

«Lo so, lo so. Non vi preoccupate. Glielo dico io, a quelli là fuori, che è cosa di pochi minuti. Altrimenti quelli, se la vedono passare davanti… l'ammazzano.»

Giusto trenta secondi più tardi, Alice entrò nella stanza del giudice con lo sguardo un tantino allucinato.

«Ma è sempre così davanti alla tua porta?»

«Il martedì, sempre» rispose Annabella, lapidaria. Tolse gli occhiali per la lettura, li buttò a casaccio sulla scrivania e si massaggiò l'attaccatura del naso.

«Povera, la mia Annabella. Sei stanca, si vede. Ci prendiamo una caffè insieme?»

«Sì, però te lo faccio qua. Non me la sento di arrivare fino al bar. Si perde troppo tempo.»

Alice la guardò con aria di muto rimprovero.

«Dài, lo trovo irrispettoso per quelli che mi stanno aspettando» si giustificò lei.

«Annabella Abbondante, giudice zelante» la prese in giro la giornalista.

«Che rompipalle che sei!»

Mentre Annabella armeggiava con la moka, Alice tirò fuori il suo taccuino degli appunti.

«Allora, cosa mi sai dire della scomparsa di questo ingegnere?»

Era vero! Aveva promesso ad Alice di aiutarla con l'articolo su Santangelo. In realtà, tutto ciò che poteva dirle si trovava nei fascicoli, quello del giudizio di interdizione e quello della tutela. Chiamò quindi Paolo per avvisarlo che la sua amica era autorizzata a consultare e fotocopiare entrambi i fascicoli.

Alice, però, da brava reporter voleva andare un po' più a fondo: «Ma tu cosa sai veramente?».

Annabella le riferì il racconto di Matilde Santangelo sulla fuga del fratello dalla casa di cura, in cui era stato ricoverato con una diagnosi di schizofrenia di tipo paranoide.

«Accidenti. È stato contattato il medico curante?»

«Non lo so. Pensi possa essere utile?»

«Gli schizofrenici sono lucidi per la maggior parte del tempo, e anche molto intelligenti. Se è affetto da schizofrenia paranoide, le fantasie che ha sviluppato possono avere influenza sulle sue azioni. Voglio dire: conoscerle potrebbe aiutarci a capire il motivo di questa fuga… cosa volesse fare, dove può essersi rifugiato» osservò Alice.

L'altra rimase bloccata per un istante con la moka e il bicchierino di carta a mezz'aria: «Potresti anche parlare con la psicologa che lo ha esaminato per la consulenza tecnica d'ufficio, la dottoressa Erica Baldi; è una professionista in gamba. Ricordo che aveva preso a cuore questo caso, e il Santangelo si era molto legato a lei. Senti se Paolo ti mette in contatto».

Presero il caffè in silenzio, ognuna assorta nei propri pensieri, che però avevano lo stesso oggetto: dove poteva essere finito Francesco Santangelo?

«Allora io vado, Annabella» disse a un certo punto la rossa. «Buona fortuna con i tuoi fan lì fuori.»

«Spiritosa! Ci vediamo da Michele più tardi, così mi racconti cos'hai trovato.»

«A dopo, vostro onore» scherzò Alice e uscì con un inchino.

Annabella stava per dare il via alle danze, ma lo squillo del telefono la frenò.

La libertà non è star sopra un albero…

Era Nicola.

Rispose ancora sovrappensiero: «Ciao, dimmi».

«Indovina…» fece lui.

Odiava quando Nicola faceva così. «Come posso indovinare se non mi dai neppure un minimo indizio?»

«I genitori di Santangelo Francesco.»

«Che hanno fatto? Sentiamo… Sono scomparsi anche loro?»

«Come fai a saperlo?» gridò Carnelutti quasi in falsetto.

Annabella balzò in piedi per la sorpresa.

«Non lo sapevo! Stavo solo scherzando. Che significa che sono scomparsi?»

«La figlia ha cercato di mettersi in contatto con loro a Caracas, dalla sorella della madre, Annarita Pellegrino, ma questa le ha riferito che i suoi genitori non sono mai arrivati in Venezuela. O almeno non con quel volo. Allora abbiamo fatto controllare, ma non si sono imbarcati né sul volo delle ventidue e trenta, che avevano prenotato, né su altri voli diretti a Caracas nelle ultime quarantott'ore.»

«Troppo strano per essere una coincidenza.»

«Infatti.»

«E l'avvocato Santangelo come l'ha presa?»

«Be', sembrava sconvolta. Ma è chiaro che faremo le nostre verifiche...»

«Sì, ma adesso ti saluto che devo dar via le pizze gratis.»

«Che cosa?»

«Niente, una cosa mia. Poi ti spiego.»

«A dopo, splendore.»

«Nicola...»

«Sì?»

«Lo sai, vero, che quando dici *splendore* lo capiscono tutti che sei gay?» disse il giudice, abbassando leggermente la voce.

«Oddio, Annabella, ma quanto sei *etero*!»

«E allora vogliamo parlare del giubbotto di Etro che portavi ieri?»

«Cosa? Che avresti da ridire sul mio bellissimo bomberino, scusa?»

«Un manifesto omosessuale, dài! Sarebbe stato sopra le righe anche addosso a Freddie Mercury nel 1981.»

«Guarda che è un modello della passata stagione! L'ho comprato a metà prezzo con i saldi, un affare. Credimi!»

«Dài, Nicola. Io sarò anche *eteronormata*, come dici tu» commentò Annabella mentre alzava gli occhi al cielo, «però ti devi decidere: o fai questo benedetto *coming out* una volta per tutte, oppure ti rassegni a indossare un anonimo giaccone blu, come tutti i tuoi colleghi. Scegli.»

«Perfida! Non ti chiamo mai più» e attaccò.

Annabella ridacchiò; conosceva bene i punti deboli del suo migliore amico.

La libertà non è star sopra un alb...

«Hai cambiato idea?»

«No, anzi... Mi fa molto piacere conoscerti.»

Non era Nicola. A dire il vero era una voce bellissima, dal vago accento siciliano e il tono leggermente ironico.

Annabella si sistemò il ricciolo anarchico dietro l'orecchio, prima di rispondere: «Ma chi parla?».

«Sono Lorenzo, Lorenzo Di Salvo. L'amico di Massimo... Scusa, ma non ho resistito alla tentazione di rispondere alla tua domanda: eri partita in quarta. Forse aspettavi la chiamata di qualcun altro?»

«In effetti, sì. Ma, dimmi, a cosa devo il piacere?»

«Allora... cosa vuoi fare?»

«Cosa voglio fare? Non capisco...»

«Sì, dico, ci vuoi uscire sul serio con me stasera, o lasciamo perdere? Sai, non mi piace troppo 'sta storia degli appuntamenti combinati. Li trovo piuttosto deprimenti. Ma tuo cognato Massimo ha tanto insistito! Prima mi ha decantato le tue lodi per mezz'ora e poi mi ha confessato che, se non avessi accettato, sua moglie lo avrebbe ammazzato o cose così...»

Rise. Era una risata contagiosa. Anche Annabella rise, di

cuore. Incredibile, forse sua sorella ne aveva pescato uno decente.

«Allora mi sono fatto dare il tuo numero» continuò lui, «perché a me le donne piace invitarle di mia iniziativa. E così adesso ti sto invitando io. Che fai, mi dici di sì?»

«Dopo quello che mi hai raccontato, come potrei dirti di no? Non vogliamo mica che il povero Massimo debba rischiare la vita per colpa nostra.»

La complicità è un buon inizio, pensò Annabella.

«Però ti vengo a prendere io» aggiunse Lorenzo. «Non mi piace neanche 'sto fatto che ci dobbiamo incontrare al ristorante. Va bene?»

«Benissimo. Ti mando il mio indirizzo su WhatsApp» disse lei. «Adesso ti lascio che ho gente fuori ad aspettarmi» aggiunse a malincuore.

«A stasera, signor giudice.»

«A stasera, dottore.»

E come se lo era ricordato che il *numero ventiquattro* faceva il medico? Annabella avvertì una lieve accelerazione del battito cardiaco. Forse, dopotutto, non sarebbe stata la pessima serata che aveva immaginato. Fu bruscamente riportata alla realtà da un paio di colpi decisi alla porta. Due fucilate.

«Avanti!» gridò.

Sulla soglia dello studio si stagliarono le sagome inconfondibili e inquietanti delle sorelle Bigazzi. Le mitiche sorelle. Il tribunale era la loro seconda casa. Metà del foro di Pianveggio aveva fatto la sua fortuna con le cause delle sorelle Bigazzi. Eternamente in lite, su tutto e con tutti.

La prima avanzò nella stanza con passo militare, nonostante il bastone, e si fermò davanti alla scrivania: «Mi scusi, ma non possiamo mica aspettare tutta la giornata!».

«Sul cartello c'è scritto che lei riceve dalle quattordici alle diciassette, e ora sono già le quattordici e trentacinque minuti» mise in chiaro la seconda, con il dito ossuto puntato sull'avviso affisso alla porta dell'ufficio.

«Buongiorno signorine, sempre in forma a quanto posso vedere» commentò rassegnata il giudice Abbondante. «Cosa posso fare per voi?»

Le sorelle occuparono le poltroncine senza aspettare il suo invito. Entrambe con la schiena dritta, giusto sulla punta della seduta, ginocchia unite e caviglie incrociate di lato, come impone il galateo. La più anziana leggermente appoggiata al suo bastone.

«Siamo venute a denunciare un fatto gravissimo» sussurrò la prima, con aria cospiratrice.

«Sì, gravissimo» ribadì la seconda, e annuì più volte con il capo.

«Si tratta di un comportamento spudorato e reiterato, una molestia intollerabile!» esclamò la prima, e giù un colpo di bastone sul pavimento.

Annabella sobbalzò, colta di sorpresa dal rumore.

«Sì, intollerabile» fece eco la seconda, che non aveva ancora smesso di annuire.

La prima puntò minacciosa il bastone verso la Abbondante, che d'istinto indietreggiò con la sedia girevole, per porsi a distanza di sicurezza.

«Una condotta reiterata che ci espone a un serio pericolo di vita, praticamente quotidiano» mormorò la più vecchia con voce roca.

«Sì, quotidiano» confermò la sorella, con la testina ondeggiante, meglio di un pupazzo a molla.

Pericolo di vita? Il giudice Abbondante si raddrizzò sulla sedia dove per un attimo si era abbandonata, rassegnata ad ascoltare l'ennesima ridicola doglianza delle sorelle Bigazzi. Questa volta il fatto sembrava davvero grave.

«Andiamo con ordine, mie care signorine. Cercate di espormi i fatti secondo un criterio cronologico, per consentirmi di capire bene la situazione.»

«Beatrice, mostrale le prove.»

«Va bene, Ofelia.»

Con mano tremante Beatrice Bigazzi tirò fuori da una busta una grossa scatola di latta, di quelle che un tempo si usavano per i biscotti. La posò con delicatezza sulla scrivania del giudice. Ofelia fulminò la dottoressa Abbondante con uno sguardo imperativo. Non c'erano dubbi: si aspettava che lei aprisse quella scatola. Annabella esitò. Non osava immaginare quale oggetto raccapricciante potesse essere contenuto lì dentro... Ma Ofelia Bigazzi teneva gli occhi fissi su di lei e aspettava. Il giudice aprì la scatola con molta cautela, ormai sicura di vedere spuntare qualcosa di orrido da un momento all'altro. Infine guardò.

Non credeva ai suoi occhi. Che cosa significava?

«Signorine, sono petali. Petali secchi di... gerani, mi sembra di riconoscere» disse, e le guardò sbigottita.

«Per l'appunto!» strillò Ofelia, con voce da baritono.

«Non le sembra una cosa intollerabile?» cinguettò Beatrice in un flebile bisbiglio.

«Ma che cosa?» domandò il giudice, alla disperata ricerca di un significato.

Ofelia Bigazzi la scrutò con aria di compatimento, come se la trovasse affetta da una qualche forma di ritardo mentale.

«Li troviamo ogni mattina sul nostro balcone. Un tappeto di petali rossi. Capisce?» tuonò Ofelia, e giù una gran bastonata sulla scrivania.

Annabella sussultò per la seconda volta.

«Ci hanno macchiato tutto il pavimento e rischiamo di scivolare in continuazione» piagnucolò Beatrice.

«Sono un vero e proprio attentato alla nostra vita, capisce?» sbraitò sua sorella. Con un imprevedibile balzo afferrò per il polso la povera Abbondante, e disse: «Quel demonio lo fa di proposito».

Che c'entrava il demonio adesso? Annabella sperò che non se ne uscissero con qualche setta satanica di paese.

«Quale demonio? Di chi state parlando?» chiese sempre più confusa, mentre provava senza successo a liberarsi dalla morsa di titanio della vecchietta.

«Della nuova inquilina, quella del terzo piano, è ovvio. Si è trasferita un mese fa e ha portato con sé quelle orride piante» rivelò Ofelia, dopo averle lasciato finalmente il polso per aggiustarsi il cappellino sulla testa.

«Noi le abbiamo fatto presente che i suoi petali cadevano sul nostro balcone» continuò la seconda sorella. «La maleducata ha detto che era impossibile impedirlo, e che non poteva farci niente!»

«Che faccia tosta! Ha tentato anche di comprarci mandandoci la figlia con una torta cucinata da lei» sbottò la prima.

«Già! Ma io le ho detto chiaro e tondo, che quello era un meschino tentativo di corruzione. E che con noi due non attaccava… E poi, chi ci poteva assicurare che quella torta non fosse avvelenata?» strillò Beatrice in falsetto.

Annabella stava iniziando a perdere la pazienza.

«Mi state dicendo che avete raccolto in questa scatola tutti i petali caduti sul vostro balcone?»

«Certo, ogni mattina…» confermò Ofelia.

«Per un mese! Ci occorrevano prove» precisò il pupazzetto

a molla. «Adesso ci dica, signor giudice. Che cosa intende fare?»

«Io?»

«Che provvedimento intende adottare contro quella spudorata?»

Il giudice Abbondante fissò seria le sorelle per qualche secondo. Contò fino a dieci per recuperare la calma. Poi sfoderò un meraviglioso sorriso di circostanza, soffiò via il suo ricciolo con rinnovato vigore, e fece un lungo respiro. E solo allora fu in grado di pronunciare la frase standard, storicamente riservata alle denunce delle sorelle Bigazzi da tutti i giudici del tribunale di Pianveggio, e tramandata di collega in collega da quasi trent'anni: «Carissime signorine Bigazzi, mi sento di potervi assicurare, senza tema di smentita, che mi occuperò del vostro caso con tutta l'attenzione che merita».

Le sorelle Bigazzi sembrarono soddisfatte della risposta. Si alzarono in contemporanea e si avviarono verso l'uscita. Il giudice non si mosse per accompagnarle. Non tutti meritavano quel gesto di cortesia. Le due pestifere signorine chiusero la porta con un tonfo così forte che fece tremare i vetri.

Annabella continuò per qualche secondo a guardare ipnotizzata i petali rossi nella scatola di latta, che le avevano lasciato sulla scrivania. Non riusciva a togliersi dalla mente l'immagine della torta fatta in casa, andata sprecata inutilmente. Capì che il suo stomaco le stava dando un messaggio e, con una certa tristezza, si mangiò le sue zucchine lesse con carote.

Paolo entrò verso le quattro e trenta. Il giudice stava ricevendo curatori ed esperti da quasi due ore consecutive, e fu felice di fare una pausa. Quella giornata sembrava non finire mai. Era veramente stanca. Gli chiese in uno sbadiglio se avesse fotocopiato il fascicolo di Santangelo per la sua amica giornalista.

Paolo la rassicurò di aver provveduto a tutto, e anzi le consegnò anche una nuova fotocopia da dare alla sua amica. Si trattava di un documento d'identità che aveva trovato poco prima, nel secondo faldone del fascicolo del processo per interdizione. Annabella Abbondante restò qualche secondo rapita dall'immagine dell'uomo riprodotto in foto, ma notando la faccia ironica del cancelliere se la cacciò rapidamente in borsa. Per distrarlo, gli chiese se avesse dato ad Alice anche il numero di telefono della Baldi. A quel punto Paolo Sarracino si batté la mano sulla fronte, perché aveva dimenticato una notizia importante da riferire al giudice: la dottoressa Baldi si era cancellata dall'albo dei consulenti tecnici del tribunale già da sei mesi.

«Peccato. Era la migliore nella sua materia» commentò il giudice Abbondante.

«E ci voleva assai, dottoré! Per la precisione, la Baldi era l'unica iscritta all'albo. In pratica, le perizie sulle interdizioni, le faceva tutte quante lei.»

«Sì, è vero. Ma era comunque brava. Ci sono ancora molti da sentire là fuori?»

«Ancora sei o sette. Mi sa che stasera fate tardi.»

«Dolly, faccio sempre tardi, lo sai.»

«Allora io vado. Resterei per farvi compagnia, ma da quest'anno non mi pagano più gli straordinari, lo sapete. Non ci stanno soldi.»

«Lo so, non ti preoccupare, qui me la cavo benissimo anche da sola, ho già ricevuto le sorelle Bigazzi... che cosa può succedermi di peggio?» concluse Annabella, e con un rapido gesto si sistemò ancora una volta il ricciolo, che aveva approfittato della stanchezza per tornare giù.

Quel tardo pomeriggio alla Palermitana non c'era neanche un posto libero perché il locale era pieno di studenti del liceo artistico e musicale Giuseppe Verdi, che si trovava proprio di fronte. Michele aveva un debole per gli studenti. Spesso li faceva consumare gratis, e loro in cambio si portavano gli strumenti e suonavano con lui qualche pezzo dal vivo. Michele faceva magie con la sua chitarra elettrica cromata rossa Fender Stratocaster del 1965, *che forse era stata suonata da Jimi Hendrix in un concerto al London Astoria nel 1971.* Suonavano di tutto: jazz, rock e musica classica, anche fusion e reggae. Qualche volta anche cose scritte da loro. Un elisir di giovinezza.

Erano le sette passate quando Annabella varcò la soglia del bar. Trovò Alice al bancone a chiacchierare allegramente con Michele, in pausa tra un'esibizione e l'altra.

Si diressero insieme al solito posto, che in pratica avevano ormai usucapito.

«E Nicola?» domandò Annabella un attimo dopo essere sprofondata, come al solito, nel vecchio divano.

«In commissariato. A quanto pare ne avrà per tutta la sera. Tu sembri a pezzi» commentò Alice, dopo averle sistemato il ricciolo dietro l'orecchio.

«Sono a pezzi. Ho un sonno che non mi reggo in piedi. Non vedo l'ora di mettermi a letto e farmi una bella dormita.»

«Annabella! Sei impazzita?» gridò Alice allarmata.

«Ma che ho detto?» domandò Annabella con gli occhi sbarrati dallo spavento.

«Stasera devi uscire con il *numero ventiquattro*. Non mi dire che te l'eri dimenticato!»

«Oddio, è vero! Mi era del tutto passato di mente.»

Michele, che aveva assistito alla scena, propose: «Ginseng in tazza grande. Mi sembra l'unica soluzione. Che ne dici?».

«Ti adoro, Michele. Sei la migliore invenzione dopo i cannoli alla siciliana.»

«Lo prendo come un sì» concluse lui, e si allontanò veloce per andare a preparare il ginseng.

«Ah! Quasi dimenticavo» disse Annabella dopo aver posato sul tavolino il foglio che le aveva dato il cancelliere. «Alice, ecco un regalo di Paolo per te. La foto di Santangelo.»

«Certo che è davvero di una bellezza surreale» commentò trasognata la giornalista, rapita dalla perfezione di quel viso.

Michele tornò con una tazza fumante, che posò sul tavolino proprio accanto alla fotocopia. I suoi occhi caddero sulla foto. La osservò incuriosito per qualche istante e poi volle sapere: «Che ha combinato Francesco?».

«Ma tu, Michele, come lo conosci?» investigò subito Annabella.

«Fino a quest'estate veniva spesso… Se ne stava tutto il tempo in quell'angolo ad amoreggiare con la sua donna. Ma è da parecchio che non lo vedo. Che fine ha fatto?»

«È proprio quello che vorremmo sapere. È scomparso da alcuni giorni» rispose il giudice.

«Minchia» commentò Michele.

«E così Santangelo aveva una donna. Interessante» si appuntò subito Alice.

«Sì, stavano insieme da qualche anno. Venivano spesso qui, perché lei era una professoressa del liceo Verdi. Quando lei staccava dalle lezioni, lui la raggiungeva e passavano qui il pomeriggio a leggere poesie e a ridere tutto il tempo. Vederli mi allargava il cuore… Spero che non gli sia capitato nulla di male» concluse il barista, e si allontanò per riprendere a suonare.

Dopo un paio di sorsi al suo ginseng, Annabella si informò sulla piccola indagine della sua amica.

«Stavo per dirtelo. Non crederai mai a cosa ho scoperto!» cominciò la rossa.

«Adesso non fare come Nicola, per favore.»

«Hai ragione. Allora, innanzitutto ho cercato il nominativo del medico curante di Francesco Santangelo nel fascicolo della tutela.»

«E chi è?»

«Nessuno.»

«Ma come è possibile?»

«È quello che mi domando anch'io. Dal fascicolo non risulta che abbia un medico che lo segue. La terapia gli era stata prescritta dalla stessa psicologa che lo aveva periziato. E poi il nulla.»

«Strano…»

«Infatti. A questo punto ho provato a rintracciare la tua psicologa, quella della perizia. Erica Baldi.»

«E allora?»

«Sparita.»

«In che senso?»

«Dall'oggi al domani, è partita. Senza lasciare il nuovo indirizzo. Sembra sia tornata a casa sua, a Trieste. Ma nessuno lo sa con certezza. Ho parlato con la vicina di casa e con l'amministratore del condominio. Non aveva amici qui a Pianveggio. Sto ancora indagando.»

«Quindi è sparita già da sei mesi» dedusse Annabella dopo averci riflettuto.

«E tu come lo sai?» s'incuriosì la giornalista.

«La data della richiesta di cancellazione dall'albo dei consulenti tecnici di ufficio del tribunale. Risale a circa sei mesi fa. Combacia.»

«Certo però, che strana coincidenza.»

«Non credo alle coincidenze» disse Annabella, poi posò la sua tazza sul tavolino e si alzò per andare via. Era in pauroso ritardo.

«Pensi che possa esserci un collegamento?» insistette l'amica.

«Non lo so. Ma non ho il tempo di pensarci adesso. Devo affrontare il *numero ventiquattro*. E non so ancora cosa mettermi!»

Alle nove in punto era pronta. Nel suo armadio non era rimasto un solo abito appeso e la camera da letto sembrava devastata da un uragano, ma era pronta. Si osservò allo specchio, fasciata nel suo vestito preferito, quello verde bottiglia *modello Sofia*, definizione di Nicola, che glielo aveva regalato per il suo compleanno. Un po' troppo scollato secondo lei, scollato il minimo indispensabile secondo Alice.

Ecco a voi Annabella Abbondante e la sua prosperosa scollatura, pensò, guardandosi un'ultima volta e senza riuscire a trattenere uno sbadiglio. Era stanca, e forse non era il caso di uscire. Dopotutto poteva anche rimandare, non era obbligata. Non aveva neppure finito di valutare questa possibilità che squillò il telefono di casa. E sapeva benissimo chi fosse.

«Ciao Fortuna, dimmi.»

Sua sorella era peggio di un radar, non le sfuggiva niente.

«Come hai fatto a sapere che ero io?» le domandò Fortuna, meravigliata.

«Intùito. Cosa vuoi?»

«Ma niente, volevo solo assicurarmi che fossi pronta e che non ti facessi venire in mente l'idea di dare buca all'amico di Massimo. Ti sei truccata un pochino? Che cosa ti sei messa? Sei passata dal parrucchiere? Ti sei messa quegli orecchini che ti ho regalato io? E le scarpe...»

«Scusa, Fortuna, continuerei volentieri questa avvincente conversazione, ma hanno suonato il citofono, perciò ti saluto.»

Lorenzo Di Salvo, lancia in resta, l'aveva salvata da sua sorella. Già un punto a suo favore.

Adesso, con la massima cortesia, gli dico che ho cambiato idea, oppure invento una scusa qualsiasi per rimandare, ragionò il giudice, mentre scendeva le scale, facendo attenzione a non inciampare con le sue bellissime scarpe nuove con tanto di cinturino alla caviglia. Neanche a dirlo, regalo di Nicola.

Lui era lì. Appoggiato alla macchina. Sorrideva. Non dimostrava affatto la sua età, anche con la barba brizzolata e una leggera stempiatura. *Decisamente Fortuna ne ha pescato uno decente,* si disse Annabella. E arrossì, suo malgrado.

«Annabella Abbondante!» disse lui con tono compiaciuto e le prese la mano.

«Ebbene sì, come negarlo?» rispose lei, sforzandosi di ostentare una padronanza di sé che aveva già perso.

«Ci sono uomini che sanno ancora apprezzare l'abbondanza» le sussurrò Lorenzo all'orecchio, e con un gesto delicato le scostò il ricciolo ribelle dalla fronte. Come una specie di carezza.

«Andiamo?» disse lei, che d'improvviso non aveva più voglia di restare a casa.

Il ristorante era illuminato soltanto da candele, al pianoforte suonavano jazz d'atmosfera, dalla vetrata si vedevano le luci della piazzetta con i suoi magnifici palazzetti, costruiti a semicerchio intorno alla storica fontana. Un posto suggestivo e romantico.

Lorenzo aveva scelto un delizioso vino d'annata, che si faceva bere anche troppo volentieri, e ne versava in gran quantità nei loro bicchieri. Già ridevano e parlavano come vecchi amici. Tutto era perfetto. Lui era perfetto. Spiritoso, ironico, seducente. Un uomo rilassato e rilassante. Dopo pochi minuti, Annabella iniziò a sentirsi perfettamente a suo agio.

E quello fu l'inizio della fine.

Forse fu colpa del vino, forse della stanchezza della giornata, o anche dell'atmosfera soffusa del ristorantino, ma ecco che senza preavviso le sue palpebre si fecero pesantissime, e lei non riuscì più a controllarle. Sentiva che, per quanti sforzi facesse, si stavano inesorabilmente chiudendo. Se non avesse fatto qualcosa in fretta, si sarebbe addormentata davanti a lui.

Si alzò di scatto per andare in bagno: «Scusami un attimo» mormorò.

Si annaffiò la faccia con l'acqua e le parve di stare meglio. Tornò al tavolo, nella calda e accogliente atmosfera del ristorante, con la musica dolce e le fiamme delle candele tremolanti... Si sforzò di assumere un tono brillante: «Allora, cosa dicevamo? Raccontami perché hai deciso di studiare medicina».

Si rese conto però che Lorenzo la stava osservando. Da bravo medico, si era accorto del suo attacco irrefrenabile di sonnolenza, ai limiti della narcolessia, ma fece finta di non notarlo. E Annabella lo apprezzò enormemente.

«Una storia lunga, ti annoierei» disse lui.

«Non mi annoia affatto, dài, ti ascolto.»

Lorenzo aveva appena iniziato a raccontare la sua esperienza come volontario di Emergency, che un ricco sbadiglio infido e traditore le sfuggì e si manifestò in tutta la sua magnificenza.

«Scusami, non so cosa mi abbia preso. Continua, ti giuro che mi interessa molto...»

Si ripromise che da quel momento sarebbe stata spigliata e divertente, per bilanciare la pessima impressione che doveva aver fatto su Lorenzo. Ma il desiderio di sbadigliare era più forte di lei. Per lo sforzo di dominarsi cominciarono a lacrimarle gli occhi.

«Vedo che la mia storia ti fa commuovere» commentò lui con un sorriso. Per fortuna non era permaloso.

«Scusa, forse è il fumo delle candele che mi sta facendo irritare gli occhi…» mentì il giudice, sperando di essere convincente, ma il dottore non l'aveva bevuta.

«Forse abbiamo scelto la serata sbagliata. Ti porto a casa, che dici?» le domandò.

«No, assolutamente» si ribellò Annabella. «Mi sto divertendo molto, ti prego, restiamo.»

Nel dirlo gli aveva stretto una mano. Era stata sincera, aveva parlato col cuore. Chissà se lui era riuscito a capirlo. Dopo pochi secondi, però, sbadigliò ancora, e poi ancora, senza riuscire più a smettere. Dieci, dodici sbadigli consecutivi. Un record. Devastante per l'autostima di chiunque.

«Scusami, non so cosa mi stia succedendo!»

«Figurati, può capitare» la rassicurò lui.

Disperata, si raddrizzò sulla sedia, sgranò gli occhi e tentò di riprendere la conversazione. Niente: riusciva solo a fissare la fiamma della candela che ondeggiava ipnotica. Lorenzo continuava a osservarla, con una strana luce nello sguardo. Probabilmente iniziava a odiarla o, peggio ancora, a compatirla. Era distrutta: cercò di concentrarsi sulle sue parole, tuttavia la voce di Lorenzo le rimbombava nella testa come un suono senza senso, e riusciva solo a seguire il movimento delle sue labbra.

Delle sue bellissime labbra, a essere precisi, fu il suo ultimo pensiero. All'improvviso era su una barca, dondolata dalle onde… e sentiva una voce lontana, una voce suadente che la chiamava…

«Annabella! Annabella! Dài, svegliati, ti porto a casa.»

Lorenzo Di Salvo la stava scuotendo delicatamente. Si era quasi addormentata sul tavolo del ristorante. *Voglio morire adesso*, pensò. Ma sopravvisse.

Nessuno dei due parlò più fino a casa. Non c'era niente da dire. A quel punto, Annabella desiderava soltanto che la serata finisse al più presto per andare a nascondere la testa sotto il cuscino e, se possibile, morire lentamente di asfissia.

«Mi dispiace» fu tutto quello che riuscì a dire, uscendo di corsa dall'auto senza voltarsi indietro e senza lasciargli il tempo di ribattere.

Non aveva voglia di ascoltare le solite frasi di circostanza. Le conosceva bene, le aveva usate spesso anche lei. E adesso era stata ripagata. L'inesorabile legge del contrappasso si era abbattuta su di lei. Ma la cosa peggiore di tutte, quella che proprio non riusciva a sostenere e la faceva stare davvero male, era che avrebbe dovuto raccontare tutto a sua sorella. Che l'avrebbe ammazzata. Senza esitazioni.

Perché se la fortuna era cieca, invece Maria Fortuna Abbondante aveva una mira infallibile.

3

Colpi di scena

Salì le scale del garage a due a due. Annabella Abbondante era sempre in orario. Sosteneva che la puntualità fosse una forma di rispetto. E d'abitudine iniziava le sue udienze alle nove in punto, come da programma. Ma quella mattina la sveglia non aveva suonato. *Non puoi essere in ritardo giusto di mercoledì, non puoi proprio, Annabella. Porca miseria!*

Nel tentativo di raggiungere il prima possibile l'aula di udienza collegiale, dribblò con la destrezza di un fantasista brasiliano almeno una dozzina di avvocati che tentavano di fermarla per ottenere informazioni sulle più svariate questioni, incuranti del suo passo affrettato, dell'affanno e della faccia paonazza, indizi da cui era semplice evincere la sua fretta. Non poteva fermarsi a parlare: non c'era tempo. I colleghi la stavano aspettando. Tutto il plotone di esecuzione. Alcuni avvocati tentarono di inseguirla, ma lei riuscì a seminarli con successo infilandosi nell'ascensore *più veloce del West.*

Così era soprannominato l'ascensore del tribunale, per la lentezza esasperante con cui procedeva, di solito inversamente proporzionale all'urgenza di chi saliva. E, neanche a dirlo, anche quella mattina si rivelò all'altezza della sua fama.

Dopo un tempo che le parve infinito, il giudice arrivò al secondo piano. Imboccò di corsa il corridoio di sinistra, e decise di prendere la scorciatoia. Entrò allora nella sala server, rischiò l'osso del collo inciampando, come suo solito, nella canalina dei fili dell'elettricità, litigò con la porta incastrata dell'archivio sentenze, scavalcò il mucchio di fascicoli accumulati davanti alla seconda porta e, sudata come i cavalli all'ultima curva del Palio di Siena, giunse a destinazione. Gettò uno sguardo all'orologio prima di bussare: era in ritardo di trenta minuti.

È la fine, si disse. Respirò profondamente, aprì la porta ed entrò. Dopo una rapida occhiata seppe subito che quella sarebbe stata una lunga mattinata.

Nella camera di consiglio regnava una gaia atmosfera da santa inquisizione spagnola. Come aveva previsto, i colleghi erano già tutti lì, intorno al grande tavolo di legno al centro della stanza. E l'aspettavano. Solo il presidente Saverio Montagna, che era al telefono, non si era ancora accorto del suo arrivo, ma non appena la vide la salutò con un gran sorriso. Almeno di lui non doveva preoccuparsi.

Il collega Fausto Merletti se ne stava invece tutto rigido e impettito sulla sedia a lui assegnata. Non si girò neppure al suo ingresso nella stanza. A quanto si diceva, niente delle vicende umane lo interessava: lui si occupava solo di questioni di diritto. Ma aveva il disappunto stampato sulla faccia.

La collega Carla Severini era in piedi vicino alla finestra e guardava con insistenza l'orologio. Tanto per cambiare, sembrava piuttosto insofferente. Quando Annabella si fu seduta al tavolo, Carla si girò di scatto verso di lei: «Finalmente! Ma dov'eri? Abbiamo trenta minuti di ritardo sulla tabella di marcia. Adesso ci si accavalla tutto il programma dell'udienza» commentò stizzita. Poi andò a sedersi e iniziò a consultare, con evidente malumore, il registro che aveva davanti.

Andrea Mastrantonio, il collega più giovane in servizio, le gettò uno sguardo solidale dall'altro capo del tavolo, ma non disse niente e riprese a scrivere sulla sua agenda. La solidarietà era una cosa, il martirio un'altra. Nessuno si metteva di proposito contro Carla Severini, se poteva evitarlo. Neppure Annabella raccolse la provocazione: sarebbe stato del tutto inutile. La collega era una di quelle persone per le quali esistevano solo due modi di fare le cose: il proprio e quello sbagliato. E la lunga militanza in magistratura non aveva contribuito a migliorare il suo carattere burbero. Ottimo magistrato però, e brava persona, si disse Annabella, sorridendo.

«Mi dispiace molto, Carla» si limitò a risponderle.

La Severini non fece ulteriori commenti e tornò a concentrarsi sui fascicoli del giorno. Dopo pochi minuti, il presidente concluse la sua telefonata e li invitò a dare inizio all'udienza. Indossarono le toghe appese all'attaccapanni dell'anticamera ed entrarono nell'aula collegiale attraverso la porta adiacente alla camera di consiglio.

Annabella era il giudice *a latere* più anziano nel collegio, e perciò le toccava la poltrona alla destra del presidente. Il che implicava sedere accanto al cancelliere... Sbirciò pregando di trovare Dolly, ma scoprì con sommo rammarico che quel giorno era di turno Spedito. Fu colta da una mezza crisi di panico. Alberto Spedito, a dispetto del nome, era in assoluto il cancelliere più lento a scrivere sotto dettatura che avesse mai conosciuto. E per giunta con gli anni era diventato anche un pochino sordo. In abbinamento con il presidente Montagna costituivano una miscela esplosiva.

Il guaio era che il collega Montagna, prima di essere nominato presidente di tribunale, era stato a lungo presidente di un collegio in Corte di Assise, dove la verbalizzazione avveniva tramite registrazione e successiva trascrizione. E purtroppo, dopo un anno e mezzo, ancora non si era abituato al rito ottocentesco della dettatura del verbale, previsto nell'udienza civile. Risultato: il malcapitato giudice a latere passava tutto il tempo a fare il passaparola tra il presidente, che correva come un radiocronista alla finale di campionato, e il cancelliere Spedito, che restava indietro.

«Allora iniziamo l'udienza. Cominciamo con le richieste di separazione consensuale dei coniugi. Chiamiamo il ricorso numero 457 del 2011 tra Ginolfi Anselmo e Roberti Caterina, assistiti entrambi dall'avvocato Regatti.»

«Quattrocento e poi?»

Porca miseria. Non avevano ancora iniziato, e Spedito era già rimasto indietro.

«Cinquantasette» ripeté la Abbondante nell'orecchio del cancelliere, mentre non uno ma ben tre riccioli le erano cascati sconfortati sulla fronte.

«Cinquantasette o quattrocento? Non ho capito!»

«No! Quattrocento e cinquantasette: quattrocentocinquantasette» insistette la Abbondante.

«Del?»

«Duemilaundici. Ma faccia presto!»

«Tra chi?»

«Ginolfi Anselmo e Roberti Caterina... ha scritto?»

«Ginolfi come?»

«Ginolfi Anselmo.»

«Contro?»

«Roberti Caterina.»

«Con l'assistenza?»

Di nostro Signore, pensò il giudice Abbondante.

Annabella era in un bagno di sudore per la tensione. Ed erano solo alla costituzione delle parti.

Il presidente aveva fatto accomodare i coniugi e adesso doveva esperire il tentativo di conciliazione. Secondo la legge, il tribunale aveva l'ingrato compito di accertarsi che i coniugi fossero proprio certi di volersi separare e non vi fosse la possibilità di riconciliarsi.

«No!» risposero anche stavolta i due coniugi interpellati, con un tono a metà strada tra lo scherno e il compatimento.

«Cancelliere, scriva. I coniugi dichiarano che non vi sono i presupposti per una riconciliazione» dettò il presidente.

«I coniugi dichiarano che?»

«Che non vi sono i presupposti...» gli suggerì Annabella, esasperata.

«Non si sono presi i posti?»

«I presupposti. Pre-sup-po-sti! *Non vi sono i presupposti!*» sillabò Annabella disperata.

«Ah sì, grazie. Presupposti per?»

«Per una riconciliazione! Cancelliere, però è sempre quella la frase: non cambia mai. Magari se riuscisse a impararla a memoria, aiuterebbe» mugolò il giudice Abbondante mentre spazientita si tamponava il sudore che le cadeva dalla fronte.

Non si poteva andare avanti così, era una situazione surreale. Intanto l'avvocato Regatti si era alzato e aveva preso la parola.

«Signor presidente, se permette avrei una richiesta da formulare a verbale.»

No! Signore pietà!, gridò disperata Annabella nella sua testa. Occorreva una strategia alternativa, altrimenti non sarebbe arrivata viva alla fine dell'udienza. Fu allora che decise di adottare la tecnica del *passacarte*. In pratica, mentre il presidente dettava, lei avrebbe scritto tutto e poi passato il foglio al cancelliere che se lo sarebbe ricopiato con calma sul verbale. Con questo sistema l'udienza del collegio civile avrebbe mantenuto una sua dignità, senza quel grottesco gioco del telefono senza fili. L'unico problema era fare in modo che Spedito non si offendesse. In fondo era un brav'uomo e non voleva farlo dispiacere.

«Cancelliere, mi presta una penna e un foglio? Vorrei prendere appunti sui processi che trattiamo oggi. Così mi trovo avvantaggiata con la stesura delle motivazioni...»

«Certo, giudice, volentieri. Anzi... in questo modo, se per caso mi sfugge qualcosa, posso dare un'occhiatina al suo foglio» osservò soddisfatto Spedito.

«Va bene, cancelliere, faccia pure.»

Annabella esultò. E finalmente l'udienza poté proseguire, liscia come l'olio.

Erano appena rientrati nella camera di consiglio, quando squillò il telefono interno. Rispose il collega Mastrantonio. Era il centralino.

«Annabella, è per te... dal commissariato di Pianveggio.»

«Grazie, Andrea» fece Annabella e corse, un po' interdetta, per raggiungere l'apparecchio.

«Sono la dottoressa Abbondante, mi dica, commissario» recitò al telefono.

«Non puoi immaginare quello che è successo oggi.»

Stavolta lo ammazzo, pensò mentre continuava a sorridere, come se nulla fosse, ai colleghi che la stavano osservando.

«Commissario, sono in piena camera di consiglio, non potremmo risentirci più tardi?»

«Come vuoi» rispose Nicola, «ma credevo potesse interessarti sapere che hanno trovato uno scheletro nella tua segheria, quella dell'incendio.»

«Non ho afferrato bene, potrebbe spiegarsi meglio?» sussurrò, scostando in malo modo il ricciolo, che aveva scelto il momento sbagliato per farsi notare.

«Hai capito bene, tesoro. Sul fondo della cisterna dietro la tua segheria c'era uno scheletro umano. Appena puoi, liberati delle mummie e richiamami dal tuo ufficio.»

«Non sarà facile ma farò il possibile. La saluto, commissario.»

Annabella Abbondante sapeva che per ottenere il suo scopo doveva agire d'astuzia e lasciare la prima mossa all'avversario. Ritornò al suo posto senza commentare.

«Allora, a quale fascicolo eravamo?» disse con la massima *nonchalance*, dopo un profondo sospiro.

«Annabella...»

«Sì?» sollevò dal fascicolo due occhioni innocenti che neanche Bambi.

«Ci sono problemi?» come previsto il presidente Montagna non aveva resistito alla curiosità.

«Ti ringrazio per l'interessamento, presidente, ma non vorrei interrompere una camera di consiglio a causa di una questione di secondaria importanza» fece lei, con relativo battito di ciglia, da far concorrenza alla Hepburn in *Colazione da Tiffany*.

«Questo lascialo giudicare a me. Di che si tratta?»

«Niente di particolare. Sembra che abbiano ritrovato un corpo carbonizzato in un immobile in custodia del tribunale, perché fa parte di uno dei fallimenti aperti qui da noi...»

Cinque minuti più tardi era già rientrata in ufficio, con l'autorizzazione del presidente Montagna, e il suo ordine preciso di contattare la procura per fornire loro tutte le informazioni utili per le indagini. Finalmente libera, richiamò Nicola per saperne di più.

A quanto pareva, era stato l'architetto Bonomei, in sede di

sopralluogo per la stima dei danni dell'incendio, a ritrovare il corpo carbonizzato, che era in realtà ridotto a poco più di uno scheletro. Al momento del ritrovamento l'architetto si trovava in compagnia del curatore del fallimento.

«Sto cercando di immaginare la faccia di Sottile...» commentò Annabella.

«Lui? È quasi svenuto! È stato l'architetto a chiamarci subito. Ho contattato la questura, e la Scientifica è già sul posto. Il PM di turno è il nostro caro amico, il dottor delle Case. Vuole parlare con te. Immagino ne sarai felicissima...»

«Entusiasta! Ma mai quanto lui, suppongo. Se Sergio Massi delle Case-Chiuse vuole parlare con me, allora è veramente alla frutta!»

«Smettila di chiamarlo così, o prima o poi finisce che lo scrivo in qualche relazione di servizio» la rimproverò Nicola.

«Scusa. Però, quel soprannome, se lo merita tutto, e tu lo sai.»

«Ma certo, tesoro! Oh, adesso ti devo lasciare, ché qui è un inferno. Devo parlare un secondo con il capo della Scientifica e poi vado di corsa all'ospedale di Castel Marino.»

«E perché?»

«Ah, non te l'ho detto? Hanno ritrovato Francesco Santangelo.»

E riattaccò senza dare altre spiegazioni. Di certo, lo aveva fatto apposta per lasciarla sulle spine, il maledetto. Ma per fortuna Annabella poteva fare benissimo a meno di lui: aveva le sue fonti. Chiamò al telefono il cancelliere Sarracino e gli chiese di salire in ufficio da lei. Dopo due minuti, Dolly bussò alla porta.

«Azz!» esclamò il cancelliere, senza mezzi termini, non appena fu messo al corrente del ritrovamento di Francesco Santangelo.

«Appunto. Vedi di capire cos'è successo. Parla con gli amici tuoi della procura e fammi sapere. Cerca di ottenere quanti più particolari è possibile.»

«Ci vado subito, dottoré!»

Paolo era peggio di lei: la curiosità se lo stava già divorando. Il giudice Abbondante e il suo cancelliere condividevano una vera e propria fissazione per le investigazioni e i romanzi gialli, e questa storia di Francesco Santangelo costituiva una tentazione irresistibile. Annabella sapeva benissimo che tutta la faccenda era fuori dalla sua *giurisdizione*, ma in qualche modo era stata coinvolta e non si poteva certo pretendere che ne restasse fuori.

Nell'attesa del ritorno di Dolly decise di contattare il PM di turno. Chiamò il centralino e si fece passare subito l'ufficio del procuratore Sergio Massi delle Case.

«Il dottore è impegnato in questo momento, dottoressa» rispose la segretaria. «La faccio richiamare immediatamente non appena si libera?»

«No, grazie lo stesso, Angelica. Passerò io più tardi in procura. Gli dica solo che l'ho cercato» e riattaccò sollevata. Il supplizio era rinviato.

In quello stesso momento la scrivania cominciò a vibrare con insistenza. E poi Gaber attaccò a cantare: *La libertà non è star sopra un albero...* Suppose che fosse di nuovo Nicola per riferirle le ultime novità. Allora, per non perdere tempo rovesciò l'intero contenuto della borsa sulla scrivania. Sacrificio inutile. Lì il cellulare non c'era.

Non è neanche il volo di un moscone...

E dove era finito questa volta?

La libertà non è uno spazio libero...

Dopo vari tentativi falliti, finalmente lo rintracciò dentro il secondo cassetto della scrivania, sotto le circolari del CSM.

«Pronto, Nicola?»

Ma non era Nicola.

Al telefono riconobbe il dottor Sottile, che l'avvertiva di avere appena terminato la deposizione in commissariato, insieme all'architetto Bonomei, e le chiedeva se la mattina successiva potevano passare in tribunale per riferire sull'accaduto. Annabella non se lo fece ripetere due volte. Informazioni a domicilio. E senza neppure chiederle. Cosa si poteva desiderare di meglio? Decise di ammazzare il tempo con il lavoro. Si guardò intorno, da ogni scaffale traboccavano fascicoli. Non si sarebbe certo annoiata. Prese un grosso faldone dall'aspetto inquietante che con buona approssimazione risaliva, anno più anno meno, al paleolitico superiore. Tanto valeva affrontare il toro per le corna. Non appena lo aprì fu colta da una terribile reazione allergica alla polvere. Una sequenza impressionante di almeno quindici starnuti. *Scommetto che l'anno di iscrizione a ruolo è antecedente al 2000*, pensò Annabella.

Controllò la copertina e gioì del proprio successo; ci aveva azzeccato anche questa volta! Numero di iscrizione al registro generale: 121 del 1999. La regola degli starnuti, ad apertura di fascicolo giurassico, era infallibile: il loro numero era sempre inversamente proporzionale all'anno di iscrizione a ruolo del fascicolo esaminato.

Tre fascicoli ante-duemila e due confezioni di fazzoletti di carta più tardi, Paolo entrò nel suo ufficio senza neppure bussare, con un'espressione di trionfo stampata in faccia. Fece due giri nella stanza con le braccia al cielo, che neppure Rocky Balboa dopo aver messo a tappeto Apollo Creed. Conclusa la sua parata, si fermò davanti alla scrivania, aspettando la domanda del giudice ma Annabella, che non intendeva dargli questa soddisfazione, taceva, limitandosi a sua volta a guardarlo con un'espressione indifferente. Rimasero così a fissarsi negli occhi senza parlare per un tempo interminabile. Entrambi i contendenti decisi a non mollare.

Alla fine, fu Paolo a cedere per primo. La Abbondante lo aveva messo alle corde.

«Allora, non mi chiedete niente?»

«A proposito di cosa?» fece lei.

«Le notizie dalla procura!»

«Ah! Me ne ero dimenticata» mentì Annabella. «Dimmi pure.»

A questo punto il cancelliere si giocò il tutto per tutto e decise di calare l'asso: «Francesco Santangelo ha confessato l'omicidio di entrambi i genitori».

«Cosa? Non ci posso credere!» il giudice era scattata in piedi e, quasi per riflesso condizionato, era andata a mettere su la macchinetta del caffè.

Era il segnale della resa. Dolly si accomodò sulla poltrona di destra, godendosi la meritata gloria. Ora aveva la piena e totale attenzione del giudice. Vittoria ai punti, molto sofferta, ma l'incontro era suo.

«Avete capito bene, dottoré. Sembra che i due poveretti non siano mai partiti per il Sud America.»

«Porca miseria! Questo sì che è un colpo di scena in piena regola.»

«Eh, sì! Dice che li ha uccisi nella casa al mare. Un gesto di follia. E questo è quanto.»

«Bravo, Paolo! Da chi lo hai saputo? Hai parlato con il tuo amico della polizia giudiziaria? Quello che lavora con Massi delle Case?» si informò Annabella prima di porgergli il bicchierino di caffè.

«Scognamiglio? No, è in ferie purtroppo, non torna prima di sabato.»

«E allora come hai fatto a ottenere le informazioni?»

«Semplice, sono il padrino di battesimo del figlio di Andrea Scalpelli.»

«Auguri, ma non vedo come questo titolo possa averti dato accesso alla notizia...»

«Scalpelli è l'ufficiale giudiziario...»

«E che ne sa lui delle cose della procura?»

«Niente» rispose Paolo. «Però sua sorella ha sposato il ragionier Mazzagardi, il responsabile dell'ufficio Cassa del Credito Cooperativo di Pianveggio» e si portò il bicchierino alla bocca. Bevve tutto d'un fiato, ma arricciò il naso e strinse le labbra in una smorfia di disgusto.

«E che ce ne importa?» lo incalzò il giudice, dopo aver bevuto anche lei il suo caffè.

«Il ragioniere Mazzagardi è un bravissimo giocatore di briscola.»

«Mi fa piacere per lui... e quindi?»

«E quindi gioca ogni giovedì con i due cancellieri della volontaria giurisdizione, Gervasio e Caporali.»

«Che sarebbero?» la Abbondante aveva rivolto l'ultima domanda con una certa impazienza.

Paolo tirò fuori la pezzuola per pulirsi gli occhiali e diede il via al solito rituale di lucidatura, mentre il giudice friggeva in attesa.

«Rispettivamente cugino e cognato della Rosselli» disse il cancelliere alla fine.

«La dirigente amministrativa della procura» notò Annabella.

«Esatto, dottoré» gongolò Dolly.

«Che, come è noto, è una delle *Casettine*. Anzi, la *Casettina numero uno* di Massi» concluse ammirata la dottoressa Abbondante.

«Esatto» rigongolò Paolo.

Ci fu un attimo di silenzio.

«Dolly, certe volte mi fai paura...»

«Dottoressa, anche la paura è un sentimento... lo sapete?» replicò il cancelliere, e subito appoggiò la sua mano su quella del giudice.

«Paolo, dacci un taglio» disse lei, ritirando la sua.

«Va be'... Ci facciamo un altro caffè? Però non vi offendete, questa volta lo preparo io.»

Il giudice lo lasciò fare. Conosceva bene l'opinione del cancelliere sulle sue capacità nella preparazione del caffè. Mentre si gustavano quello preparato da Dolly, senz'altro migliore, squillò il telefono interno.

«Pronto?»

«Ciao Abbondante, sono Massi. Sono appena rientrato in procura. So che mi hai cercato... Che volevi?»

Paolo, fermo al lato della scrivania con il caffè ancora in mano, capì subito chi fosse. Accartocciò la plastica del bicchierino ormai vuoto e buttò tutto nel cestino, dopodiché uscì dalla stanza con discrezione.

«Ciao Sergio. Sì, ti cercavo perché... mi hanno riferito che volevi parlarmi. Ho pensato t'interessasse sentirmi come persona informata sui fatti, per le indagini sull'incendio della segheria. L'immobile fa parte del patrimonio di un mio fallimento, ed è sotto la mia custodia, come giudice delegato. Ma immagino che questo tu già lo sappia...»

«Ovvio.»

«Bene. Pensavo anche che potesse esserti utile confrontare le nostre impressioni.»

Al telefono calò un silenzio imbarazzante.

«Annabella, se ti piacciono così tanto le indagini penali, perché non chiedi il trasferimento in procura?»

«Be', è che mi piace tanto anche fare il giudice.»

«Ecco, brava, allora tu fai il giudice, e lascia che alle indagini ci pensiamo noi.»

Ma Annabella Abbondante non era tipo da arrendersi alle prime difficoltà.

«Allora salgo?»

«Adesso? Io veramente… sto terminando le ultime cose e poi vado via.»

«Allora rimandiamo a domani?»

«Sì, forse è meglio. Ripensandoci, se domani sei impegnata, possiamo fare anche la prossima settimana.»

«Sono sempre impegnata, caro Massi. Faccio il giudice civile, io. Ma troverò un secondo per te, non preoccuparti.»

«Non ero affatto preoccupato. Stammi bene, Abbondante!»

«A presto, Massi.»

Appena attaccato il ricevitore, Annabella afferrò la borsa decisa a recarsi subito in procura per parlare con lui. Era chiaro che Massi delle Case, come suo solito, avrebbe cercato di evitarla a oltranza, perciò avrebbe sfruttato il fattore sorpresa.

Il giudice salì la rampa di scale che portava alla procura con lo stesso entusiasmo di un condannato verso il patibolo. *Dead man walking*, pensò mentre percorreva il lungo corridoio che portava alla stanza di Massi. La verità era, e lo sapevano anche i muri, che il giudice Abbondante non sopportava il sostituto procuratore Massi delle Case. E come poteva essere altrimenti? Sempre impeccabile, mai un capello fuori posto, il procuratore non sudava mai, anche con quaranta gradi all'ombra. Sempre sobrio, composto e dignitoso, come imposto dalla propria funzione. Una vera spina nel fianco per Annabella. Del resto, quel sentimento di sottile insofferenza era ampiamente ricambiato. Ed era sempre stato così, sin dai tempi del liceo. Un'antipatia reciproca di tipo fulminante.

Annabella conosceva bene l'istruzione impartita a tutti gli addetti alla segreteria del procuratore: "Per la dottoressa Abbondante, io non ci sono mai". Svoltato l'angolo, riconobbe la voce del collega che parlava con la signorina Cecconi.

«Angelica, se sale il giudice Abbondante, dille che sono già andato via, mi raccomando» gli sentì dire.

Aspettò che Massi rientrasse nel suo ufficio e poi si presentò davanti alla scrivania della povera Angelica Cecconi, segretaria del procuratore, altrimenti nota come *il parafulmine*.

«Angelica, prima che tu dica qualsiasi cosa, mi corre l'obbligo di avvisarti che ho appena sentito il collega Massi parlare con te e l'ho anche visto rientrare nel suo ufficio.»

Contro ogni previsione, Angelica non disse nulla, anzi accennò un sorriso di complicità. Quindi abbassò la testa, come per darle il via libera. Solidarietà femminile.

Prima di entrare nell'ufficio di Massi, Annabella fece un profondo respiro. *Non raccogliere le provocazioni. Conta fino a dieci, mi raccomando*, si disse. Entrò senza bussare.

«Innanzitutto, non te la prendere con Angelica... mi ha diligentemente riferito che non sei in ufficio. E dato che non ci sei, devo supporre che adesso sto parlando con il tuo ologramma... miracoli della tecnologia.»

Si accomodò su una delle poltrone di pelle della stanza e incrociò le braccia, in attesa della reazione.

Sergio Massi delle Case rimase paralizzato per qualche secondo, con le dita sulla tastiera del computer. Continuava a guardarla impassibile, ma un leggero tremolio della palpebra sinistra tradiva il suo disappunto. Poi si girò con la sedia in direzione della Abbondante.

«Aveva ragione la Antinolfi. Annabella Abbondante *non accetta mai un no come risposta*» si limitò a commentare stizzito.

«La nostra cara professoressa di latino del liceo... Sì, me la ricordo bene. Non era la stessa che diceva che Sergio Massi delle Case *si prende sempre troppo sul serio?*» rispose pronta lei e spostò il fermacarte d'argento da destra a sinistra della scrivania. «Veniamo al dunque, Annabella. Cosa vuoi?» tagliò corto Massi, rimettendo il fermacarte al suo posto originario.

«Caro signor sostituto procuratore della Repubblica, sono qui in ossequio al dovere di collaborazione istituzionale. Lo prescrive il nostro codice deontologico, te lo sei dimenticato? Pensavo potesse interessarti avere notizie sull'immobile incendiato, i particolari sul fallimento, sul tentativo di vendita.»

«Oh, scusami, egregio signor giudice delegato. Come ho potuto soltanto immaginare che tu fossi qui per ficcanasare nelle mie indagini?»

Annabella, nel frattempo, aveva afferrato una perizia dal tavolo e la stava sfogliando, senza prestarci particolare attenzione... «Non so perché tu lo abbia pensato. Ti ho chiamato soltanto perché il presidente Montagna mi ha pregato di mettermi a disposizione per eventuali informazioni di cui la procura potesse avere bisogno... ma se vuoi, gli riferisco che non sei interessato a collaborare con l'ufficio Esecuzioni e Fallimenti» replicò.

Massi accusò il colpo. La palpebra sinistra ebbe un secondo leggero fremito. Le strappò di mano la perizia *top secret*, e disse: «Comunque, allo stato delle indagini c'è poco di cui parlare. Mi sembra evidente che l'incendio doloso è collegato con la vendita all'asta dell'immobile, anche in considerazione della tempistica dei due eventi. Il curatore, quel tuo dottor Sottile, ci ha riferito che il termine per il pagamento del saldo del prezzo sarebbe scaduto dopo pochi giorni».

«Sì, è così. Quindi tu ipotizzi una turbativa d'asta?»

«Mi sembra la tesi più probabile, certo.»

Annabella, senza rendersene conto, iniziò a giocherellare con il suo sopracciglio sinistro.

«Ecco, lo sapevo!» disse Massi delle Case alzando gli occhi al cielo.

«Cosa c'è, cosa ho fatto?» chiese Annabella con aria colpevole.

«Hai qualcosa da ridire sulla teoria della turbativa d'asta.»

«Io? No... Che cosa te lo fa pensare?»

«Ti tocchi sempre il sopracciglio quando qualcosa non ti convince. Me lo ricordo benissimo. Lo facevi anche a scuola durante le interrogazioni» insistette lui, puntandole un dito in faccia.

Vistasi scoperta, il giudice Abbondante decise di passare all'offensiva.

«Ma scusa, Sergio, chi potrebbe avere interesse a fermare la vendita dell'immobile? Non certo il fallito, che aspetta da anni di chiudere questa benedetta pratica. Però...»

«Però?»

«Se ben ricordo, l'aggiudicazione è avvenuta a seguito di una gara...»

«Sì, il tuo curatore mi ha detto che c'erano due offerenti.»

«E hai fatto indagini sul secondo offerente? Hai verificato che non fosse qualcuno legato alla società fallita? Oppure alla malavita organizzata?»

«Si trattava di un avvocato, per persona da nominare. Stiamo facendo accertamenti ovviamente... ma grazie per il suggerimento. Sai, sono solo dodici anni che faccio il pubblico ministero!»

«Vedo che continui a essere molto permaloso, caro Massi... In ogni caso, resta la questione del cadavere che è stato ritrovato. Come te lo spieghi?» domandò la Abbondante e iniziò a giocherellare distrattamente con la Montblanc preferita del procuratore.

«Al momento non abbiamo ancora elementi per formulare una ipotesi, e se li avessimo non potrei certo dirtelo» rispose lui, dopodiché allungò una mano, per riprendersi la penna e riporla al sicuro nel cassetto della scrivania. «Comunque non credo che vi sia un collegamento con l'incendio. Secondo me è solo una coincidenza. L'incendio ha fatto scoprire un cadavere destinato a restare lì chissà per quanti anni. Chi ha scelto il luogo per l'occultamento sapeva il fatto suo, si tratta di un posto isolato, lontano dall'abitato, e l'edificio era abbandonato da anni. L'assassino non poteva certo prevedere che sarebbe stato incendiato.»

«Come fai a essere certo che si tratti di un omicidio? Non potrebbe trattarsi di una caduta accidentale?» lo provocò Annabella, con l'intento di conoscere qualche particolare in più.

Il procuratore abboccò all'amo: «Ma figurati! Aveva il cranio sfondato da un colpo in testa. Ti ripeto, si tratta di un ritrovamento casuale».

«Forse…» disse lei, e iniziò a guardare dentro la lente di ingrandimento d'argento massiccio, dono del procuratore capo.

«Forse?» ripeté delle Case, con voce stizzita e un tantino preoccupata per le sorti della sua preziosa lente.

«Con l'incendio dell'immobile, la vendita è saltata, ma se la società che si è aggiudicata la segheria avesse effettivamente depositato il saldo prezzo, nel giro di un paio di mesi avrebbe avuto il decreto con cui io gli avrei trasferito la proprietà.»

«E che c'entra questo con il cadavere?» Massi si era stufato, non c'erano più dubbi.

«Non lo so, ma se io compro una segheria abbandonata, di sicuro intendo ristrutturarla. Era solo una questione di tempo e il cadavere sarebbe stato scoperto» e batté sulla scrivania la lente d'argento del procuratore, che non si ruppe per puro miracolo. Massi la riprese con sollievo e la nascose sotto le carte. Nel frattempo Annabella aveva già afferrato la cornice d'argento con la foto del procuratore in costume da bagno, abbracciato a una biondina scialba di massimo vent'anni, su una spiaggia cafonissima di Palma di Maiorca.

«Certo, ma l'assassino non poteva sapere che l'immobile era stato venduto» disse lui, e le strappò dalle mani anche la cornice.

«O magari invece è venuto a saperlo in un secondo momento, perché lo ha letto sul giornale. Le vendite all'asta vanno pubblicate per legge.»

«Insomma, dove vuoi arrivare?» insistette il procuratore.

«Da nessuna parte. Tuttavia, se fossi in te, non sarei così sicuro che i due episodi siano scollegati. Ma chi sono io per suggerire il da farsi a un procuratore con una anzianità di più di dodici anni?»

«Ovviamente stiamo vagliando tutte le ipotesi, ma come sai le indagini sono sottoposte al segreto istruttorio. E questo vale anche per te, cara la mia *Miss Marple*» disse Massi, e si alzò per accompagnarla alla porta. E ciò stava a significare che per lui la conversazione era terminata e che neanche sotto tortura si sarebbe fatto scucire altre informazioni.

«Bene… ti lascio allora alle tue indagini segretissime, caro il mio *007*» gli rispose lei. Dopodiché lo seguì verso la porta. Stava per uscire, ma si bloccò per un istante, come catturata da un pensiero improvviso. «Un'ultima curiosità, sempre che non riguardi una questione coperta dal segreto di Stato: i vigili del fuoco hanno individuato il punto di innesco dell'incendio?»

«No. O meglio, non lo so. Il problema non si evinceva dalla relazione di servizio dei carabinieri intervenuti sul posto, e non ho chiesto di specificarlo. Non mi sembrava rilevante per le indagini, visto che si tratta di un incendio doloso. In situazioni del genere, cosa importa da che parte dell'edificio sia iniziato?»

«Se lo dici tu...»

«Certo che lo dico io! Sono *io* il magistrato inquirente. Stammi bene, Abbondante. Torna a casa che si è fatto tardi» le disse mentre la spingeva con risolutezza verso l'uscita.

«Allora ciao Massi, buona serata» rispose lei voltandogli le spalle.

Quando ormai aveva imboccato il corridoio, il procuratore le gridò dietro: «E non disturbarti a chiamarmi. Semmai, e sottolineo il *mai*, avessi bisogno di altre informazioni da te, so bene dove trovarti».

Una mezz'ora più tardi Annabella Abbondante chiudeva la porta del tribunale a doppia mandata come le raccomandava sempre il vecchio custode. Al solito era l'ultima a uscire. Si diresse decisa alla Palermitana. Il duello con delle Case-Chiuse era stato parecchio sfibrante e adesso aveva un disperato bisogno di zuccheri e caffeina.

«Egregia dottoressa Abbondante, che cosa le porto?»

«Michele, ti prego non scherzare, ho appena finito di parlare con il procuratore delle Case...»

«Ho capito... Un bel caffè al pepe e il solito cannolo con doppia dose di ricotta.»

«Sei un angelo, Michele.»

«Sarei un arcangelo, per l'esattezza, signor giudice.»

4

L'importanza di un'automobile

Il giudice Abbondante guidava una vecchia Citroën Saxo che suo padre le aveva regalato poco prima di morire. Anche per questo motivo ci era molto affezionata. Non le interessava che fosse brutta e vecchia: era un ricordo. E non aveva mai pensato di sostituirla. Quella mattina, però, Maria Fortuna Abbondante si era svegliata con l'idea che sua sorella avesse urgente bisogno di un'automobile nuova.

Squillò il telefono fisso. Annabella non aveva bisogno di chiedere chi fosse.

«Adesso non posso…» disse decisa, dopo aver sollevato il ricevitore.

«Ma si tratta di una questione della massima importanza, credimi!»

«Fortuna, hai trenta secondi, esponimi questo problema urgentissimo.»

«La tua automobile, Annabella. Non è dignitoso che tu vada ancora in giro con lo *scassone* del babbo.»

«Non vedo in che modo la dignità possa entrarci con il mezzo di trasporto utilizzato.»

«Non fare sempre la comunista, Annabella! Sei una professionista, hai un'immagine da difendere.»

Annabella soffiò via il suo amico ricciolo e si fermò un secondo a riflettere. Era inutile combattere quella battaglia. Sapeva già che alla fine avrebbe capitolato sotto il fuoco insistente dell'artiglieria nemica, tanto valeva arrendersi subito ed evitare di fare tardi all'udienza.

«E che tipo di auto gioverebbe alla mia immagine, secondo te?»

«Una Mini, per esempio, o anche una Mercedes classe A.»

«Va be'… te lo ricordi che io vivo del mio stipendio, vero?»

«D'accordo, allora potresti prenderti qualcosa di più economico. Ad esempio… una Lancia Ypsilon.»

«Fortuna, sii sincera, c'è una remota possibilità che tu desista da questo proposito?»

Silenzio.

«Come temevo. Allora puntiamo sulla macchina più economica» cedette il giudice.

«Splendido! Facciamo così: penso a tutto io, tu devi solo firmare il contratto. Hai preferenze per il colore?»

«Rosso.»

«Rosso?»

«Non va bene?»

«Non lo so, Annabella, nella tua posizione mi pare che il rosso non sia politicamente corretto, ecco…»

«Fortuna, mi auguro per la tua intelligenza che si tratti solo di una battuta.»

Maria Fortuna Abbondante era una donna petulante, insistente, conformista, ma non stupida. Capì che sul colore doveva cedere, per accordare alla sorella almeno una sconfitta onorevole.

«Ok. Vada per il rosso, allora. Ma fa tanto cafone, ti avviso.»

«Ciao, Fortuna, è stato bello.»

Aveva appena riattaccato quando entrò Paolo con il solito

carrello pieno di fascicoli vari e una faccia che non preannunciava niente di buono.

«Giudice, ve lo siete preso il caffè stamattina?»

«Perché?» si allarmò lei.

«Vi devo dare una brutta notizia...»

Si guardarono per qualche secondo in silenzio, poi Paolo si avvicinò per darle un colpetto di conforto sulla spalla.

«Fatevi coraggio, dottoré.»

Annabella Abbondante capì subito: «Ti prego, non dirmi che... mi devo fare il *mercato delle vacche*?».

Dolly le confermò che si trattava dell'udienza della Fiacca, che a rigore sarebbe toccata alla Severini, la quale però era malata... E quindi il presidente Montagna chiedeva alla Abbondante la cortesia di sostituire la collega.

«Be', ha scelto un nome a caso. Ma questa benedetta Fiacca quando ritorna in servizio?»

«Nessuno lo sa, dottoré. Per il momento è ancora in congedo per maternità.»

«Ancora? Ma sono anni ormai! È una donna o un pachiderma?» sbuffò Annabella, e riportò nei ranghi i riccioli scalmanati, che si erano ammutinati approfittando della confusione. «E posso sapere dove si terrà il mercato stamattina, o mi faccio guidare dai muggiti?»

«Vi ho sistemato nell'aula grande e ci ho fatto mettere già tutti i fascicoli: i vostri e quelli della vostra collega. Giudice, lo sapete, se potessi, resterei ad aiutarvi – per voi questo e altro, per carità! – oggi però sono solo in cancelleria e gli avvocati mi mangiano vivo se dico che mi allontano.»

«Non ti preoccupare, Dolly. Non voglio che rischi il linciaggio a causa mia. Me la cavo da sola. Quante cause sono fissate per oggi in tutto? Hai contato i fascicoli?»

«Non li ho contati, giudice, ma dovrebbero essere più di cinquanta. Però, se mi posso permettere, non li contate neppure voi. In certi casi è meglio restare nell'incoscienza.»

Annabella afferrò i codici, la penna e il thermos con il caffè bollente e si diresse all'ascensore, con aria rassegnata. Sostituire la collega Fiacca all'udienza era un autentico supplizio per tutti. Dopo la bellezza di tre gravidanze consecutive, altrettanti congedi per le solite complicanze durante la gestazione, seguiti dai relativi congedi facoltativi per maternità dopo il parto, nessuno aveva il piacere di vedere la dottoressa Mara Fiacca in tribunale da ormai più di quattro anni. Annabella aveva dimenticato persino che faccia avesse.

Il risultato era il caos.

«Il mercato delle vacche del mio paese aveva un aspetto più ordinato e razionale» aveva osservato una mattina Fausto Merletti, dopo essere uscito dall'aula di udienza con lo sguardo vitreo, il colletto della camicia, di solito sempre inamidato, tutto spiegazzato e un ciuffo dei suoi improbabili capelli, di norma sempre ben laccati, incresciosamente fuori posto. Da quel giorno l'udienza della Fiacca era universalmente nota in tribunale come il *mercato delle vacche*.

Sconfortata, la Abbondante raggiunse a passo lento l'ascensore per scendere al piano terra, dove si trovava l'aula grande. L'unica in grado di contenere l'adunanza oceanica dell'udienza Fiacca.

L'ascensore tardava a salire: sembrava fermo al piano seminterrato, quello del garage. Stava per rinunciare e scendere a piedi, quando si aprirono le porte e, con sua grande sorpresa, le comparve davanti Francesco Santangelo. Il giovane era scortato da due agenti della polizia penitenziaria, che a quanto pareva lo stavano portando in procura per l'interrogatorio.

Per qualche istante Francesco e il giudice si guardarono negli occhi. Lui aveva uno sguardo mite, quasi implorante, l'incredibile azzurro incupito da una infinita tristezza. Annabella pensò che non vi fosse nulla dell'assassino in quegli occhi. Le ricordavano semmai il mesto stupore di un maialino che aveva visto portare al macello da bambina. Ci lesse rassegnazione e smarrimento... ma nessun pentimento.

Mentre le porte dell'ascensore si richiudevano, Santangelo ebbe appena il tempo di dirle: «Non ho avuto scelta. Glielo giuro».

Cosa significava?

Il giudice Abbondante si inserì non senza difficoltà nel disordinato flusso di avvocati che si dirigeva verso l'aula di udienza, dal cui interno proveniva un confuso e minaccioso vociare. Si affacciò alla porta e rimase immobile per qualche secondo a contemplare dall'alto quell'ammasso impressionante di persone.

La più totale anarchia dominava incontrastata e Annabella quasi rimpianse le lezioni autogestite della Facoltà di Giurisprudenza, ai tempi dell'occupazione studentesca.

Respira, Annabella... Respira, rilassati e segui la corrente. Il segreto è non tentare di contrastare in alcun modo il succedersi spontaneo e casuale degli eventi: mantieni un atteggiamento anglosassone.

Raggiunse la sua postazione facendosi largo tra la folla inferocita, non senza avere assestato un paio di gomitate, all'apparenza casuali, all'avvocato Malfatti, che non accennava a scansarsi. Guardò la pila smisurata di fascicoli accatastati sul banco del giudice e calcolò che non potevano essere meno di sessanta. Anche volendo dedicare solo cinque minuti a fascicolo, l'aspettavano almeno cinque ore di lavoro, tra imprecazioni, occhiatacce e facce storte.

Il plotone di esecuzione degli avvocati anziani era già schierato in prima fila e consultava l'orologio con palese nervosismo, sventolandosi con i fogli dei fascicoli.

Respira, Annabella, respira... e mi raccomando... anglosassone.

Il giudice si rivolse alla folla ostile con un serafico sorriso da chierichetto alla messa: «Buongiorno a tutti».

«Buongiorno» borbottò la moltitudine senza convinzione.

«Chiedo un po' di pazienza e la vostra collaborazione per cercare di dare un senso a questo caos. Mi rendo conto che ci saranno disagi e ritardi, ma il giudice Fiacca è ancora in maternità» brusio di disapprovazione della folla in aula. «E io sono stata designata soltanto stamattina a sostituirla per questa udienza. Tratterò i processi in ordine progressivo, così come sono scritti nel ruolo. Non vedo altro criterio che abbia un minimo di oggettività. L'alternativa sarebbe tirare a sorte» annunciò mestamente il giudice Abbondante.

Guardò i volti delle persone di fronte a lei e si rese conto che a nessuno di loro interessava un fico secco della Fiacca in maternità, del fatto che lei fosse una semplice sostituta né dello sfascio dell'organizzazione giudiziaria. Si aspettava, la gente, quello per cui era venuta.

Quella folla voleva giustizia e quella mattina era poco probabile che l'avrebbe ottenuta. Tutto qui. Soffiò via l'indomito ricciolo dalla fronte aggrottata.

«Giudice, il nostro fascicolo non si trova, temo che sarò costretto a chiedere un rinvio» il lamento proveniva da un giovane avvocato che lei intravedeva appena, nascosto com'era dietro la pila di fascicoli.

«Avvocato, date le circostanze, credo che la cosa susciti l'invidia di parecchi suoi colleghi qui presenti e sicuramente della sottoscritta. In ogni caso, le suggerisco di scavare meglio. Ho avuto modo di sperimentare, in occasioni simili a questa, come i fascicoli siano dotati di vita propria e tendano a riapparire proprio dove meno te li aspetti» disse lei, continuando a sorridere.

«Giudice, possiamo trattare per prima la causa Franciosi contro Sellarino?» fece l'avvocato Alfieri, noto all'ufficio come instancabile piantagrane. «C'è da conferire l'incarico al consulente tecnico. E il dottore ha fretta di andare via.»

«Ha fretta il consulente o ha fretta l'avvocato?» ribatté Annabella Abbondante, e inarcò appena il sopracciglio sollevando il mento per fissarlo severa da sotto gli occhiali.

«Ho afferrato la sfumatura, giudice. Aspetterò il mio turno». Rompipalle ma sveglio, l'avvocato Alfieri.

Il giudice aprì il primo fascicolo: «Avvocato Stamberghini, tocca a lei, è pronto?».

«Prontissimo, signor giudice!» disse l'avvocato, e afferrò in fretta e furia tutte le carte sparpagliate sul suo banco nel terrore di perdere il turno.

«La controparte è presente?»

«Eccomi, giudice, sono qui.»

«Giudice, allora faccio entrare la testimone?»

Annabella sgranò gli occhi. Non era possibile che in quel cataclisma di fascicoli, ci fossero anche dei testimoni da sentire. Ma purtroppo il verbale della precedente udienza, che stava leggendo, non lasciava adito a dubbi. Tirò allora un profondo sospiro e disse, con una certa rassegnazione: «Faccia entrare la teste…».

«Subito, giudice, è qui fuori… Solo un minuto e torno.»

Annabella approfittò della pausa per bersi un sorso di caffè. Mentre armeggiava con il diabolico sistema sottovuoto del thermos e tentava di chiuderlo, senza farsi esplodere il caffè addosso, avvertì che in aula si era creato all'improvviso un religioso silenzio. Alzò gli occhi e rischiò di rovesciarsi il caffè sul vestito.

Una donna biondissima, alta circa un metro e ottanta, vestitino leopardato, scollatura vertiginosa e tacco dodici, stava ancheggiando attraverso il corridoio centrale dell'aula. Si rese conto, dalle mascelle calate e dagli sguardi inebetiti dei presenti, che di certo non era stata la sola a essere rimasta colpita.

Anglosassone... ricorda.

«Avvocato, mi passi la citazione della teste» ordinò Annabella ostentando la massima indifferenza. «Lei è la signorina Jessica Samantha Castellano?»

Il donnone biondo, che nel frattempo non aveva mai smesso di ruminare il suo chewing-gum, aprì le labbra a canotto, di un bel rosso ciliegia, ed emise un inquietante suono gutturale, che con ogni probabilità doveva essere un *sì*.

«Benissimo. Adesso deve recitare la formula di impegno del testimone. Va bene?»

Altro suono gutturale.

«Consapevole della responsabilità morale e giuridica che assume con la sua testimonianza, si impegna a dire tutta la verità e a non nascondere nulla di quanto è a sua conoscenza. Si impegna?»

«Okkai.»

Respira... respira.

«Deve dire *mi impegno*.»

Il bambolone si rivolse con aria interrogativa all'avvocato Stamberghini, il quale si affannò a spiegarle che cosa doveva fare.

Dopo alcuni imbarazzanti secondi, il canotto rosso ciliegia

si aprì e tutti poterono udire la serie di suoni gutturali alternati a strascicati labiali che corrispondeva alle parole *mi impegno.*

A questo punto intervenne l'avvocato Salmenti, che difendeva la parte convenuta: «Giudice, prima di cominciare, vorrei che desse uno sguardo alle circostanze su cui la controparte ha chiesto che venga sentita la testimone. Comprenderà il motivo per cui il mio cliente, il signor Donnola, chiede che la teste sia ascoltata a porte chiuse».

Annabella lesse le circostanze indicate nella memoria dell'avvocato e sospirò, mentre il ricciolo ribelle si afflosciava sulla fronte in stato depressivo e le sue dita continuavano ad accanirsi sull'incolpevole sopracciglio. Rimase qualche secondo in silenzio per riprendere il controllo di sé, che sentiva ormai sul punto di perdere, e poi disse: «Avvocato, pur comprendendo le legittime motivazioni che hanno indotto il suo cliente a formulare una simile richiesta, mi vedo costretta, mio malgrado, a rifiutarla. Soltanto con l'esercito avrei qualche possibilità di successo a far sgomberare quest'aula stamattina».

Vagò con lo sguardo alla ricerca di qualcuno che potesse corrispondere all'immagine che si era fatta di Donnola Enrico, ma senza successo.

«Dov'è il suo cliente?»

«Sono qui, signor giudice!» disse una vocina sottile dal fondo dell'aula. Un ometto minuto e pelato, con un paio di occhialini dorati sul naso, che a quanto pareva corrispondeva al nome di Donnola Enrico, venne avanti facendosi largo tra la folla incuriosita.

«Lei è sicuro di essere Donnola Enrico?» non poté fare a meno di domandare, con aria scettica, il giudice Abbondante.

«Certo» fece lui risentito.

«Allora, devo chiederle un po' di pazienza, signor Donnola.

Per ragioni di ordine pubblico non posso accogliere la sua richiesta. Provocherei una sommossa… Mi dà il consenso a proseguire ugualmente?»

«Se non si può fare in nessun altro modo…» sospirò l'ometto, e gettò un'occhiata imbarazzata verso la Atomica Bionda.

«Bravo! Allora cominciamo. Signorina Castellano, lei ha rapporti di parentela o amicizia con una o entrambe le parti di questo giudizio?»

«Sicuro» fece Bocca di Rosa.

«E con chi?»

«Con Enrico… Donnola.»

Annabella Abbondante rimase interdetta. Non poteva credere che i due fossero parenti.

«Che tipo di rapporto?»

«Un rapporto molto intimo» rispose Jessica Samantha con voce suadente.

Solo a questo punto Annabella Abbondante si rese conto dell'equivoco.

«Volevo dire se lei ha un qualche tipo di legame…» precisò il giudice.

«Una sola volta» la interruppe la teste.

«Cosa?» domandò Annabella, confusa.

«Mi ha legato una sola volta, ma per gioco» precisò Jessica con ammirevole zelo.

«Non mi sono spiegata bene, le sto chiedendo se è legata da qualche tipo di relazione parentale con il signor Donnola.»

«Sì, abbiamo avuto una relazione, ma adesso siamo solo amici» biascicò la Barbie, sbattendo le ciglia finte.

«Non importa, andiamo avanti» si arrese alla fine Annabella. «Adesso le leggo la prima circostanza, e lei mi deve dire se è vera o non è vera.»

«Okkai!»

«Dica se è vero che il giorno 24 luglio 2018 si trovava in compagnia di Donnola Enrico, nell'appartamento di proprietà del medesimo, vestita succintamente.»

«Non è vero!» rispose la testimone aggiustandosi la prosperosa scollatura, tra una masticata e l'altra.

«Non è vero che si trovava in quell'appartamento?»

«No, non è vero che ero vestita…» fece Jessica Samantha con un certo disappunto.

La folla ridacchiò divertita.

Respira… respira…

«Silenzio in aula! Quindi… signorina, lei conferma che si trovava con il Donnola nel suo appartamento e che non aveva alcun abito indosso?» si sforzò di chiarire Annabella, ormai allo stremo delle forze.

«Aspetta! Forse qualcosa indosso ce l'avevo.»

«Allora era vestita?» chiede esasperata Annabella.

«Non so… Valgono le autoreggenti e le scarpe?»

La folla esplose in un'unica risata selvaggia.

Annabella Abbondante sentì che stava perdendo il controllo dell'aula, dove alcuni avvocati si stavano ormai sganasciando dalle risate e avevano cominciato a sussurrare battute poco consone. Doveva rapidamente terminare quella prova testimoniale, altrimenti sarebbe stato impossibile riprendere la trattazione delle altre cause.

«Avvocato, io direi che possiamo far firmare la teste.»

«Veramente, signor giudice, ci sarebbe la seconda domanda» annunciò Stamberghini tutto mortificato.

Annabella lesse in silenzio la seconda domanda da porre alla teste, si martoriò il ricciolo ribelle, poi aprì il thermos e ingollò tutto il caffè che riuscì a mandare giù in un solo sorso.

«Allora, signorina Castellano, per cortesia, si concentri e risponda alla seconda domanda con un semplice *è vero* oppure *non è vero*, va bene?»

«Okkai.»

«Dica se è vero che durante quell'incontro intimo del 24 luglio 2018, mentre il signor Donnola, privo dei vestiti, era a quattro zampe, e lei lo cavalcava colpendolo con un frustino, foste sorpresi in questa situazione dalla signora Donnola Nunziata, che rientrava in casa con due amiche.»

La folla in aula era ormai in delirio.

«Silenzio, silenzio!»

«È vero» confermò la Castellano. «Nancy si è arrabbiata parecchio. Mi ha pure picchiato con il cucchiaio di legno, mi ha picchiato!»

«Facciamo firmare» intervenne il giudice Abbondante, che non ne poteva più.

Mentre Jessica Samantha completava la titanica impresa di apporre la sua firma sul verbale, con tanto di cuoricino sopra la *i*, si sentì un grido disumano e dal fondo dell'aula si fece strada a grandi passi una donna piccola e grassoccia, dall'aria inferocita.

Quella che non fu difficile individuare come la signora Nancy in persona, all'anagrafe Donnola Nunziata, si avvicinò al donnone biondo che la sovrastava di almeno trenta centimetri e, con una precisione da cecchino, le sputò copiosamente in un occhio.

La folla le riservò una *standing ovation* in piena regola.

In cuor suo anche Annabella Abbondante le tributò un lungo applauso. Ma quello che l'aula le sentì dire fu qualcosa di completamente diverso, qualcosa di molto più appropriato alla sua funzione: «Avvocato, suppongo che la signora sia la sua cliente. Dunque, la intercetti e la porti fuori di qui, prima che io chiami la polizia giudiziaria all'ingresso e la faccia incriminare per oltraggio a magistrato in udienza! Potete andare… Avvocato Alfieri, adesso tocca a lei. Chiami il dottore per il giuramento e andiamo avanti!».

Quattro ore e cinquantasette processi più tardi, dopo aver sistemato sul carrello l'ultimo fascicolo di udienza, il cancelliere Dolly prese il giudice Abbondante sottobraccio per riportarla nella sua stanza.

«Dottoré, parete una morta! Appoggiatevi a me, tengo paura che cadete per tutte le scale.»

«Paolo, sono distrutta ma ce la faccio ancora a camminare, non te ne approfittare.»

«Mamma mia, giudice! E come siete malpensante! Vi volevo solo aiutare.»

Annabella si diresse verso l'ascensore per salire al suo studio. Paolo Sarracino la seguì col suo inseparabile carrello, perché doveva portarle in stanza i fascicoli più urgenti tra quelli trattenuti in riserva.

Giunta al primo piano, il giudice Abbondante riconobbe da lontano la sagoma del dottor Sottile che l'attendeva fuori dalla porta. Con lui c'era l'architetto Bonomei. Tanto bastò a farle riprendere le energie perdute.

«Dottoressa!» le braccia di Sottile roteavano più del solito. «Non si immagina, dottoressa, quello che ha passato il nostro povero architetto! Per fortuna che c'ero io ad aiutarla!»

Luisa Bonomei, fisico atletico, jeans e scarpe da ginnastica bianche, guardò un po' stupita quell'ometto goffo e grassoccio, ma si limitò a sorridere, come era sua abitudine.

«Architetto, adesso come si sente? Mi hanno raccontato che è quasi svenuta» disse il giudice, che moriva dalla curiosità di conoscere tutti i particolari sul ritrovamento.

«Grazie, sto benissimo, giudice» fece la Bonomei che, al contrario di Sottile, appariva piuttosto tranquilla e rilassata. «Anche perché a svenire è stato Sottile, non io. Ho dovuto rianimarlo con il profumo. La vera impresa è stata trascinarmelo fuori dalla cisterna» commentò con un sorrisetto sarcastico, mentre si accomodava di fronte alla scrivania.

Nel frattempo, Paolo era ancora lì che fingeva di sistemare i fascicoli sugli scaffali ma con l'orecchio teso a carpire ogni parola della conversazione.

«Ma è stata davvero lei a ritrovare il corpo?» incalzò Annabella.

«Sì, sì, è vero! Per la precisione sono inciampata sul teschio, e poi ho trovato gli altri resti. È stato piuttosto macabro, in effetti» raccontò l'architetto, imperturbabile.

«Come è possibile che i vigili del fuoco e i carabinieri non se ne siano accorti?»

La Bonomei spiegò che le forze dell'ordine non erano mai scese sul fondo della cisterna, come invece avevano fatto lei e Sottile. Pareva infatti che i carabinieri avessero cercato indizi solo nel corpo centrale.

«Dottoressa, è stata un'esperienza terribile! Non ci dormirò la notte per chissà quanto tempo» aggiunse Sottile in affanno.

«Adesso però rilassati, Claudio, al giudice non interessa del cadavere. Siamo qui per riferire solo sull'incendio» cercò di tranquillizzarlo la Bonomei, e nel mentre estrasse dalla borsa un copioso fascicolo pieno di foto e lo porse al giudice: «Le ho portato una copia della relazione peritale che feci per lei l'anno scorso, per mostrarle lo stato dei luoghi prima e dopo l'incendio. Al più presto le farò avere la stima dei danni subiti dall'edificio.»

«Anche io, dottoressa, le ho portato la copia della relazione di accesso che ho fatto tre mesi fa, quando lei ha deciso di fissare la vendita all'asta della segheria. Come può notare, avevo provveduto a relazionare sullo stato dei luoghi in modo puntuale, come da lei richiesto all'epoca. Ci sono anche le foto aggiornate che abbiamo dato al giornale per la pubblicità» disse il Sottile, e lasciò cadere sulla scrivania un secondo volumetto.

Mentre iniziava a consultare la relazione, il giudice si rivolse ancora alla Bonomei: «Mi tolga una curiosità, architetto. Ma perché lei ha deciso di scendere giù nella cisterna?».

«Volevo capire se potessero esserci dei segni collegati alle possibili cause di innesco della combustione.»

«Come mai ha cercato proprio lì? L'incendio non è iniziato nella segheria?»

«No, giudice. È questa la cosa che mi ha colpito e poi mi ha indotto ad approfondire. Stando agli accertamenti dei pompieri, che ho provveduto a contattare prima del sopralluogo, l'incendio si è sviluppato proprio dalla cisterna e solo in un secondo momento si è propagato alla segheria. Guardi lei stessa dalle foto.»

Il giudice a questo punto si girò verso Paolo ed esclamò: «E la teoria della turbativa d'asta se ne va a farsi benedire!».

«Prego?» fece Sottile, interdetto.

«Non si preoccupi, è una questione tra me e il procuratore Massi delle Case. Lui sosteneva che l'incendio fosse finalizzato a deprezzare l'immobile» rispose la Abbondante, e tornò a concentrarsi sugli allegati alla relazione dell'architetto.

«Be'... l'edificio principale in realtà ha subìto pochissimi danni, giudice. Questo glielo posso già anticipare, come valutazione di massima dopo il sopralluogo» disse la Bonomei, che aveva capito il senso del ragionamento della Abbondante.

«Appunto» le rispose Annabella sovrappensiero: stava osservando attentamente le fotografie dell'incendio.

La cisterna si trovava sul retro della segheria accanto a un piccolo magazzino degli attrezzi, anch'esso bruciato. Dentro si intravedeva lo scheletro in un'automobile carbonizzata. Per un minuto Annabella abbandonò i panni del GIP (giudice investigatore privato) e riprese quello ufficiale di GD (giudice delegato al fallimento).

«Dottor Sottile, dovrà farmi una istanza per la rottamazione di quel veicolo, e dobbiamo anche eliminarla dai beni da liquidare nel fallimento» disse, e mostrò al curatore il rottame carbonizzato ritratto in una foto.

«Ma, dottoressa, su questo abbiamo già provveduto due mesi fa» rispose l'interpellato, dopo avere consultato il suo fascicolo di curatore. «Ecco qui, legga pure! Istanza del dodici gennaio, richiesta di autorizzazione per rottamazione telaio carbonizzato Alfa 147 senza ulteriore identificazione. E non risulta intestata al debitore.»

«Due mesi fa. Veramente strano. Ha preso il numero di telaio?»

«No, non ci ho pensato... Avrei dovuto?»

La Abbondante stavolta dovette fare un serio sforzo di autocontrollo per non mandarlo serenamente a quel paese: «Sarebbe stato meglio, dottore. Ma non importa. Mi relazioni tra quindici giorni sulla situazione e dia la sua massima collaborazione per le indagini della procura. E lei, architetto, mi depositi una relazione scritta entro trenta giorni».

«Allora buon pranzo, giudice» fece Sottile, mentre si avviava verso la porta.

Contrazione della mascella, tremito del sopracciglio sinistro del giudice Abbondante.

«Grazie, anche a voi» disse tra i denti.

La parola *pranzo* aveva scatenato i morsi della fame del povero Dolly. Il cancelliere era un abitudinario e di solito mangiava ogni giorno alla stessa ora, con precisione svizzera. Quel giorno, tra l'udienza fiume della Fiacca e il fatto che era stato lasciato solo in cancelleria a badare alla folla, non aveva toccato cibo dalle sette e trenta della mattina. Perciò, mentre il giudice accompagnava i due alla porta, non resistette: tirò fuori dalla sua borsa un panino gigante alla mortadella e lo addentò con avidità.

Annabella sentì prima il rumore. Poi avvertì il profumo inconfondibile della mortadella. Avrebbe dato qualsiasi cifra per impossessarsi di quel ben di Dio. Ma era a dieta, da quella mattina. Pertanto si sforzò di non posare lo sguardo sul supplizio di Tantalo, e si mise a studiare un fascicolo, scura in volto e con evidente disappunto.

Paolo afferrò al volo lo sgarbo commesso, ma ormai era tardi per rimediare.

«*Pfgiudice*, vi *pfgiuro*... mi *disfpiace*, ma io tengo troppa fame!» si giustificò mentre tentava di ingoiare il boccone gigantesco che si era conficcato in bocca. Poi aggiunse, mentre si assestava un pugno sullo sterno per non soffocare. «Sono stato insensibile... E, lo so che adesso voi vi imbestialite, ma io ve lo dico lo stesso: almeno le zucchine lesse, ve le potete mangiare?»

Annabella Abbondante gli riservò uno sguardo gelido, che neanche Medusa con Perseo. Il cancelliere rimase impietrito con il boccone ancora bloccato a metà strada, fra la laringe e l'esofago, terrorizzato. Dopo alcuni interminabili secondi Annabella Abbondante, senza commentare, tirò fuori il suo piccolo, triste e malinconico contenitore di vetro con coperchio di plastica. Con aria rassegnata iniziò a mangiare le sue zucchine condite al limone, senza olio e senza sale.

Poco più tardi, mentre sorseggiavano il caffè preparato da Paolo, il giudice Abbondante e il suo cancelliere fecero insieme il punto della situazione.

«Di sicuro l'incendio non è collegato alla vendita» esordì Dolly. «Se qualcuno avesse voluto deprezzare l'immobile, avrebbe messo la benzina direttamente nel corpo principale dell'edificio, non certo nella cisterna, correndo il rischio che le fiamme non si propagassero alla segheria. Vi pare o no?»

«Esatto» rispose il giudice, un tantino distratta.

«Cose da pazzi! Il procuratore Massi delle Case, come al solito, non ci ha capito niente» commentò ironico il cancelliere. Si pulì gli occhiali con l'immancabile pezzolina e continuò: «L'incendio e il cadavere nella cisterna devono essere per forza collegati».

E qui si fermò, in attesa di un commento.

Annabella però non rispose: continuava a osservare con attenzione le foto scattate da Sottile e le confrontava con quelle della relazione di Bonomei. Senza alzare gli occhi dalle carte, gli fece cenno di proseguire nel ragionamento.

Paolo obbedì: «È molto probabile che l'incendio sia stato appiccato per nascondere le tracce dell'omicidio. Quindi vuol dire che il delitto è stato commesso la notte stessa dell'incendio».

«Di certo l'incendio è servito per nascondere le tracce dell'omicidio, se di omicidio si tratta. E l'ipotesi mi sembra piuttosto probabile. Ma che il delitto sia stato commesso la stessa notte... be', questo non è detto, caro Dolly.»

Il cancelliere non disse nulla, mentre aspettava paziente che il giudice si decidesse a spiegare. Per ingannare l'attesa versò altro caffè nei bicchierini, e ne porse uno alla Abbondante. Lei buttò tutto giù senza neppure alzare gli occhi dalle foto.

Alla fine disse: «Mia sorella Fortuna aveva ragione!».

«Su che cosa?» si stupì Paolo Sarracino, che mai avrebbe pensato di poter sentire il giudice dare ragione alla sorella, neppure sotto tortura.

«Sull'importanza di un'automobile.»

«In che senso, dottoré?»

Lei lo guardò con uno strano luccichio negli occhi.

«Paolo, guarda queste tre foto» gli disse, «sono state scattate in tre momenti diversi. La prima è della Bonomei, è quella allegata alla perizia dell'anno scorso. La seconda è di Sottile, ed è stata scattata tre mesi fa, quando ha fatto l'accesso prima di disporre la vendita all'asta della segheria. E la terza è di ieri, dopo l'incendio. Cosa c'è di diverso?»

Paolo guardò per qualche secondo le tre foto che la Abbondante gli aveva passato. Tutt'a un tratto anche lui si illuminò.

«L'automobile!» esclamò sbattendo il pugno sulla scrivania.

«Bravo... Un anno fa non c'era. Ho guardato tutte le fotografie dalle varie angolature. Sono sicura.»

«Mentre invece nelle foto di Sottile, tre mesi fa... Eccola qui! Ed era già bruciata!» confermò Dolly tutto soddisfatto, col dito puntato su una delle foto sulla scrivania.

«Esatto. E stava dentro il capanno che invece era perfettamente integro all'epoca.»

«Mentre nella terza foto è bruciato anche il capanno, insieme a tutto il resto. Quindi ne dobbiamo ricavare per forza che...»

«Che l'automobile è stata bruciata in un momento del tutto diverso, in un periodo compreso tra un anno fa e tre mesi fa. E che con ogni probabilità l'incendio dell'auto è stato appiccato per coprire le tracce di un delitto» concluse Annabella in estasi.

«E poi l'auto è stata sistemata dentro il capanno per non dare nell'occhio» completò il cancelliere.

«Esattamente» chiosò il giudice.

Rimasero qualche istante in silenzio per elaborare tutte queste informazioni.

«Dottoré, però una cosa non mi torna. Se il cadavere è stato bruciato nell'auto e poi i resti sono stati gettati nella cisterna, perché incendiare anche la cisterna e la segheria? E soprattutto, perché farlo soltanto adesso? Forse ha ragione delle Case: l'incendio della segheria è collegato con la vendita?»

«Anche per me l'incendio della segheria è collegato con la vendita, infatti. Ma non per la ragione che ritiene il procuratore. Io penso che il cadavere non si trovasse nell'auto quando è stata incendiata. Forse l'assassino ha pensato di nasconderlo nella cisterna della segheria abbandonata, sperando che nessuno l'avrebbe trovato per molti anni. E poi ha incendiato l'auto per renderla irriconoscibile e cancellare eventuali tracce.»

«Sì, anche questo è possibile. Ma perché incendiare la cisterna soltanto adesso?» si domandò il cancelliere.

«Perché non ha avuto scelta. L'immobile era stato aggiudicato. Secondo me, anche se Massi delle Case non è d'accordo, l'assassino ha avuto notizia della vendita e ha temuto che il nuovo proprietario potesse scoprire il cadavere durante la ristrutturazione dell'immobile. Così ha deciso di fare l'unica cosa possibile.»

«Poteva rimuovere il cadavere…» obiettò Paolo, con uno sguardo carico di sospetto alla Hercule Poirot.

«Forse ha pensato che fosse troppo rischioso e complesso da realizzare» commentò lei.

«In effetti è plausibile. Incendiando tutto ha reso più difficile il riconoscimento del cadavere, coperto ogni residua traccia e ha bloccato la vendita. E quindi, giudice, l'automobile è la chiave di tutto?»

«L'automobile è più importante di quello che immagini»

rispose Annabella. «Quella macchina ci dirà chi è la vittima. Paolo... non abbiamo scelta. Dobbiamo andare a vedere sul posto.»

«Noi?»

L'ultimo sorso di caffè del cancelliere schizzò fuori dal bicchierino macchiando la scrivania del giudice.

«Noi. Il procuratore non mi ascolterebbe mai, presuntuoso com'è. E poi mi detesta dai tempi del liceo. E il commissario Carnelutti non farebbe niente senza l'autorizzazione del PM.»

«Ma che ci andiamo a fare?» fece il cancelliere, che moriva dalla voglia di andare, ma aveva anche una gran paura e non osava ammetterlo.

«Dobbiamo capire a chi appartiene quell'automobile, e avremo il nome della vittima. Te lo ricordi il processo delle vetture rubate? Quello che feci perché la Severini era incompatibile?»

«E come no! Abbiamo fatto le nove di sera per leggere il dispositivo della sentenza. E chi se lo scorda più!» fece lui asciugandosi la fronte imperlata di sudore. Era emozionatissimo.

«E ti ricordi come facevano per cancellare il collegamento con il proprietario originario?»

«Il numero di telaio» quasi gridò Dolly.

«Bravissimo!» disse Annabella mentre si metteva al computer.

«Ma noi che ne sappiamo di queste cose, dottoré? Come facciamo a trovarlo, 'sto numero? Non penso proprio che quello stia in bella vista: starà in un posto nascosto dell'automobile... È una impresa impossibile.»

«Non essere ingenuo. Ormai su Internet si trova tutto, basta saper cercare... Qual era la marca dell'auto incendiata? Leggi un po' nella relazione di Sottile, per favore» fece lei, senza distogliere lo sguardo dal monitor.

Mentre Annabella consultava Google, Paolo sfogliò la relazione del curatore. L'auto carbonizzata era un'Alfa 147, senza ulteriore identificazione e non intestata al debitore. Capirono perciò, con l'aiuto del motore di ricerca, di doversi affidare al numero di telaio, un codice composto per convenzioni internazionali da diciassette caratteri (cifre e lettere), che avrebbe rivelato casa costruttrice, modello, anno di produzione, stabilimento di provenienza, ma soprattutto il proprietario del veicolo.

«E quest'altro sito di revisione autoveicoli» continuò Annabella «ha una pagina dedicata alla posizione dei numeri di telaio. Basta trovare la casa costruttrice e il modello... Ecco! Per l'Alfa 147, si trova dentro al cofano motore, sulla lamiera del passaruota anteriore destro.»

Si appoggiò con foga allo schienale della poltroncina, che partì all'indietro, andando a impattare il ginocchio del povero Paolo, che nel frattempo si era avvicinato con la sua sedia per leggere dal monitor.

«Adesso non ci resta che andare...» concluse la Abbondante ignorando i lamenti del cancelliere. Afferrò con decisione la borsa e le chiavi della sua Citroën modello *scassone* e gettò un'occhiata imperativa al suo assistente investigatore.

«Obbedisco!» disse Paolo, scattando in piedi come una molla, nonostante il dolore.

5

Epopea di uno scassone

Arrivarono alla segheria che il sole stava quasi tramontando. Per fortuna, nella vecchia Citroën di suo padre il giudice Abbondante teneva sempre una torcia per l'eventualità, non troppo improbabile, che lo *scassone* si fermasse all'improvviso, abbandonandola in aperta campagna.

Lasciata l'auto sul piazzale di ghiaia, percorsero a piedi un tratto di strada sterrata per avvicinarsi all'ingresso. Procedevano con circospezione, stando attenti all'eventuale presenza di qualcuno sul posto.

«Ci manca solo che mi becchino quelli della polizia giudiziaria: il procuratore mi ridurrebbe in polpette!» scherzò Annabella mentre si nascondevano nella fitta vegetazione come due ladri.

Purtroppo, la proprietà era recintata e si accorsero che il pesante cancello d'ingresso in ferro arrugginito era chiuso da un grosso lucchetto, nuovo di zecca.

Lo zelante dottor Sottile deve aver provveduto a blindare tutto..., pensò Annabella, irritandosi, suo malgrado.

«Qua bisogna per forza scavalcare, dottoré» gridò Paolo, dopo aver fatto il giro di tutto il perimetro.

«Silenzio! Vuoi farci scoprire?»

«Giudice, ma qua non ci sta un'anima viva... chi volete che

ci sente?» le rispose il cancelliere, allargando le braccia per sottolineare il concetto.

Era vero, il posto era deserto e isolato. Sperduto in aperta campagna, distante almeno due chilometri dall'ultimo centro abitato, ubicato dietro un poggio e protetto dalla vista delle case della frazione di Pescaiole da un fitto bosco ceduo. Nessuno avrebbe potuto accorgersi di quello che succedeva all'interno della segheria.

«Il luogo ideale per occultare un cadavere» disse lei, mentre si allontanava dal cancello, indecisa sul da farsi.

«Dobbiamo scavalcare, è l'unico modo, giudice.»

«Hai ragione. Aiutami a scavalcare il cancello» replicò perentoria.

«Con tutto il rispetto, dottoré, ma non sarebbe meglio che facciamo il contrario?»

«Cosa vorresti dire?» fece lei fulminandolo sul posto.

«No, niente, niente. Mettete il piede sulla mia mano, allora... Datevi lo slancio... Uno, due e... tre! Maronna mia bella, dottoré, state attenta! Aspettate... ci stiamo sbilanciando! Afferratevi al cancello! Asp...»

Caddero rovinosamente sul terreno. Annabella, sdraiata sulla schiena, si sganasciava dal ridere e così non riusciva a sollevarsi.

«Paolo, dove sei finito?»

«Sto ancora sotto a voi, se mi posso permettere...»

«Oddio, scusa! Per fortuna, non ci siamo fatti niente.»

«Dottoré, parlate per voi» si lamentò Sarracino, e cominciò a massaggiarsi il sedere dolorante.

Occorreva cambiare strategia.

Annabella osservò da vicino il vecchio muro in tufo che faceva da recinzione e vide che aveva molti punti di appiglio e alcuni buchi in cui infilare i piedi. Bastava solo uno slancio iniziale. Da bambina, a Sorrento, si arrampicava spesso con i suoi cugini. Aveva un certo occhio.

«Paolo, dammi solo una spinta da sotto e poi faccio da sola, è chiaro?»

«Come volete voi» il cancelliere non se lo fece ripetere due volte e con gran solerzia piazzò una vigorosa manata sul sedere del giudice, per spingerla verso l'alto.

«Grazie, Paolo. Sono a posto. Non te ne approfittare» lo ammonì lei, notando che il cancelliere continuava a trattenere la mano.

«Scusate, dottoré, mi sono fatto prendere dall'entusiasmo.»

E così il giudice Abbondante affrontò la scalata. Arrivata in cima al muro, con insospettata agilità, riuscì a saltare dentro senza danni. Paolo la seguì poco dopo.

Lo scenario che si presentava ai loro occhi era davvero tetro. La luce del crepuscolo contribuiva a dare al vecchio edificio, annerito dal fumo dell'incendio, un aspetto alquanto sinistro.

«Dottoré, andate avanti voi. Io vi copro le spalle» Paolo camminava con cautela e si guardava intorno con aria circospetta.

«Dolly, non fare il fifone.»

«Cercherò di trattenermi, giudice.»

Dopo alcuni tentativi a vuoto, riuscirono infine a individuare, nel retro, il capanno dove stava l'automobile incendiata. La luce della torcia illuminò la carcassa dell'Alfa 147, e Annabella, seguendo lo schema del disegno che aveva stampato da Internet, rintracciò la targhetta dove era stampigliato il numero di telaio.

Paolo si appuntò il numero su un foglietto. Nel riporre la penna nella tasca del giubbotto, questa cadde a terra, vicino all'ingresso del capanno. Per recuperarla accese la torcia e ispezionò, con molta cautela, il punto in cui era caduta. Con quel buio, in quel posto in aperta campagna, pieno di animali, la prudenza non era mai troppa.

Fu così che lo vide: un luccichio attirò la sua attenzione. Guardò meglio, non si era sbagliato. Lo prese, lo osservò. Ed esultò.

Quello sì che era un indizio in piena regola!

Mezz'ora dopo, mentre la Citroën procedeva a scossoni verso il centro abitato, Paolo Sarracino e il giudice Abbondante, stanchi, sudati, sporchi, ammaccati e soddisfatti, discutevano della loro impresa.

«Secondo voi, dottoré, appartiene all'assassino?» domandò Paolo, quasi ragionando ad alta voce, mentre continuava a osservare soddisfatto il fantastico e misterioso reperto che aveva scovato.

«Potrebbe darsi, ma potrebbe anche appartenere a chiunque altro» ipotizzò il giudice. «Anche se…»

«Anche se?»

«Anche se mi sembra difficile immaginare qualcuno che si rechi in aperta campagna indossando una camicia con i gemelli» continuò lei.

«E non potrebbe essere di Sottile?»

«Con le iniziali RR incise sopra? Nò. E poi ce lo vedi tu, il Sottile, che porta i gemelli?»

«E adesso che facciamo? Non possiamo mica tenerci la scoperta per noi!» disse il cancelliere, dopo essersi portato il gemello sotto il naso per meglio inquadrare l'incisione con le due R.

«Certo che no! Non abbiamo scelta: dovremo confessare tutto. Ma prima, dobbiamo fare una cosa importante» e svoltò d'improvviso a sinistra, facendo stridere le ruote della vecchia Citroën sull'asfalto umido della sera. Dolly si attaccò disperato alla maniglia dello sportello, ma non emise un fiato.

Cinque minuti dopo parcheggiavano davanti a una villetta a due piani dall'aspetto signorile con il suo piccolo giardinetto ben curato. Un pretenzioso cancello in stile Liberty e un portico neoclassico con colonne e capitelli facevano da cornice alla facciata della casa color rosa salmone. Mentre bussavano il campanello bitonale, e aspettavano una risposta, Paolo domandò:

«Dottoré, ma questa non è casa di vostra sorella?».

«Infatti.»

«E come mai avete deciso di entrarci di vostra spontanea volontà?»

«Perché oggi è giovedì.»

Pur non capendo, Paolo non fece altre domande, per paura di apparire poco perspicace.

«Il giorno del bridge» aggiunse Annabella dopo un po'. «Lei e Massimo non ci sono. In compenso c'è mio nipote Cristian.»

«Ah, il genio del computer...»

«Proprio così.»

«Allora, zia, fammi capire...» ripeté ancora una volta il ragazzo. «Mi stai sul serio chiedendo di violare un archivio informatico della pubblica amministrazione?»

Annabella non rispose, ma la sua espressione era più che eloquente.

«Quindi vuoi proprio che faccia una cosa illegale?» Cristian si stava divertendo un mondo. Non avrebbe avuto più una simile occasione, e voleva godersela fino in fondo.

«Ti sto chiedendo di fare una cosa illegale, per uno scopo del tutto legale. Chiaro?» Annabella usò il tono imperativo della famiglia Abbondante: quello che non ammetteva repliche. «Piuttosto, pensi di riuscirci?»

«Hai detto che hai il numero di telaio, giusto?» continuò il ragazzo poggiandosi la penna sull'orecchio.

«Certo.»

«Allora è un gioco da ragazzi. Il sistema di sicurezza del PRA è talmente vecchio, che è sufficiente lanciare un misero *buffer underflow* e il *firewall* va giù come un muro di Lego» rispose senza staccare gli occhi dal monitor.

Paolo lo guardò a bocca aperta.

«Che ha detto?» domandò, rivolgendosi sottovoce al giudice Abbondante.

«Non lo so, per me è aramaico» sussurrò lei, «ma l'importante è che funzioni.»

«E ci vuole molto a far cadere questo muro di *buffè under for*?» provò a interessarsi il cancelliere, mentre il ragazzino continuava a smanettare sulla tastiera.

«La prima volta che lo fai, ci vogliono parecchie settimane, ma se hai già superato l'ostacolo... Ecco, adesso lancio il buffer... qualche secondo di pazienza... Ok, sono entrato...» Cristian si voltò per osservare la prevedibile reazione della zia, infilandosi in bocca soddisfatto un lecca-lecca alla fragola.

«Immagino che sia meglio non approfondire sulle circostanze che ti abbiano portato a violare, già in precedenza, il sistema del Pubblico Registro Automobilistico» zia Annabella alzò il sopracciglio sinistro.

«E io immagino che sia meglio non chiederti come tu ti sia procurata questo numero di telaio, zia...» rispose pronto suo nipote.

«Smettila, ragazzino, se non vuoi che racconti a tua madre del concerto di sabato scorso...»

«Ok, ok! Mi arrendo» rise il ragazzo, alzando le braccia.

«Allora?»

«Un attimo che immetto il numero di telaio... Ecco, ci sono. L'auto che vi interessa appartiene a una certa Erica Baldi, nata a Trieste, il 15 dicembre 1975, residente in Castel del Maglio, Lucca, via delle Gaiole, numero 8.»

Nel piccolo bunker informatico di Cristian solo il ronzio delle ventole di raffreddamento rompeva il silenzio che era calato d'un tratto.

Il giudice e il cancelliere si guardarono negli occhi per un lungo istante, poi Annabella Abbondante distolse lo sguardo e una lacrima venne giù lenta, suo malgrado.

Il nipote capì che sua zia aveva bisogno di privacy, e scese di sotto a prendersi un'altra lattina di Coca-Cola.

«Cose da pazzi! La macchina bruciata appartiene alla psicologa scomparsa che fece la consulenza sul caso Santangelo... E adesso che si fa?» domandò Paolo mentre Annabella rianimava la vecchia Citroën con quattro o cinque pestate sull'acceleratore.

«A questo punto ci resta una sola cosa da fare.»

«Cominciare a farci i fatti nostri?» provò a indovinare il cancelliere, ma senza troppa convinzione.

«Ci andiamo a costituire» disse solenne Annabella Abbondante. Lo *scassone* partì con un'epica sgommata, lasciando sull'asfalto mezzo metro di tracce.

Il suono della tromba si percepiva sin dalle stradine laterali e poi sempre più forte fino a diffondersi in tutta la piazzetta illuminata. Dalle logge e i balconi dei palazzetti trecenteschi di fronte all'ingresso del bar La Palermitana, qualcuno si era persino affacciato per ascoltarla meglio.

Il giovedì sera era dedicato ai giovani jazzisti esordienti, e Annabella, Alice e Nicola non mancavano mai di passare, per godersi la magia effimera di quelle note. Si trattenevano anche solo qualche minuto, giusto il tempo di prendersi un caffè di fine giornata.

Quella sera, entrando, Annabella respirò a fondo per assorbire meglio l'atmosfera calda e accogliente, carica di energie vitali e di speranze ancora non deluse, e scacciare i pensieri di morte che si portava dietro da quando aveva lasciato la casa di sua sorella.

Lei e Paolo si fecero largo tra i tavolini affollati di giovani musicisti e di clienti abituali, per raggiungere il solito angolo con il vecchio divano di pelle.

Nicola e Alice discutevano di politica e non si accorsero subito del loro arrivo. Solo quando, bontà loro, ebbero finito di litigare sui vantaggi del sistema elettorale alla francese prestarono attenzione ai nuovi arrivati.

Il commissario Carnelutti osservò entrambi per qualche secondo senza dire niente. Qualcosa nel loro modo di fare lo aveva messo in allerta. Paolo si guardava intorno con aria smarrita e aveva i lineamenti tirati. Annabella si sforzava di sorridere, ma aveva un velo di tristezza in fondo agli occhi, che non le apparteneva. Non era mai stato facile nascondere qualcosa a Nicola. Era poliziotto fino al midollo e aveva un istinto infallibile nel percepire le situazioni insolite. Perciò, con lo stesso tono che usava negli interrogatori in carcere, il poliziotto decise di attaccare l'anello debole della catena. Si rivolse a Paolo: «Cancelliere, a che dobbiamo il piacere della sua compagnia questa sera?».

Dolly sussultò sentendosi interpellato. «È quello che mi sto chiedendo pure io, commissario. Ma io che ci faccio qua?» domandò supplichevole, rivolto al giudice Abbondante. Si guadagnò, di rimando, un calcione sotto il tavolo.

Allora Nicola si concentrò su Annabella: «C'è qualcosa che vorresti dirmi?».

«Nicola… Paolo e io dobbiamo parlarti di una cosa molto importante» iniziò lei con un tono grave che non lasciava presagire niente di buono.

«Annabella, che cosa hai combinato?» incalzò il commissario.

«Come fai a saperlo? Cioè, volevo dire, perché pensi che abbia fatto qualcosa di male?»

«Vediamo, per esempio perché hai la stessa faccia colpevole che facevi a scuola quando non avevi studiato? O anche perché ti stai tormentando il sopracciglio sinistro, come ogni volta che sei molto nervosa? Oppure perché hai delle tracce evidenti di fuliggine sui vestiti, che somigliano molto a quelle di chi è stata di recente in un immobile incendiato?»

«Commissario, ve lo giuro, l'idea è stata sua! Io non c'entro niente!» confessò subito Paolo, che non vedeva l'ora di vuotare il sacco e tornarsene a casa sua. Annabella gli assestò un secondo calcio sullo stinco.

«Traditore!» lo apostrofò, e poi rivolta al commissario, con posa tragica alla Eleonora Duse, allungò il braccio e aggiunse: «Basta così, Nicola. Facciamola finita. Ammetto ogni addebito. Siamo stati sul luogo dell'omicidio.»

Alice, che fino a quel momento era stata zitta a godersi la scena, e ad abbuffarsi di cannoli al pistacchio, alla parola *omicidio* si raddrizzò sulla sedia come un grillo.

«Non dirgli niente, Annabella! Qualsiasi cosa diresti lui ti darebbe il tormento fino alla fine dei tuoi giorni. Confidati con la tua migliore amica, invece…»

«Smettila, Alice. Stavolta non si tratta soltanto di fare uno *scoop*. Vorrei ricordare a tutti e due che qui c'è di mezzo una persona reale, probabilmente assassinata. Ecco… sto cercando di dirvi che forse abbiamo la possibilità di contribuire a trovare il colpevole e assicurarlo alla giustizia» la voce del giudice era ora calma e ferma. Si sistemò i capelli, anche se non ne aveva motivo, visto che il ricciolo stavolta se n'era rimasto opportunamente al suo posto.

Nicola e Alice la guardarono e si resero conto che Annabella Abbondante faceva sul serio e non aveva nessuna voglia di scherzare.

«Sai bene che non avresti mai dovuto intrufolarti lì» si limitò a osservare il commissario.

«Lo so» rispose lei e lo guardò negli occhi, «ma so anche che tu, al mio posto, avresti fatto la stessa cosa. Se ti avessi raccontato tutto prima, ti saresti potuto muovere senza l'autorizzazione del PM? E il nostro amico delle Case-Chiuse te l'avrebbe mai concessa solo sulla base di una semplice supposizione, soprattutto se questa supposizione era mia? Devo continuare?»

«Che cosa hai scoperto?» tagliò corto Nicola.

«C'è un'auto bruciata sul luogo del delitto, e non è stata incendiata con il resto. Si trovava lì da almeno tre mesi. Ho ragione di pensare che possa appartenere alla vittima della cisterna.»

«Spiegati meglio» disse il poliziotto. Aveva posato il piatto e rinunciato, con un certo rammarico, ad assaggiare subito il meraviglioso cannolo alla crema che Michele gli aveva appena portato.

Annabella gli raccontò tutto per filo e per segno. Le tre foto, il numero di telaio, la visita alla segheria. Tutto, tranne il piccolo particolare dell'incursione non autorizzata nell'archivio del PRA. Non era il caso di confessargli di aver già scoperto il nome della vittima, e come... Tanto, il giorno dopo, Nicola sarebbe risalito all'identità della deceduta per via ufficiale.

A quel punto Paolo consegnò al commissario il gemello con le iniziali RR, che aveva trovato vicino al capanno. Quindi, con una scusa, dopo aver salutato tutti, si dileguò all'istante, più veloce della luce.

«E che ci faccio adesso con questo?» fece Nicola, passandosi una mano tra i capelli, dietro la nuca. «Non posso mica dire che un giudice ficcanaso di mia conoscenza, aspirante investigatore privato, ha scavalcato il muro di un edificio sequestrato e violato i sigilli della Giudiziaria per intromettersi in un'indagine ufficiale della procura insieme al suo fido scudiero nonché cancelliere…»

«Semplice. Domani ti segnalerò, in qualità di giudice delegato, la presenza dell'auto bruciata già tre mesi prima dell'incendio. E tu allora ti recherai sul posto per verificare il numero di telaio. A un certo punto, urterai qualcosa con la punta delle tue Tod's ultimo modello *et voilà*, rinverrai il gemello in prossimità del capanno» disse Annabella, e agguantò il cannolo alla crema che Michele aveva portato a Nicola.

«Geniale» osservò Alice Ginger prima di tracannarsi il quarto limoncello.

«A proposito di automobili. Ho una brutta notizia» disse alla fine Annabella.

I due la guardarono lasciando a mezz'aria i rispettivi cannoli.

«Maria Fortuna ha deciso che devo liberarmi dello *scassone*. Vuole che mi compri un'auto più dignitosa.»

«E cosa c'entra la dignità con l'automobile?» domandò l'amica giornalista.

«Niente.»

La dipartita imminente della vecchia Citroën era un piccolo lutto di famiglia e gettò su tutti un velo di tristezza.

«Propongo un minuto di raccoglimento per il valoroso *scas-*

sone, che tante volte ci ha servito fedelmente e accompagnato nel percorso di crescita che ci ha condotto fino a qui» pronunciò solenne Alice, ormai del tutto ubriaca.

Un paio d'ore più tardi, lo *scassone* dovette comprendere che la sua fine era ormai segnata, perché proprio non se la sentì di ripartire, lasciando Annabella Abbondante definitivamente a piedi.

6

Piccoli miracoli

Il taxi l'aspettava sotto casa.

Quasi si ruppe l'osso del collo, mentre scendeva per la stretta scala di pietra con i tacchi, il ricciolo rompipalle davanti agli occhi, il valigione dei fascicoli e il rododendro in coma sotto il braccio.

Lo sfortunato vegetale aveva bisogno di un miracolo. E non c'era che affidarlo alle cure infallibili di Paolo Sarracino in arte Dolly. Lui, il maledetto, avrebbe fatto fiorire una pianta anche al centro del deserto del Gobi. Annabella Abbondante non si vergognava ad ammettere di aver provato, in più di un'occasione, l'autentico desiderio di mozzargli quel pollice verde. Ma ogniqualvolta scopriva che una sua pianta stava davvero per seccarsi o marcire, il senso di colpa prevaleva sull'orgoglio e, cospargendosi il capo di cenere, ricorreva all'aiuto del cancelliere. E a quel giovane rododendro restavano poche ore di vita.

Sistemato il voluminoso bagaglio, il taxi partì alla volta del tribunale.

Per quanti sforzi facesse quella mattina, proprio non riusciva a togliersi dalla mente l'immagine sorridente di Erica Baldi, come l'aveva vista l'ultima volta. Se la ricordava benissimo, perché era successo durante il turno feriale, poco prima di Ferragosto. Era felice quel giorno, la Baldi. Le aveva confidato che aveva deciso di risposarsi, che stava aspettando soltanto la sentenza definitiva di divorzio.

La dottoressa Baldi era una brava persona. Così generosa e appassionata. Sempre pronta a prendersi carico di tutti i casi difficili, di tutte le cause perse. Le era rimasto impresso lo sguardo luminoso che aveva all'udienza, quella per la decisione sull'interdizione di Francesco Santangelo. Sembrava così felice di aver fatto un buon lavoro! E in effetti non si poteva negare che era stata bravissima: veloce e affidabile come sempre. Si era conquistata la fiducia di Santangelo e della sua famiglia. E lui aveva sviluppato per la giovane psicologa un transfert da manuale.

E ora? Lei era stata uccisa, e Francesco Santangelo era diventato un assassino. Un'incredibile coincidenza temporale.

Entrò nel bar trascinandosi dietro la valigia e la pianta. Si sedette e appoggiò il rododendro sullo sgabello a fianco al suo. Stette lì, per qualche secondo, con il gomito sul bancone e l'aria assorta, finché si accorse che Michele aspettava l'ordinazione.

«Michele, stamattina sono a terra, ho urgente bisogno di un doppio ginseng e un paio di cannoli, piccoli piccoli, per favore. Altrimenti non riesco a fare udienza» disse, più che altro a se stessa.

«E il tuo amico prende qualcosa?» domandò il barista, indicando la pianta in fin di vita.

«Il mio amico e io avremmo bisogno di un antidepressivo naturale, conosci un rimedio?» scherzò lei.

«Sì, ma funziona solo con le donne» rispose pronto Michele, mentre strizzava l'occhio a una turista inglese che se lo stava mangiando con gli occhi.

Squillò il telefono.

La libertà non è star sopra un albero, non è neanche il volo
di un moscone...

Stavolta non si fece sorprendere dal diabolico oggetto. Lo afferrò dalla tasca dove lo aveva coscienziosamente collocato, in attesa della telefonata di Nicola.

«Allora, novità?» disse, senza aspettare che lui parlasse.

«Indovina?»

Ah, era proprio incorreggibile. Stavolta però Annabella si trovava di fronte a un'occasione irripetibile, perché già sapeva con certezza quello che Nicola stava per dirle.

«Vediamo un po'... Hai scoperto a chi appartiene l'auto.»

«Esatto, ma non immagineresti mai a chi appartiene!»

Annabella rovistò nella borsa e afferrò un post-it, dove la sera prima si era appuntata i dati.

«Aspetta che provo a indovinare... Alla dottoressa Erica Baldi, forse? Nata a Trieste il 15 dicembre 1975, residente a Castel del Maglio in via delle Gaiole numero 8?»

«Annabella Abbondante!» gridò Nicola in un falsetto stile Bee Gees anni '70.

«Lo so, lo so, lo so!»

Dall'altra parte si sentì solo un lontano tamburellare di dita, nervoso e stizzito.

«Nicola... Sei ancora lì?»

«Annabella, il fatto che tuo nipote Cristian sia minorenne non significa che non possa finire in galera.»

«Sì, ma ha agito sotto minaccia e ricatto. Mancanza di dolo» ribatté lei.

«Annabella!» esclamò di nuovo l'amico, scandalizzato.

«Che c'è?» domandò lei con la voce innocente.

«Ma non potevi aspettare che io facessi la richiesta dal commissariato stamattina?» la rimproverò Nicola.

Silenzio.

Era inutile combattere con la cocciutaggine di Annabella Abbondante. Il commissario Carnelutti lo sapeva da sempre. E quindi lasciò correre.

«Comunque, ho scoperto qualcosa che tu non puoi sapere e che ti interesserà moltissimo» disse lui, ormai in aperta competizione. «Ho fatto controllare le denunce di scomparsa dell'ultimo anno. E indovina?»

«*Uff*... Ogni volta un parto! E dimmi!»

«Dal commissariato di Trieste mi hanno segnalato una denuncia, risalente a quattro mesi fa, fatta dall'ex marito della Baldi, tale Radin Roberto. Sembra che i due fossero in buoni rapporti e che si sentissero ancora con una certa frequenza. Dopo un silenzio durato qualche settimana, quando anche una lettera indirizzata alla ex moglie era tornata indietro, pare che lui abbia deciso di denunciarne la scomparsa» sciorinò il commissario tutto d'un fiato. «Quindi l'omicidio risale a circa cinque mesi fa. Dunque, torna con la faccenda dell'auto bruciata.»

«Direi sei mesi, non cinque» lo corresse Annabella, riflettendo tra sé.

«Perché sei?»

«Perché la Baldi è sparita da Lucca sei mesi fa, nel mese di settembre. Si è cancellata dall'albo dei consulenti qui in tribunale e ha lasciato la sua abitazione senza dare il nuovo indirizzo.»

«E tu cosa ne sai?»

«Lo ha scoperto Alice quando ha scritto l'articolo su Francesco Santangelo. Fatti dare i particolari. Dovremo perquisire il suo appartamento.»

«Annabella!» strillò ancora Carnelutti, stavolta in un acuto da operetta.

Ci era cascata di nuovo, porca miseria.

«D'accordo, d'accordo! *Tu* dovrai perquisire l'appartamento» concesse la Abbondante. Poi si ricordò che doveva dare a Nicola un'informazione importante: «Ah! Un'altra cosa, Nic. La Baldi aveva un fidanzato con cui aveva intenzione di sposarsi dopo il suo divorzio. Dobbiamo scoprire...» colpo di tosse, «devi scoprire chi fosse».

«E questo come lo sai?» ribatté lui sempre più contrariato.

«Segreto investigativo.»

«Annabella...» il tono del poliziotto si era fatto minaccioso.

«E va bene! Me lo aveva detto lei quest'estate, l'ultima volta che l'ho vista, me lo sono ricordato stamattina. Ok?»

Il commissario, un po' rassicurato, le rispose: «D'accordo. Faccio le mie verifiche e parlo con Massi delle Case. Adesso però ti lascio, tesoro, che oggi per me si preannuncia un'altra giornata infernale. Con la squadra tutta impegnata per le indagini sull'omicidio dei Santangelo, qui in commissariato siamo rimasti solo in due. Ne riparliamo direttamente stasera, buona udienza, splendore».

Annabella Abbondante entrò in cancelleria con il suo rododendro tra le braccia, cercando di essere il più naturale possibile, nonostante gli sguardi incuriositi degli avvocati, in paziente fila per i depositi urgenti. Oltrepassò il bancone dell'accettazione atti, che delimitava la parte della cancelleria riservata al pubblico e si diresse sul retro, verso le scrivanie dei cancellieri. Salutò la signora Maria, che però non si accorse di lei, impegnata com'era in una delicata e appassionante telefonata con il suo ortolano. Gettò poi una rapida occhiata in giro e, cercando di non dare troppo nell'occhio, con fare circospetto, depositò il vaso sulla scrivania del cancelliere Sarracino.

Dolly era di spalle, di turno al bancone del ricevimento al pubblico, impegnato a depositare gli atti urgenti. Lei gli si avvicinò con aria sospetta da spacciatore di stupefacenti e gli sussurrò in un orecchio: «Ti prego, Paolo. Te l'ho messo sulla scrivania, sono nelle tue mani».

Lui capì di cosa si trattasse senza neppure voltarsi: «La seconda camelia?» investigò con tono di rimprovero, mentre firmava il depositato in calce all'atto dell'avvocato Passalacqua.

«No. Il rododendro, quello giovane» rispose sottovoce Annabella, un po' mortificata.

«Giudice caro, ma è una moria! Neanche le sette piaghe di Egitto! Non se ne salva una...» infierì il cancelliere, mentre correggeva il numero sull'intestazione dell'istanza dell'avvocato Malfatti.

«Potresti almeno darci un'occhiata per dirmi se ci sono speranze?»

«Adesso non posso proprio, dottoré: vedete voi stessa che folla ci sta! Lasciatemelo qui e tornate più tardi. Lo controllo e vi faccio sapere» rispose il maledetto pollice verde.

Annabella incurvò le spalle, girò i tacchi e se ne andò scura in volto.

Mentre si allontanava da Dolly, però, gli sentì dire: «Avvocato Malfatti, però vi dovete stare più attento, possibile che ogni volta mi sbagliate il numero di ruolo? Poi non vi lamentate se vi sfottono per il cognome!» e, suo malgrado, sorrise.

Per uscire dovette passare di nuovo davanti alla postazione della signora Maria, che in quel momento era molto concentrata a leggere le calorie sul suo pacchetto di cracker ai cinque cereali, e a riferirle al telefono a sua sorella Gina.

Percorreva il corridoio principale con i suoi grandi finestroni da un lato e le porte delle aule dall'altro, cercando di ricordarsi in quale delle tre aveva dato appuntamento all'avvocato Zangrandi per la conciliazione dei coniugi Papini-Giusti. Non aveva la minima intenzione di sbagliare e piombare nell'aula penale di Carla Severini mentre teneva l'udienza preliminare, e subire poi tutte le conseguenze del caso. Perciò accostò con discrezione l'occhio alla prima porta per verificare se dentro ci fosse qualcuno.

Non vide nulla. L'aula sembrava vuota.

«Scoperto qualcosa di interessante?» disse una voce tristemente nota, alle sue spalle.

Non poteva essere così sfortunata. Quella non poteva essere la voce di Massi delle Case, che non poteva averla sul serio sorpresa in quella imbarazzante posizione...

«La tua patologia si sta aggravando, collega. Era ormai evidente a tutti che coltivassi una specie di ossessione per le vicende penali di questo tribunale, ma addirittura sbirciare i colleghi penalisti dal buco della serratura, andiamo!» proferì Sergio Massi con aria di chi si sta divertendo un mondo.

Emise un suono che doveva essere una risata, che però assomigliava più a una specie di ghigno mefistofelico.

«Molto spiritoso, delle Case. Chi ti scrive le battute, il signor Donaddio? Quello delle pompe funebri di via del Corso?»

Massi non rispose e cambiò argomento: «Sono stato appena informato dal commissario Carnelutti che gli hai fatto un'interessante segnalazione circa la presenza di un'auto incendiata mesi prima sul luogo del rogo della segheria».

«Sì, la circostanza è emersa dalle relazioni dei miei ausiliari in sede fallimentare. E ho ritenuto mio dovere informare telefonicamente il commissario per i suoi approfondimenti. In giornata avrete la segnalazione formale inoltrata alla Procura della Repubblica.»

«E perché non hai chiamato direttamente me?» replicò il procuratore con evidente rincrescimento.

«Sei stato tu a chiedermi di non disturbarti, ricordi? E poi hai aggiunto che se avessi avuto bisogno di me, avresti saputo dove trovarmi» rispose Annabella serafica.

Massi non disse nulla. Sapeva di essere stato colto sul vivo. Anche la sua palpebra destra lo sapeva, e vibrava indispettita.

«Perciò» continuò la Abbondante, «ti leggerai l'informativa del commissario. Naturalmente, se dovessi ritenere di sentirmi come persona informata sui fatti, sono sempre a disposizione. Ti saluto, collega.»

Conclusa la frase, aprì di colpo la seconda porta del corridoio. Irruppe così al centro dell'aula, che guarda caso era quella occupata da Carla Severini, la quale, come lei aveva previsto, la trucidò con lo sguardo.

La terza porta era quella giusta.

Dentro non c'era nessuno, a eccezione dell'avvocato Zangrandi con il suo cliente Placido Papini e la sua futura ex moglie Serena Giusti rimasta nuovamente senza avvocato.

Placido e Serena, a dispetto dei loro nomi di battesimo, erano ormai da cinque anni i protagonisti della più sanguinosa, contrastata, burrascosa, indecorosa e plateale separazione giudiziale della storia del tribunale di Pianveggio.

Il fascicolo, quattordici chilogrammi di peso e tre faldoni all'attivo, scansato come la peste da tutti i giudici del tribunale, e noto in cancelleria come *La guerra dei Roses*, dopo essere passato per le mani di ben cinque giudici diversi, era giunto ad Annabella Abbondante sulla base di un criptico e sibillino decreto di assegnazione del presidente Montagna.

La causa Papini-Giusti era un classico caso di suicidio giudiziario.

Tutto quel fiume di parole, tutti quei soldi di spese legali, tutto quel tempo impiegato e sprecato per arrivare a una soluzione, soltanto per dividersi l'arredamento del proprio appartamento. Per la precisione, nove pezzi di antiquariato *di inestimabile valore*, frutto di ricerche certosine che i due, di professione appunto antiquari, avevano condiviso nei cinque anni in cui erano stati sposati felicemente. Ora però quegli oggetti rappresentavano per entrambi soprattutto una irrinunciabile questione di principio.

Annabella Abbondante, dopo aver letto tutte le carte del processo, ed essersi resa conto che neppure la migliore delle sentenze avrebbe mai portato la pace tra quelle due persone, logorate dal reciproco rancore, li aveva convocati per tentare la conciliazione. Era convinta che solo un accordo avrebbe potuto porre fine a quello strazio.

In quel momento i coniugi Papini le sedevano davanti. Entrambi rigidi, entrambi arrabbiati, entrambi convinti della totale fondatezza delle loro ragioni, come di solito sono le parti in queste occasioni.

Annabella li studiò in silenzio per qualche secondo e poi disse: «Per quanto tempo siete stati sposati, voi due?».

Apparve chiaro che la domanda non era tra quelle che si sarebbero aspettati, perché Placido e Serena non risposero, ma si guardarono perplessi. Così incrociarono i loro sguardi per la prima volta dopo moltissimo tempo.

«Cinque anni» disse alla fine lei.

«E lo sapete da quanto dura questa causa?»

«Cinque anni e sei mesi» rispose per loro l'avvocato Zangrandi, che lo sapeva meglio di tutti.

«Esatto. Direi, a conti i fatti, che siete riusciti a odiarvi con maggiore impegno e dedizione di quanto non siate stati in grado di amarvi» iniziò Annabella con tono volutamente grave, quello che usava soltanto nelle occasioni importanti. Occasioni come questa.

Passarono parecchi minuti, durante i quali il giudice Abbondante usò le parole più dure e accorate che conoscesse per mettere quei due di fronte all'inutilità e all'insensatezza della loro piccola guerra privata.

Alla fine, quando ebbe la netta impressione che il muro di gomma mostrasse delle crepe, fece loro una ragionevole proposta di accordo. Poi concluse: «Bene. Sospendo l'udienza per darvi il tempo di rifletterci su. Approfitto per fare una verifica in cancelleria. Avete trenta minuti».

La Abbondante uscì dall'aula a passo svelto, per non dare l'impressione di essere incerta del risultato. Era soddisfatta per averci almeno provato. Se poi il suo piccolo miracolo fosse andato a buon fine, lo avrebbe scoperto di lì a poco.

Si precipitò in cancelleria sperando di parlare con Paolo, ma trovò soltanto la signora Maria molto indaffarata… a prepararsi il caffè. Dolly era stato mandato ad assistere il giudice Mastrantonio nell'udienza di rito del lavoro, in sostituzione del cancelliere Piras che si era sentito male all'improvviso, e non si sarebbe liberato tanto presto.

Si disperò. Data la durata infinita delle udienze del giovane collega, non avrebbe avuto notizie del rododendro prima dell'ora di pranzo inoltrata.

«Dottoressa, non si dia pensiero, la fò chiamare quand'arriva. Le garba un sorsino di caffè? L'è bello che pronto» le disse la signora Maria.

Caffè toscano… per carità!, pensò Annabella, che sul caffè era piuttosto integralista.

«Grazie, è gentilissima. Mi piacerebbe, ma il dottore mi ha

detto che devo evitare di bere troppi caffè, e ne ho già preso uno poco fa» mentì.

«Come vole...» replicò la cancelliera con una alzata di spalle. Mentre usciva, il giudice si scontrò con l'avvocato Artusi, che a sua volta entrava in cancelleria di corsa.

«Mi scusi, dottoressa, non l'ho veduta. Stamattina ho la testa da un'altra parte» disse subito quello.

«Immagino. E come sta la sua collega, ci sono novità?» chiese la Abbondante, che non intendeva lasciarsi sfuggire una simile occasione di avere notizie di prima mano.

«È davvero provata, come potrà immaginare. Perdere entrambi i genitori in questo modo... E poi la tragedia del fratello, che ha fatto quello che ha fatto, non si discute, ma completamente ignaro delle sue azioni. Adesso Matilde dovrà prendersi carico di tutta la faccenda: il funerale dei genitori, l'assistenza legale al fratello. Un gran problema, mi creda.»

«Posso immaginare, poverina» rispose la giudice e annuì con una certa gravità, per mostrarsi solidale.

A quel punto Achille Artusi fece un movimento in avanti, come per continuare la sua corsa. La Abbondante, però, si spostò fulminea sulla destra e gli bloccò il passaggio.

Era decisa a non mollare la presa: «Ma sono riusciti a ritrovare almeno i corpi?» insistette.

«Ancora no» rispose Artusi, e provò a smarcarsi a sinistra, passando tra la Abbondante e il bancone della cancelleria.

La giudice però fu più veloce di lui e appoggiò la mano sul bancone con *nonchalance*, sbarrandogli la strada. «E li stanno cercando, che lei sappia?»

«Se ho ben compreso, è stato dato l'ordine di dragare le coste. Ma non sarà un'impresa facile» disse allora l'avvocato, ormai arreso alla stretta marcatura del giudice.

«Perché?» gli domandò Annabella, senza spostare la mano dal bancone.

«Purtroppo c'è mare grosso, dottoressa» rispose lui. Poi sorrise e accennò con uno sguardo significativo all'ostacolo frapposto dal giudice. Ma poiché il braccio non accennava a essere rimosso, aggiunse con espressione implorante: «Adesso scappo, mi perdoni. Senza la collega devo badare io a tutte le pratiche dello studio...».

La Abbondante si rassegnò a cedergli il passo: «Certo, vada pure... e mi saluti l'avvocato Santangelo!».

«Riferirò, grazie» disse Artusi dopo aver accennato un saluto con la testa ed essere scattato fulmineo prima che la Abbondante cambiasse idea.

Annabella imboccò il corridoio di sinistra per arrivare all'ascensore. Intanto, rifletteva sulle parole di Artusi. Col mare grosso non avrebbero avuto nessuna speranza di ritrovare i cadaveri dei coniugi Santangelo. Entrò in ascensore e prima che le porte si chiudessero, si sentì chiamare.

«Aspettami, Annabella. Salgo con te» era Nicola, che la raggiunse di corsa.

«Oh, Nic...»

«Ciao, splendore!» le disse schioccandole un paio di baci sulle guance.

«Stai andando in procura?»

«Sì, Massi delle Case mi ha convocato, dopo che gli ho illustrato gli indizi raccolti sulla Baldi. Mi deve autorizzare la perquisizione dell'appartamento...»

«Dopo passi da me e mi aggiorni?»

«Non lo so, Annabella. Lo sai che c'è il segreto istruttorio» la provocò il commissario.

«Mettiamola così… Se non mi racconti ogni cosa nei minimi dettagli, dico a tutti che il tuo giubbotto di pelle di Etro, di cui vai tanto fiero, in realtà è una pessima imitazione che hai trovato al mercantino di San Lorenzo.»

«Ma questo è un ricatto, signor giudice» rispose lui con un gridolino.

«Proprio così» ammise lei uscendo dall'ascensore al primo piano.

«E va beeene!» cedette alla fine Nicola. «Ti saluto, perfida.» Detto ciò, pigiò il pulsante per il secondo piano, poi le mandò un bacio con la mano, prima che le porte dell'ascensore si chiudessero tra di loro.

Non appena il giudice Abbondante rientrò in aula, seppe subito di avercela fatta. Non ebbe bisogno di chiedere niente, glielo disse il suo stomaco.

Mentre compilava il verbale di conciliazione diede un'occhiata ai due contendenti. La tensione era scomparsa, Placido e Serena sorridevano e le sembravano persino ringiovaniti. Prima di andare via, nessuno dei due parlò, ma entrambi le tributarono uno sguardo di sincera gratitudine.

Annabella Abbondante pensò che quello fosse uno di quei momenti per cui valeva la pena fare il giudice. Restò a osservarli mentre si allontanavano, ciascuno per la sua strada, finalmente liberati. Il più felice di tutti, però, era di sicuro l'avvocato Zangrandi, che le strinse la mano riconoscente e si diresse fischiettando all'ascensore.

Un pensiero fosco le attraversò la mente e le spense il sorriso un po' idiota che le era rimasto appiccicato alla faccia: il giovane rododendro in agonia. Scattò di corsa con il fascicolo sotto il braccio, aggirò con destrezza un paio di avvocati in attesa davanti all'aula penale, attraversò precipitosamente la stanza dell'ufficio notifiche evitando lo sguardo interrogativo degli ufficiali giudiziari, bruciò in volata il maxi-carrello della sezione lavoro e si infilò per prima nell'ascensore di servizio. «Si tratta di un'emergenza!» si scusò, mentre le porte si richiudevano davanti alla faccia stupefatta dell'assistente Amodio. Si ricompose prima di entrare in cancelleria civile. Avanzò con passo felpato, stile Pantera Rosa, nel tentativo di non farsi notare dalla fila di avvocati in attesa al bancone delle fotocopie, e guadagnò il retro.

Salutò di nuovo la signora Maria, che tuttavia non alzò neppure lo sguardo, impegnata com'era in una delicatissima operazione di restauro allo smalto della mano sinistra. Si diresse con decisione alla volta della scrivania di Paolo, che stava finendo di sistemare i verbali dell'udienza appena terminata con il giudice Mastrantonio.

«Siamo arrivati in tempo» sentenziò Dolly continuando a scrivere.

«Grazie al cielo!» sospirò la giudice Abbondante, e si accasciò sulla sedia di fronte alla scrivania.

«Però...»

«Però, cosa? Che succede?»

La Abbondante drizzò la schiena, preoccupata. Paolo, tuttavia, non le rispose: continuava a scrivere. Lei si appoggiò con i gomiti sulla scrivania del cancelliere e intrecciò le mani.

«La pianta è sana...» disse Dolly, dopo aver alzato la penna dal foglio. Rimase in silenzio per qualche secondo, indeciso sul da farsi. Sapeva di rischiare brutto. Recuperò un fazzolettino di carta da una tasca e si asciugò la fronte. Alla fine, trovò il coraggio di proseguire: «Giudice, mi dispiace dirlo, ma la colpa è vostra».

«Oddio! Cosa ho sbagliato? Dovevo rimettere l'antiparassitario, lo sapevo! Oppure aggiungere altro concime? Rinnovare il terriccio? Cambiare esposizione? Aumentare l'innaffiatura o forse mescolare del ferro all'acqua per l'acidità... Dimmi!»

«Ecco. Lo vedete come fate?» osservò Paolo.

«Perché, che faccio?»

«Dottoré, vi dovete calmare un poco, mamma mia bella! La pianta è stressata, non riesce a fiorire in questo modo: troppe aspettative, troppa ansia! Voi le state sempre addosso, giudice cara, siete iperprotettiva. Non le lasciate spazio, non rispettate la sua individualità, i suoi tempi. E quella, la pianta, si avvilisce e alla fine si ammoscia.»

«Mi stai dicendo che la pianta è stressata per colpa mia, e perciò le cadono le foglie?» La Abbondante lo guardò incredula.

«Sì, giudice, è così» Dolly sostenne il suo sguardo, severo.

«Ma è uno scherzo?» insistette lei.

Paolo la guardò serissimo: «Sulle piante non si scherza, dottoré» le rispose, con l'enfasi di un neomelodico al matrimonio della figlia.

Annabella Abbondante si sentì tragicamente in colpa. D'istinto, stese una mano verso il suo rododendro per accarezzarlo. In quell'istante una fogliolina si staccò dalla pianta e cadde malinconica sulla scrivania di Paolo. Annabella rimase impressionata.

«E quindi, cosa suggerisci?» si arrese alla fine.

«Vi dovete separare per qualche tempo, prendetevi una pausa di riflessione. Dategli modo di recuperare un po' di serenità. Poi si vedrà.»

«Ho capito. E potrò... vederlo?»

«Magari più in là. Per il momento è meglio di no. Avete visto l'effetto che gli fate?»

Lei non rispose, limitandosi ad alzarsi con dignitosa compostezza. Voltò le spalle al cancelliere e se ne andò. Oltrepassò veloce il tavolo della signora Maria, e con la coda dell'occhio registrò una nota stonata. Si fermò di colpo, incredula. Per essere sicura ritornò addirittura sui suoi passi. Non si era sbagliata: la cancelliera sembrava davvero intenta a scaricare un fascicolo al computer. La giudice Abbondante rimase per qualche istante a contemplare l'anomalia, quasi ipnotizzata dallo stupore. La signora Maria si accorse che la stava osservando.

«Dica, giudice, le serve qualcosa?»

«No, nulla. Ma lei sta davvero lavorando?» non riuscì a trattenersi.

«Mia cara dottoressa, qui è da stamattina che 'un ci si ferma un attimo!» rispose la cancelliera con ammirevole faccia tosta.

La giudice non aggiunse altro. Muta, si dileguò per non interrompere quel piccolo miracolo.

Cinque minuti più tardi, entrò nel suo studio con il cuore pesante e una voglia incontrollabile di espresso fatto in casa.

Il profumo di caffè aveva appena cominciato a spargersi nell'aria, quando Nicola irruppe catapultandosi senza bussare nella sua stanza. Chiuse la porta e si accomodò sulla poltrona di pelle. Aveva la tipica aria da pettegolezzo imminente. E infatti: «Hai presente l'avvocato Beatrice Giacchetti?» cominciò.

«Rossa, gamba infinita, scollatura garantita?» gli andò dietro Annabella.

«Esatto, quella. Anche lei è passata al lato oscuro della forza…» miagolò Nicola.

«Un'altra *Casettina* tra le grinfie di Case-Chiuse?»

Il commissario annuì soddisfatto: «L'ho vista uscire dal suo ufficio con quella strana luce negli occhi».

«Mah! Proprio non riesco a capire che cosa ci trovino…» commentò lei con una smorfia.

«Neppure io, tesoro… È odore di caffè, questo? Oh, che gran donna sei. Avevo proprio un disperato bisogno di caffeina!» Si gustarono il caffè, senza parlare. Annabella, però, fremeva impaziente. Nicola lo sapeva, ma si stava divertendo troppo a tenerla sulla corda. Dopo aver sorseggiato con estrema lentezza, posò il bicchierino di plastica sulla scrivania con gesto teatrale. Sorrise compiaciuto e, infine, si decise a parlare.

«Indovina?»

«Nicola, stai sul serio mettendo in pericolo la tua incolumità fisica, ti avverto. Vuoi sbrigarti a raccontare?» sbuffò esasperata, ricacciando indietro il ricciolo malcapitato.

«E va beeene!» concesse il poliziotto, con il solito allungo della e. «Massi si è convinto sull'identità della vittima e mi ha firmato il mandato per la perquisizione dell'appartamento della Baldi. Ha anche detto che disporrà l'esame del DNA sullo scheletro, per avere conferma dell'identità. Per questo mi ha ordinato di cercare tracce di DNA nell'appartamento della dottoressa.»

«Incredibile. È un miracolo. Ha deciso una cosa sensata! E tu quando ci vai?» si informò Annabella.

«Oggi pomeriggio» disse Nicola. Poi si bloccò, allarmato, perché aveva scoperto un guizzo balenare negli occhi attenti della sua amica. «Annabella, stai alla larga da Castel del Maglio quest'oggi… è chiaro?» la ammonì puntandole l'indice sul naso.

«Tesoro mio, ti sembra che io non abbia nulla di meglio da fare che stare dietro alle tue indagini?» disse lei con aria offesa, e allargò una mano per indicargli la pila infinita di fascicoli che reclamavano la sua attenzione. «Anche volendo, non potrei. Alle due ho un'udienza difficile, per una possessoria che si trascina da anni. Uh, figurati se mi va di pensare alla tua perquisizione!»

«Meglio così» si rilassò il commissario.

Per cambiare argomento, Annabella gli chiese se fosse riuscito a consegnare il gemello con la sigla RR che Paolo aveva rinvenuto presso il capanno della segheria. Lui le confermò che era stato repertato e passato alla Scientifica. Nel verbale aveva dovuto riferire di averlo rinvenuto da sé, nel sopralluogo del giorno precedente.

«Guarda che mi tocca fare per coprire le malefatte di un giudice ficcanaso» sottolineò polemico. «Comunque, il nostro Massi ha già tirato fuori la solita teoria geniale.»

Il sostituto procuratore aveva una vera e propria fissa per le ricostruzioni investigative a sfondo sessuale e vedeva il movente passionale dappertutto. A quanto pareva, anche quella volta non aveva deluso le aspettative. In pratica, Massi sospettava che a uccidere la Baldi fosse stato l'ex marito, per gelosia. Fondava la sua convinzione soprattutto sul fatto che l'ex della dottoressa uccisa si chiamasse Roberto Radin. RR, come le iniziali sul gemello.

«Quale acume investigativo!» rise Annabella, ma poi si interruppe di colpo, con lo sguardo vitreo, fulminata da un pensiero inatteso.

A Nicola, che aveva appena buttato giù un sorso dal secondo bicchierino, per lo spavento andò di traverso il caffè. Iniziò a tossire come un pazzo per tutta la stanza. Lei però ignorò del tutto l'amico in difficoltà. Continuava a concentrarsi sulla sua illuminazione.

«Peccato che nel caso specifico sia del tutto fuori strada» annunciò contenta.

Quando per fortuna il commissario si fu ripreso dall'attacco di tosse, commentò: «Non puoi esserne così sicura, tesoro. Tu stessa mi hai detto che Erica Baldi aveva una storia con un altro uomo, e che aveva intenzione di risposarsi. Magari il marito lo ha saputo e…».

Annabella arricciò il naso e scosse la testa. Era proprio sicura che Roberto Radin non avesse più alcun interesse per la ex moglie, anzi che non lo avesse mai avuto. Le era tornato alla mente, tutto a un tratto, un particolare decisivo. Poco dopo, il giudice afferrò il telefono con uno sguardo di sfida negli occhi che Nicola conosceva molto bene e di solito interpretava come sintomo di grossi guai in arrivo.

«Annabella Abbondante, ne stai per fare una delle tue...» la ammonì il commissario col dito già puntato.

«Stavolta ti sbagli, mio caro» gli rispose lei. Mentre attendeva la risposta al telefono gli assestò ridacchiando un buffetto sulla mano inquisitrice.

«Paolo? Avrei bisogno di un favore» disse al telefono.

Il cancelliere capì al volo l'antifona: «Salgo all'istante, signor giudice.»

Due minuti ed era già lì. Lei gli chiese di cercare in archivio un fascicolo di divorzio congiunto, che doveva risalire a tre o quattro anni prima. E, visto che c'era, di rintracciare pure la sentenza nel registro in cancelleria.

Dolly si preparò per segnarsi il nome delle parti su un post-it, senza fare altri commenti. Aspettava di capire dove il giudice volesse andare a parare. Anche Nicola taceva, in attesa. Annabella guardò prima l'uno e poi l'altro con quel suo sguardo impertinente.

«La parti sono: Radin contro Baldi» annunciò gongolante.

«Radin sta per Roberto Radin?» fece Nicola esterrefatto.

«Baldi è la nostra Erica Baldi?» si associò Paolo curiosissimo.

Con poche parole, Annabella aggiornò Paolo sulle novità dell'indagine e poi, con soddisfazione raccontò a entrambi di essersi improvvisamente ricordata come tre anni prima avesse fatto proprio lei l'udienza di comparizione dei coniugi, in sostituzione del vecchio presidente del tribunale. Il nome Roberto Radin non le era nuovo. E adesso si era ricordata il motivo…

Dopo aver consultato il computer e individuato senza difficoltà il numero di registro generale del processo di divorzio, Dolly si inabissò senza troppa convinzione nei meandri dell'archivio del tribunale nell'ardua impresa di rintracciare fisicamente il fascicolo cartaceo. Ma la fortuna gli diede una mano e il cancelliere riemerse dopo soli venti minuti stringendo il prezioso documento tra le mani.

«Capisco ciò che vorresti insinuare, Annabella cara. Dici che è stato Radin a chiedere il divorzio, e dal ricorso si deduce che aveva una relazione sentimentale con un'altra persona. Ma questo dato non esclude che il soggetto non potesse essere ancora attratto dalla ex moglie. Magari era un tipo possessivo…» considerò il commissario dopo aver letto gli atti del fascicolo.

«Be', dimentichi che io li ho conosciuti di persona. A Roberto Radin non interessava proprio più niente di quello che faceva la moglie, credimi. Dimostrava semmai un affetto quasi fraterno per lei.»

«Cosa ti fa essere così certa che Radin non avesse più interesse per la ex moglie?» insistette il poliziotto.

«Nicola, il nostro Roberto Radin era omosessuale!»

La notizia rimase sospesa nell'aria per qualche secondo.

«E quindi la teoria del delitto passionale ce la possiamo pure dimenticare» sentenziò Dolly, prima di rientrare, con suo sommo rammarico, in cancelleria.

Non appena furono rimasti soli, il giudice e il commissario fecero il punto della situazione.

«E da cosa lo hai capito che era gay? Sentiamo!» la interrogò lui.

«Nicola, come credo tu sappia, il mio migliore amico è gay. E io, in tutti questi anni, ho raccolto sufficienti elementi per saper giudicare gli orientamenti sessuali degli uomini...»

«Può darsi, ma per maggiore certezza dovrò verificare di persona. Nei prossimi giorni convocherò il Radin in commissariato. Se dovesse essere vero ciò che affermi, direi che il movente della gelosia perde ogni verosimiglianza. Ok... Adesso, però, scappo anche io, ché devo preparare le scartoffie per il procuratore.» Si alzò dalla sedia, poi si ricordò di un'altra cosa che voleva chiedere ad Annabella: «Oh, come si chiama quella nostra compagna di classe che adesso lavora alla Scientifica?»

«Valeria?»

«Sì, lei. Il cognome com'era?»

«Mancinelli. Ma perché ti serve?»

«Devo richiedere l'esame del DNA e vorrei essere certo che capiti in buone mani.»

«So che lei è bravissima. Credo sia stata trasferita già da qualche anno alla polizia scientifica presso la questura di Firenze. Certo che è strano... la nostra classe di liceo ha sfornato un sacco di servitori della Patria. Incredibile!»

«E pensare che, ai nostri tempi, eravamo sempre i primi quando si trattava di occupare la scuola... Va be', ci vediamo più tardi da Michele. Ciao, splendore!»

Dopo una ventina di minuti bussarono di nuovo alla porta. Era il ragazzo che lavorava alla Palermitana, con un piccolo cartoccio da consegnare.

«Questo glielo manda il commissario, dottoressa. Mi ha chiesto di dirle di mangiarseli al posto di quelle *schifezze* che si porta da casa» e si dileguò senza attendere neppure la mancia. Perfino lui sapeva che il pranzo della Abbondante era una faccenda delicata e non conveniva esporsi come capro espiatorio della sua rappresaglia.

Annabella non riuscì a trattenersi e aprì il pacchetto con religioso rispetto. Un arancino siciliano formato gigante, ancora caldo. E profumava maledettamente. *Nicola, questa me la paghi,* pensò e, incapace di resistere alla tentazione, si tuffò a capofitto sul *frutto proibito.*

7

Fuori strada

Nel corridoio, che dal portone di ingresso del tribunale portava alla sala B, il pavimento era sporco di terra e fango. Annabella Abbondante già intuiva quale potesse essere la causa del fenomeno. Seguì a ritroso le tracce fino alla guardiola del custode, dove trovò parcheggiate due grosse zappe e una vanga. Non si scompose. Conosceva i proprietari di quegli arnesi. Anche stavolta dovevano essersi rifiutati di lasciare gli attrezzi sul furgone scoperto, e il povero custode doveva aver acconsentito, contro ogni regola, a depositarli lì. Quei tre sapevano come essere insistenti e molesti. Lei poteva testimoniarlo.

Ora la stavano aspettando in assetto da battaglia, all'interno dell'aula di udienza.

Il lunedì era il giorno che il giudice Abbondante di norma dedicava alle imprese disperate. E la lite decennale dei tre fratelli Montemagni per l'uso della strada vicinale Fossatello, con tanto di denunce penali per aggressioni fisiche e verbali, era di sicuro degna di questa definizione.

Qualche mese prima la Abbondante aveva incaricato il geometra Brancaleone per una consulenza tecnica di ufficio. Il poveretto aveva così ricevuto l'ingrato compito di tentare di porre fine alla guerra fratricida. Si trattava di trovare un percorso alla stradina interpoderale che attraversasse i campi dei tre fratelli in modo da non scontentare nessuno. Ma l'impresa si era rivelata più ardua del previsto e ogni proposta avanzata dal consulente tecnico era stata vivacemente contrastata dai tre contadini. Il giudice allora aveva deciso di risolvere la cosa di persona e li aveva convocati tutti davanti a sé.

Entrò nell'aula e da una rapida occhiata capì che la speranza di successo di quella trattativa era affidata soltanto alla divina provvidenza.

Duccio, Cosimo e Jacopo Montemagni erano schierati con i rispettivi avvocati ciascuno su un diverso banco e non avevano l'aria molto conciliante.

«Signor giudice, non mi è stato possibile ricostruire l'originario tracciato della strada vicinale, come da lei richiesto» esordì il geometra Brancaleone.

«Non era più visibile?»

Il geometra le lanciò un'occhiata eloquente, estrasse una serie di fotografie dalla cartellina della perizia, dopodiché cominciò a spiegare: «Dalle foto aeree scattate pochi mesi fa, come lei stessa può notare, il tracciato era ancora individuabile senza alcuna difficoltà. Ma proprio il giorno prima dell'appuntamento da me fissato per l'accesso e le misurazioni, qualcuno ha arato tutta la zona durante la notte per cancellare ogni traccia della stradella...».

«Qualcuno a caso...» disse il giudice.

«È stato lui!» urlò Duccio, che si era alzato per puntare il dito contro Cosimo.

Il denunciato scattò subito in piedi e iniziò a *smadonnare*.

«Bugiardo, sei stato tu!» sbraitò Jacopo, trattenuto a stento dal suo avvocato.

«Il povero babbo lo ripeteva sempre che te sei grullo» gli gridò di rimando Duccio mentre si avventava furibondo sul fratello, scartando con insospettata agilità il tentativo di placcaggio del povero avvocato Delle Vedove.

«Avvocati, ciascuno tenga a bada il rispettivo cliente, o vi riterrò personalmente responsabili dell'accaduto» ammonì il giudice, nel tentativo di controllare la situazione. Ma non ottenne l'effetto sperato.

Ne seguì un increscioso tafferuglio, in cui ad avere la peggio fu senza dubbio l'avvocato Del Ciondolo, il quale rimediò un occhio nero, provocato, a dire il vero, dalla gomitata del collega Santini, che gliela aveva inferta nel maldestro tentativo di arginare il proprio cliente, deciso a cavare un occhio a suo fratello.

Per fortuna che hanno parcheggiato le zappe fuori dall'aula, si disse la Abbondante.

Quando la rissa fu sedata dal provvidenziale intervento del carabiniere di turno all'ingresso, il giudice, trattenendo a stento la propria ilarità, si accinse a redarguire gli astanti.

«Chiunque abbia arato la stradina durante la notte, ha fatto una faticaccia inutile. Deciderò il percorso della strada sulla base delle foto aeree scattate prima. Se quel qualcuno ha pensato di essere più furbo del giudice, ha fatto male i suoi conti.»

Aveva pronunciato quelle parole guardando negli occhi i tre fratelli uno a uno. Si prese poi un po' di tempo, senza aggiungere altro, solo per farli friggere a dovere. Sapeva benissimo che l'idea di rifare la stradina sul percorso originario non stava bene a nessuno dei tre.

«Ma per quella strada lì con il trattore non ci si passa!» si lamentò Jacopo con aria avvilita.

«È vero» concordò Duccio.

«L'è troppo ripida, per davvero» aggiunse Cosimo.

È un miracolo, pensò il giudice, *c'è qualcosa su cui sono d'accordo.*

«Non potrebbe venire con noi a vedere di persona, signor giudice?» propose, quanto mai inopportuno, l'avvocato Delle Vedove. «Sarebbe davvero utile per farsi un'idea della situazione.»

«Da qui a Castel del Maglio, sono pochi minuti di auto» aggiunse Santini.

Annabella Abbondante drizzò le orecchie. *Castel del Maglio, che coincidenza!*

Per arrivare alla proprietà dei fratelli Montemagni c'era una sola strada, e passava per il centro del paese. Nicola non avrebbe potuto avere nulla da ridire se lei fosse stata costretta a passare di lì proprio alla stessa ora della perquisizione. Magari avrebbe potuto sbirciare il posto per farsi un'idea... *Perché no?*

Mentre percorrevano il corso principale di Castel del Maglio, notarono le auto della polizia in sosta, in una delle traverse.

«Cosa ci farà la polizia davanti alla gioielleria Ricci?» si chiese l'avvocato Del Ciondolo.

«Forse avranno scoperto qualcosa sul rapimento del povero gioielliere» ipotizzò il suo collega.

Annabella, seduta sul sedile di dietro, non commentò. Lei sapeva perché quelle auto erano lì, e non si trattava del caso del gioielliere scomparso. Ebbe la conferma che tutto procedeva come da programma. Nicola e i suoi uomini stavano perquisendo l'appartamento di via delle Gaiole.

Mentre si allontanavano, dallo specchietto retrovisore gettò distrattamente un'occhiata alla vetrina della gioielleria. Ed ebbe la netta sensazione che ci fosse qualcosa. Un particolare importante che le stava sfuggendo. Ma cos'era?

Parcheggiarono ai margini del campo arato.

Il giudice Abbondante si guardò intorno, e in effetti, come

il geometra Brancaleone aveva anticipato, non c'era più traccia di alcuna stradina o sentiero, solo un immenso campo arato di fresco. Un po' fuori stagione.

«Adesso le facciamo vedere che da lì con il trattore non ci si passa» disse Cosimo al giudice.

Accadde tutto in un attimo. Duccio e Jacopo Montemagni la afferrarono di peso sotto le braccia e la trascinarono con decisione verso il centro del campo.

Senza avere il tempo di obiettare qualcosa, Annabella si ritrovò in pochi secondi a camminare, con le sue scarpe di cuoio con cinturino alla caviglia nuove di zecca, in mezzo a zolle alte mezzo metro. Nel terreno morbido si affondava e si inciampava che era una bellezza. E le calze, che al loro acquisto nascevano di un sobrio color carne, assunsero ben presto una imbarazzante maculatura leopardata.

Quel campo era largo milleseicentocinquanta metri, stando alle misure indicate in perizia. E quei due glielo stavano facendo attraversare tutto. A passo militare. Senza pietà.

Giunti all'estremo opposto della zona arata, grazie al cielo, si fermarono, proprio all'inizio di un ripido sentiero di sassi e rovi. Annabella si accasciò esausta su un masso. Il gruppetto degli avvocati era ancora lontano che arrancava tra le zolle. Ma lei, anche da lì, poteva vedere che stavano ridacchiando alle sue spalle... Come biasimarli?

Cercò di riprendere fiato, si asciugò il sudore dalla fronte, e tentò di assumere un aspetto più dignitoso sistemandosi i riccioli fuori posto e raddrizzando sul naso gli occhiali da sole.

Ma il peggio doveva ancora arrivare.

Il gruppetto degli avvocati era ormai lontano solo un centinaio di metri, ma i fratelli, desiderosi di mostrare al giudice l'intero percorso, la afferrarono ancora una volta sotto le braccia, e si avviarono giù per la discesa, passando attraverso un cespuglio di rovi, dove le sue calze esalarono l'ultimo respiro. «Vede, giudice? Vede come l'è ripida? Con il trattore non ci si passa!» le gridò Cosimo, che li aveva preceduti e stava ad aspettarli alla fine della scarpata.

Annabella, che non aveva abbastanza saliva per articolare parole di senso compiuto, tentò di annuire più volte con la testa. In questo modo però gli occhiali da sole le scivolarono dal naso sudato e caddero sul sentiero. Finirono alcuni metri più avanti, nascosti dalla fitta vegetazione.

I due contadini, zelanti, si lanciarono entrambi alla ricerca degli occhiali, mollando la presa e lasciando il giudice da sola, in bilico, a metà strada del ripido sentiero, del tutto incapace di muovere un passo.

«Aspetti lì che arriviamo!» fece Duccio, mentre rimestava tra i sassi.

Fu allora che lo vide. Occhi piccoli e cattivi. Pelo ispido. Ansimava. Annabella capì subito che le sue intenzioni non erano amichevoli. Ma non riuscì a immaginare nessuna strategia di fuga... Era in trappola, alla sua mercé. Aprì la bocca per chiamare aiuto, e la richiuse subito dopo, comprendendo l'inutilità del gesto. Allora chiuse gli occhi e si rassegnò al suo destino.

Tuttavia il cinghiale la ignorò. Attraversò il sentiero di corsa sfiorandole le gambe col suo ispido pelo e poi sparì nel folto della boscaglia laterale.

L'urlo agghiacciante del giudice Abbondante si levò fino a raggiungere le ultime case del borgo Fossatello.

I tre fratelli la fecero accomodare dentro la cantina, dove il mosto era in pieno fermento alcolico. E la rianimarono con un buon bicchiere di vino novello artigianale. A digiuno.

Quando alla fine giunsero gli avvocati, il giudice Abbondante era sbronza al punto giusto. L'avvocato Del Ciondolo le chiese preoccupato se andasse tutto bene; lei gli rivolse uno sguardo annebbiato con palpebra a mezz'asta.

«A meraviglia. Procediamo con la verbalizzazione» rispose, con la voce impastata dall'alcol.

Erano le sette di sera, quando l'auto dell'avvocato Del Ciondolo scaricò il giudice Abbondante sul selciato della Palermitana.

«È sicura di farcela da sola, dottoressa?» domandò premuroso l'avvocato.

«Stia tranquillo, sto bene» lo rassicurò lei, ma senza troppa convinzione.

Indeciso sul da farsi, l'avvocato Del Ciondolo si regolò come sua abitudine: si adeguò all'opinione del suo giudice e senza altri indugi ripartì, lasciando Annabella da sola ad affrontare il selciato.

Anche lei si avviò, ondeggiando. Puntò verso quello che a occhio e croce ipotizzava potesse essere l'ingresso del bar, ancora annebbiata dall'alcol, con i tacchi semidistrutti, le calze modello "terza guerra mondiale" e un potenziale istinto omicida annidato al livello del subconscio.

Si accasciò sul divano di pelle, pochi minuti più tardi, indenne per miracolo. Alice e Nicola la guardarono, si guardarono, e opportunamente tacquero. Quel sottile desiderio di uccidere, che a quanto pare traspariva dallo sguardo di Annabella, glielo suggerì.

Michele si mosse in soccorso dei due malcapitati, armato di cannolo classico con canditi e caffè alla nocciola. Solo quando i carboidrati ebbero l'effetto previsto, e lo sguardo dell'amica iniziò ad addolcirsi, Nicola se la sentì di commentare: «Comunque... il tuo è un look post-atomico da urlo, tesoro. Non se ne vedevano così dalla fine degli anni '80».

Gli occhi di Annabella si riempirono di lacrime, e per un

attimo Alice e Nicola temettero il peggio, ma poi una risata liberatoria mista a pianto, contagiosa e incontenibile, pose fine alle vicende tragicomiche del pomeriggio.

Pochi minuti dopo i tre amici avevano appreso ogni particolare della surreale *gita fuoriporta* della povera Annabella.

«Potremmo pensare a una striscia a fumetti» suggerì Michele, che per una volta si era seduto insieme a loro.

«Sì!» fece Alice. «*Le avventure di Annabella Abbondante giudice zelante.*»

«Episodio uno» iniziò Nicola: «Annabella e il cinghiale assassino.»

«Sì, bravo! Infierisci pure senza scrupolo sul cadavere» lo incoraggiò ironica l'Abbondante.

«Annabella e le zolle giganti» continuò Alice, che per poco non si affogava col nocino per le risate.

Continuarono a sghignazzare per un bel po'. Quando alla fine si furono sfogati a sufficienza, Annabella approfittò per cambiare argomento e informarsi sugli sviluppi delle indagini.

Nicola le raccontò degli esiti della perquisizione nell'appartamento della Baldi. In effetti sembrava proprio che la psicologa avesse fatto i bagagli in tutta fretta. La portiera dello stabile gli aveva riferito che la Baldi, probabilmente, era partita di notte. Nessuno sembrava averla vista uscire. Era stato sequestrato il computer rinvenuto nell'abitazione e affidato alla polizia postale per verificarne il contenuto. Da una prima rapida occhiata, lì sul posto, la mail era stata cancellata e con essa anche la cronologia di navigazione.

«Gli agenti della Postale hanno assicurato che i dati, con un po' di pazienza, potranno essere recuperati» aggiunse il commissario mentre Annabella gli versava il terzo bicchierino. E visto che oramai era un tantino alticcio pure lui, non fu difficile scucirgli informazioni anche sul caso Santangelo. «Che ti devo dire, Annabella... lì ho un cadavere e nessun colpevole, e qui ho un colpevole ma mancano i cadaveri. Più che un'indagine, sembra uno scioglilingua» sentenziò Nicola con tono scoraggiato. «E per tutti e due questi casi, ho come la sensazione di essere del tutto fuori strada.»

«Nicola! Non essere insensibile» si inserì Alice, «evitiamo di usare la parola *strada* in presenza di Annabella, almeno per oggi.»

Annabella la ignorò di proposito e, rivolta al commissario, domandò ancora: «I tuoi uomini hanno terminato i sopralluoghi nella villa al mare dei genitori di Santangelo?».

«Certo. Sono stati ritrovati gli effetti personali dei due coniugi, le valigie pronte e i biglietti per Caracas. Questo conferma la versione dei vicini.»

«Quali vicini?» la Abbondante era in piena modalità interrogatorio.

Gli uomini di Carnelutti avevano interrogato i vicini di casa dei Santangelo, le ultime persone che avevano parlato con i genitori di Francesco e Matilde, il giorno della loro scomparsa. A quanto pareva, i due erano passati a trovarli prima di partire, per un saluto. Stavano andando a riprendere il figlio Francesco alla villa al mare, che li aveva chiamati da lì dopo essere scappato dalla casa di cura. Sembravano piuttosto contrariati per il contrattempo ma non particolarmente preoccupati per quella fuga.

«Dei cadaveri, quindi, nessuna traccia?» riprese Annabella.

«No, abbiamo fatto dragare la costa senza risultato. Certo, il mare grosso non ha aiutato. In compenso abbiamo trovato del sangue sulla scogliera di fronte alla villa. La scena del crimine è compatibile con quello che ha raccontato Francesco Santangelo nella sua deposizione» rispose il commissario, e si ingollò il quarto bicchierino di passito.

«Annabella, adesso smettila di tormentare il commissario, o darà fondo a tutta la mia riserva di passito di Pantelleria DOC» si intromise Michele.

Lei, però, non rispose. Era sovrappensiero e si tormentava il sopracciglio sinistro.

«Ma tu, Nicola, ci credi?» domandò all'improvviso all'amico poliziotto.

Lo sbirro nel corpo dell'ubriaco emerse dalle nebbie dell'alcol: «A essere sincero, Francesco Santangelo mi sembra molte cose, ma non un assassino. Resta però il fatto che abbia confessato. Ha raccontato la vicenda nei minimi particolari. Sembrava molto lucido».

«Forse anche troppo…» borbottò il giudice. Continuava intanto a massacrare il povero sopracciglio. «Che cosa ti ha detto nello specifico? Perché li avrebbe uccisi?»

«I genitori stavano partendo per il Venezuela senza di lui. Ha detto che si era sentito tradito e abbandonato. Lui stesso ha ammesso di aver agito per un motivo futile, sotto la spinta di un raptus. È superfluo dirti che sostiene la solita tesi: non era consapevole di quello che stava facendo» Nicola si fermò un secondo a riflettere, poi riprese: «Continuava a ripetere che non avrebbe mai voluto farlo. Aveva uno sguardo perso. Più da vittima che da carnefice.»

«Il maialino di mio nonno» mormorò fra sé Annabella.

«Che hai detto?»

«No, niente. Una cosa mia… Ma come avrebbe fatto a raggiungere la villa al mare dalla casa-famiglia? Ho controllato su Google Maps, i due punti sono piuttosto lontani.»

Il poliziotto sollevò le spalle con gesto di rassegnazione. Era davvero impossibile arginare la mania investigativa della sua amica.

«Questo non se lo ricorda» le spiegò. «Dice che nella sua mente c'è un vuoto. Potrebbe trattarsi di una specie di amnesia parziale, secondo lo psicologo della procura che ha assistito all'interrogatorio» e qui s'interruppe per dare un morso a uno degli arancini speciali che Michele aveva preparato per loro.

«In altre parole, si sarebbe ritrovato nella villa senza sapere come» concluse per lui Alice, che non sopportava i vuoti di scena.

«*Epfatto*» confermò Nicola, ancora alle prese con l'enorme boccone che si era ficcato in bocca. Dopo alcuni interminabili secondi, in cui il poverino cercava di venirne fuori e le due amiche seguitavano a scrutarlo con evidente rincrescimento, finalmente si riprese. «Poi si è trovato i genitori davanti, che erano venuti a prenderlo, anche se lui non ricordava di averli chiamati. Subito è nata la lite per la loro partenza. Lui, già fuori di sé, è scappato verso la scogliera; loro lo hanno seguito, per cercare di calmarlo… Ma è stato peggio: Francesco si è infuriato ancora di più, ha preso un sasso e li ha colpiti con violenza cieca. Prima il padre e poi la madre. E alla fine li ha spinti in mare» pausa a effetto, morso al secondo arancino. «Poi è scappato e ha vagato per giorni in stato confusionale.»

«E quando lo avete ritrovato com'era vestito? Avete esaminato gli indumenti e le scarpe?»

«Aveva un paio di macchie di sangue su una scarpa.»

«Nicola…» si limitò a dire Annabella.

«Sì, lo so… fa acqua da tutte le parti» ammise il commissario, ormai tornato del tutto lucido. «Però che lui fosse ossessionato dalla partenza imminente dei genitori è stato confermato dalla infermiera della casa di cura. Sembra che non facesse che ripeterlo in continuazione a tutti. In modo ossessivo» si fermò un momento, come a riflettere sulle sue stesse parole, quindi aggiunse: «Ha anche detto che si trattava di un comportamento

147

inconsueto per lui, che di solito se ne stava in disparte senza parlare con nessuno».

«Mah! Davvero non lo so, Nicola. Questa faccenda puzza più delle tue scarpe da ginnastica a Dublino!»

«Ha ragione» confermò Alice, con aria grave.

«Ginger, pensi anche tu che la faccenda puzzi?» le chiese Nicola, ancora assorto nelle proprie incertezze.

«No, no: io parlavo delle scarpe» commentò seria la rossa. «Una puzza davvero infernale.»

Risero.

«Ve la ricordate, quella orrenda carta da parati nel B&B di Dublino?» fece Annabella.

La domanda diede il *la* all'inevitabile amarcord sul viaggio in Irlanda, e la serata proseguì così, tra un aneddoto e un altro, finché non fu vuotata l'intera bottiglia di passito di Pantelleria della riserva personale di Michele. Erano ormai sbronzi al punto giusto quando il divano di pelle cominciò a vibrare con insistenza. Nessuno si mosse. Alice girò appena la testa e, sollevando il tovagliolo che aveva sugli occhi, diede un'occhiata alla borsa di Annabella, che sembrava dotata di vita propria.

«Annabella, per favore… cattura quel Poltergeist» implorò la giornalista richiamando la sua attenzione con una manata sulla spalla.

Annabella si tuffò dentro la borsa alla ricerca del fenomeno paranormale. Finalmente lo pescò, nella tasca interna, che ruggiva indemoniato. Diede uno sguardo al display e si bloccò, avvilita.

«Rispondi o chiama l'esorcista!» insistette Alice, di nuovo con il tovagliolo sulla fronte, a causa del gran mal di testa.

Il giudice si vide costretta ad affrontare l'ineluttabile.

«Ciao, Fortuna. Dimmi…»

«Ho provato a chiamarti almeno quattro volte stasera! Ma non rispondi mai a nessuno, oppure è un trattamento che riservi solo a tua sorella?»

«Fortuna, vieni al dunque. Hai pochi secondi, la batteria è scarica» mentì Annabella.

«Sarò telegrafica, allora. Prossima settimana. Vacanze di Pasqua.»

«E quindi?» cercò di tergiversare, ma già sapeva dove la sorella voleva andare a parare.

«E quindi ti ricordo che hai promesso alla mamma di venire con noi.»

«Dove?»

«Annabella Abbondante, a Pasqua tu verrai dai parenti a Piano di Sorrento come stabilito» Maria Fortuna aveva il tono perentorio del vincitore che detta le condizioni per l'armistizio.

«D'accordo» si arrese Annabella, con un filo di voce.

«Molto bene. Ricordati che noi partiamo il giorno prima in automobile e ci portiamo la mamma. Perciò compra il biglietto del treno per tempo, portati qualcosa di decente da mettere, vai dal parrucchiere...» e il resto delle raccomandazioni si persero sul cuscino del divano.

Riprese il telefonino in mano giusto in tempo per sentire Maria Fortuna che diceva: «Ah... c'è un'ultima cosa...».

Annabella si raddrizzò sullo schienale e ascoltò con maggiore attenzione. Lo riconosceva: quello era il tono da *grossa fregatura in arrivo*. Doveva stare in allerta.

«Cosa?»

«Mi ha chiamato Rosalba Palumbo.»

«La tua amica del Rotary Club di Piano di Sorrento?»

«Esatto. Adesso è assessore al turismo.»

«E quindi?» Annabella cominciò a lasciarsi prendere dall'ansia.

«C'è un problema per la processione di Pasqua.»

Il giudice non rispose. Si girò in direzione di Michele per mendicargli a gesti una tazza urgentissima di caffè.

«Ci sei ancora?» strillò Fortuna.

«Purtroppo sì, continua…» rispose Annabella che aveva già iniziato a sudare.

«Non hanno nessuno che faccia Isabella d'Aragona al corteo storico del Sabato Santo.»

«La regina Isabella di Aragona, la moglie di Ferrante?»

«Brava!»

«Isabella d'Aragona, quella che si fa tutto il corteo storico a cavallo?»

«Esatto.»

«E perché lo stai dicendo proprio a me?» chiese Annabella, che non voleva perdere del tutto la speranza.

Silenzio di tomba.

«Fortuna, perché lo stai dicendo proprio a me?» insistette, ma ormai era un'inutile agonia.

«Il sindaco ci tiene che quest'anno la faccia tu.»

«Il sindaco di Piano di Sorrento?»

«È ovvio.»

«Ci tiene molto?»

«Moltissimo.»

«Che io faccia Isabella?»

«Sì.»

«A cavallo?»

«Per forza, Annabbé.»

Attaccò, incapace di dire e ascoltare altro.

E per la seconda volta nella giornata Annabella Abbondante desiderò di urlare con tutto il fiato che aveva in gola.

8

Casa dolce casa

Il treno della Circumvesuviana cominciò a rallentare in prossimità della stazione di Piano di Sorrento. Annabella abbassò il pesante finestrino per respirare il profumo tanto familiare dei fiori di arancio misto a salsedine. L'odore dell'infanzia, della spensieratezza, dei ricordi felici...

Sono a casa, dopotutto, pensò sorridendo nostalgica.

Posò lo sguardo su un ragazzino dagli occhi scuri e vivaci, che stava in fila in attesa di scendere dal treno e la fissava con aria di sfida, ruminando a bocca aperta un'enorme gomma da masticare. Se ne stava attaccato alle gambe di un donnone corpulento e accigliato, che nel frattempo non smetteva un attimo di parlare al cellulare, a voce abbastanza alta da consentire a chiunque nel vagone di apprendere ogni raccapricciante particolare della sua ultima medicazione post-operatoria.

Prima di fermarsi del tutto, il treno ebbe un improvviso scossone, che provocò un tamponamento a catena in piena regola tra le persone in piedi nel corridoio centrale. E fu così che un povero sfortunato, un signore mingherlino dall'aria assonnata, si appoggiò, suo malgrado, al prominente posteriore del donnone. Ne nacque un colossale e scomposto tafferuglio, durante il quale la giunonica matrona ebbe modo di esibirsi in una sequenza indicibile di improperi, pronunciati in dialetto stretto, a squarciagola e con un'unica emissione di fiato. Mentre il ragazzino approfittava della confusione per lasciare la sua gomma da masticare in ricordo alla compagnia ferroviaria.

Sono proprio a casa, sospirò Annabella, alzando gli occhi al cielo.

Mentre scendeva dal treno si guardò intorno in cerca di volti familiari. Riconobbe subito la fisionomia inconfondibile delle cugine Abbondante. Un po' in disparte, sedute sulla panchina accanto al distributore delle bibite, si sventolavano in preda all'ansia. Non appena la videro, si mossero in contemporanea e le andarono incontro agitando i loro ventagli, nel timore che lei potesse non notarle.

Letizia e Grazia Abbondante erano le persone meno adatte a portare i propri nomi che Annabella avesse mai conosciuto.

«Ué, Annabbé!» la salutò Grazia col suo vocione baritonale, e subito dopo la stritolò in una morsa d'acciaio degna di un capitano dei marines.

«Benvenuta, Annabella» sussurrò la sorella, producendosi in un incerto sorriso di circostanza, perfetto per un funerale.

«Come stai, Letizia? Ti trovo molto bene!» la buttò lì Annabella, nel vano tentativo di rianimarla.

«Che ti devo dire, cara cugina, tiriamo a campare» rispose quella con un flebile sospiro, mentre la sorella le precedeva con passo marziale verso l'uscita.

«Tu piuttosto» aggiunse sempre Letizia, dopo aver accennato un colpetto di tosse tisica, «mi pari proprio in ottima salute. Pelle luminosa e colorita... mi sembra che sei anche un tantinello ingrassata» commentò posandole addosso uno sguardo senza espressione.

Annabella sentì un leggero brivido, come un alito di morte, accarezzarle la nuca. Non rispose, ma strinse il cornetto di corallo che aveva in tasca proprio a quello scopo. Accelerò quindi il passo per raggiungere il soldato Jane, che ormai aveva quasi raggiunto l'uscita.

«Ma Gioia non è venuta quest'anno?» domandò preoccupata a Grazia, mentre le trottava a fianco affannata.

«Come no! Sta aspettando nella macchina, ché non ci stava posto per parcheggiare.»

Annabella sentì il cuore più leggero. Gioia era la sua cugina preferita. L'unica con cui sentiva di avere una qualche affinità in tutta la numerosa e variegata famiglia Abbondante. Non a caso era considerata da tutti gli altri come la pecora nera, perché lavorava come conduttrice alla radio da molto tempo e non si era mai sposata. In compenso però aveva avuto tre figli da due diversi compagni e aveva vissuto a New York per un paio d'anni.

Proprio Gioia le aprì lo sportello della parte anteriore dell'auto.

«Mettiti vicino a me!» le gridò felice.

Si abbracciarono forte, si guardarono per qualche istante e poi sussurrarono all'unisono: «Meno male che ci sei!».

Il palazzetto della famiglia Abbondante sorgeva appena fuori dal centro, alla fine di un vialetto ombreggiato da acacie e limoni. Un edificio stile Liberty, a tre piani, con tre appartamenti, ognuno dei quali occupato da una differente zia Abbondante. Il nonno Prospero aveva infatti lasciato l'intero immobile alle tre figlie femmine. Mentre ai due maschi, Felice e Fortunato, erano andati gli appezzamenti di terreno coltivati ad agrumi e l'azienda di famiglia per la produzione del famoso limoncello, che aveva portato l'*abbondanza* alla famiglia Abbondante.

Prima di attraversare il vialetto delle ortensie, che dal cancello principale conduceva al portoncino di ingresso, d'istinto Annabella guardò in alto. Sapeva già che le avrebbe viste. E infatti erano lì. Ognuna affacciata al suo balconcino. Salutavano sorridenti il popolo come tre regine britanniche. Di fronte a quell'immagine, Annabella fu colta da un impulso di fuga. Ma si fece forza. Gioia, che aveva intuito quel pensiero fugace, le trattenne la mano con cui stava per aprire il portone e le domandò: «Sei pronta per affrontare la... salita?».

«Non si è mai veramente pronti, ma sto digiunando di proposito da una settimana. Credo di potercela fare.»

«Lo sai che in cima ti aspetta anche il pranzo di famiglia, vero?»

«Sì, ho portato la borsa grande e molti tovaglioli. E tu?»

«Idem» fece sua cugina, e spinse il portone con l'aria di un gladiatore che sta per entrare al Colosseo.

Hic sunt leones, sentenziò Annabella.

Erano ancora nell'androne del palazzo quando Gaber iniziò a cantarle in tasca.

La libertà non è star sopra un albero, non è neanche il volo di un moscone...

«Fortuna, come sempre hai un fiuto infallibile: stiamo proprio qui sotto al portone.»

Ma la sorella non le rispose.

«Maria Fortuna Abbondante, dimmi subito cosa succede. Non mi piace quando resti senza parole. Anzi, no. Dammi la brutta notizia da vicino, tanto sto salendo...»

«La brutta notizia è che non sono lì. Stiamo tutti ancora a Pianveggio. Ieri non siamo più partiti, perché mamma ha la febbre e non se la sentiva di viaggiare. E io e Massimo abbiamo deciso che non potevamo lasciarla da sola il giorno di Pasqua.»

«E come al solito hai pensato bene di non avvisarmi» concluse Annabella gelida.

«È naturale. Altrimenti non saresti partita. E poi chi ci sarebbe stato a rappresentare la famiglia? Ricordati che devi fare Isabella d'Aragona, sorellina.»

Questa volta fu Annabella a non rispondere.

«Annabella? Sei ancora in linea?» strillò Fortuna.

«Giuro che quando torno a casa ti strangolo a mani nude, sorellina.»

Da che lei aveva memoria, nessuno di sua conoscenza era riuscito ad arrivare direttamente al terzo piano da zia Costanza, senza fermarsi prima a salutare zia Prudenza e zia Speranza.

Il palazzetto era privo di ascensore, e dunque per salire all'ultimo appartamento era necessario attraversare il pianerottolo del primo e del secondo piano.

Zia Prudenza soprattutto, dal suo avamposto al primo piano, non si faceva mai trovare impreparata: al minimo segnale di movimento, al minimo suono di citofono, era già in cima alle scale, per attirare gli ospiti e costringerli a fermarsi "cinque minuti" per un caffè o un limoncello.

Anche questa volta le intercettò con incredibile tempestività. Non appena la zia entrò in contatto visivo con Grazia e Letizia, con due veloci e perentorie alzate di sopracciglia e un significativo cenno del mento, le spedì al terzo piano, dove il resto della truppa Abbondante le aspettava per completare la preparazione del pantagruelico pasto di famiglia. Quando le due si dileguarono senza protestare, la zietta poté finalmente dedicarsi al suo obiettivo principale: la nuova arrivata.

«Carissima Annabella, *comme staie?*» chiese.

Non si fermò ad aspettare la risposta, con un gesto imperativo la invitò ad accomodarsi in casa. Annabella, obbediente all'ordine ricevuto, entrò e indossò le pattine di ordinanza. Gioia invece, abituata a essere ignorata, le seguì con rassegnazione nella prima tappa della via Crucis, per non lasciare sola sua cugina.

Nell'appartamento l'ordine e la pulizia erano maniacali, accompagnati da un quantitativo così imbarazzante di pizzi e merletti da far storcere il naso persino a Jane Austen. Stavano per sedersi sul divano buono del salotto, quando un urlo acutissimo violò il silenzio religioso della stanza, disturbato solo dal ticchettio dell'orologio a pendolo.

«Aspettate!» ordinò zia Prudenza.

Annabella si paralizzò all'istante interrompendo a metà l'atterraggio sul divano, e se ne stette impietrita, col sedere a mezz'aria, in una posizione che dovunque sarebbe sembrata ridicola, ma che in quel contesto appariva del tutto normale. Dopo aver intimato l'alt, la rubiconda donnetta si precipitò a stendere sul divano, due graziose tovagliette di merletto, destinate ad accogliere i loro posteriori.

E poi apparvero. I temuti, famigerati, amati e un po' rimpianti arancini di zia Prudenza.

Perché poi si ostinassero a usare il diminutivo, Annabella non riusciva proprio a capirlo. A una prima stima dovevano pesare mezzo chilo ciascuno, imbottiti fino all'inverosimile. Un'orgia di calorie. Una sfida per l'apparato digerente di chiunque. E, quel che era più grave, secondo l'insindacabile giudizio della zietta, l'unico che contasse in quel piccolo microcosmo di pizzi e merletti, occorreva mangiarne almeno due a testa. *Assolutamente.*

«Tieni fame, Annabbé?» domandò la zia.

«Non tanta» rispose pronta.

«Neppure io» si affrettò a farle eco sua cugina Gioia.

Sapevano entrambe che era l'unica via di salvezza, se volevano evitare quello che nessun essere umano sarebbe stato in grado di sopportare. Il terzo arancino consecutivo.

Due arancini a testa e tre bicchierini di limoncello dopo – questi ultimi imposti ogni volta col solito, tacito ma fermo imperativo categorico, espresso con una breve alzata di sopracciglia – Annabella e Gioia si avviarono barcollando verso l'uscita.

«Ci vediamo più tardi sopra, Annabbé» la congedò zia Prudenza. «Così mi racconti tutte le novità, mi raccomando.»

Una goccia di sudore imperlò la fronte di Annabella. Sapeva qual era la novità che tutta la famiglia si aspettava di sentire. E anche questa volta avrebbe deluso le loro aspettative.

Mentre iniziava a salire le scale, Annabella guardò in alto e intravide una sottana variopinta svolazzare lungo la ringhiera del secondo piano.

«Questa è la prova più dura» sussurrò Gioia.

«In tutti i sensi» commentò rassegnata Annabella.

«Carissima, carissima Annabella!» cinguettò allegra zia Speranza, nel suo caftano arcobaleno e la lunga treccia grigia che le pendeva sulla spalla. L'afferrò per una mano e la portò dentro casa, senza darle il tempo di replicare e senza degnare di uno sguardo la povera Gioia, che tuttavia le seguì anche stavolta. L'appartamento dell'artista di famiglia era sempre in divenire. Da che lei ricordasse non aveva mai trovato i suoi mobili due volte nella stessa posizione.

«Che ne pensi del nuovo colore?» gorgheggiò la padrona di casa mentre si produceva in una piroetta al centro del salotto. Si fermò allo specchio per rimuovere uno sbaffo di vernice azzurra dalla guancia e, dopo un sospiro, aggiunse: «Voglio ridipingere tutta la casa. Sono stufa del giallo, ho bisogno di un colore più freddo, ho bisogno di serenità... Capisci?».

«Sì, certo. Sono al cento per cento d'accordo con te.»

Mai contraddire zia Speranza.

Lo aveva imparato a otto anni e non lo aveva più dimenticato. La più giovane delle tre sorelle Abbondante aveva uno spirito artistico e grande sensibilità, ma era pure lunatica e umorale. Bastava un niente per farla entusiasmare e ancora meno per gettarla nello sconforto più assoluto.

Ma questo ad Annabella bambina nessuno lo aveva spiegato. Quel giorno di trent'anni prima si era trovata, chissà come, sola a casa con lei, quando le era stato domandato se le piacevano i biscotti che la zia "con tanto amore" aveva preparato per Annuccia Bella. Ma più che biscotti le aveva messo nel piatto dei sassi colorati che profumavano di vaniglia e cioccolato. Ad Annabella era stato insegnato di dire sempre la verità. E l'aveva detta, pure in quell'occasione. La zia era rimasta per qualche secondo come paralizzata, con lo sguardo fisso nel vuoto. Poi le erano comparse delle strane chiazze sul collo, e le mani le avevano cominciato a tremare. Uno strano suono le era uscito dalla gola, come una specie di singhiozzo, mentre il viso le si era sempre più arrossato, virando dal rosa al paonazzo. Alla fine, zia Speranza si era lasciata cadere sul divano in un mare di lacrime.

Al che lei, povera bambina, si era precipitata alla porta terrorizzata per andare a rifugiarsi tra le braccia del padre al piano di sopra. C'erano volute parecchie ore e una dose di limoncello da cavalli per calmare la zia. Da quel momento Annabella seppe che bisognava sì, dire sempre la verità, ma solo quando non era proprio necessario mentire.

Purtroppo, zia Speranza ogni Pasqua si intestardiva a fare

il *tortano*, nella convinzione, mai contraddetta da nessuno, di avere ereditato il talento culinario di mamma Angela.

«Forza, prendiamo quella delizia che ho appena sfornato calda calda!»

«Sei gentilissima, zia, ma abbiamo appena preso due arancini al primo piano e quindi...» disse la nipote in un estremo tentativo di scamparsela.

Il viso di zia Speranza assunse un pericoloso colorito rosa pesca mentre le rivolgeva uno sguardo smarrito: «E quindi?» le domandò con la voce tremante.

«E quindi assaggio volentieri anche il tuo tortano, che domande!» aggiunse Annabella, nella consapevolezza di avere perso la partita.

Lo deposero con delicatezza sul tavolo da poco ridipinto, di un bel verde petrolio, davanti all'autoritratto cubista della zietta da giovane. Le due cugine contemplarono depresse quell'abominio pasquale per qualche istante. *Cubismo culinario*, pensò Annabella ormai rassegnata, mentre il suo stomaco già implorava pietà.

«Allora?» domandò zia Speranza, al massimo dell'euforia. «Cosa aspettate a prenderne una bella fetta?»

«Ci manca il seghetto per tagliarlo» si fece scappare Annabella. Sua cugina le strinse il ginocchio per farle segno. «Volevo dire... manca il coltello a seghetta.»

Lo stridio del coltello era raccapricciante. Il giudice Abbondante, sudando, si affannava nel tentativo di separare ciò che zia Speranza sembrava aver unito per sempre. Gli ingredienti restavano avvinti in un mortale abbraccio, grazie a un'alchimia che avrebbe meritato uno studio più approfondito. Alla fine riuscì a estrarre la sua fetta dal *ruoto*, ma solo dopo aver usato il coltello come scalpello per rimuoverla dal fondo incrostato. Sperò per qualche istante di poter adottare la tecnica del tovagliolo, per far sparire la fetta malefica nella borsa, ma si rese presto conto che questa volta non aveva scampo: l'esile donnina in trepidante attesa non le staccava lo sguardo di dosso. Allora chiuse gli occhi e addentò rassegnata, sperando che il suo dentista fosse in studio la settimana dopo Pasqua.

Al terzo morso però accadde il peggio: il pezzo che aveva staccato era enorme e lei lo aveva ingoiato troppo in fretta… Le prese il panico. Il boccone non scendeva. Non riusciva quasi a respirare, si sentiva soffocare. Si guardò intorno: l'unico liquido disponibile era il limoncello di famiglia. Ne bevve tre lunghi sorsi dalla bottiglia approfittando della temporanea distrazione della zia e finalmente riprese a respirare. Era salva, ma dallo sguardo appannato si rese conto che con ogni probabilità avrebbe affrontato l'interrogatorio familiare più ubriaca di Nicola al concerto di Lady Gaga del 2014.

«Annuccia Bella, ci vediamo sopra tra poco. Non vedo l'ora di sentire le novità.»

Ecco, appunto.

Mentre si arrampicavano verso il terzo piano, Annabella riconobbe il baccano infernale tipico delle adunanze plenarie del clan Abbondante. Sapeva bene cosa l'attendeva dietro quella porta. Di sicuro non poteva mancare l'intera famiglia della padrona di casa, con i suoi tre figli sposati, altrettante nuore e sette nipotini di varie età. Ma non solo.

Di certo era stato invitato anche lo zio Fortunato, il fratello maggiore di suo padre, con moglie, figli e figli dei figli. E dunque avrebbe incontrato il cugino Benedetto con sua moglie, che di bambini ne aveva sfornati ben cinque. E poi di sicuro i tre ragazzini di Gioia. E non poteva dimenticare le due cugine,

Letizia e Grazia, che per fortuna, almeno loro, erano nubili e non si erano riprodotte.

E poi *dulcis in fundo* la temutissima nonna Angela, la cui vera età era un mistero per tutti, ma che nonostante gli anni era ancora lucida e non perdeva un colpo.

A occhio e croce, Annabella Abbondante stimava che in quella casa ci fossero ad attenderla trentadue persone, nipote più, nipote meno. Entrò sperando di passare inosservata, vista la folla stipata nell'appartamento, ma le sue illusioni andarono deluse non appena varcò la soglia.

«La bella Annabella, la bellissima nipotona mia, vieni qua dalla zia tua, *fatti da' 'nu vase.*»

Sentì una voce a lei ben nota provenire dal centro del soggiorno, subito dietro lo schieramento del plotone di esecuzione, composto dai vari cugini, cuginetti, zii, nipoti e nipotini. Circa sessantaquattro occhi. Tutti puntati su di lei.

Zia Costanza si fece largo tra la folla del parentado a braccia aperte, come la Wanda Osiris. Un autentico mito per lei, la tre volte vedova Conny Abbondante. Questa donna tenace, caparbia, sempre allegra e piena di vita era passata indenne attraverso ben tre diversi matrimoni, e la sepoltura di tutti e tre i mariti, di cui l'ultimo durato soltanto due settimane. La sua vita concorreva in verosimiglianza con i copioni delle migliori *soap opera* americane.

Il primo marito era morto a trentacinque anni in Libia, cadendo da un ponteggio di un cantiere di cui stava dirigendo i lavori. Alla sua morte la povera zia Costanza aveva ereditato la casa di famiglia dell'ingegnere, che si trovava a Capri e due aziende agricole nel Cilento, che le fruttavano tuttora una discreta rendita.

Il secondo marito, unico erede di una famiglia nobile salernitana, era morto di enfisema polmonare a cinquantotto anni, dopo vent'anni di felice matrimonio, e aveva lasciato la vedova inconsolabile, sì, ma anche fortunata erede, insieme ai tre figli, di un discreto patrimonio, oltre al titolo di baronessa.

Il terzo marito, giornalista e critico d'arte, sposato dopo sette anni di affettuosa amicizia, si era spento di infarto fulminante due giorni dopo l'arrivo nella sua masseria nel Salento, che alla sua morte era per legge andata alla moglie, insieme a un appartamento al centro di Lecce e due negozi sul corso principale di Otranto. E così "la povera zia Costanza", che non aveva lavorato un giorno in tutta la sua vita, poteva fare affidamento, ancora adesso, su una considerevole rendita e su molte proprietà. E si godeva la vita viaggiando in lungo e in largo con il nuovo compagno, conosciuto di recente a un corso di tango, il quale si guardava bene dal pensare al matrimonio, non perché non fosse affezionato a lei, ma per comprensibile istinto di sopravvivenza.

Zia Dallas – questo era il soprannome che Annabella aveva affibbiato a Conny, in omaggio alla serie anni '80 in cui la protagonista cambiava il marito con più frequenza degli abiti di scena – sembrava molto contenta di rivederla. Annabella sperò che avesse dimenticato l'ultima volta in cui si erano incontrate, due anni prima. Al solo pensiero ebbe un leggero attacco di orticaria.

Era mancata al suo terzo matrimonio perché quel sabato era stata di turno in tribunale. Era invece scesa a casa per la Pasqua, due settimane dopo. Non aveva avuto il tempo di avvisare nessuno del suo arrivo a Piano di Sorrento, neppure sua sorella, che era ancora lì dal giorno del matrimonio. Era arrivata da sola, con il treno. Si era presentata al terzo piano del palazzetto Abbondante senza preavviso, con il regalo di nozze e un grosso mazzo di fiori bianchi, che le aveva allegramente piazzato in mano, non appena entrata.

«Congratulazioni vivissime» aveva aggiunto mentre zia Dallas la guardava un po' meravigliata.

Un dolore atroce al braccio aveva richiamato la sua attenzione. Sua sorella Fortuna era sopraggiunta come una furia, le aveva dato quel tremendo pizzico e le aveva sussurrato all'orecchio: «Guarda che il marito è morto!».

«Di già?» aveva commentato Annabella, senza potersi trattenere.

«Condoglianze vivissime» aveva farfugliato, porgendo alla zia il regalo che aveva ancora in mano. Sua sorella Fortuna, il cecchino, l'aveva incenerita sul posto.

Per questa volta, invece, aveva deciso di adottare una tecnica più prudente. Ubbidiente baciò la zia, si lasciò abbracciare, accarezzare, pizzicare le guance, e strapazzare da tutti i parenti, ma restando sempre nel più assoluto silenzio.

Continuò a sorridere, annuire e ringraziare anche per tutto il lunghissimo, interminabile pranzo, concentrata soprattutto nel tentativo di evitare di scoppiare. Seduta vicino a Letizia, provava a far sparire quante più cose dentro la borsa, nella speranza di sopravvivere al quantitativo mortale di cibo che le veniva propinato. Ma si trattava di una lotta impari. La velocità delle tre sorelle Abbondante a servire rigatoni al ragù alternate a tagliatelle alla genovese, imporre con la forza polpette, cotolette e involtini, aggiungere di soppiatto fette di parmigiana, scodellare peperoni e friarielli alla prima distrazione, era davvero impressionante. Come se non bastasse, Annabella doveva anche impegnarsi a evitare di incrociare lo sguardo funesto della cugina Letizia e con frequenza regolare si imponeva di toccare il cornetto che conservava in tasca per ogni evenienza. Il cugino Saverio poi, che le stava a fianco, continuava a versarle vino rosso senza pietà. E su tutta la tavola non c'era un goccio d'acqua.

Aveva lottato con onore, ma alla fine era comunque gonfia, esausta e se possibile ancora più ubriaca. Per di più, la cugina Letizia le aveva augurato buona salute così tante volte che oramai era certa di morire entro la fine dell'anno.

Fu allora che la nonna Angela, che sedeva a capotavola dall'altra parte del tavolo, nel suo momento di maggiore debolezza, approfittando di un attimo di inspiegabile silenzio della sacra famiglia, le rivolse la tanto attesa, temuta, maledetta domanda. In realtà più che una domanda, si trattò di un ordine, pronunciato con voce roca ma chiara, sguardo acuto e attento, e pugnetto ossuto sul tavolo.

«Adesso, Annabbé, raccontaci le novità.»

Il silenzio a tavola si fece ancora più assordante. I sessantaquattro occhi si rivolsero tutti su di lei. Annabella deglutì. Senza preavviso né ragione apparente nella sua mente annebbiata si affacciò il ricordo del volto sorridente del *numero ventiquattro*... E si ritrovò a pensare con rimpianto a Lorenzo, che avrebbe potuto essere la sua novità, se solo lei non avesse rovinato tutto, addormentandosi come un'idiota.

La libertà non è star sopra un albero, non è neanche il volo di un moscone...

«Sì!» Annabella si illuminò di gioia, e dovette trattenersi dal baciare con affetto il cellulare che l'aveva salvata dall'inevitabile pubblica umiliazione.

Scappò nella stanza a fianco per rispondere. Quando si sentì al riparo da orecchie indiscrete, sussurrò: «Nicola, ti amo, davvero».

«Annabella, sono gay, fattene una ragione.»

«Non scherzare. Mi hai salvato da una pubblica esecuzione. Me la sono vista davvero brutta...»

«Vogliono ancora sapere quando ti sposi?» indagò Nicola

che, era chiaro, si stava divertendo moltissimo. «A proposito...
Come stanno Crocefissa e Addolorata?»

«Chi?»

«Anastasia e Genoveffa... le sorellastre. Sempre da urlo
come me le ricordo?»

Annabella si coprì la bocca con una mano e iniziò a ridere.
Una risata nervosa, per scrollarsi di dosso quel senso di pesantezza e di oppressione che le provocavano sempre le riunioni
di famiglia.

«Ma comunque, perché mi hai chiamato?» gli chiese, una
volta calma.

«Indovina?»

«Ok, Nicola, con questa ti sei già bruciato il bonus che ti eri
appena guadagnato. Dimmi le novità senza farmi indovinelli,
per favore.»

«Stamattina ho interrogato Roberto Radin... e avevi ragione.»

Passò qualche secondo prima che la notizia si sedimentasse
nella mente ancora annebbiata di Annabella. «Aspetta. Ti richiamo io. Ho bisogno di caffeina. Tanta, tanta caffeina.»

«Va bene, però chiamami, mi raccomando. Devo dirti anche
altre cose» replicò l'amico.

Doveva procurarsi un mezzo litro di caffè. Doveva farlo in
fretta e senza dare troppo nell'occhio. E c'era un solo modo.
Dopotutto, da bambina lo aveva fatto tante volte: poteva farcela
anche adesso. Nonostante gli anni e i chili in più, era ancora
molto agile. Da quella stanza si saliva senza troppa difficoltà
sulla quercia secolare posta di lato al palazzetto: i rami più alti
lambivano il balcone del terzo piano. La discesa dall'albero per
scappare a giocare in piazzetta con i cugini era un ricordo bellissimo delle sue estati a Sorrento. Si tolse le scarpe, se le mise
nella borsa indossata a tracolla, scavalcò, si afferrò al ramo che,

come sperava, tenne. Ritrovò facilmente i punti giusti, come un sentiero mai dimenticato, e atterrò in giardino senza particolari danni.

Sgattaiolò in piazzetta diretta al bar Capatosta. Non appena la vide entrare, il barista le andò incontro a braccia aperte: «E guarda un poco chi si vede! Annabella Abbondante in carne e ossa».

«Più carne che ossa, lo so!» lo anticipò Annabella. «Gaetano, la vuoi finire con questo scherzo? È dalla quarta elementare che lo fai.»

Si abbracciarono come se non si fossero mai separati. Eppure, stavolta erano più di due anni che non si vedevano.

«Ti faccio il caffè e poi mi racconti tutto» disse lui, e le sistemò il ricciolo ribelle dietro l'orecchio.

«Fino ai dettagli più piccanti. Ma prima devo fare una telefonata a Nicola, ti dispiace?»

«Ma chi è? L'amico tuo di sopra?»

«Dài! Non fare il geloso, lo sai che il mio amico più intimo resti sempre e solo tu. Nicola non potrebbe, anche volendo, sostituirti» disse lei e gli strizzò l'occhio.

«Perché, è ancora *femminiello*?»

«Tano, su... Si dice omosessuale. E poi mica è una malattia che si guarisce.»

«Ué, mi hai chiamato Tano... Allora ho ancora speranze che ci ripensi?»

«Gaetà... siamo stati fidanzati in quarta elementare.»

«Eh no! Non dimentichiamo che poi ci siamo dati due baci nell'estate del '97 e uno a Pasquetta del '99. Tre baci in tutto» puntualizzò Tano.

«Due baci e mezzo. Quello sulle labbra al gioco della bottiglia non conta, dài.»

«Eh! Ma poi l'abbiamo fatto, a vent'anni, Annabbé. Quello neppure conta?»

«Conta, conta... Ma è comunque passata un'eternità.»

Un silenzio nostalgico cadde nel piccolo bar. Non solo in ricordo di quello che era stato, ma anche in omaggio all'estate più bella della loro vita. Una parentesi magica e un po' folle rimasta scolpita nei loro cuori. Un viaggio in Grecia zaino in spalla, un'intesa fisica nata dal nulla, dopo anni di amicizia. *Le mani di Tano che volano sulla chitarra, le mani di Tano tra i capelli salati, le mani di Tano dappertutto...*

«E lo vedi che te lo ricordi ancora bene?» rise il barista osservando la sua faccia trasognata, mentre le portava il caffè.

Annabella Abbondante ritornò a malincuore alla realtà e si bevve il suo caffè che sapeva di casa. Il caffè più buono del mondo. Anche più buono di quello di Michele.

«Diciamolo... il primo caffè non si scorda mai» le disse Tano mentre le carezzava una spalla.

Annabella non si sottrasse e sorrise. Tano la prese per mano e si diresse verso la stanza sul retro.

In fondo perché no?, pensò Annabella.

E celebrarono i tempi andati.

Davanti al secondo caffè di Tano, seduta al tavolino sotto il fico del bar Capatosta, ormai del tutto lucida e senza dubbio più rilassata, Annabella si decise a chiamare il suo amico commissario al cellulare. «Pronto, Nicola?»

«Certo che te lo sei andato a prendere in Brasile, il caffè» fece lui un pochino stizzito.

«Scusa, hai ragione, ma ho fatto un tuffo nel passato e ci è voluto un po'» rispose lei, mentre continuava a sorridere a Tano.

«In che senso?»

«Credimi, non lo vuoi sapere davvero.»

Carnelutti decise di non approfondire e le riferì i dettagli dell'interrogatorio di Roberto Radin. L'ex marito di Erica Baldi aveva confermato che tra loro c'erano ottimi rapporti, che si sentivano spesso come amici. Circa sei mesi prima lui era partito per lavoro ed era rimasto a Dubai per due mesi. Al suo rientro aveva provato a contattare Erica, ma senza successo. Dopo parecchi giorni di insistenza aveva denunciato la scomparsa della ex moglie alla polizia.

«E quindi che impressione ti sei fatto?»

«È un ragazzo davvero simpatico ed è anche carino» cinguettò il commissario Carnelutti.

«Dicevo sulle indagini, Nicola...»

«Certo, certo, lo avevo capito. Escludo che possa essere stato lui a uccidere la Baldi.»

«Perché è troppo carino?» lo stuzzicò Annabella.

«Come sei stupida... Perché potrebbe avere un alibi. Nel periodo presunto della scomparsa lui è stato quasi tutto il tempo a Dubai. Non è un alibi in senso tecnico, perché al momento non abbiamo una data certa dell'omicidio, ma io mi sento di escluderlo comunque dai sospettati. Il movente della gelosia è ridicolo.»

«Perché avevo ragione?»

«Sì. Perché avevi ragione...»

«Come lo sai?»

«Credimi, non lo vuoi sapere davvero» rispose il commissario per prenderla in giro.

Nicola le riferì anche il resto dell'interrogatorio. Radin non aveva idea di chi potesse avercela con la moglie. Se si era fatta qualche nemico, non glielo aveva raccontato. Ricordava solo di una lunga causa per responsabilità professionale per la quale la

Baldi era stata molto preoccupata per mesi, perché le avevano chiesto un risarcimento milionario. Ma la cosa poi si era risolta pochi mesi prima che lui partisse per Dubai.

«Quindi non ci resta che scoprire chi è l'uomo delle lettere...» concluse Nicola.

«Che uomo, che lettere?» Annabella si ingollò una tazza di caffè al volo per ascoltare meglio.

Nicola non rispose. Probabilmente sapeva di essersi dato da solo la zappa sui piedi. Era chiaro che ancora una volta si era fatto prendere dall'entusiasmo per il pettegolezzo e si era sbilanciato troppo. Quelli erano particolari riservati dell'indagine in corso e adesso rischiava di farseli scucire tutti, uno a uno. Aveva già detto fin troppo, e non poteva più tirarsi indietro.

Lei decise di approfittare del momento di debolezza. «Nicola... Ricordati che ho sempre le tue foto di Formentera.»

«Avevi giurato che non le avresti mai usate per ricattarmi!» strillò indignato il commissario.

«Ho mentito. Parla!»

Silenzio indeciso dall'altro capo del filo.

«Nicola... Tanto lo so che muori dalla voglia di dirmelo. Quindi perché prolungare questa sceneggiata?»

«E va beeene! Mi arrendo» rispose Carnelutti. «Abbiamo trovato delle mail nel computer della Baldi. Contenta?»

«Da chi provenivano?»

«Non lo sappiamo ancora, l'indirizzo è solo un nickname. La polizia postale sta verificando se è possibile risalire a un account reale.»

«Giramele...»

«Che? Sei pazza. Non se ne parla!»

«Nicola, dico solo due cose. Patchanka discobar, tanga rosso.»

«Ricattatrice. Ma me la paghi, perfida che non sei altro.»

«Ti voglio bene anch'io. Ciao.»

Conclusa la telefonata, Annabella si alzò dal tavolino e si diresse verso l'uscita del bar.

«È sempre un piacere rivederti, Abbondante. Torna più spesso» la salutò Tano da dietro al bancone.

«Alla prossima rimpatriata» gli rispose lei di rimando, mentre si allontanava senza voltarsi indietro. Non voleva che Tano la vedesse arrossire.

Aveva appena attraversato la piazzetta e stava per tentare la scalata della quercia, quando sentì una voce che la chiamava dal cancello. Una donna vestita con un surreale tailleur rosa si sbracciava per salutarla. Annabella rimase qualche istante ipnotizzata dal colore abbagliante della giacca. Pensò che facesse a pugni, e non poco, con l'arancione della folta capigliatura riccia. Per quanti sforzi facesse non riusciva però a capire chi fosse, anche perché indossava enormi occhiali da sole viola, che le coprivano buona parte del visetto appuntito.

«Dottoressa Abbondante, che combinazione! Ero venuta a cercare proprio a voi. Siete pronta?» disse il piumino da cipria.

«Veramente non saprei dirle. Dipende…» il giudice prese tempo, visto che non aveva capito affatto di cosa la donna stesse parlando.

Un pesante aroma di ciclamino e vaniglia colpì le narici di Annabella. La donna rosa confetto accennò una risatina falsa e civettuola. «Madonna mia, e come siete spiritosa! Me lo ha avvisato vostra sorella Fortuna che siete una simpaticona. Ci ho parlato al telefono adesso, adesso.»

Un lampo attraversò il cervello di Annabella Abbondante: *Isabella a cavallo, porca miseria!*

«Dobbiamo andare a fare le prove del vestito di Isabella»

insistette quella. «Sono Rosalba Palumbo, assessore al turismo e presidente del Rotary di Piano di Sorrento» disse alla fine, iniziando a sospettare di non essere stata riconosciuta.

«Ma certo, l'avevo riconosciuta» mentì alla fine Annabella, quando ebbe ritrovato la parola. «Mi dia un secondo che avviso le zie che vengo con lei.»

Pochi minuti più tardi, se ne andò con la Palumbo tutta contenta.

Meglio Isabella d'Aragona, persino a cavallo, che torchiata senza pietà da nonna Angela. Senza dubbio alcuno.

La sartoria teatrale I guitti, di Titina Scognamiglio e figli, si trovava alla fine di una ripida stradina proprio dietro la chiesa di San Luigi. Al termine dell'arrampicata Annabella Abbondante era a corto di ossigeno e si fermò un'istante per riprendere fiato. Si appoggiò al bianco muretto abbagliante che si affacciava a strapiombo sul mare. Se ne stette lì, ferma, qualche secondo di più del necessario, per goderselo un poco quel suo mare, che in quel periodo dell'anno assumeva i toni del turchese e del glicine...

«Dottoressa, vogliamo entrare? Titina ci aspetta» la esortò un po' impaziente la Palumbo.

Superata la soglia del laboratorio, Annabella si trovò proiettata come per magia in un altro secolo. Dame, cavalieri, giocolieri, cortigiane si aggiravano indaffarati in un piccolo spazio invaso da costumi, rotoli di stoffa e stampelle.

Rosalba Palumbo si diresse senza esitazione incontro a una donnetta ossuta, che stava prendendo le misure a un cavaliere nero dall'aria annoiata.

«Titina, ti ho portato la nostra Isabella d'Aragona!»

La sarta alzò lo sguardo e la osservò per qualche istante, da sopra gli occhialini che aveva sul naso, con faccia competente. Poi emise la sua sentenza: «Questa? No, per carità. E non va bene!».

Rosalba prima tossicchiò imbarazzata, poi la guardò con muto rimprovero, infine insistette con fare più allarmato: «Ma che dici, Titina? E perché non andrebbe bene, scusami?». Titina fece un ghigno, a metà tra la risata e il grugnito, dopodiché aggiunse: «Ma non lo vedi? *Nun ce trase 'o vestito...* Non le va!».

Annabella comprese la natura del problema, e raggiunse inaspettate vette di imbarazzo, sfiorando la colorazione rosso amaranto.

«Va be' dài, che sarà mai? Vorrà dire che lo scuci e lo allarghiamo un pochino» rispose stizzita Rosalba Palumbo, che non amava essere contraddetta, soprattutto davanti a un giudice.

«*'Nu pochino? Chell ce vo' natu metro 'e stoffa*!» infierì Titina, e inflisse con foga l'ultimo colpo al cadavere, ormai esanime, dell'autostima di Annabella. Quasi quasi, il giudice rimpiangeva lo spietato interrogatorio di nonna Angela.

«Insomma, lo fai e basta! Prendile le misure che non c'è tempo da perdere» concluse la Palumbo con voce così acuta da far ululare il barboncino del primo sbandieratore, che stava legato al banchetto di fianco.

Quindici minuti dopo Annabella Abbondante si trovava bardata in un lussuoso abito di velluto verde bottiglia con ricami dorati e perline, che al momento non accennava a chiudersi. E questo nonostante la seria compressione della cassa toracica praticata da un corsetto dei primi dell'Ottocento, stretto ben oltre i limiti dell'umana sopportazione e non senza un certo sadismo da Titina. La sarta era in tutta evidenza ancora offesa con la Palumbo e decisa a vendicarsi su di lei. Non a caso appuntava spilli senza alcun riguardo, e nei luoghi più sensibili, con un sorrisetto maligno che Annabella trovava piuttosto inquietante.

Era all'apice del martirio di san Sebastiano, con circa nove spilli conficcati nei fianchi, quando vide un dio greco in calzamaglia azzurra e mantello dirigersi verso di lei. Dopo averla osservata in silenzio per qualche secondo, il principe azzurro le regalò un sorriso scintillante e si inchinò. D'istinto Annabella Abbondante gli porse la mano per il baciamano, che fu eseguito davvero, e con eleganza impeccabile.

«Ecco la mia regina» disse lui, sfoggiando una adorabile erre francese, che si addiceva molto bene al personaggio. Quel tipo sembrava davvero uscito da un libro di fiabe per bambini.

«Annabella, piacere di conoscerti» disse lei un po' imbarazzata.

«Io sono Ferrante, e il piacere è tutto mio.»

Il festival dei luoghi comuni, in un unico corpo. Affascinante.

«Che fossi Ferrante lo avevo intuito, ma il tuo vero nome qual è?» insistette Annabella.

Il principe azzurro rise di gusto: «Mi chiamo proprio Ferrante. Ferrante Serrao d'Aquino. Ma hai ragione, sarò il tuo fedele consorte Ferrante d'Aragona al corteo del Sabato Santo. Del resto, è un ruolo ereditato, essendo la mia famiglia materna di diretta discendenza dal casato di Trastamara a cui apparteneva il padre di Ferrante, Alfonso I di Aragona».

Annabella si perse il resto del racconto impegnata com'era nel disperato tentativo di dissimulare la raffica di sbadigli che la narrazione storica le stava procurando. Come poteva un uomo così bello essere tanto noioso? Eppure, Ferrante Serrao d'Aquino, principe di Trastamara, ci riusciva senza alcuno sforzo.

«E così tu sarai la mia Isabella. Molto, molto appropriata» disse d'un tratto il principe, interrompendo l'elenco genealogico. «In che senso?» domandò la martire degli spilli.

«Isabella d'Aragona era una donna bellissima, ma dalle linee piuttosto tonde, morbide e sinuose. Direi che non abbiamo mai avuto una Isabella più adatta alla parte di te» disse lui con aristocratica faccia tosta.

Sì, era pure difficile odiare un uomo così bello, eppure il giudice Abbondante ci riuscì senza alcuno sforzo.

9

Siamo a cavallo

Per essere soltanto il sabato prima di Pasqua faceva decisamente caldo.

Il corteo storico si muoveva per le strade di Piano di Sorrento con una lentezza esasperante. Il sole era a picco, e sembrava che il primo sbandieratore, a capo del corteo, evitasse di proposito le strade ombrose e alberate e prediligesse le viuzze intonacate di bianco, dal riverbero abbagliante.

La morsa del corsetto le impediva di respirare e il pesantissimo vestito di velluto, ricamato in oro e perline, sotto i raggi del sole si era fatto incandescente. Le forcine che reggevano la elaborata acconciatura di Isabella d'Aragona si erano conficcate senza pietà nel cuoio capelluto.

Il cavallo ondeggiava in modo preoccupante sotto tutto quel peso. Annabella si sentiva in colpa, consapevole di dare a tanto sforzo il suo personale e non indifferente contributo.

Le gocce di sudore partivano dalla nuca e discendevano in rivoli lungo la schiena, mentre le mani umide a stento riuscivano a tenere salde le briglie.

Come se non bastasse, giunti a piazza San Pancrazio, tra la folla assiepata dietro le transenne, scorse l'intera truppa Abbondante, che sventolava fazzoletti gialli, come da tradizione. C'era persino nonna Angela, che, per essere chiari, lei aveva evitato come la peste per quasi due giorni. L'anziana le fece un cenno con le sopracciglia, e Annabella iniziò a sudare freddo, nonostante il caldo asfissiante del mezzogiorno.

La tortura più insopportabile, tuttavia, era la compagnia di Ferrante che cavalcava al suo fianco, del tutto a suo agio con la pesante armatura, il mantello di velluto nero e gli stivaloni di cuoio. Sua Altezza Reale non smetteva un attimo di irritarla con la sua blasonata inconsistenza. Senza una sola goccia di sudore sul bel viso abbronzato, quello straordinario stereotipo d'uomo faceva il principe con invidiabile leggiadria, impressionante naturalezza ed evidente compiacimento.

Annabella lo osservava rassegnata mentre si produceva in virtuosi gorgheggi a ogni saluto e faceva sfoggio di sorrisi a trecentosessanta gradi, accompagnati da cenni magnanimi del capo. Il tutto senza mai smettere di parlare.

Nel giro di mezz'ora aveva sfoderato il repertorio completo di aneddoti della casata, citato a memoria l'intero albero genealogico della famiglia Serrao d'Aquino, enumerato tutti i simboli del proprio scudo araldico e gettato il giudice Abbondante nella disperazione più nera.

Dammi un segno di clemenza, Signore, pregò Annabella.

E il segno questa volta arrivò. Puntuale e implacabile come la giustizia divina che, al contrario di quella umana, non si fa mai aspettare. Accadde tutto in due minuti.

Dopo tanta principesca eloquenza, il principe Ferrante fu colpito da un pensiero improvviso e tacque. Annabella osservò allarmata con la coda dell'occhio, intuendo con le sue doti empatiche che il silenzio non preludeva a nulla di buono.

«Ma venendo a noi, cara la mia Isabella, dove preferisci che avvenga la consumazione?» le domandò mentre continuava a salutare la folla.

Annabella girò la testa di scatto, rischiando così di perdersi la parrucca: «Quale consumazione?» rispose la sventurata.

«Oddio, non conosci la tradizione?» replicò il signorotto.

«Temo proprio di no.»

«Alla fine del corteo storico, la Isabella si concede al sottoscritto. Succede ogni anno. Ti ripeto, è la tradizione.»

«Strano, non mi aveva avvisato nessuno che ci sarebbe stato un prosieguo della ricostruzione storica. Che dovremmo fare di preciso?» si informò ansiosa Annabella, mentre provava ad asciugare il sudore, che sgocciolava continuo sulla fronte.

«Ma dài, non fare la santarellina, hai capito benissimo!» aggiunse lui con un occhiolino e un sorriso smagliante.

Annabella ebbe allora un attimo di lucidità, nella mente annebbiata dalla calura insopportabile. Il nobile principe ci stava provando, senza alcun ritegno.

«Sono lusingata per la romantica offerta, ma sono costretta a declinare il tuo cortese invito» si affrettò a rispondere, senza riuscire a dissimulare il suo disagio.

Ferrante parve sorpreso. La squadrò lentamente e poi si sporse per sussurrarle all'orecchio: «Dài, non fare la difficile! Quando ti ricapita un'occasione così?».

Annabella, per la sorpresa, rimase a bocca aperta, e per poco non ingoiò una piuma del cappello di Sua Incredibile Faccia Tosta.

«In che senso, scusa?»

«Sì, insomma, guardati! Non si direbbe che tu possa avere molte altre possibilità come questa» infierì ancora il gentiluomo con stupefacente *nonchalance*. E subito riprese a salutare la folla adorante, che lo acclamava.

Sarà stata la noia, sarà stato il caldo, sarà stata l'intollerabile arroganza. Ma fu istintivo, immediato e straordinariamente preciso. Il pugno di Annabella colpì il principe dritto sul naso.

Ferrante gettò un urlo di dolore così acuto che il cavallo di Annabella, terrorizzato, si impennò e la disarcionò all'istante. E così Isabella d'Aragona precipitò al suolo battendo la testa nonostante la voluminosa parrucca, mentre il cavallo fuggiva lungo le vie di Piano di Sorrento, finalmente libero. L'ultima cosa che la Abbondante vide fu il bel faccione di Ferrante, che si teneva il naso con il fazzoletto e la osservava risentito. Poi tutto sfumò in un nero d'ovatta.

Delirava. Immagini accelerate, come in un sogno confuso e agitato. Lorenzo che le sorrideva, le fiamme delle candele che oscillavano, una barca che dondolava, Lorenzo suonava la chitarra, Lorenzo la baciava ma non era più Lorenzo: era Tano. E poi nonna Angela felice, nonna Angela che gridava "La novità, la novità!", il capitano Gualtieri, bellissimo, sorrideva, sanguinava, la inseguiva; era Ferrante, galoppavano, galoppavano, galoppavano. Una scogliera, un'ombra dietro di lei: Nicola rideva poi piangeva. Adesso era Francesco Santangelo... la spingeva giù.

Aprì gli occhi terrorizzata e tentò di sollevarsi dal cuscino. Un dolore insopportabile alla testa la costrinse a restare sdraiata. Qualcuno era accanto a lei. Cercò di mettere meglio a fuoco, così vide un caschetto di capelli rosso fuoco e un viso tempestato di lentiggini... Alla fine la riconobbe. Alice era seduta accanto al suo letto e le stava tenendo la mano. Erano in un ospedale.

«Che bello vederti, Alice. Cosa ci fai qui?»

«Mi ha avvisato tua madre... Se non fossi venuta io, sarebbe scesa Fortuna.»

«Alice Villani di Altamura, sappi che avrai la mia eterna riconoscenza.»

«Lo so. Non preoccuparti.»

«Quanto tempo ho dormito?»

«Quattro o cinque ore, ma deliravi a tratti. Adesso come ti senti?»

«Starei meglio, se non fosse per la sega elettrica.»

«Oddio, stai ancora delirando?» disse l'amica e le toccò la fronte per controllare la temperatura.

Annabella fece un vago cenno con la mano in direzione del letto a fianco al suo, dove una vecchietta paciosa e rubiconda se ne stava tranquilla a contemplare il soffitto.

«Lei? Be', non mi sembra molesta, ha un aspetto del tutto inoffensivo.»

«Aspetta stanotte» fece Annabella con sguardo assassino.

Alice rise. Subito dopo le domandò: «Quanto tempo ti terranno qui?».

«Non me ne parlare. A quanto ho capito, al risveglio ho accusato una temporanea amnesia. E hanno deciso di tenermi sotto osservazione per qualche giorno. Sembra che il sindaco abbia vivacemente insistito con il primario. Non sono riuscita a contrastare tutta questa inutile premura.»

«A quanto mi hanno raccontato i tuoi, hai battuto violentemente la testa: la prudenza non è mai troppa. Ti serve qualcosa?»

«Caffeina.»

«Non se ne parla, Annabella, hai avuto una commozione cerebrale»

«Alice, se non mi porti subito del caffè, stanotte soffoco nel sonno la vecchiaccia malefica.»

«È una minaccia?»

«È una promessa» e sfoderò lo sguardo *che non accetta un no come risposta*.

Alice intuì che era inutile combattere e si diresse al distributore delle bevande.

Faceva schifo. Ma era caffè. Nero, bollente, meraviglioso liquido nero. Annabella si sentì subito più lucida e operativa.

«Vedo che ti senti meglio» commentò l'amica giornalista.

«Ti adoro.»

«Sono adorabile. Ti serve altro, cara Luigia Annabella Pallavicini caduta da cavallo?»

«Sì, il mio portatile. Devo controllare le mail dell'ufficio. Ho lasciato tutto al limoneto di papà, nella mia stanza» rispose l'infortunata.

«Ci vado ora, così lascio anche la mia valigia. Torno presto» Alice uscì dalla stanza ma dopo qualche secondo rientrò. «Mi stavo dimenticando la cosa più importante. Adesso che sei lucida te li posso dare.»

Tirò fuori dalla borsa dei fogli stampati e glieli porse.

«Questi te li manda Nicola. Mi ha detto che ti vuole bene e che gli manchi. Era preoccupatissimo, ma non poteva muoversi da Pianveggio. Per le indagini, lo sai. Mi ha anche chiesto di riferirti che, dopo questo, devi stracciare le foto. Ma non ho capito cosa intendesse.»

Annabella non aspettò neppure che Alice uscisse dalla porta, e subito si mise a leggere. Il primo foglio era una breve lettera di Nicola:

Queste sono le mail interessanti che siamo riusciti a tirare fuori dal computer di Erica Baldi. Alcune erano state cancellate, i nostri tecnici hanno saputo comunque riportarle a galla. Da quello che siamo riusciti a capire, risalgono a poco prima della sua sparizione. Buona lettura. Se ti viene in mente qualcosa di utile, chiamami, ricattatrice. E tieniti lontano dai cavalli per un po'. Nic.

da **bosonedihiggs**
a **ericabaldi**

Mi sono innamorato di te e ogni cosa si è trasformata, e tutto ora è talmente pieno di bellezza… "L'amore è come un profumo, come una corrente, come la pioggia. Sai, cielo mio, tu sei come la pioggia e io, come la terra, ti ricevo e accolgo." Bellissima, vero? Frida conosceva le parole per entrarti dentro. Vorrei essere il tuo cielo. E non vedo l'ora di averti. Domani invento una scusa e corro da te…

da **ericabaldi**
a **bosonedihiggs**

Intensa, meravigliosa Frida Kahlo. Anche io la adoro. Tu sarai il mio cielo e la pioggia che mi rende viva. Ti aspetto oggi pomeriggio, allora.
Vorrei parlarti di una cosa importante, amore mio. Invece, in relazione alla questione di cui abbiamo già discusso ieri, ti prego solo di fare attenzione a lei. Fidati del mio giudizio: potrebbe rivelarsi pericolosa. E.

da **bosonedihiggs**
a **ericabaldi**

Mia adorata,
farò attenzione, non temere. Se tu sapessi che cosa devo sopportare… mi dà il tormento ogni giorno. Credo sia ormai ossessionata da quel suo progetto… e mi calpesterà, se non l'assecondo. Come sempre, d'altronde. Be', comincio a pensare sul serio che sia matta! Ma dobbiamo riconoscere che è dav-

vero brava a fingere, e poi… no, non ho più voglia di lasciarmi incupire da questa storia. Voglio pensare solo a me e a te. Dobbiamo essere felici, amore mio. Nonostante tutto. Noi due contro il mondo.

Sai cosa scriveva Alda Merini?

"La miglior vendetta? La felicità. Non c'è niente che faccia più impazzire la gente che vederti felice."

Vendichiamoci, mio splendido amore, restiamo felici. Insieme.

da **ericabaldi**
a **bosonedihiggs**

Cielo mio,
se davvero mi ami, ti prego, sei ancora in tempo. Dille che hai cambiato idea. Più ci penso e più mi convinco che non è questa la soluzione a tutti i vostri problemi. So che tu faresti qualsiasi cosa per lei ma non è giusto che sia solo tu a rischiare.

Abbiamo tanti progetti per il futuro, noi due. Pensaci, per favore. Ti amo. E.

da **bosonedihiggs**
a **ericabaldi**

Ormai dovresti sapere anche tu che quando lei si mette in testa una cosa, nessuno può fermarla. Non mi lascerà scelta, non l'ha mai fatto. Dovrò prestarmi a questa farsa. Ma io ti amo. Non dubitarne mai. E non aver paura. Andrà tutto bene.

"C'è un posto nel mondo dove il cuore batte forte, dove rimani senza fiato per quanta emozione provi; dove il tempo si ferma e non hai più l'età. Quel posto è tra le tue braccia in cui non in-

vecchia il cuore, mentre la mente non smette mai di sognare."
Adoro Alda Merini. Te l'ho già detto, vero?

da **ericabaldi**
a **bosonedihiggs**

Cielo mio,
ieri sera non sai che gioia è stata per me sentirti dire che riusciremo a vivere il nostro amore, lontano da ogni ombra. Troveremo un posto per noi due, lo sento. Un posto solo nostro dove ricominciare. Ti amo. E.

da **bosonedihiggs**
a **ericabaldi**

"Di notte sogno che tu e io siamo due piante che son cresciute insieme con radici intrecciate… e che tu conosci la terra e la pioggia come la mia bocca, perché di terra e di pioggia siamo fatti." (Neruda)
Anch'io sono felice. Finalmente mi sento libero. Credimi, amore mio, non vedo l'ora di essere lontano da qui.

da **ericabaldi**
a **bosonedihiggs**

Cielo mio,
adoro le poesie che mi mandi. Mi fanno sentire piena di vita.
Sei la mia scintilla. La mia particella di Dio.
Oggi mi ha chiamato. Dice che vuole parlarmi. Penso che sia arrivato il momento di mettere le cose in chiaro. So che tu non avrai mai il coraggio. Allora lo farò io per te. Non voglio scaval-

carti né offenderti, credimi. Lo faccio perché ti amo.
Ti chiamo più tardi. Liberati con una scusa. E.

da **ericabaldi**
a **bosonedihiggs**

Caro amore mio,
perdonami. Forse sono troppo vigliacca per dirti addio guardandoti negli occhi. Ma il fatto è che non riesco a continuare a mantenere il peso del nostro segreto.
Parto, torno a Trieste.
Spero tu possa dimenticarmi presto e tornare a essere felice.
Tua Erica

Annabella rilesse molte volte quei messaggi. A quanto pareva tra Erica e il suo amore c'era di mezzo un'altra donna. Questo particolare era molto importante. Poteva essere il movente per l'omicidio. Di certo Nicola lo aveva notato. Ma chi era questa donna? Forse lui era sposato e quindi si parlava della moglie. Però c'era qualcosa che non quadrava. Cos'era questo progetto così pericoloso che coinvolgeva anche questo *bosonedihiggs*? Dalla lettera pareva che lui fosse comunque molto legato a questa donna, pur temendola sembrava avere un debito di riconoscenza verso di lei. Era tutto molto misterioso, e non vi era dubbio: questa faccenda era connessa con l'omicidio.

Su tutto era indispensabile scovare la *particella di Dio*.

Stava ancora ragionando su questo, quando Alice si affacciò di nuovo alla porta della stanza, con il portatile a tracolla e una scorta di caffè dentro una bottiglietta di vetro.

«Questo te lo ha portato il tuo amico Tano. Sta qui fuori tutto preoccupato. Che faccio, gli dico di entrare?»

Annabella arrossì.

«Fallo entrare tra cinque minuti. Me ne servirebbero molti di più, ma me li faccio bastare per sembrare presentabile.»

Cinque minuti, una lotta inutile con i ricci e una bella spalmata di fondotinta più tardi, Tano entrò dalla porta. Era pallido e affascinante. Era Tano.

«Non me li fare più certi scherzi, Annabbé» disse, mentre le dava un leggero bacio sulla guancia. «Ti ho visto cadere a peso morto, come una pera cotta.»

Stette ancora qualche secondo a osservarla, come per accertarsi che stesse bene davvero, poi si sedette sul letto accanto a lei.

«Lo so. Ho sbagliato, Tano, ma quello il pugno se lo è meritato» gli disse lei, come per scusarsi.

«Lo so. Ma non ti preoccupare, che a Ferrante ci ho dato tanti di quei paccheri, che gli bastano fino alla prossima processione» la rassicurò l'amico.

«È proprio uno stronzo» ripeterono in coro.

Si sorrisero. Restarono in silenzio a guardarsi per qualche minuto. Si dissero molte cose con gli occhi. Poi Tano la lasciò con un piccolo bacio sulle labbra, e lei rimase così, sorridente e serena. Perché Tano era Tano. E sarebbe stato sempre così.

«Non dirmi che hai fatto un salto nel passato con il tuo Tano» investigò Alice, dieci minuti più tardi.

«Sai, Alice, ho capito che Tano non è il passato, non è neppure il futuro, lui è un eterno presente, che ogni tanto si riaffaccia. Ed è giusto così. Perché Tano è semplicemente Tano» rispose criptica Annabella.

La giornalista, da sempre allergica alle questioni romantiche, decise di cambiare argomento.

«Che ne pensi di quelle mail?»

«Devo arguire che tu le abbia già lette» rispose Annabella.

«Ovvio. Non le avrei mai trasportate gratis» precisò l'amica. «Secondo me non è da trascurare l'ultima lettera... Se la Baldi aveva deciso di partire per Trieste e lasciare quest'uomo, lui potrebbe averla uccisa in un impeto di rabbia.»

Annabella Abbondante iniziò a tormentarsi il sopracciglio sinistro.

«Non lo so. Quella mail non mi convince, ha qualcosa che non va. Solo che al momento non so dirti cos'è. Per me sono molto più interessanti le altre lettere, dove emerge la figura di quest'altra donna. Forse si tratta della moglie di lui, che sospettava il tradimento e si vedeva ostacolata in questo fantomatico progetto... Di che si tratterà? Lui poi sembra reticente a lasciarla, come se avesse un debito di gratitudine nei suoi confronti. Ma dalle ultime lettere sembra chiaro che lei avesse scoperto il loro rapporto. In una mail lui la definisce addirittura matta. Il profilo c'è tutto. Potrebbe essere lei l'omicida...»

Alice si era persa dietro un ragionamento e non l'ascoltava più.

«Che ti prende?» la interrogò Annabella incuriosita.

«Stavo pensando che potrebbe non essere una coincidenza che la Baldi sia stata trovata morta proprio in quella segheria. Potrebbe esserci un collegamento con l'assassino. Non ci avevi pensato?»

«Sì, l'ho pensato anch'io. Perché l'assassino ha portato la Baldi proprio lì? Se devi nascondere un cadavere, scegli un luogo che conosci, non ti avventuri in un posto estraneo con un morto in auto.»

«Potrebbe anche averla uccisa lì sul posto» ipotizzò Alice.

Annabella non era del suo stesso parere. L'assassino aveva incendiato l'auto proprio per coprire le tracce del trasporto del cadavere. La segheria, poi, era un luogo abbastanza sicuro, sotto molti punti di vista, poiché abbandonato da moltissimi anni, a causa di un curatore incapace. Le cose erano cambiate soltanto quando lei, in qualità di giudice delegato, si era vista costretta a revocare l'incarico al vecchio curatore per affidarlo al dottor Sottile e a mettere in vendita l'immobile. La coincidenza più strana riguardava proprio il fatto che la segheria fosse stata incendiata poco dopo questo provvedimento.

«Per questo stanotte ho intenzione di spulciarmi il fascicolo telematico della vendita dall'inizio alla fine. Voglio vedere se trovo qualcosa di utile» disse la Abbondante.

Alice la guardò ammirata.

«Ecco perché mi hai fatto prendere il portatile, altro che la mail dell'ufficio! Sei incorreggibile, Annabella Abbondante!»

«Tanto il trombone qui di lato non mi farà dormire lo stesso» pronunciò l'ultima frase a mezza voce, anche se sospettava che la vecchietta fosse sorda come una campana.

Il concerto iniziò intorno alle ventidue e trenta. A suonare, non solo il trombone, ma una intera sezione di fiati. Annabella, che si era un pochino assopita, sobbalzò in preda al terrore. Ci mise qualche istante prima di capire dove si trovasse e cosa stesse succedendo.

Dopo aver ripassato nella sua mente tutti gli improperi che conosceva, si calmò. Bevve l'ultimo sorso del caffè di Tano, che aveva conservato a quello scopo, accese il computer e si immerse nello studio del fascicolo numero 416 del 2015.

Passarono solo pochi minuti e già il giudice Abbondante, in camicia da notte, ricci scomposti e piedi scalzi saltellava in estasi nella stanza semi buia, abbracciata al suo portatile, come la vispa Teresa che *avea tra l'erbetta al volo sorpresa gentil farfalletta.*

«Nicola, Nicola, mi senti?»

«Ma chi parla? Non capisco nulla!» la voce impastata di

Nicola non lasciava presagire nulla di buono. Aveva bevuto troppo come al solito.

Si sentiva la musica jazz di sottofondo. Di sicuro se la stava spassando da Michele, il maledetto, mentre lei era prigioniera in un ospedale di provincia.

«Sono io! Furbone, chi vuoi che ti telefoni dal mio cellulare?» sussurrò.

«Tommy, amore, sei tu?»

«Sono Annabella, stupido! Ma ti pare che io abbia la voce di Tommy? E non dirmi che hai ripreso a frequentare quella vipera pettegola!»

«Non lo vedo da mesi, scherzavo... Ma perché ansimi e sussurri come un maniaco sessuale?» Nicola ridacchiò divertito.

«Sono chiusa da tre giorni in una camera di ospedale con una vecchietta sorda, che russa come un trombone da circa tre ore. Non sono in vena per i tuoi scherzi da carabiniere...»

«Ehi, moderiamo i toni!»

«Dài, non posso stare molto e devo dirti una cosa importante.»

«Ti ascolto» Carnelutti si fece serio.

«Avete già consultato il fascicolo della vendita della segheria?» domandò Annabella.

«Abbiamo fatto richiesta sia per quello che per il fascicolo del fallimento. La cancelleria, però, non ci ha ancora trasmesso le copie. Perché?»

«Magnifico, allora ancora non sai...» gioì lei.

«Annabella, stai di nuovo ficcanasando nell'indagine?» i sensi di ragno del commissario si erano riattivati. Forse la sbornia gli era passata.

«Eh no! Stavolta sto solo leggendo il *mio* fascicolo, e ne ho pieno diritto. Ce l'ho proprio qui davanti, Nicola. La segheria è stata aggiudicata a una società di Milano, che ha fatto una offerta altissima, fuori mercato. E questo lo sai. Ma alla gara aveva partecipato anche un altro soggetto.»

«Chi?» si informò il commissario.

«Un avvocato per persona da nominare» gli rispose il giudice.

«E lo conosciamo?»

«Certo che lo conosciamo. È l'avvocato Achille Artusi» annunciò Annabella, di colpo raggiante.

«Il collega di studio di Matilde Santangelo?»

«Proprio lui.»

«Davvero strano che l'avvocato Artusi non abbia sentito il bisogno di informarci della cosa...» commentò pensieroso Carnelutti.

«Già. E, a questo punto, sarebbe interessante sapere chi era il cliente che lo aveva incaricato di partecipare all'asta. Dalle carte del fascicolo non si capisce. Non essendosi aggiudicato l'immobile, non ha mai depositato la dichiarazione di nomina.»

«Giusto... Grazie della dritta, tesoro. Va be', domani mattina come prima cosa convoco l'avvocato Artusi, e vedremo cosa risponderà.»

«Benissimo, ma non dire niente a delle Case, mi raccomando.»

«Annabella, non essere stupida» il commissario si incupì.

«Non posso non dirglielo. Cerca di rassegnarti all'idea che il PM è lui, non tu.»

«Ti saluto, perfido.»

Delirava di nuovo, sognava o era sveglia? Erica Baldi era lì che la guardava e le indicava qualcosa sul foglio. No! Era la Palumbo. Profumo di ciclamino, puzza di morte. Automobile rossa, automobile in fiamme. Fortuna con una penna. Firma! Devi firmare! Firma! Per esteso, mi raccomando, per esteso! La firma...

Si svegliò. Era madida di sudore. Gli occhi sbarrati.

«La firma, accidenti! La firma… ecco cos'era che non mi tornava!» quasi gridò, nel buio, seduta in mezzo al letto. Si calmò, buttò giù un mezzo bicchiere d'acqua per schiarirsi le idee e riflettere meglio su quello che aveva appena realizzato. Dopodiché si alzò dal letto e andò a riprendere le mail che le aveva mandato Nicola. Una veloce occhiata e ne ebbe la conferma. Senza perdere altro tempo fece il numero dell'amico commissario.

«Annabella, ti giuro che se non sei in imminente pericolo di vita, stavolta ti ammazzo io» strillò Nicola. «Ti rendi conto di che ore sono?»

«Non è lei, Nicola, non è lei!»

«Oddio, la botta in testa! Tesoro, stai delirando, chiama l'infermiera!»

«Ascoltami, stupido. Ho appena riletto tutte le mail della Baldi. E sai cosa ho scoperto?»

«No, ma ho il vago sospetto che adesso me lo dirai» disse il commissario dopo aver sbadigliato.

«L'unica mail firmata per esteso è proprio l'ultima. Quella in cui lei dice di volerlo lasciare. Sai cosa significa?»

«Cosa?» mugolò il poliziotto da sotto il cuscino.

«Ma è evidente, non ci arrivi? Quella lettera non l'ha scritta lei, ma il suo assassino *dopo* averla uccisa. Se ho ragione, il tipo delle lettere non ha alcun movente per l'omicidio. Capisci? Io credo che la Baldi non avesse alcuna intenzione di lasciare il suo uomo. In pratica siamo di fronte a una messa in scena del suo assassino, per far credere a questo *bosonecomesichiamalui* che lei fosse partita.»

Silenzio.

Lieve russamento dall'altra parte del filo.

«Nicola, ci sei ancora?»

«Eh? Ah… Sì, sì, ci sono. Non ci avevo fatto caso. Stavolta te lo riconosco, hai avuto una buona intuizione.»

«Grazie, Nichi. Allora, buonanotte.»

«Annabella…»

«Sì?»

«Se ti azzardi ancora a chiamarmi alle quattro del mattino, non sopravviverai per raccontarlo. Chiaro?» E il commissario mise giù senza salutare.

Alle sette e quarantacinque, *deo gratias,* la vecchia rimise il trombone nella custodia. Sembrava fresca e riposata, stando alla pelle di pesca. Annabella Abbondante invece aveva le occhiaie e un colorito preoccupante, della stessa tinta di grigio delle pareti.

Alice entrò nella stanza insieme al profumo di caffè.

«Arrivano i generi di conforto!» disse allegra la sua amica, mentre le porgeva il caffè e una sfogliatella frolla, di contrabbando. E fu così che la sorprese l'infermiera. Con mezza sfogliatella in una mano, il bicchierino di caffè nell'altra e la bocca piena. L'unica cosa che poteva fare era sorridere con gli occhioni teneri. Sperando che funzionasse.

Non funzionò.

«Dottoressa Abbondante, mi meraviglio di lei. Non è consentito introdurre cibi dall'esterno in ospedale. Andiamo, su, mi consegni subito questo dolce. E cosa beve? Caffè? Ma è impazzita? Maronna mia, le fa malissimo! Adesso chiamo il dottore» e se ne uscì tutta impettita con la refurtiva sequestrata.

«Non ti preoccupare. Ne ho un'altra nascosta in borsa» le sussurrò Alice in un orecchio.

Santa Alice Villani da Altamura, pensò la ricoverata.

Ma non fece in tempo a ricevere la riserva che la stanza fu invasa. Uno strano suono, di potenza crescente, a metà tra il ronzio e il lamento, in realtà si era già diffuso in corridoio qualche secondo prima. Annabella, tuttavia, era stata troppo presa a difendersi dalla sfuriata dell'infermiera per farci caso. E così l'incursione nemica la colse del tutto di sorpresa. C'erano tutte. Persino zia Prudenza, che non usciva di casa quasi mai.

«Alice, ti presento le mie zie: Costanza Abbondante, Prudenza Abbondante, Speranza Abbondante. E le mie cugine: Grazia Abbondante, Letizia Abbondante e Gioia Abbondante.»

«Ci hai fatto pigliare uno spavento! Volevamo venire prima, ma non ci hanno lasciato entrare» disse zia Costanza con le lacrime agli occhi.

Subito dopo questo sfogo cominciarono le lamentazioni delle altre zie, corredate dall'inevitabile dose di baci e pizzicotti sulle guance.

«Cugina, ti trovo bene. Per quello che ti è successo, pensavo che non ti ripigliavi mai più» disse Letizia con un soffio sottile.

Ad Annabella prese il panico. Non aveva il cornetto di corallo da toccare. *Signore, accoglimi, e perdonami per tutti i peccati che ho commesso*, pregò.

Le si avvicinò sua cugina Gioia e, senza dare nell'occhio, le prese la mano. Annabella si accorse che dentro al palmo nascondeva un piccolo corno di argento.

«Preparati, sta salendo anche nonna Angela» le sussurrò in un orecchio.

Il sorriso di gratitudine le si gelò in faccia. Sotto l'arco della porta si stagliava già una figura minuta, dritta come un fuso, appoggiata al braccio di zio Fortunato. E come accadeva sempre in presenza di sua nonna, Annabella iniziò a sudare freddo.

«Annabbé, figlia mia, ma che hai combinato?» le disse sua nonna. E aveva l'aria di una condanna senza appello.

«Nonna, sto bene, non ti preoccupare. Ho battuto forte la testa e al risveglio non mi ricordavo chi ero, ma è durato solo pochi minuti. I medici dicono che devo solo restare una settimana in ospedale, per sicurezza.»

«Questo lo so già. Ho interrogato il medico di guardia, qua fuori. Mi sono fatta dire tutto per filo e per segno. Stai una bellezza, stai. Parlo di quell'altro fatto, io...»

«Che fatto?» Annabella Abbondante sperò di non aver capito bene. Era alle strette, immobilizzata a letto, circondata da troppi nemici, senza vie di fuga. Era giunto il momento e lei lo sapeva. Ed eccola. Pubblica umiliazione consegnata a domicilio.

«Ma dico io! Una volta tanto che avevi trovato un uomo come si deve che ti voleva. Addirittura un principe! Uno *chino 'e sord*. Tu che fai? *Lo vatti*? A *chillo puveriello* gli hai scassato il naso, lo sai o no? Insomma, Annabbé, lo vuoi capire che gli uomini non crescono sopra agli alberi come le pere? Vuoi fare la fine di Grazia e Letizia? Fammi capire... Per queste due, io, speranze, non ne tengo più. Ma con te sì... Tu sei bellina. Certo, *'nu poco chiattulella*. Però agli uomini ci piace un poco di carne. *È 'o ver, Fortunà*?» si fermò un attimo, solo per riprendere fiato.

«Tua sorella Fortuna ti ha trovato un sacco di occasioni. E tu? Niente! Neanche a Tano nostro ti sei voluta pigliare. E quello ti vuole assai bene. *Iss, a Ferrante, l'ha fernut 'e vattere, 'o ssaie?* Fammi capire: mi vuoi far morire sapendoti zitella? Mi vuoi continuare a dare *'stu dulore*? Allora te lo chiedo l'ultima volta, Annabbé. Ci sono novità?»

Mentre la nonna sparlava, Annabella maturò una decisione estrema. Una decisione forse irreversibile, ma che avrebbe potuto restituirle una volta per tutte la libertà.

Alice aveva capito che la sua amica era in difficoltà. E d'impulso si era messa al suo fianco, come per proteggerla. Dall'altra parte del letto c'era Gioia, che ben conosceva il talento mortificante di sua nonna. E voleva farle coraggio.

Quando sua nonna ebbe concluso l'ennesima, svilente tiritera della sua vita, Annabella prese coraggio e parlò con tono serio e grave.

«Va bene, nonna. Forse è arrivato il momento di liberarmi da un peso che mi porto dietro da molto tempo. Una verità che non vi ho voluto rivelare, perché temevo il vostro giudizio. Ma adesso è giunto il momento.»

Soffiò via il ricciolo con particolare convinzione.

Prese la mano di Alice, la guardò. E Alice capì al volo dove quel diavolo di Annabella Abbondante stava per andare a parare. Non mosse un muscolo. E si preparò alla scena madre.

«Nonna, zie e cugine. Vi presento Alice Villani di Altamura, la mia compagna. Ci amiamo e intendiamo sposarci in Spagna il prossimo giugno.»

Gioia strabuzzò gli occhi e per la sorpresa ingoiò la caramella che aveva in bocca. Ma Annabella afferrò anche la sua di mano, e cominciò a stringergliela forte. La cugina decise perciò di appoggiare quell'assurda farsa.

«L'unica che conosceva la verità in famiglia era Gioia. Ma non vi arrabbiate con lei» continuò l'inferma, dopo essersi sistemata dietro il collo lo scomodo cuscino del suo letto di ospedale. «Le ho fatto giurare di non dire nulla.»

«Annabella è molto felice, nonna, devi essere contenta per lei» fu il contributo di Gioia alla scena madre.

Un silenzio assoluto piombò nella stanza di ospedale. Persino la vecchia sorda aveva smesso di canticchiare. Forse aveva percepito la tensione che impregnava l'aria. Solo ogni tanto la perfetta quiete veniva interrotta da un lieve singulto di zia Speranza o da una soffiata di naso di zia Prudenza.

Dopo parecchi, interminabili secondi, accadde però l'inaspettato. Nonna Angela si staccò dal braccio del figlio e a passo lento si diresse alla volta di Alice.

Adesso la uccide, pensò Annabella con terrore, e già si preparava a difendere l'amica con ogni mezzo. E invece la nonna l'abbracciò. La strinse forte forte. Tra la meraviglia di tutti i presenti.

«Benvenuta in famiglia, Alice Villani di Altamura. Questa qui è la mia nipote preferita. *M'arraccumanno*, trattamela bene e non farla soffrire.»

Gioia si sarebbe soffocata ancora con la caramella, se non l'avesse già ingoiata poco prima. Annabella Abbondante invece sorrise e adorò sua nonna sopra ogni cosa. Questa donna di inizio Novecento, nata quando le donne portavano il corsetto e le sottane, le stava insegnando il vero significato del bene. Che è sempre libero, aperto e privo di pregiudizi. Le stava dimostrando che sapeva mettere l'amore per la famiglia al primo posto, in ogni caso. E così, il giudice si rese conto che la sua, nonostante le eccentricità e gli eccessi, era una famiglia vera. Quanto era stata stupida a non averlo capito prima! Era felice, però. Si sentiva parte di un tutto, adesso.

«Quando esci dall'ospedale, vi aspetto *tutt'e ddue* a casa mia. Dobbiamo festeggiare» disse ancora la nonna.

Fece poi un cenno di sopracciglia in direzione della porta e la truppa Abbondante si ritirò in buon ordine, obbedendo agli ordini del suo generale.

«Tu sei pazza» si limitò a dire Alice all'amica, quando tutta la famiglia Abbondante fu uscita dalla stanza. «Questa me la dovrai pagare cara, ma ti voglio bene.»

«Ci vediamo più tardi, *amore*» le sorrise Annabella.

Alice le stampò un bacio in fronte, e le posò la sfogliatella superstite sul comodino. Se ne andò, lasciandola sola e frastornata a ripensare agli avvenimenti di quegli ultimi giorni. Il contrasto di sentimenti provati qui a Piano di Sorrento le sarebbero bastati per parecchi mesi a venire. Tano. Nonna Angela. E quell'idiota di Ferrante. Non voleva ammetterlo neppure a se stessa, ma l'atteggiamento di quel bellimbusto le aveva fatto parecchio male e *forse* avrebbe lasciato il segno. E senza contare il cavallo: quello le aveva fatto anche più male e avrebbe lasciato *sicuramente* il segno. Rise tra sé, in silenzio, ma non durò a lungo.

La libertà non è star sopra un albero, non è neanche il volo di un moscone... La libertà non è uno spazio libero, libertà è partecipazione.

E adesso dove sta, il maledetto? Scavò senza risultato nella borsa, nella valigia, nel cassetto. Finché non lo vide, sul comodino, sotto la sfogliatella di contrabbando, quando ormai Gaber si era ammutolito. Dal display notò la chiamata persa di Nicola e lo richiamò senza perdere nemmeno un secondo.

«Dimmi, Nicola. Hai saputo qualcosa?»

«Ho interrogato l'avvocato Artusi. E indovina?»

«Uffa!»

«Scusa, mi è scappato. Insomma, Artusi si è rifiutato di dirci chi era il cliente per cui ha fatto l'offerta. Non ti sembra strano? A questo punto il sospetto che dietro ci sia qualcosa di losco mi sembra ancora più fondato.»

«E che intendi fare?»

«Sto andando da Massi per farmi dare un mandato. Scopriremo il nome, con le buone o con le cattive.»

«Puoi aspettare un paio d'ore prima di muoverti ufficialmente?»

«Annabella, non ti impicciare. Per favore.»

«Lo vuoi sapere o no, il nome del cliente?»

«Certo che lo voglio sapere!»

«E allora fammi fare. Anch'io ho le mie fonti.»

«Va bene. Ti do solo un paio d'ore, però. Non un minuto di più!» sbuffò Nicola.

«Ok, ci sentiamo più tardi. Ti saluto, commissario.»

Annabella Abbondante non aveva alcuna intenzione di lasciare a delle Case-Chiuse la soddisfazione di scoprire chi si nascondesse dietro Artusi. Poteva trattarsi di un passaggio essenziale dell'indagine. Perché, riflettendoci, chi poteva avere interesse ad acquistare una segheria abbandonata? La società di Milano, che se l'era aggiudicata, era stata indagata da Nicola in ogni suo aspetto, e non era risultato nulla di interessante. Del resto, non poteva che essere così, l'incendio doloso, seguito all'aggiudicazione, era la riprova che faceva escludere un coinvolgimento della società acquirente nelle questioni relative all'omicidio. Se, infatti, i soci di quella società di Milano fossero stati in qualche modo coinvolti, non avrebbero avuto alcuna necessità di appiccare l'incendio. E l'incendio non era frutto neppure della vendetta del fallito. Se questi avesse voluto colpire, lo avrebbe fatto partire dal corpo centrale, non dalla cisterna. Lo aveva capito bene l'architetto Bonomei. E poi aveva ragione Alice: l'assassino doveva avere un qualche tipo di legame con la segheria. Dunque, il giudice Abbondante avrebbe scommesso una fornitura a vita di cannoli sul fatto che colui che aveva partecipato all'asta dell'immobile era in qualche modo implicato nell'incendio doloso e forse nell'omicidio. Perché altrimenti l'avvocato Artusi sarebbe stato così reticente nel rispondere alle domande del commissario? Dopotutto si trattava di offrire qualche dettaglio sulla partecipazione a una vendita di un rudere di campagna, e non era certo come rivelare un segreto di Stato! C'era qualcosa sotto, di sicuro.

Annabella sapeva bene a chi rivolgersi per bruciare sul tempo quel presuntuoso di Massi…

«Agli ordini, *doddoré*» rispose pronto il cancelliere Dolly.

«Paolo, ma che hai? Ho provato a chiamarti in ufficio e mi hanno detto che eri a casa malato» domandò il giudice un po' preoccupata e un po' impaziente.

«Sì, doddoré. Sdanodde ho avudo una febbre da cavallo…» a quel punto Paolo sembrò avere un attimo di esitazione, forse temeva di aver toccato un argomento delicato. E infatti riprese: «Scusade, doddoré, non volevo fare scordese allusione al vostro incidende.»

«Quale incidente?» rispose perentoria il giudice Abbondante.

«Ho afferrado la sfumadura, giudice. Ma perché mi avede delefonado?»

«Devi verificare una cosa per me, Paolo.»

«Caso Sandangelo? Caso Baldi?» il cancelliere scattò subito in modalità investigativa.

«Ho scoperto dal verbale di aggiudicazione che nella vendita della segheria l'offerta per persona da nominare, davanti al notaio delegato Piccioni, è stata fatta dall'avvocato Achille Artusi.»

«Azz… Il collega della Sandangelo?»

«Già. Ma lui non aveva mai accennato a questa circostanza e inoltre si è rifiutato di riferire al commissario Carnelutti il nome del cliente.»

«Moldo sospeddo.»

«Esatto. Ora tu dovresti attivare le tue fonti. Dobbiamo sapere quel nome. È importantissimo.»

«Obbedisco, giudice. Però mi dovede concedere vendi minudi, che mi fa effeddo la dachipirina aldrimendi non mi concendro.»

«Sbrigati allora, che abbiamo solo due ore di tempo.»

Due aspirine effervescenti e un potentissimo aerosol più tardi, il fido cancelliere richiamò il suo giudice.

«Allora, Paolo, come intendi procedere?»

«Ho risolto, dottoressa cara. È semplicissimo. Lo chiedo alla mia portiera» il naso sembrava tornato libero.

«Paolo, sei sicuro di stare bene? Quanto è alta la febbre? Che c'entra la tua portiera?» si preoccupò lei.

«Fidatevi, dottoré. Quella è amica della gattara di piazza Bellini.»

«E questo in che modo ci può aiutare, scusami?»

«Ci aiuta assai. Dovete sapere che la gattara va in chiesa con la giornalaia di via del Pozzo tutti i giorni alle dodici. Me l'ha detto mia sorella.»

«Madonna santa, Paolo, e che ce ne importa?»

«È importante, invece, perché la parrucchiera di vicolo Setteporte si rifornisce sempre da lei all'ora di pranzo. Sapete, le riviste femminili non devono mai mancare nel negozio della Vanda.»

«Mi arrendo. E allora?»

«E allora oggi è martedì, dottoressa. La signora Graziella è cliente fissa di Vanda e si fa la tinta proprio il martedì a mezzogiorno. Me lo ha detto mia sorella.»

«E che ci frega che si fa la tinta, Paolo! E soprattutto chi è questa Graziella?»

«Come chi è? È la segretaria personale e fidatissima dell'avvocato...»

«Achille Artusi!» urlò entusiasta la Abbondante.

«Adesso sono le dieci e mezza, abbiamo giusto il tempo di attivare la catena umana. Dico a mia sorella di scendere dalla portiera» concluse Dolly con la professionalità di un agente del SISDE.

«Paolo, sei un genio. Quando torno ti meriti un premio.»

«Mi basda un bacio, doddoré» azzardò il cancelliere dopo un sonoro starnuto.

«Ho detto un premio, Paolo. Non ti allargare.»

«Scusademi dando, doddoré, mi sono faddo prendere dall'endusiasmo come al solido. Adesso vi saludo perché mi è ridornado il raffreddore e mi sda risalendo pure la febbre. Non sapede che *mal 'e capa*, doddoré...»

«Ricorda. Hai solo due ore. A dopo.»

«Basderanno, sdadevi dranquilla.»

La libertà non è star sopra un albero, non è neanche il volo di un moscone... «Fortuna... non ti preoccupare, stamattina mi sento molto meglio. Dillo alla mamma. Non c'è bisogno che venite. Restatene a casa, mi raccomando. Tanto qui è venuta Alice ad aiutarmi» partì in quarta Annabella nel timore che la sorella avesse preso la decisione di scendere a Sorrento per prendersi cura di lei.

Silenzio rancoroso dall'altro capo del filo. Annabella, perciò, si mise in allerta. Tirava una brutta aria. Glielo diceva il suo infallibile stomaco.

«Alice, appunto» ripeté la sorella con tono funereo. «Annabella Abbondante, questa non te la perdono!»

«Ma di che cosa parli?» disse la finta futura sposina restando sul vago. Le notizie nella sua famiglia si diffondevano in tempo reale. Con modalità di comunicazione telepatica, sospettava.

«Mi hai fatto sprecare un tempo infinito a cercarti un uomo decente, e adesso vengo a scoprire che gli uomini non ti interessano. E devo saperlo dalle cugine di Sorrento! Vergognati...»

«Non sarai mica omofoba, Fortuna?» recitò Annabella Abbondante, che in quel frangente se la stava spassando un mondo.

«Io? No, no... Che c'entra? Se mi dicevi che ti piacevano le donne, avrei potuto presentarti almeno un paio di candidate di ottimo livello. Invece tu... ti sei messa con questa Alice. Insomma, non ha un lavoro fisso da anni. E si rifiuta di iscriversi al Rotary, nonostante l'invito espresso della presidentessa, la baronessa Ricciardi di Montebello. Per fortuna, ha un titolo nobiliare, altrimenti davvero...»

Il resto dell'invettiva si perse sotto il cuscino, mentre Annabella ne approfittava per andare in bagno. Pare che alla fine stesse per canalizzare, come voleva l'infermiera.

Grazie, Fortuna. A modo tuo ti sei resa utile, pensò tra sé, mentre ridendo faceva felice l'infermiera.

Alle undici e quarantacinque il cellulare cominciò a vibrare sul comodino di plastica accanto al letto.

La libertà non è star sopra un albero, non è neanche il volo di un moscone...

Annabella lo afferrò al volo prima che precipitasse nel vuoto. La voce di Paolo era squillante e allegra come non mai.

«Dottoré, state seduta?»

«Veramente sono sdraiata. Mi pare che tu stia meglio, Paolo.»

«Sarà l'eccitazione, dottoressa. Tengo una notizia bomba!»

«Veloce ed efficiente come sempre, bravo il mio Dolly.»

«Siete pronta?»

«Dài, su, non farmi penare.»

«Il cliente di Artusi... era *la* cliente.»

«Una donna. E chi?» Annabella si spogliò della coperta e si mise a sedere in mezzo al letto.

«Rullo di tamburi...»

«Paolo, non mi far pentire di averti fatto un complimento.»

«Matilde Santangelo, dottoressa» vuotò il sacco il cancelliere.

«Era lei che si voleva comprare la segheria. Avete capito? Cose da pazzi!»

«Porca miseria!» esclamò il giudice, e sprofondò di nuovo tra i cuscini facendosi un gran male alla testa.

Discussero un po' tra di loro, per chiarirsi le idee. L'incendio, l'omicidio, la vendita. Iniziava a farsi strada nella mente del giudice Abbondante e del suo cancelliere l'ipotesi che vi fosse un unico filo che legava tutti quegli eventi. Perché Matilde Santangelo era interessata a comprare una segheria diroccata? La risposta venne fuori spontanea per entrambi.

«Paolo, capisci cosa potrebbe significare?»

«Che abbiamo una sospettata, dottoré. Siamo a cavallo!» e qui Sarracino si interruppe, forse consapevole di essersi ancora una volta infilato nel solito budello oscuro. E come se non bastasse aggiunse: «Scusate, dottoressa, mi è scappata. Non vi pigliate collera».

Dall'altro capo del filo un gelido silenzio artico fu l'unica risposta.

Poco dopo, conclusa la comunicazione, Annabella Abbondante sgusciò di soppiatto fuori dalla camera, percorse correndo due corridoi e mezzo, e festeggiò quell'inaspettata svolta nelle indagini dando fondo alle scorte del distributore automatico di caffè.

Un paio di settimane più tardi, terminato il periodo di ferie che il presidente Montagna aveva insistito a concederle, una volta dimessa dall'ospedale, dopo una *abbondante* cena a casa Abbondante a base di arancini, parmigiana di melanzane, paccheri al ragù, salsicce e friarielli, sfogliatelle, babà, vino di Gragnano e un paio di litri di limoncello, Alice e Annabella, con la benedizione di nonna Angela e dell'intera famiglia, viaggiavano senza fretta sull'Autostrada del Sole.

Erano sintonizzate su Radio Dimensione Suono, quando d'improvviso Annabella riconobbe una voce familiare che la fece sussultare:

«E questa canzone di Hamilton Joe Frank & Reynolds del 1971 è dedicata a una mia carissima amica che sta ritornando a casa. Buona fortuna, Annabella. A prestissimo dalla vostra Gioia Abbondante with love!».

La musica della canzone si diffuse nella macchina e Annabella, un po' commossa, non poté fare a meno di cantarla a squarciagola, come facevano sempre lei e Gioia, in una calda estate felice di tantissimi anni prima.

E poco importava che oramai non ricordasse più tutte le parole.

I've seen you, Annabella,
Moving softly through my mind…
Nananana
Nananana…
Annabella, I'm coming home,
I should have known I'd need you so…
Na na nana na na…

10

Non perdiamo la testa

Il giudice Abbondante se ne stava in piedi davanti all'ingresso del concessionario Lancia, con le braccia conserte e lo sguardo corrucciato. Si stava domandando nell'ordine: perché Fortuna riusciva a essere sempre, costantemente in ritardo? Come mai, dopo tanti anni, lei non aveva ancora imparato a dire di no a sua sorella? Perché le piante dei piedi le facevano tanto male quando restava impalata per oltre un'ora? Quanto lavoro avrebbe potuto sbrigare in questo lasso di tempo invece di stare come un'idiota ad aspettare sua sorella? Quali scuse avrebbe dovuto inventare in tribunale per giustificare l'inutile quanto mostruoso ritardo finora accumulato? E infine, chi poteva essere così imbecille da comprare un'automobile arancione, come quella che in quel momento si trovava parcheggiata all'interno del salone?

Fortuna le aveva dato appuntamento *alle otto e trenta in punto, mi raccomando* perché c'era da ritirare la nuova auto. Tuttavia, come da copione, erano quasi le nove e trenta e ancora non si era fatta vedere.

Alla fine arrivò. Sempre magra, sempre elegante, truccata, fresca di parrucchiere, laccata e profumata.

Non si vedevano da più di un mese, da quando l'aveva trascinata in quello stesso luogo per firmare, alla cieca, il contratto di acquisto della sua imperdibile, indispensabile, superaccessoriata Lancia Ypsilon rosso corallo.

«Annabella, che hai combinato? Hai interrotto la dieta?» fu la prima cosa che le disse, mentre le timbrava la guancia con un bacio rosso ciliegia.

«Anche a me fa piacere rivederti, Fortuna» rispose lei, e subito provò a smacchiarsi la guancia con una salvietta.

«Come sta Alice?»

«Alice?»

«La tua compagna, come sta?» insistette la sorella.

«Ah già... Sta bene, grazie.»

«Entriamo, dài!» cinguettò.

Fortuna era sempre al settimo cielo quando si trattava di comprare, soprattutto con i soldi degli altri. Fece una specie di piroetta e si fermò al centro del salone vicino a quella orribile automobile arancione.

«Hai visto quanto è bella?»

«Cosa?» domandò Annabella, confusa.

«La tua automobile.»

«Dove?»

«Insomma, la smetti di scherzare ogni tanto?»

E, come se niente fosse, aprì lo sportello di quella assurda macchina color pesce pagliaccio.

Il terrore l'assalì. No, non poteva essere. Sarebbe stato troppo anche per sua sorella.

«Fortuna, dimmi che ti stai interessando a quell'auto perché hai deciso di sostituire la tua Mini verde mela!»

«Ho capito, non ti piace» sbottò la sorella.

«Fortuna, dimmi che non mi hai fatto comprare un'auto arancione.»

«È rosso corallo» rispose, incrociando le braccia.

«È arancione, Fortuna. Per il resto del pianeta questa strama-ledettissima automobile è arancione! Soltanto nella tua testa e sulla copertina di *Donna Moderna* esiste il rosso corallo. Il rosso è rosso: è il colore della bandiera, dell'armata, del fuoco e del sangue, quello che fra poco sgorgherà dalla tua testa se non ti togli, all'istante, dalle mie mani!»

«Annabella, ti prego non ti alterare, sei diventata tutta rossa...»

«Esatto. *Rossa*! E come potrai notare accostando la mia faccia alla portiera, non è affatto dello stesso colore di questa assurda, ridicola, improponibile, automobile che tu mi hai costretto a comprare!» urlò Annabella senza curarsi dei curiosi che si erano fermati ad ascoltare.

Imbufalita, se ne andò piantando sua sorella in asso nel bel mezzo del salone esposizioni. Firmò alla svelta tutti i documenti e se ne partì con la sua automobile arancione, senza neppure salutarla.

Mezz'ora dopo parcheggiava l'auto nel garage del tribunale di Pianveggio. Mentre chiudeva lo sportello, sentì la voce ironica di Paolo alle sue spalle: «Complimenti, giudice, bellissima automobile. Mi piace soprattutto il colore. L'arancione è un colore solare, come voi. Vi si addice».

«È rosso corallo.»

«Dite? A me pare proprio arancione.»

«È chiaro che non te ne intendi.»

Il tono era di quelli che non lasciano spazio a repliche. Paolo capì e cambiò argomento: «Avete già parlato con il commissario Carnelutti?».

«Non ancora. In effetti, da quando sono tornata dalle ferie non ci siamo proprio visti. A quanto pare, tra l'omicidio Baldi e quello dei coniugi Santangelo, il questore e la procura non gli hanno dato tregua.»

«Quindi non sapete niente!» esclamò il cancelliere.

«Di cosa?»

«Il procuratore Massi ha chiuso le indagini su Francesco Santangelo.»

«E che ha deciso?»

«Ha chiesto al GIP il giudizio immediato. Il decreto che dispone il giudizio non è stato ancora emesso, ma il procuratore è convinto che il GIP lo firmerà e che Santangelo sarà processato entro la fine di questo mese.»

Annabella non disse nulla. Ripensò, chissà perché, ancora una volta allo sguardo del maialino del nonno. Era inutile, proprio non riusciva ad accettare che Faccia d'angelo fosse un assassino.

Poi, come colta da una improvvisa illuminazione, disse: «Se la Severini ha convalidato l'arresto, chi lo firma il decreto che dispone il giudizio? E, soprattutto, poi il processo chi se lo fa? Spero con tutto il cuore che Montagna non stia pensando di sbolognarmelo».

«Ma allora, giudice, veramente non sapete proprio niente!»

«Paolo, ti ricordo che sono stata in ferie» commentò Annabella, soffiando via il solito ricciolo con foga.

«Ma non eravate stata in ospedale, per quel piccolo incidente... con il cavallo?» disse Paolo con finta aria innocente. Evidentemente aveva voglia di stuzzicarla.

Il giudice Abbondante lo infilzò con uno sguardo di fuoco.

«Me le vuoi dire queste novità oppure no?»

«Dottoré il fascicolo è stato assegnato al nuovo giudice.»

«È arrivato un collega nuovo?» si stupì la Abbondante.

«È venuto al posto della Fiacca, che dalla maternità è passata direttamente al Ministero a Roma. A quanto pare, il pachiderma era pure raccomandato!»

Tacquero. Poi la Abbondante interruppe il minuto di silenzio celebrativo per la tanto sospirata partenza della collega Fiacca. «E tu lo hai conosciuto? Che tipo è?»

«Ma chi?»

«Ma come *chi*! Il collega nuovo...»

«No, non l'ho ancora incontrato. So solo che nel tribunale emiliano dove lavorava prima faceva il pubblico ministero e lo avevano soprannominato "lo Sceriffo".»

«Andiamo bene! Mi sa che Francesco Santangelo è proprio spacciato.»

Entrarono insieme nell'ascensore che dal garage del tribunale portava alle aule di udienza. Le porte si erano quasi chiuse, quando una borsa di cuoio si infilò nello spazio ancora disponibile, attivando il sensore di riapertura.

Annabella Abbondante non si chiese a quale rompiballe potesse appartenere quella borsa. Perché non ne aveva bisogno. Tra le poche certezze della sua vita c'era questa. Sergio Massi delle Case era, senza tema di smentita, l'unico, l'autentico, il più fiero rompipalle di tutto il circondario del tribunale di Pianveggio.

«Ah, Abbondante, c'eri tu. Potevi anche aspettarmi prima di premere il pulsante.»

Annabella e Paolo si scambiarono uno sguardo di reciproca intesa.

«Massi, per quanto di gran lunga più intelligente di te, non sono ancora dotata del dono della chiaroveggenza» rispose pronta Annabella.

Paolo ridacchiò, ma il sostituto procuratore gli gettò un'occhiata di traverso e la risata del cancelliere si spense all'istante, trasformandosi in un colpetto di tosse.

Massi se ne stette zitto, sperando forse, in cuor suo, che il tragitto in ascensore terminasse prima che la Abbondante potesse iniziare a ficcanasare nei suoi affari.

Speranza vana, come fu presto evidente.

«Ho saputo che hai chiesto il giudizio direttissimo per Santangelo. Mi congratulo. Non sapevo avessero ritrovato i corpi delle vittime.»

«Non lo sai, perché non sono stati ritrovati» si limitò a rispondere secco Massi.

Annabella si beò. Delle Case era caduto nella trappola. Il babbeo.

«Ed è possibile condannare qualcuno per omicidio senza la prova che l'omicidio sia avvenuto?» domandò, producendosi in una espressione così stupefatta e ingenua che neppure Alice nel paese delle meraviglie.

La palpebra sinistra di Massi iniziò a vibrare come un diapason.

«C'è la confessione e abbiamo elementi indiziari a sufficienza per sbatterlo in galera» le rispose.

«Ma certo che ce li avete» disse lei, con tono comprensivo e materno. Ma dopo una breve pausa, aggiunse: «Anche se...»

«Lo sapevo!» sbraitò il procuratore con la palpebra ormai in fibrillazione atriale. «Sentiamo, avanti! Quale sarebbe il problema che io non ho considerato e che tu invece, nel tuo incredibile acume investigativo, infinitamente superiore al mio, hai con sagacia e arguzia subito individuato?»

«Mi domandavo quale fosse il movente, tutto qui» fece lei ancora più serafica.

«Ma di che movente vai cianciando? È uno schizofrenico paranoide, Abbondante! Odiava i genitori perché si era immaginato che lo avessero abbandonato nella casa di cura e li ha uccisi. Fine della storia. Punto» le urlò in faccia Massi, con malcelata insofferenza.

«Allora quadra tutto» disse lei raccattando la sua borsa e uscendo rapida dall'ascensore al primo piano.

Paolo la seguì e si posizionò dietro di lei, a coprirle le spalle. Ma prima che le porte dell'ascensore si richiudessero, stavolta fu Annabella a fermarle con la sua borsa, guardò Massi negli occhi e disse: «Sono certa che non avrai problemi a far condannare Santangelo. La Severini non vede l'ora di dichiarare in una sua sentenza che un interdetto, incapace di intendere e di volere in sede civile, fosse del tutto capace al momento del delitto. E di condannarlo per un omicidio senza cadaveri, dove l'unica prova è la confessione delirante di uno schizofrenico paranoide».

E visto che Massi non rispondeva, limitandosi a sventolare la palpebra, aggiunse: «Dovresti fare qualcosa per quell'occhio Massi. Peggiora di anno in anno. Buona giornata, procuratore» e tolse la borsa, per consentire all'ascensore di ripartire verso il secondo piano.

Paolo la guardò ammirato: «Giudice, siete stata grande!».

«Grazie, Paolo.»

«Vi posso abbracciare?»

«Ovviamente no, Paolo.»

«Va be'» rispose rassegnato. «Ma almeno, la mano, ve la posso stringere?»

Solo allora Dolly si accorse che al giudice Abbondante tremavano le mani.

Si diressero insieme in cancelleria, perché Paolo doveva prendere il fascicolo del concordato preventivo della società I vivai del Poggio delle Rose. Quella mattina era fissato l'incontro del giudice con i sindacati per cercare di risolvere la crisi dell'azienda in vista dell'adunanza dei creditori. Erano appena usciti dalla cancelleria con il carrello carico dei tre faldoni, quando Annabella diede un'occhiata all'orologio e realizzò quanto fosse tardi.

«Paolo, sbrigati che siamo in un ritardo pauroso per l'udienza!»

Il giudice Abbondante sembrava morsa dalla tarantola, mentre affrettava il passo sempre di più.

«Dottoré, aspettatemi. Ma quanto correte... questo è un carrello, mica una Ferrari! Abbiate pazienza!» brontolò Dolly, mentre arrancava dietro il giudice che aveva accelerato l'andatura e in pratica ormai stava correndo.

Dopo una spericolata sterzata in curva, in cui il carrello rischiò di ribaltarsi, imboccarono il corridoio che portava all'aula di udienza. Svoltato l'angolo videro che davanti alla porta c'era un numero impressionante di persone in attesa. Il cancelliere e il giudice rimasero interdetti.

«Paolo, ma che ci fanno qui tutte queste persone?»

«Giudice, saranno i lavoratori del vivaio.»

«E che vorranno?» si chiese Annabella, «non ho mica convocato anche tutti i lavoratori...»

«Mamma mia, dottoré... Mi sa che si è sparsa la voce!»

«Ma di cosa?» si allarmò lei.

«Eh... si sarà saputo che siete una *toga rossa*.»

«Davvero spiritoso. Io mi avvio in aula, tu fammi entrare prima gli avvocati dell'azienda e i creditori. Spiega che dopo riceverò i rappresentanti sindacali e, se vogliono presenziare, anche i lavoratori.»

«Agli ordini, signor giudice» scattò Paolo, già entrato in modalità *fido assistente*.

Per raggiungere l'ingresso, Annabella dovette farsi largo tra la folla dei lavoratori. Pur essendosi ripromessa di non farlo, il giudice Abbondante non riuscì a trattenersi dal guardare quelle persone in viso. Per alcuni istanti si perse in quegli sguardi densi di speranza e disperazione. Gli occhi le si erano riempiti di lacrime, aveva realizzato che il futuro di quella gente era proprio nelle sue mani. Ma tenne la testa bassa per non darlo a vedere e mentre apriva la porta della sua aula, le spalle si incurvarono sotto il peso di tutta quella responsabilità.

L'avvocato Sperandei irruppe nell'aula pochi secondi più tardi.

«Dottoressa *Bellabbondante*, che piacere rivederla!» esordì lo sfortunato.

Il giudice alzò appena lo sguardo, gli occhi a fessura e il ricciolo in prima linea in assetto di guerra.

«Abbondante è più che sufficiente, avvocato, grazie» sibilò tagliente il giudice.

«Non ho capito» l'avvocato Sperandei, confuso, si rivolse ai colleghi di controparte, che tuttavia si ostinavano a tenere gli occhi fissi sulle carte.

«Il mio cognome è Abbondante. Mi chiamo: Annabella staccato Abbondante» precisò lei gelida. Subito dopo, alzò il mento e portò indietro il ricciolo con gesto fiero.

«Oh, mi scusi, è che quando l'ho vista…» risatina nervosa. «Chissà perché ho pensato… ma comunque…» colpetto di tosse.

La Abbondante non aveva smesso di fissarlo con sdegno. Apparve chiaro che l'avvocato Sperandei si era addentrato in un labirinto senza uscite. E lo sapeva. Cercò di nuovo aiuto con gli occhi tra i colleghi presenti, ma nessuno gli venne in soccorso. Erano tutti troppo impegnati nel disperato sforzo di non essere coinvolti.

Dopo averlo fatto friggere a sufficienza, il giudice decise di graziarlo. C'erano cose più importanti su cui concentrarsi. «Accomodatevi» ordinò. E l'avvocato Sperandei riprese a respirare.

«Gli avvocati dei creditori hanno avuto modo di esaminare la proposta integrativa depositata dall'avvocato Nappi?» domandò il giudice.

«Siamo tutti favorevoli» rispose, uno per tutti, l'avvocato Della Vedova.

«Se non ho inteso male» continuò la Abbondante, «la nuova proposta prevede il licenziamento del venti per cento della forza lavoro dei vivai. È così?»

«Sì, esatto» si intromise il commissario giudiziale Fiaschetti. «Non vi è altra strada, giudice, per garantire la fattibilità del piano. Ed è per questo che abbiamo ritenuto opportuno convocare anche i rappresentanti sindacali. Sono certo che lei, come sempre, saprà trovare le parole giuste per dare loro la notizia.»

Annabella Abbondante restò per un attimo pensosa, guardando nel vuoto. Poi, ignorando gli sguardi interrogativi e ansiosi degli avvocati presenti, per alcuni interminabili minuti non fece che sfogliare, consultare, riguardare e sottolineare i documenti contabili.

Alla fine, alzò lo sguardo, li fissò negli occhi uno per uno, e si limitò a dire: «Non vi consentirò di fare a pezzi questa azienda, svendendola a meno della metà del suo valore e per di più mandando a spasso decine di dipendenti».

Due ore più tardi il giudice Abbondante uscì dall'aula con le guance arrossate per lo sforzo di concentrazione, con gli occhi luccicanti e i ricci scompigliati. Era stata una faticaccia, ma aveva vinto. L'azienda aveva acconsentito a modificare il concordato secondo un diverso piano e i sindacati avevano accettato l'accordo per la riduzione dell'orario di lavoro. Con questa soluzione non ci sarebbero stati licenziamenti.

«Dottoressa, io glielo devo dire. Se prima era solo un virus in incubazione, mo' è proprio una malattia: siete *toga rossa* conclamata, proprio. Al Poggio delle Rose però vi fanno il mezzo busto, vi fanno» Paolo era in visibilio per la contentezza. Aveva due amici che lavoravano allo stabilimento e non poteva fare a meno di esprimere la sua approvazione.

«Paolo, qui la politica non c'entra. Ho solo applicato la legge, e la Costituzione. Così sembri mia sorella!»

All'idea di essere accomunato alla sorella pestifera del giudice, il cancelliere si ribellò: «No, giudice, per carità, non lo dite neppure per scherzo!».

«Paolo, fammi un favore, portami il computer in stanza, io esco. Ho assolutamente bisogno di un caffè.»

Da quando era rientrata da Sorrento, non era riuscita ancora a passare alla Palermitana. Non per mancanza di tempo. La verità era che prendere il caffè di Michele le pareva fosse un po' come fare torto a Tano. Una sciocchezza ovviamente, lo sapeva, ma era stato più forte di lei.

In ogni caso, quella mattina la disperazione e l'astinenza da caffeina ebbero il sopravvento, e il giudice Abbondante si lasciò gli scrupoli alle spalle e si diresse a passo svelto al bar di Michele.

Non appena entrò nel locale, però, accadde una cosa assurda. La banda degli studenti del liceo Verdi, che stava accordando gli strumenti a fiato, appena lei varcò la soglia intonò l'Internazionale socialista. Annabella Abbondante osservò la scena esterrefatta. Si guardò intorno e vide che, dietro al bancone, Michele era in piedi, con la mano sul cuore e cantava: «*Compa-*

gni avanti, il gran partito noi siamo dei lavorator. Rosso un fiore in noi è fiorito e una fede ci è nata in cuor!»

Davanti a lui sullo sgabello, era seduto quel *perfido pettegolo, senza ritegno* di Nicola, anche lui con la mano sul cuore e lo sguardo perso nel vuoto.

Il giudice avanzò senza scomporsi mentre tutti gli studenti del locale cantavano il ritornello: «*Su, lottiam! L'ideale nostro alfine sarà l'Internazionale futura umanità!*».

Li guardò entrambi che si sbellicavano e si davano il "cinque". Si accomodò sullo sgabello accanto a Nicola, senza fare commenti.

«Lo sapete già, a quanto pare. Complimenti per la gustosa scenetta. Davvero esilarante. Adesso questa *toga rossa* vorrebbe ordinare, se non ti dispiace, Michele. Una fetta di cassata *bellabbondante* e un caffè al pepe, presto. E tu, perfido, dimenticati che io stracci la foto di Formentera. Me la tengo» concluse rivolgendosi a Nicola con sguardo di brace.

Al commissario morì il sorriso sulle labbra. «Non ti facevo così vendicativa, toga rossa» mormorò Carnelutti.

«Si vede che, dopo tanti anni, non mi conosci abbastanza, tanga rosso» sibilò a bruciapelo Annabella.

A sentire quella parola, Nicola si rovesciò il caffè sulla camicia.

Mentre la Abbondante si godeva la sua meritatissima cassata siciliana con gocce di cioccolato, si avvicinò a loro una ragazzina dai capelli rossi con il ciuffo rosa. Se ne stette un pochino in silenzio, incerta se parlare. Solo quando il commissario Carnelutti le rivolse un sorriso rassicurante, si decise.

«Commissario, scusi se la disturbo un secondo. Noi ragazzi, qui, del liceo Verdi, ci chiedevamo come procedevano le indagini per scoprire l'assassino della professoressa Baldi.»

«Stiamo facendo tutto il possibile, ragazzi, vi prometto che riusciremo a identificarlo, ma c'è bisogno di tempo» li informò con gentilezza Carnelutti.

«Ok, grazie, commissario. Le volevamo bene tutti, alla prof. Era buona, ed era pure brava» commentò, mesta, *ciuffo rosa* e si allontanò per raggiungere i suoi compagni.

«La dottoressa Baldi insegnava al liceo? Non lo sapevo» si sorprese Annabella.

«Sì, insegnava storia e filosofia. Pensavi che vivesse solo con le perizie del tribunale?» rispose Nicola.

«Dovremmo interrogare le colleghe.»

«Dovremmo? Siamo alle solite?» la ammonì esasperato Nicola.

Annabella sbuffò: «Uff... *Dovresti*, tu dovresti. Io non dovrei» e alzò gli occhi al cielo.

Michele li osservava e, come tutte le volte in cui assisteva ai loro intramontabili battibecchi, sorrideva divertito. Poi, quasi parlando tra sé e sé, disse: «Certo che è davvero assurda certe volte la vita».

«È una considerazione filosofica?» gli domandò Nicola.

«Sì, anche. Ma adesso pensavo a quei due, la Baldi e Santangelo.»

«Che vuoi dire?» si interessò Annabella.

«Be', una coppia davvero sfortunata, se ci riflettete, una morta e l'altro che ammazza i genitori. Ditemi voi se non è un destino infame» rispose il barista mentre sciacquava le tazzine sporche.

«Una coppia? Cosa intendi, vuoi dire che stavano insieme?» trasecolò il giudice Abbondante.

Michele a sua volta sgranò gli occhi, sorpreso: «Certo! Non ti ricordi? Te l'avevo detto che Faccia d'angelo veniva qua con la sua donna... E la donna in questione era lei: la Baldi. L'ho riconosciuta dalla foto sul giornale. Ma pensavo che lo sapeste».

Il barista capì dalle facce sconvolte del commissario e del giudice che forse aveva appena fornito loro una notizia importante.

«Minchia. Non lo sapevate.»

«Ma certo! La professoressa del liceo Verdi... Non avevo collegato le due cose perché fino a questa mattina non avevo mai saputo che Erica Baldi fosse un'insegnante!» esclamò Annabella.

Il barista, davanti alla faccia assassina del commissario Carnelutti, concluse: «Ho capito, ho capito. Mai dare niente per scontato, errore mio» e per farsi perdonare offrì a entrambi una pasta di mandorle gratis.

«Nicola, sai questo cosa potrebbe significare?» disse Annabella.

«Certo. L'uomo delle mail, il *bosone di Higgs*, potrebbe essere Francesco Santangelo. Porca miseria!»

La frase rimase un pochino in sospeso nell'aria, mentre entrambi restarono in silenzio a riflettere sulla enormità della cosa.

Annabella ruppe il silenzio per prima: «Ci sono degli aspetti però che non tornano. L'uomo delle mail aveva anche un'altra donna. Leggendo quei loro messaggi avevo sospettato che potesse trattarsi di un uomo sposato, o comunque impegnato in un'altra relazione. La Baldi, infatti, continuava a suggerirgli prudenza, come succede per gli incontri clandestini. E quindi Santangelo aveva due donne? Mah... Non lo so. Devi interrogarlo, Nicola» disse, giocando senza accorgersene con il ricciolo che, indomito, continuava a caderle sulla fronte.

«No, sarebbe prematuro adesso. Hai ragione tu. Non possiamo escludere che gli uomini fossero due. Uno di loro era certamente Francesco Santangelo. Ma non siamo sicuri che le mail fossero destinate a lui. Devo prima raccogliere qualche elemento in più. Per prima cosa adesso mi affaccio al liceo Verdi, per vedere se c'era qualcuno che conosceva bene la Baldi e possa dirci qualcosa sull'uomo o sugli uomini che frequentava. Era un po' che mi prefiggevo di andarci e non ho mai avuto il tempo. Magari vengono fuori elementi interessanti. Poi mi tocca riferire a delle Case. E non sarà facile...»

«Perché?»

«Te lo spiego dopo, adesso devo andare. Ciao, Michele! E occhio alla bionda lì in fondo, ti sta puntando da almeno venti minuti» e se ne andò di corsa.

«Ci vediamo più tardi, allora» gli gridò dietro l'amica.

Annabella se ne rimase seduta al bancone in compagnia del suo amico barista.

«Secondo caffè?» suggerì Michele.

«Con la crema di nocciole?» propose Annabella.

«Volendo...» concesse lui.

«Aggiudicato.»

La libertà non è star sopra un albero, non è neanche il volo di un moscone, la libertà è...

La pesca miracolosa durò meno del previsto. L'oggetto diabolico comparve stranamente al suo posto, nella apposita tasca interna della borsa. Prima di rispondere il giudice Abbondante rimase qualche istante a fissarlo sorpresa.

«Mancinelli, non ci posso credere! Da quanto tempo non ci sentiamo? Come sta la mia compagna di banco preferita?»

«Abbondante, ciao! È una vita...»

«I ragazzi? Tutto bene?»

«Crescono troppo in fretta, Annabella. E tu? Sempre single convinta?»

«Single, ma non più tanto convinta.»

Risero.

«Niente, Annabella, ti ho chiamato per la questione dell'esame sul DNA dei resti trovati in segheria...» disse la Mancinelli. Sembrava un po' nervosa.

«In segheria?» la Abbondante simulò un attimo di disorientamento, per non apparire più interessata del dovuto.

«Lo scheletro di Pianveggio, rinvenuto nella segheria incendiata. Nicola mi ha contattato un mesetto fa per farmi fare degli esami. Se non sbaglio, mi aveva detto che il mio numero glielo avevi dato tu...»

«Sì, certo, ora ricordo. Dimmi tutto.»

«Be', sto avendo un po' di problemi con un nostro caro compagno di liceo...»

«Con Nicola?»

«No» rispose la biologa. «Col rompipalle numero uno.»

«Massi? Che ha fatto?»

«Ah! Vedo che non hai avuto dubbi sull'identificazione! Guarda, è una questione un po' delicata, perciò te la confido, ma non te la far scappare con nessuno. Mi raccomando, Annabella!»

«Sai che di me ti puoi fidare ciecamente, sono una tomba.»

«Di te mi fido! Promettimi, però, che non ne parli con Alice, la tromba.»

Risero ancora.

«Promesso.» Annabella aveva fiutato subito il profumo di notizie fresche. Si mise comoda sul divanetto esterno, sotto il mandorlo fiorito di Michele. «Sono tutta orecchi.»

La Mancinelli raccontò che circa quindici giorni prima aveva trasmesso alla procura di Pianveggio i risultati dell'esame dello scheletro e del DNA. Pochi giorni dopo aveva ricevuto una telefonata molto aggressiva di Sergio Massi in cui la rimproverava di aver commesso un errore nell'esame dei resti dello scheletro. Il problema era che nel rapporto si indicava che i resti umani ritrovati nella cisterna appartenevano a due individui differenti, un uomo e una donna. A detta di Massi questo non era possibile perché, dai dati raccolti nell'indagine, era certo che si trattasse di una sola persona. Da qui una sfuriata al telefono, che la Mancinelli aveva trovato davvero fuori luogo e priva di fondamento.

Mentre la sua amica continuava a raccontare e a lamentarsi della maleducazione del procuratore, Annabella Abbondante desiderò con tutte le sue forze un altro caffè. Un desiderio così intenso che il caffè si materializzò sul tavolino di vimini accanto a lei.

Sant'Arcangelo Michele.

«Quindi, secondo te, i cadaveri della cisterna sono due?»

«Ne sono certa, ed è quello che ho ribadito a Massi. Ma lui si è incaponito. Mi ha ripetuto che dev'essere una sola persona, e mi ha anche accusata di aver fatto male il mio lavoro. Lo sai come fa, no? Quando prende le fisse non gliele togli dalla testa. Gli ho risposto: "Sergio, la spiegazione scientifica alternativa è che siamo in presenza di un caso rarissimo in natura. Una chimera!"»

«Nel senso figurato di ipotesi impossibile o in quello mitologico di mostro?»

Valeria rise, dopodiché spiegò all'amica che in biologia si definiva in questo modo il caso di due gemelli eterozigoti che, durante la duplicazione cellulare, si sono fusi in un unico individuo. Queste due creature potevano anche essere di sesso diverso, ma, secondo il suo parere, non era questa la spiegazione della presenza del doppio DNA. L'unico motivo per cui aveva accennato alla chimera con Massi era stato per prenderlo in giro, per sottolineare l'assurdità dell'ipotesi da lui sostenuta. Purtroppo, però, delle Case, dopo aver capito che i risultati dell'analisi da lei svolta erano inconfutabili, sembrava aver preso sul serio la faccenda della chimera. In pratica, si era attaccato a questa tesi e si era convinto che la Baldi portasse dentro di sé anche il DNA di un fratello gemello sin dalla nascita.

«E ora non so come fargli capire che si tratta di una macroscopica assurdità» si disperò la dottoressa Mancinelli.

«Ma tu perché sei così convinta che si tratti di due persone? Non dico che si tratti della chimera, ma magari ci potrebbe essere stato un errore negli esami.»

«Annabella, proprio no! Primo: ho due DNA che peraltro non hanno alcun elemento in comune. Non si tratta di gemelli, né di fratelli, né di parenti. E sono due persone, senza margine di errore. Massi ha preso una cantonata e non lo vuole ammettere, credimi.»

«E non sarebbe la prima volta, per la mia esperienza...» commentò Annabella. «E secondo?»

La biologa sospirò e poi rispose: «E secondo: ho trovato tre femori, Annabella!».

«Ah, la terza gamba, il sogno inconfessato del procuratore Sergio Massi delle Case-Chiuse!» esclamò Annabella Abbondante.

L'amica si fece una grossa risata: «Sai che mi ha risposto lui a questa obiezione? Ha detto: "Sta di fatto che c'è una sola testa". E poi ha attaccato, presuntuoso».

«È proprio il caso di dire che ha perso la testa, il povero procuratore. Massi è un genio. L'ho sempre detto.»

«*Massi, ti prendi troppo sul serio.* Ti ricordi la professoressa di latino? Lo diceva sempre.»

«Certo, me lo ricordo benissimo! Per la chimera, facciamo

così, ne parlo io con Nicola. Lui troverà il modo di far ragionare Massi. Non so come fa, ma ci riesce sempre.»

«Va bene, tienimi aggiornata. Ti abbraccio, Annabella, e cerchiamo di vederci qualche volta. Però, per i vent'anni dal diploma, ti prego, niente rimpatriata del liceo classico Parini di Pianveggio, mi raccomando!»

«Per carità, no. Ci è bastata quella del 2011. Ti telefono presto.»

11

Relazioni nascoste

Il giudice Abbondante entrò nella sua stanza e trovò Paolo che stava sistemando dei nuovi fascicoli sugli scaffali. «Ecco per voi gli ultimi nati, dottoressa. Cerchiamo di farli camminare prima dell'estate, se possibile, altrimenti gli avvocati mi perseguitano pure in vacanza.»

A vedere tutti quei faldoni, Annabella fu presa da un attacco d'ansia. Per quanti sforzi facesse per andare a ritmo, per quante ore lavorasse, le *carte* si depositavano sempre più veloci di quanto lei riuscisse a evaderle.

«Ci provo, Paolo, ma qui è sempre una lotta contro il tempo.»

«Dottoré, voi fate quello che potete. L'impossibile non ve lo possono chiedere» la rassicurò il cancelliere.

«E invece qualche volta ce lo chiedono, Dolly. Lo sai anche tu» commentò il giudice e soffiò via senza troppa convinzione il ricciolo fuggiasco, evaso dall'elastico che le teneva indietro i capelli.

Visto che il cancelliere era lì, la Abbondante ne approfittò per avere i dettagli sulla questione della vendita della segheria. Voleva capire in che modo la segretaria di Artusi potesse essere così sicura di quello che affermava. Paolo rispose che, a quanto pareva, Artusi aveva già fatto preparare la dichiarazione di nomina in favore dell'avvocato Santangelo. Ed era stata proprio la segretaria a preparare la bozza.

«Quindi la cosa è certissima?» chiese conferma la Abbondante.

«Altrimenti non ve lo dicevo» nel dire questo Paolo si fermò e si batté una mano sulla fronte. «Ah! Io quasi quasi mi dimenticavo di dirvelo. Qua, tra un'udienza e l'altra, si rischia di trascurare le cose importanti!»

«Di che si tratta?» si incuriosì il giudice.

«Martedì ho mandato mia sorella a farsi i colpi di sole…»

Il giudice Abbondante alzò uno sguardo stravolto sul cancelliere, il quale si rese subito conto dell'equivoco.

«Aspettate, giudice, non è questa la notizia importante!»

Paolo si era già seduto e stava per iniziare a parlare quando il giudice lo fermò: «Stop… Quanto è importante? Da uno, da due o da tre?».

Dolly capì l'antifona. «Da tre, dottoressa. Prepariamo un caffè?»

Il giudice Abbondante si accomodò meglio sulla poltroncina in trepidante attesa. Doveva essere una notiziona di quelle esplosive.

Il cancelliere le chiese il permesso di chiudere la porta a chiave, dopodiché, alzando le mani, aggiunse: «Ma voi però ve ne prendete solo due dita, perché siete appena tornata dalla Palermitana e là ve ne sarete scolati almeno due, di caffè. Tutta questa caffeina vi fa male, dottoré. Dovete cercare di smettere».

«E va bene. Ma adesso procediamo.»

«Sì, però ve lo faccio io che…»

«Il mio caffè è una schifezza, ho capito.»

Qualche minuto dopo, posati i bicchierini di caffè già zuccherati sulla scrivania, Paolo informò il giudice su quello che aveva scoperto. Lei lo ascoltò attenta, nonostante l'inquietudine che continuava a montarle dentro.

«Ma ne possiamo essere certi?» commentò la Abbondante, quando il cancelliere ebbe terminato.

«Dottoressa, la notizia è attendibile. Credetemi. La parrucchiera Vanda sui pettegolezzi è una professionista: prima di divulgare, verifica le sue fonti. È stata la segretaria dello studio in persona a riferirle la cosa.»

«Quindi l'avvocato Artusi avrebbe avuto una relazione con Matilde Santangelo» mormorò il giudice con gli occhi spalancati per lo stupore.

«Ve lo ripeto, se la voleva sposare.»

«E la segretaria lo avrebbe sentito con le sue orecchie. Come ha fatto, ha origliato?»

«Macché! Se mi fate finire di raccontare, vi spiego.»

«E parla!» disse lei, allungando una mano verso la moka.

Paolo, fulmineo, le assestò uno schiaffetto sulla mano e allontanò la pericolosa tentazione dal raggio di azione di Annabella. Il giudice Abbondante sbuffò, ma non reagì. Massaggiandosi la mano, aspettò che il cancelliere riprendesse a parlare.

«Dunque. Venerdì scorso l'avvocato Artusi ha chiesto proprio a lei, alla segretaria, di andare a comprare un mazzo di rose enorme e le ha detto chiaro e tondo che erano per l'avvocato Santangelo, perché le voleva chiedere la mano. E poi, il pomeriggio stesso, la Graziella li ha sentiti litigare di brutto… Pare che lei avesse rifiutato la proposta. E qua viene il bello, dottoré. Sembra che lui, umiliato dal rifiuto, sia diventato una belva. L'avrebbe addirittura minacciata.»

Il giudice Abbondante si fece ancora più attenta: «Che tipo di minaccia?» domandò.

«Su questo la segretaria non ha saputo dare molte informazioni. La Vanda, che come vi dicevo è una professionista, l'ha interrogata in modo specifico su questo punto, ma lei ha potuto riferire solo che lui ha gridato una cosa tipo: "Ricordati che se voglio ti posso distruggere".»

«E la Santangelo non ha reagito?»

«Pare di no. Sembra che sia rimasta impassibile. Cioè, il massimo dello sdegno. Secondo la segretaria, Matilde Santangelo avrebbe risposto solo con questa frase: "Se cado io, cadi pure tu, non te lo dimenticare".»

«*Alla faccia del bicarbonato di sodio*, direbbe Totò.»

«Ve lo avevo detto che era importante» si pavoneggiò Paolo.

«Sì, però, potrebbe voler dire tutto…»

«… e non voler dire niente, lo so. Potrebbe riferirsi a cento cose diverse. Dobbiamo essere obiettivi, e agire con ordine e metodo, come diceva Hercule Poirot: il fatto che la Santangelo volesse acquistare la vecchia segheria non significa per forza che sia implicata pure nell'omicidio della Baldi» considerò il cancelliere.

«Certo, tutto può essere, ma non credo alle coincidenze. Tra la vendita, l'incendio e l'omicidio c'è per forza un collegamento. Ci metto la mano sul fuoco. Solo Massi potrebbe credere il contrario.»

«E quindi potremmo aver trovato un complice» fu la deduzione di Paolo, poi però aggiunse: «Ma mi domando quale potrebbe essere il movente. Che c'entrano Matilde Santangelo e Achille Artusi con l'omicidio della Baldi? È assurdo».

«Forse una connessione ci potrebbe essere» mormorò Annabella, colta da un ricordo improvviso.

«Che intendete? Non ho capito.»

«Paolo, ci sono alcune cose che non sai, e due le ho scoperte proprio stamattina. Anche queste sono molto importanti. È meglio se ti siedi di nuovo.»

Il giudice Abbondante aggiornò Dolly sulle mail ritrovate

nel computer, sulla relazione tra Francesco Santangelo ed Erica Baldi, e sulla telefonata di Valeria Mancinelli il oil

«*Mammamà*, dottoré, una cosa alla volta, per carità, che mi scoppia la testa!» commentò Paolo tutto eccitato. «Ma quindi, Francesco Santangelo potrebbe essere l'uomo di queste lettere... Però poi l'altra donna di cui si parla, chi sarebbe?»

«Questo ancora non lo so. Ma potrebbe anche darsi che invece l'uomo delle mail non sia Francesco Santangelo. Non ne possiamo essere certi, al momento. Magari la Baldi aveva una relazione con un uomo sposato e Francesco lo ha scoperto. E se suo fratello gemello è implicato nell'omicidio della Baldi, potrebbe essere che Matilde Santangelo lo stia coprendo» ipotizzò il giudice Abbondante.

«Dottoré, ma la Baldi non vi aveva detto che si voleva risposare? Allora questa che faceva, progettava il matrimonio con Santangelo e nel frattempo si teneva a un uomo sposato? Ma, soprattutto, a chi appartiene il secondo cadavere trovato in quella benedetta cisterna? E se fosse l'uomo delle mail? Boh, magari l'assassina è la moglie gelosa, che ha ucciso sia la Baldi che il marito» Dolly si era scatenato e non lo fermava più nessuno.

«Non lo so, Paolo, tutto può essere. È veramente un rompicapo... E se invece la donna misteriosa non fosse una moglie gelosa? Nelle mail non si dice mai esplicitamente. Potrebbe essere anche...»

Cancelliere e giudice si fissarono per una decina di secondi senza aprir bocca.

«Sua sorella!» sussurrò infine Paolo. «Avete ragione, dottoré! Se Francesco Santangelo fosse l'uomo delle lettere, l'altra donna potrebbe pure essere lei, l'avvocato. Voi dite che è stata la Santangelo a ucciderla?»

«Questo non posso dirlo, Paolo. Ma riflettici! Perché Francesco ed Erica dovevano nasconderle la loro relazione? E perché consideravano pericolosa l'altra donna? La Baldi parla di un progetto che doveva coinvolgere anche il suo uomo… E di cosa si potrebbe trattare? Una cosa è sicura: Matilde Santangelo ha qualcosa da nascondere. E io intendo scoprire di cosa di tratta. Ma ci dobbiamo riflettere con calma. Abbiamo avuto molte informazioni oggi. Domani, a mente lucida, faremo il punto della situazione. E poi, adesso devo cominciare il ricevimento dei miei ausiliari. Si è fatto tardi.»

«Allora ci vediamo dopo» fece il cancelliere, già in piedi.

«Aspetta! Ho un'ultima cosa da chiederti.»

Paolo si sedette per la terza volta.

La Abbondante gli raccontò quello che il commissario Carnelutti aveva saputo da Roberto Radin, circa l'azione per il risarcimento dei danni da responsabilità professionale intentata da qualcuno contro la Baldi, che a quanto pareva doveva essere di ingente valore.

«Pare che la Baldi non ci dormisse la notte. Da quel che sappiamo, la causa si è conclusa con un accordo, ma voglio approfondire lo stesso. Vuoi vedere se riesci a ripescare il fascicolo?»

«Va bene, dottoré, ci provo. Adesso vado, che anche per me si è fatto tardi. Devo andare a fare quella cosa che non posso nominare, altrimenti vi incazzate.»

«Fammi entrare il primo questuante» disse la Abbondante rivolgendogli uno sguardo di muto rimprovero.

Appena Paolo fu uscito, lei si avvicinò furtiva alla moka e si versò un altro bicchierino. In quell'istante il cancelliere spalancò la porta, senza bussare, e rientrò dentro la stanza con lo sguardo febbrile e le guance rosse.

«Ne prendo solo un goccino, giuro!» si giustificò il giudice, colta sul fatto. E d'istinto sollevò le mani in alto.

Ma Paolo la ignorò, troppo preso dalla notizia che doveva comunicarle: «Giudice, non potete immaginare chi ci sta qua fuori che vi vuole parlare».

«Hai ragione, non posso. Quindi, magari, se me lo dici...»

Il cancelliere si prese ancora qualche secondo per creare suspense, ma poi, infilzato dallo sguardo assassino del giudice, si affrettò a vuotare il sacco: «Matilde Santangelo, in carne e ossa. Più ossa che carne, a dirvi la verità. Sta pallida in faccia, che mi pare una morta, e si è fatta secca secca. Cose da pazzi!».

Il giudice si ingollò l'ennesimo shottino di caffè, e Paolo stavolta non osò rimproverarla. Prima di uscire, però, Dolly si fece promettere che gli avrebbe raccontato ogni dettaglio dell'incontro. Il giudice assentì, e lui se ne tornò in cancelleria, a malincuore.

Annabella Abbondante si affacciò alla finestra per respirare un po' d'aria fresca e recuperare calma e lucidità. La vista delle vigne e delle verdi colline le restituì la serenità necessaria per affrontare la conversazione con Matilde Santangelo, potenziale omicida.

«Buongiorno, dottoressa Abbondante.»

Pallida e senza trucco. Sembrava smunta e dimagrita, ma era sempre bellissima. Matilde Santangelo attraversò la stanza col passo altero della pantera e andò a sedersi sulla poltroncina davanti al giudice, accavallando il solito metro e venti di gambe.

«In questi giorni ho pensato molto a lei, lo sa?» esordì con voce esile, in cui si coglieva una sfumatura di trattenuta sofferenza.

«In che senso?» le domandò il giudice con cautela, temendo che la sua interlocutrice fosse in possesso di doti telepatiche.

«Ho saputo che è stata assente per malattia. Spero si sia rimessa» precisò la Santangelo, e le puntò addosso i suoi due gelidi occhi color cobalto.

Annabella Abbondante accettò la sfida e sostenne il suo sguardo. «Mi sono ristabilita del tutto, grazie. E lei, piuttosto, come si sente? La vedo provata.»

«Che dirle, dottoressa... Non è facile per me» la Santangelo distolse lo sguardo per un attimo. E quando si girò aveva gli occhi umidi.

Se sta fingendo, è una grande attrice. Annabella decise di riportare la conversazione sul piano professionale, per mantenere il controllo della situazione: «Certo. Comprendo, avvocato. Mi dica tutto».

Funzionò. Matilde Santangelo assunse un'espressione neutra e proseguì: «Sono qui per la nomina del difensore di mio fratello. Ho bisogno di chiedere la sua autorizzazione per svincolare alcune somme investite da Francesco. Per far fronte alle spese legali del processo... Si preannunciano piuttosto ingenti, lei lo sa meglio di me. E poi ci sarebbe da pagare la retta della clinica psichiatrica».

«Non si trova più in carcere, quindi.»

«No, su mia istanza, il GIP ha autorizzato gli arresti domiciliari presso una clinica psichiatrica privata.»

«Non credo ci siano problemi. Depositi pure la richiesta. Provvederò domani stesso.»

Il giudice Abbondante rimase immobile in attesa della prossima mossa. Era certa che la Santangelo fosse venuta da lei per un motivo diverso, e non voleva facilitarle il compito in alcun modo. Voleva studiarla, e il tempo giocava a suo favore.

Alla fine, l'avvocato parlò: «Ha saputo che il procuratore Massi ha chiesto il giudizio immediato per mio fratello?».

«Sì, l'ho saputo, ma non è detto che il GIP accoglierà la richiesta.»

Il giudice aveva pronunciato questa ultima frase con estrema lentezza, senza mai smettere di guardarla.

Matilde Santangelo non mosse un muscolo. Solo un rapido battito di ciglia tradì la sua sorpresa. Con apparente tranquillità rispose: «Lei ritiene che la confessione di mio fratello non sia sufficiente a fondare la richiesta di giudizio immediato? Il procuratore Massi pensa di sì».

«Il procuratore Massi pensa molte cose, tuttavia conta di più quello che penserà il GIP. Non sono una penalista, come lei sa. Credo, però, che la mancanza dei corpi costituisca senz'altro una circostanza a favore di suo fratello.»

Forse era una sua impressione, ma Matilde Santangelo sembrava quasi dispiaciuta della notizia. Voleva forse la condanna del fratello? Annabella si smarrì in un pensiero paradossale e tragico: come si sarebbe comportata al suo posto, con due genitori ammazzati dal suo stesso fratello?

Ridestatasi, il giudice tentò un nuovo affondo, per provocarla ancora. «E poi mi è stato confidato che ci siano stati degli sviluppi nelle indagini. Non conosco i particolari, come può immaginare.»

Stavolta la Santangelo fu meno brava a dissimulare il proprio turbamento: ebbe un lieve sussulto. Ma si ricompose quasi subito e rispose con voce piuttosto calma: «Se emergono circostanze attenuanti per mio fratello, è giusto che la polizia continui a indagare. Sono certa che lo vorrebbero anche i miei genitori».

Impeccabile, pensò la Abbondante, quasi ammirata.

Decise di fare un altro tentativo. «È una vera disgrazia che la povera professoressa Baldi non ci sia più. Sono certa che avrebbe testimoniato volentieri per suo fratello.»

L'avvocato sgranò gli occhi solo per una frazione di secondo, troppo poco per decodificare il significato. Poi rispose: «Sì, non vi è dubbio. A mio fratello non ho detto nulla della sua morte, ne sarebbe distrutto, se lo sapesse».

Di fronte a tanta maestria Annabella Abbondante rimase indecisa sul da farsi. Due erano le cose: o quella donna era maledettamente brava a recitare e a mantenere l'autocontrollo, o stava solo dicendo la verità, e i suoi sospetti su di lei erano solo una sua sciocca congettura. *Forse anch'io mi sono lasciata esacerbare dalla gelosia*, pensò. Ma poi all'improvviso accadde...

Una crepa nel magnifico affresco.

«Quando ho saputo della sua morte» disse Matilde, «della morte di Erica, voglio dire, ho pianto... Mi è dispiaciuto molto, perché è stata tanto brava e disponibile con mio fratello.»

«Eravate in confidenza?» azzardò il giudice.

«Non direi, la nostra era una conoscenza superficiale. Come sa, l'abbiamo conosciuta in occasione della consulenza tecnica nel processo per l'interdizione di Francesco. Mio fratello si fidava molto di lei, come professionista.»

Annabella sentì un formicolio dietro la nuca e un brivido le attraversò la schiena, ma si sforzò per non lasciar trapelare nulla. *Come mai la Santangelo non le aveva detto della relazione tra il fratello e la Baldi, visto che stavano insieme da tanto tempo, ben prima del processo di interdizione? Per non parlare del fatto che probabilmente avevano programmato di sposarsi! Era impossibile che lei, la sorella gemella, non ne fosse al corrente. Perché nascondere questa informazione?*

L'avvocato rimase per qualche secondo sovrappensiero, con gli occhi fissi nel vuoto, dopodiché sussurrò: «Adesso la lascio, dottoressa Abbondante. Sono certa che i colleghi qui fuori non gradiscano l'attesa. Non voglio rubarle altro tempo».

E detto questo, si alzò dirigendosi verso l'uscita.

Il giudice Abbondante si alzò a sua volta per accompagnarla. Mentre erano in piedi davanti alla porta, le disse: «Posso farle una domanda prima che vada?».

«Certo, dottoressa, dica pure.»

«Come mai voleva acquistare la vecchia segheria incendiata?» la domanda rimase impressa nell'aria per qualche istante, come il rumore di una fucilata.

Matilde Santangelo barcollò. Per la prima volta da quando la conosceva il giudice le vide perdere la naturale compostezza. Arrossì. Il suo smarrimento durò solo qualche secondo. Per la Abbondante fu però più che sufficiente.

Riacquistato il controllo di sé, l'avvocato Santangelo rispose con assoluta naturalezza: «Una questione affettiva, dottoressa. Apparteneva a un vecchio amico di mio padre. Come mai lo voleva sapere?».

«Semplice curiosità. Buona giornata, avvocato.»

«Capisco. Buona giornata anche a lei, giudice. E grazie ancora per il tempo che mi ha dedicato.»

Non appena la Santangelo fu uscita, il giudice Abbondante si precipitò alla sua scrivania, si sedette al volo, rischiando di cadere dalla sedia girevole, e afferrò il telefono.

«Paolo, portami subito il fascicolo del fallimento *Amici per la pelle s.a.s.*»

«Agli ordini, signor giudice. Ma mi dovete dare un quarto d'ora, perché devo finire di sistemare l'udienza di oggi, che il collega Spedito è malato.»

«Ti aspetto. Per favore, quando sali, spiega a chi mi sta aspettando fuori che oggi ho un problema e non posso ricevere.»

«Tanto non ci sta più nessuno.»

«Ah, e come è possibile?»

«Ho detto che stavate assai nervosa. Se ne sono scappati tutti quanti.»

In attesa del fascicolo, il giudice approfittò per chiamare Nicola. Le rispose la segreteria.

Sarà a colloquio con Massi, immaginò la Abbondante mentre preparava un'altra moka. Cinque minuti dopo la porta si spalancò e comparve proprio il commissario Carnelutti.

«Ho una grande novità» proferì tutto eccitato. E subito si servì un bicchierino del caffè appena uscito.

«Mai come la mia» replicò Annabella.

«Non è una gara, tesoro» rispose il commissario, acido. E si spettinò i capelli dietro la nuca, come faceva sempre. Poi controllò il risultato con la fotocamera del telefonino. Annabella scosse piano la testa.

«D'accordo, comincia tu» concesse all'amico.

«Tieniti forte. Sono uscito con Tommy ieri sera.»

«La vipera pettegola? Lo sapevo, lo sapevo! Ero certa che ci saresti ricascato» strillò Annabella.

«Zitta. Abbassa la voce! Su quello avevi ragione, ok? Ma non è questa la notizia…»

«E allora di che si tratta?»

Nicola non se lo fece ripetere due volte e sfoderò il pettegolezzo in ogni dettaglio. A quanto pareva Tommy gli aveva raccontato che Matilde Santangelo era stata sua cliente fino allo scorso anno. Tra un massaggio e l'altro si era confidata con lui sulla sua vita sentimentale ed era venuta fuori una relazione con il procuratore delle Case.

«Vuoi dire che anche la Santangelo è una *Casettina*?»

«Lo è stata in passato, ma sì. Pare che Massi delle Case non avesse alcuna intenzione di scaricarla, come è prassi con le sue

Casettine. Aveva perso la testa, il povero procuratore. È stata lei a lasciarlo.»

«Anche Massi ha perso la testa per la Santangelo? Ma si tratta di una vera e propria epidemia» esclamò sbalordita lei.

«Che vuoi dire?»

Non fece in tempo a rispondere. Perché entrò Paolo con il carrello e i faldoni del fascicolo *Fallimento Amici per la Pelle s.a.s. + Arturo Scalzi.*

«Te lo faccio dire da Paolo, la scoperta è opera sua» annunciò Annabella.

«Che cosa devo dire, giudice?» si allarmò Paolo, che non voleva essere messo in mezzo nei battibecchi tra lei e il commissario Carnelutti.

«Raccontagli di Achille Artusi» disse lei, con quel suo tono lì, *che non accettava un no come risposta.*

E Paolo obbedì.

«E quindi anche Artusi aveva perso la testa per la Santangelo?» disse Nicola, alla fine del resoconto del cancelliere.

«E le teste perdute non sono finite» commentò Annabella quasi tra sé.

«Che intendi?»

«Te lo dico dopo, adesso ascolta quello che ha sentito la segretaria di Artusi. Paolo, racconta!»

«Agli ordini, giudice» e Dolly raccontò del litigio dopo la proposta di matrimonio, della velata minaccia di Artusi e della risposta di Matilde.

«Quindi se la Santangelo è implicata nell'incendio, abbiamo anche un potenziale complice» concluse il commissario.

«È quello che pensiamo anche noi due» confermò il giudice mentre il cancelliere annuiva alle sue spalle.

«Vi ringrazio per il conforto investigativo» ironizzò Nicola.

«Ma anche io ho delle novità interessanti… Innanzitutto sono stato al liceo Verdi. Ho parlato con le colleghe della vittima. Non mi hanno detto molto, ma mi hanno confermato che la Baldi aveva un uomo da molto tempo e aveva deciso che si sarebbe risposata subito dopo la sentenza di divorzio. Escludono che potesse aver avuto una doppia relazione, perché sembrava davvero innamorata del fidanzato. Nessuna di loro sa altro. A settembre lei non ha risposto alla chiamata della scuola e tutte loro pensavano che avesse vinto il concorso che stava preparando per l'Università di Trieste. Stop» si interruppe per controllarsi i capelli nel riflesso del vetro dell'armadietto di fronte a lui. «La seconda è che Massi mi ha riferito che la Scientifica ha scoperto un doppio DNA nel corpo della vittima. Lui crede che la Baldi sia una sorta di anomalia genetica, non ho capito bene, una fusione con un gemello omozigote, dice che si tratta di una *chimera*, ossia un individuo con due DNA, maschile e femminile. Ci ho capito poco, ma mi sembra un teorema assurdo.»

«Nicola, il problema vero di Massi è la testa.»

«Sì, è fuori di testa, hai ragione.»

«Anche questo è vero. Ma non mi riferivo alla sua zucca vuota. Stavo parlando di un'altra testa…»

«Annabella, ti giuro, non mi stai facendo capire più niente. Di cosa parli?»

Il giudice Abbondante gli riferì tutta la telefonata con la Mancinelli. E gli ricordò anche che Valeria le aveva fatto promettere di non spifferare nulla in giro; ma tanto il commissario sarebbe venuto a sapere di quella storia a breve, dalla relazione dell'analisi.

Carnelutti rimase per qualche istante impietrito, con lo sguardo perso nel vuoto. Poi esplose: «Quello stronzo non mi ha detto nulla del terzo femore! Oh, è proprio un gran pallone gonfiato. Lo odio proprio! Mi fa perdere solo tempo dietro a queste sue assurde teorie. Egomaniaco, narcisista, presuntuoso che non è altro!» la seconda frase fu pronunciata in un imbarazzante falsetto, che fece accapponare la pelle del giudice Abbondante.

Per calmarlo l'amica gli fece scolare un bicchierone pieno di caffè bollente, che il previdente Dolly aveva preparato ai primi segni di burrasca.

Quando fu ritornata la calma si finirono di scambiare le informazioni raccolte in quella lunghissima giornata. A questo punto Annabella riuscì finalmente a raccontare a Nicola e Paolo dell'incontro con la Santangelo e di come la stessa avesse mentito senza pudore sui rapporti tra il fratello ed Erica Baldi.

«Cose da pazzi, che labirinto! Ci sta da perdere la testa» commentò Dolly alla fine.

«Questa è una notizia davvero interessante. Dunque, sintetizzando» il commissario iniziò a riflettere ad alta voce. «Abbiamo scoperto che tra Erica Baldi e Francesco Santangelo c'era una relazione che durava da molto tempo, ben prima della dichiarazione di interdizione. Io credo che le mail dalla Baldi fossero indirizzate a lui, anche se non si può escludere l'ipotesi di un altro uomo, magari sposato. Se però dico a Massi che l'uomo delle mail è Santangelo, finisce che lo accusa anche dell'omicidio della Baldi... quindi per adesso è meglio che questa intuizione ce la teniamo per noi.»

«Resta da capire chi sia la seconda donna delle mail» riprese Annabella.

«Esatto. Anche perché sembra chiaro che la maggiore sospettata per l'omicidio debba essere proprio questa donna, questa *lei* delle lettere. E a questo punto può avere una sua fondatezza pensare che si tratti di Matilde Santangelo. Anche se la tesi della moglie gelosa non possiamo ancora scartarla.»

«Ma, ipotizzando che la colpevole sia Matilde, perché avrebbe dovuto uccidere la donna di suo fratello, proprio quella che lo aveva protetto certificando la sua schizofrenia? Forse perché pensava che il fratello non fosse in grado di decidere con lucidità e voleva proteggerlo da lei? Mi sembra un po' poco per un omicidio... Oppure c'è qualcosa che non sappiamo ed Erica ostacolava i suoi progetti? Qual era questo piano che lei aveva in mente?» si domandò Annabella.

«Lo stesso piano che conosce anche Artusi, secondo me, dottoré. Da qui la minaccia» si fece sentire Paolo.

«Quindi avremmo due sospettati, a questo punto. Per prima cosa devo interrogare Achille Artusi» si appuntò in mente il commissario. «Per ora, a carico della Santangelo ho troppo poco. Primo: sappiamo che voleva acquistare la segheria incendiata. E questo la potrebbe collegare all'incendio e quindi all'omicidio, se i nostri ragionamenti sono corretti. Secondo: ha mentito senza ritegno sui suoi rapporti con Erica Baldi. E questo è un elemento molto pesante a suo carico. Non riesco a spiegarmelo se non con un suo coinvolgimento nell'omicidio. C'è anche la possibilità che stia proteggendo suo fratello, perché al momento non possiamo neppure escludere che a ucciderla sia stato proprio lui. Così come non possiamo escludere l'uomo delle mail, se scoprissimo che si tratti di un'altra persona.»

«O la moglie con le corna» si intromise Paolo.

Annabella iniziò a martoriarsi il sopracciglio sinistro. Nicola, che conosceva il significato di quel gesto, si grattò con nervosismo una tempia.

«Lo so, Annabella. Non ti convince. E neppure a me, se è per questo! Io penso che le mail siano state scritte da Santangelo, te l'ho detto... E se fosse vera la tua teoria sulla lettera di addio trovata nel computer, starebbe a significare che Erica Baldi non aveva mai pensato di lasciarlo, e lui non avrebbe avuto nessun motivo per uccidere la donna che amava. Ma al momento quella mail costituisce un movente per Santangelo.»

«O per la moglie con le corna» ci tenne a ribadire il cancelliere.

«Che sia l'uomo delle mail oppure no, Francesco Santangelo non ha ucciso Erica Baldi. Credo che fosse l'unica cosa bella della sua vita» disse Annabella Abbondante con lo sguardo perso all'orizzonte.

«Sì, credo tu abbia ragione. Sono anch'io del tuo stesso parere, non so dirti perché... Chiamalo istinto da sbirro, ma in tutta questa storia di Francesco Santangelo c'è qualcosa che non mi torna. Non mi sembra un assassino. E neppure uno schizofrenico, se proprio vuoi saperlo.»

Per qualche minuto rimasero tutti in silenzio. L'unico suono percepibile era quello dei rintocchi della campana del Duomo.

Il primo a parlare fu il commissario per comunicare agli altri la propria intenzione di mettere sotto controllo il telefono di Matilde Santangelo. Anche se, in verità, visti gli scarsi elementi raccolti, dubitava che Massi potesse acconsentire. Annabella gli suggerì allora di fargli intendere che lo scopo delle intercettazioni fosse quello di raccogliere altre prove contro Francesco Santangelo. In tal modo Massi lo avrebbe di certo autorizzato.

«Ma stiamo trascurando un altro elemento, che complica di molto il quadro» proseguì il giudice. «Se nella cisterna le persone uccise sono due, un uomo e una donna, bisogna capire chi era l'uomo. E, a meno che non pensiamo che si tratti di un serial killer, tipo lo strangolatore di Pianveggio, non si può non pensare che ci sia un collegamento con la Baldi. Purtroppo, al momento non abbiamo alcun elemento da cui partire per capire di chi si tratta.»

«Qualcosa possiamo fare» disse Nicola mentre prendeva il cellulare e componeva il numero dell'ufficio. «Ispettore La Rocca? Ispettore, dovrebbe fare una ricerca per me... Sì, adesso, altrimenti non la chiamavo. Appunto, è urgente. Deve verificare le denunce irrisolte di persone scomparse nel mese di settembre dello scorso anno... e appena sa qualcosa deve riferirmelo, altrimenti che glielo chiedo a fare? Sì, passo dopo in ufficio, perché? Una novità importante? Certo che me la deve dire, ispettore... Che vuol fare, se la vuole tenere per sé? Quali passaporti? Ma la denuncia a quando risale? Due mesi prima... Ho capito. È chiaro che deve fare un rapporto, ispettore. Che gli trasmetto al PM altrimenti, un messaggio vocale? Sì, sì... Ci vediamo tra un'ora al commissariato.»

Conclusa la telefonata, Carnelutti pareva stravolto.

«Questo La Rocca mi fa perdere un chilo ogni volta che ci parlo, mi dovete credere.»

«Un chilo hai detto? La prossima volta ci parlo io!» ribatté Annabella con una punta di invidia. «Ci sono novità?»

«Una cosa davvero incredibile, Annabella.»

«Pendo dalle tue labbra» lo esortò il giudice, in trepidazione.

La Rocca aveva riferito che i passaporti dei Santangelo, ritrovati nella villa al mare insieme ai biglietti per Caracas, in realtà risultavano annullati un paio di mesi prima, perché i signori Santangelo ne avevano denunciato lo smarrimento, e avevano richiesto nuovi documenti. Nicola disse che avrebbe fatto cercare i passaporti nuovi; magari erano ancora conservati a casa dei genitori di Matilde e Francesco.

Ancora rimasero per qualche momento in silenzio per riflettere su questo sviluppo inaspettato delle indagini.

«Commissario, mi scusi, tornando alla questione del secondo cadavere nella cisterna, vi posso fare una domanda?» Paolo fino a quel momento non aveva parlato molto. Era chiaro che stava elaborando un pensiero tutto suo.

«Certo, Paolo, ormai tu e Annabella siete entrati nella squadra investigativa» scherzò Nicola.

«Voi dite che non abbiamo elementi per identificarlo, però ho pensato una cosa... Il gemello che ho trovato io quella notte che la dottoressa Abbondante mi costrinse, cioè no, volevo dire, mi chiese gentilmente di accompagnarla alla segheria... Quel gemello, dico, non potrebbe essere che apparteneva alla vittima e non all'assassino, come invece pensa il procuratore Massi?»

Nicola e Annabella si guardarono.

«Paolo, sei un genio!» esclamò il giudice.

«A mia insaputa, dottoré» ribatté Sarracino con le mani alzate in segno di scusa.

Due ore più tardi il giudice Abbondante trascinava il solito pesante trolley su per la ripida scaletta che conduceva alla porta di casa. E come sempre, a ogni gradino, invocava senza successo l'intervento della divina provvidenza. Cercò di non badare al ficus agonizzante nell'angolo del ballatoio. Non doveva distrarsi. Doveva studiare.

Con tutto il caffè che aveva bevuto sarebbe rimasta sveglia per l'intera notte, e tanto valeva usare il tempo per qualcosa di utile.

Quella mattina Matilde Santangelo aveva detto che la segheria apparteneva a un vecchio amico di suo padre. Doveva scoprire se c'era davvero un legame tra il fallito Arturo Scalzi e il padre dei Santangelo. In valigia aveva sistemato i tre faldoni del fallimento *Amici per la pelle s.a.s. + Arturo Scalzi*. Sperava di trovarci quello che cercava.

Si era procurata i generi di conforto indispensabili per affrontare la lettura. Limoncello, pistacchi e mandorle salate. Serafino non aspettò l'invito e andò a piazzarsi subito sui fascicoli, forse per ammonirla che non le avrebbe consentito di farsi trascurare come il ficus.

Annabella patteggiò con una ciotola extra di croccantini e parecchie coccole, e alla fine lui andò ad addormentarsi sulla sua poltrona preferita.

Iniziò la lettura. Non ci volle molto per capire il nesso. Era sempre stato lì alla portata di tutti. Ma come tutte le cose bene in vista, capita che poi passino inosservate. Eccola lì, la visura del Registro delle Imprese della società fallita:

«Società Amici per la Pelle s.a.s., impresa manifatturiera. Oggetto sociale: lavorazione di pellami e produzione di borse in Prato; Sede legale in Lucca; socio accomandatario Arturo Scalzi, amministratore della società e rappresentante legale; soci accomandanti Carlo Santangelo e Michela Pellegrino, soci finanziatori limitatamente responsabili...».

Come aveva detto, la Santangelo? Che il proprietario era un vecchio amico di suo padre...

Ma era più che un semplice amico: era il suo socio nella società fallita. E anche la moglie Michela. Arturo Scalzi era fallito in proprio, come prevede la legge, e aveva perso pure il patrimonio personale, compresa la famosa segheria, eredità del nonno. Annabella decise che il lunedì successivo avrebbe convocato il curatore, il dottor Sottile. Di sicuro poteva dargli qualche informazione in più.

Continuò a leggere, tutti e tre i faldoni, per quasi un'ora. Ma in quella marea di carte non riusciva a ritrovare la *relazione ex art. 33 L.F.*, la relazione che fa il curatore fallimentare all'inizio dell'incarico sulle cause che hanno portato l'impresa al fallimento. Era probabile che contenesse informazioni utili per capire cosa fosse successo alla società prima di chiudere e quali fossero i rapporti tra i soci.

Quando ormai stava per rinunciare, Serafino, di nuovo sveglio e arzillo, saltò sul tavolino provocando il crollo di tutte le carte del faldone aperto, che si sparpagliarono sul pavimento. Ed eccola spuntare dal nulla. La maledetta relazione, che aveva cercato per quasi un'ora, si era infilata dentro la cartellina del progetto di riparto. Senza il gatto non l'avrebbe mai trovata.

«Serafino, ti adoro!» esultò Annabella Abbondante.

Il gatto socchiuse gli occhi e se ne andò ancheggiando soddisfatto.

Esaminò il documento da cima a fondo. E ci rimase di sasso. Nelle dichiarazioni rese dal fallito al curatore, si leggeva che Arturo Scalzi accusava i due soci di aver causato il fallimento della società, addirittura li aveva denunciati per essersi appropriati in modo illecito di ingenti somme di danaro e aver falsificato firme e documenti contabili. A quanto pareva però l'indagine sulla appropriazione indebita era stata archiviata per mancanza di prove e Arturo Scalzi era stato perfino denunciato dai soci per calunnia. E la procura aveva chiesto il rinvio a giudizio.

Vediamo un po' chi era il PM titolare del fascicolo..., si disse, dopo aver bevuto due dita di limoncello. *Ma non mi dire? Massi delle Case! Ma che incredibile sorpresa...*

E chissà a che punto sta il processo, si domandò ancora, infilando nel fermaglio il ricciolo fastidioso che proprio aveva rotto e se ne doveva stare al suo posto.

Lunedì avrebbe detto a Paolo di informarsi sul processo per calunnia, e avrebbe convocato anche il fallito per un colloquio. Voleva capire in che rapporti fosse questo Scalzi con i Santangelo prima delle denunce. Magari sarebbe riuscita a scoprire qualcosa di più su questa strana famiglia.

Nel frattempo, andò a riempire la vasca da bagno, accese le candele profumate, mise sul giradischi il suo album preferito e si versò un ultimo bicchierino di limoncello.

Dopotutto è venerdì sera, Annabella. Rilassati.

Era entrata in vasca da pochi minuti, a occhi chiusi cantava la *Canzone del maggio* di De André, alla faccia di quelli che la chiamavano toga rossa. Sentiva i muscoli del collo che pian piano si rilassavano...

Secondo il noto principio di Archimede, in base al quale un corpo immerso in un liquido provoca il suono del telefono nell'altra stanza, ecco spandersi nell'aria le note del solito Gaber.

La libertà non è star sopra un albero, non è neanche il volo di un moscone, la libertà non è...

«Eh no! Porca miseria! Fortuna, se sei tu, ti giuro che stavolta vengo a spaccarti tutti i nani del giardino. Fosse l'ultima cosa che faccio!» gridò.

Nel tentativo di uscire dalla vasca, insaponata com'era, perse l'equilibrio. Per non scivolare faccia a terra si afferrò al tavolino e rovesciò le candele profumate, la cui cera bollente cadde nella vasca, non senza averle prima provocato un'ustione all'alluce sinistro. Scongiurò il principio di incendio della tenda del bagno appiccato dalla fiamma della candela, infine pattinò seminuda e bagnata fino al divano dove il cellulare continuava a cantare indiavolato.

Ma non era Fortuna.

«Ciao mamma...»

«Ciao tesoro, spero di non averti disturbato.»

«Per nulla, credimi, e poi tu non disturbi mai.»

«Volevo chiederti un favore.»

«Sì, lo so cosa vuoi chiedermi» Annabella si passò il telefono da un orecchio all'altro e sospirò. «Ma stavolta l'ha fatta davvero grossa, mamma.»

«Tua sorella è una persona particolare, Annabella. Dobbiamo prendere il buono che può darci e passare sopra alle sue originalità.»

«È che siamo troppo diverse.»

«Mi ha detto che vuole pagare lei un carrozziere per farti cambiare il colore dell'automobile.»

«Ma no, dài! Me la tengo così. Alla fine, mi è simpatica quella assurda automobile arancione... Va be'. Dille che la perdono. Non parliamone più.»

«Sei una cara ragazza, Annabella. E ti voglio un mondo di bene.»

«Anche io, mamma. Buonanotte.»

12

Rosalina e il capitano

Da quando Annabella Abbondante si era trasferita a Lucca per andare a vivere da sola, usava la bicicletta ogni volta che poteva. Quel poco di moto la faceva sentire in pace con la sua coscienza. E soprattutto era divertente. Le ricordava quando da bambina a Sorrento passava intere estati sul sellino della sua Graziella, alla scoperta del mondo. E non le importava se Nicola ogni volta la chiamava *Rosalina in bicicletta*.

Come tutte le domeniche anche quel giorno il giudice Abbondante era andata a fare la spesa di prima mattina. Si era caricata le pesanti buste nel cesto agganciato al piccolo portabagagli posteriore della bicicletta. Si sentiva molto soddisfatta della sua scelta ecologica.

Passò per il mercatino dei fiori di largo Tolomei per comprare l'ennesima *pianta sacrificale*, ma stavolta volle esagerare caricandosi ben due camelie. Per finire si fece tentare dalle bellissime arance di Sicilia che il carrettino all'angolo della piazza aveva in bella mostra. Il giovane ortolano gliele sistemò in una bustina di plastica, dall'apparenza piuttosto sottile, che appese al manubrio. Lei era titubante ma quello assicurò che avrebbe retto.

Per tornare a casa Annabella doveva passare davanti alla caserma dei carabinieri, dove erano collocati gli alloggi dell'Arma.

Ci abitavano tutti gli uomini in forza nel circondario, compreso il bel capitano Gualtieri...

Svoltato l'angolo che immetteva nella traversa della caserma, Annabella assunse una posa plastica, pancia in dentro e petto in fuori. Era così abituata a quello sforzo che oramai riusciva a fare tutta la stradina in apnea.

Quella mattina però qualcosa andò storto.

Giunta all'altezza del portone, dove due carabinieri montavano sempre la guardia, fu tradita da un piccolo dosso che fece sobbalzare la bicicletta e fu causa del disastro. La bustina di plastica si lacerò all'improvviso e tutti e due i chili di agrumi di Sicilia si riversarono in strada. La via era in leggera pendenza, per cui le arance cominciarono la loro inesorabile discesa a valle.

Fu allora che quattro carabinieri spuntati dal nulla, con ogni probabilità allertati dai loro compagni di guardia, scattarono zelanti all'inseguimento delle arance in fuga. Il giudice Abbondante, al colmo dell'imbarazzo, si sforzava in ogni modo di farli desistere, ma l'Arma, si sa, nei secoli fedele, è nata per servire, e nel caso in questione servì a recuperare l'intero bottino disperso. Con rapidità encomiabile fu procurata una nuova busta e il tutto venne consegnato all'autorità giudiziaria, ancora in sella alla sua bicicletta.

Il giudice Abbondante a quel punto aveva assunto lo stesso colorito delle arance. Che virò poi nel rosso sangue nel momento in cui una mano le porse l'ultima arancia sfuggita alla cattura, e si rese conto che apparteneva al capitano Gabriele Gualtieri in persona.

Terra, inghiottimi, pensò Annabella.

Ma la terra, distratta, non l'ascoltò.

«Grazie, capitano. Non dovevate prendervi tutto questo disturbo...»

«Le va un caffè? Non le prometto quello della Palermitana, però...»

«Grazie, al caffè non dico mai di no! E poi non ho ancora fatto colazione.»

A quel punto si poneva il problema, molto serio, di scendere dalla bicicletta con una certa eleganza, senza rovesciare il cesto della spesa, distruggere le due camelie appese al manubrio e compromettere in modo irreversibile la sua onorabilità.

Le venne in aiuto il capitano, uomo di rara intelligenza e sensibilità, oltre che di una bellezza straordinaria. Il tutto sempre secondo l'opinione di Annabella Abbondante. Gualtieri afferrò con decisione la bicicletta consentendole di scendere con sufficiente disinvoltura, e affidò il contenuto della cesta alla custodia della Benemerita.

Il piccolo bar all'angolo faceva dei cornetti alla crema strepitosi. Ma Annabella non avrebbe mai ordinato un cornetto alla presenza del *bel capitano*. Neanche sotto tortura.

«Un caffè doppio in tazza grande.»

«Per me il solito ristretto.»

Il capitano le offrì la sedia con eleganza e naturalezza invidiabile.

Bello e impossibile, considerò Annabella mentre sospirando si accomodava al tavolino.

«Dottoressa, mi ha fatto piacere incontrarla stamattina» disse il capitano rompendo il silenzio imbarazzato che si era creato tra loro. «Dev'essere stato il destino.»

Annabella annuì con un grazioso cenno del capo, impegnata a evitare che la mano le tremasse, mentre sorseggiava il suo caffè.

«Se non ci fossimo incontrati oggi, sarei venuto io da lei domattina» precisò subito dopo Gualtieri.

A questa affermazione, il giudice Abbondante ebbe un lie-ve attacco di tachicardia, ma cercò di contenersi e si limitò a chiedere, con la massima naturalezza che riuscì a simulare: «Di cosa mi voleva parlare?».

«In realtà mi sento un tantino in imbarazzo a farle questa domanda, ma vorrei chiederle se è a conoscenza delle indagini che sta conducendo in questo momento il commissario Carnelutti.»

Per la sorpresa l'ultimo sorso di caffè le andò di traverso, e adesso stava tossendo alla disperata. Il capitano le porse un bicchiere d'acqua e si affrettò ad aggiungere: «So che lei e il commissario siete molto amici, e il dottor Massi mi ha accen-nato alla sua particolare, diciamo così, predilezione, per i casi irrisolti…»

Massi, giuro che ti strozzo con la tua stessa cravatta alla prima occasione!

«In tutta onestà, capitano, non capisco come mai lo stia chiedendo a me. Perché non si è rivolto direttamente al com-missario?»

Il capitano sembrava davvero a disagio, e ad Annabella parve che fosse persino arrossito.

«Vede, in realtà si tratta di una questione che travalica un po' i confini dell'ufficialità. E non vorrei che il commissario pensasse che l'Arma stia interferendo con le indagini della poli-zia, perché non è questo lo scopo delle mie domande. Mi rivolgo a lei perché ha fama di essere una persona intelligente e umana, oltre che molto accorta nel suo lavoro.»

Ma quanto è bello, questo capitano?

Gli occhi verdi sotto ciglia scure, la mascella un po' squa-drata, la fossetta sul mento, e perfino le labbra carnose aveva! Sembrava un attore di fiction. Anzi, era pure meglio dei soliti super carabinieri della televisione. Benedetto figliolo. Si era proprio fatto rosso come un pomodoro...

Con il mento appoggiato sulla mano, il giudice Abbondante si era persa in questi suoi pensieri e lo guardava con aria sognante. Il capitano doveva essersi reso conto che Annabella si era distratta, perché tacque aspettando di avere la sua attenzione.

Annabella Abbondante a questo punto si ridestò e ritornò in sé. «Forse è meglio che mi dica di cosa si tratta senza troppi giri di parole, capitano» disse, assumendo un tono professionale e sperò che funzionasse.

«Sì, certo. Ha ragione» il capitano si bevve in un sol colpo il suo caffè, che nel frattempo doveva essersi fatto freddo, e poi proseguì: «Venerdì pomeriggio abbiamo ricevuto una richiesta da parte del commissariato di Pianveggio. Volevano tutti i dettagli sulle persone di sesso maschile scomparse nel mese di settembre dello scorso anno».

«Sì, ne sono a conoscenza, capitano.»

Incoraggiato da questa affermazione, Gualtieri continuò: «Vede, il fatto è che l'unico uomo scomparso nel circondario nel mese di settembre è l'ingegner Ricci. Il gioielliere di Castel del Maglio».

«Il gioielliere rapito, intende?»

«In realtà il punto è proprio questo, dottoressa Abbondante... Il caso della scomparsa e della successiva richiesta di riscatto è stato affidato al nostro comando, e in particolare al maresciallo Diodato, sotto la mia personale supervisione. I rapitori, dopo una prima richiesta di riscatto, non si sono più fatti vivi. Sembrava il classico caso di rapimento finito male, ma finora il corpo del povero ingegnere non è stato trovato. Quindi non si può escludere che la tesi del procuratore sia fondata. Noi però siamo convinti che ci sia qualcosa di poco chiaro nella vicenda e, dunque, volevamo continuare a indagare.»

«Il procuratore è Massi?»

«Sì, dottoressa, è lui.»

Dall'espressione del capitano seppe che condividevano la stessa opinione sulle doti investigative del suo ex compagno di liceo.

«E quale sarebbe la brillante tesi del mio collega?» si lasciò scappare Annabella Abbondante.

«Il procuratore è convinto che Ricci abbia simulato il proprio rapimento e che in sostanza si sia allontanato di sua spontanea volontà e non voglia far ritorno a casa.»

«Capitano, considerando i fatti, l'ipotesi del procuratore non è del tutto peregrina» dovette ammettere a malincuore il giudice.

Il capitano Gualtieri si avvicinò pericolosamente a lei, al punto che Annabella poteva sentire il suo respiro, e la guardò fissa con i suoi occhioni verdi.

La Abbondante dovette fare un notevole sforzo per sostenere quello sguardo e restare impassibile, mentre la sua mente visualizzava, incontrollata, immagini di un bacio appassionato e travolgente, lì davanti a tutti gli avventori del piccolo bar di via del Gallo.

«Dottoressa, io ho la certezza che le cose non stiano così. Conosco Adele, la moglie di Ricci, da quando facevamo insieme l'università a Firenze. So quanto quei due si amavano. Non ho mai visto una coppia tanto unita. Mi creda. È impossibile che Ricci sia scappato di casa, deve essergli accaduto qualcosa.»

«E lo ha detto, questo, al procuratore?»

«Ci ho provato, dottoressa. Ma lei lo conosce anche più di me» rispose il capitano con espressione eloquente.

«Testa durissima, lo so. E ha chiesto l'archiviazione?»

«Sì, circa venti giorni fa.»

«Ma il GIP non ha ancora provveduto, immagino...»

«No, non ancora. Per questo speravo che magari il commissario Carnelutti avesse raccolto qualche elemento investigativo utile per riaprire le indagini. Ecco perché ho deciso di confidarmi con lei stamattina. Si tratta di un caso ufficialmente chiuso, su cui intenderei proseguire le indagini per mio conto, in via del tutto informale. Lo faccio per Adele, capisce?» spiegò Gualtieri.

«Indagini ufficiose, quindi. Si è rivolto alla persona giusta. Conti pure su di me, per qualsiasi supporto. Ma...»

«Ma?» indagò il capitano.

«Ma devo deluderla purtroppo. La ragione della richiesta di informazioni proveniente dal commissariato, per quello che so io, riguarda un altro caso su cui stanno lavorando. Un omicidio. Ne sono certa perché, per puro caso, ero presente alla telefonata tra il commissario e il suo ispettore.»

«La morte della professoressa Baldi?»

«Sì, infatti.»

«E perché ha richiesto notizie sugli uomini scomparsi proprio in settembre?» chiese, con l'istinto del bravo detective, il capitano Gualtieri.

«Non posso riferirle i particolari, perché come immaginerà non li conosco neppure io» mentì Annabella. «Sono emersi tuttavia riscontri scientifici da cui è possibile dedurre che, nella cisterna dove è stato ritrovato il corpo, non vi fosse solo il cadavere di Erica Baldi ma anche quello di un uomo. E vi sono anche circostanze da cui si può evincere con sufficiente certezza che l'omicidio sia avvenuto a settembre.»

Si guardarono. Lo stesso pensiero si formulò nelle loro menti.

«A meno che…» proseguì il giudice, «il secondo cadavere della cisterna…»

«Non appartenga proprio al povero Ricci!» concluse il capitano.

Un lampo attraversò la mente di Annabella.

«Capitano, come si chiamava il gioielliere di nome?»

«Renato. Renato Ricci.»

«Sì!» fece lei, tutta contenta. «Sa per caso se il suo amico avesse l'abitudine di indossare gemelli?»

«Ne aveva una collezione, dottoressa.»

«Ma certo, RR!» esclamò Annabella Abbondante.

E per la gioia e l'entusiasmo, senza rendersene conto, afferrò la faccia del bel capitano tra le mani e gli stampò con forza un bacio sulle labbra. Quando si rese conto dell'insano gesto, era ormai troppo tardi.

Signore, ineneriscimi all'istante!

Tuttavia, il Signore ritenne che dovesse sbrigarsela da sola. Per fortuna il capitano Gualtieri si dimostrò abbastanza disinvolto per tutti e due, e infatti si limitò a commentare: «Bene… Qui bisogna festeggiare. Sa, in questo bar fanno anche degli ottimi cannoli. Le andrebbe di assaggiarne uno?».

«Con immenso piacere» approvò sollevata Annabella. «Dopotutto non ho ancora fatto colazione…»

Si gustarono i cannoli, ciascuno rapito dai propri pensieri.

«Quindi dovrò riferire questa possibilità al procuratore Massi…» disse alla fine il capitano che, interrotto il silenzio, si era messo a riflettere ad alta voce. «Dovrà per forza riaprire le indagini.»

«Io non ne sarei così sicura, capitano» rispose il giudice.

«E perché?»

«Vede, spesso il procuratore Massi nega l'evidenza, quando

non collima con le sue personalissime convinzioni» sorrise appena. «E in questo caso, è convinto che il cadavere della segheria incendiata sia soltanto uno, quello della Baldi. Pur di giustificare la presenza di DNA di tipo maschile e il rinvenimento di tre femori nella cisterna, si è costruito una tesi del tutto strampalata» e gli raccontò divertita l'assurda teoria della chimera.

«Mi pare che lei, dottoressa, sia molto bene informata sullo stato delle indagini» commentò Gualtieri.

Annabella, colta sul vivo, provò a giustificarsi: «In effetti, ho saputo molti particolari, perché conosco la biologa che si occupa di questo caso alla polizia scientifica di Firenze. Vede, sembra che siano stati ritrovati i resti di due distinti corpi, appartenenti a un uomo e a una donna.»

«E potrei parlarci?»

«Con la dottoressa Mancinelli?»

«Sì, se fosse possibile, vorrei chiederle alcune cose, per verificare che la nostra supposizione sia compatibile con i riscontri scientifici» spiegò lui.

«Ma certo, le lascio il suo numero.»

E si tuffò nella disperata impresa di trovare il cellulare all'interno della sua borsa, senza tirare fuori tutti gli altri oggetti improponibili che conteneva.

Per venirle incontro, l'oggetto infernale si mise a suonare. Lo afferrò al volo che ancora vibrava, il maledetto.

«Ciao Nicola. Ti fischiavano le orecchie?»

Sott'occhio, il giudice si accorse, con suo grande stupore, che il capitano Gabriele Gualtieri, al sentire quel nome, era arrossito di nuovo. No, non poteva essere una coincidenza...

Rimase pietrificata per qualche istante, mentre il suo cervello elaborava in tempo reale il senso di quella scoperta, accettava la dura verità, seppelliva per sempre ogni aspirazione romantica nei confronti del bel capitano, decideva una strategia molto ardita per mettersi senza secondi fini al servizio altrui e impicciarsi, come suo solito, di cose che non la riguardavano.

«Stai parlando di me con qualcuno?» rispose Nicola. «Cosa stavi dicendo sul mio conto, perfida?»

«Niente, niente: scherzavo. Che cosa stai facendo, adesso?» domandò Annabella e si voltò a scrutare il capitano, il quale sembrava sempre più a disagio e si sforzava di guardare da un'altra parte.

«Se proprio vuoi saperlo, sono ancora a letto a poltrire.»

«Ancora a letto? Beato te. Ti va di pranzare insieme più tardi?»

«Non lo so, splendore. Avevo un mezzo impegno a pranzo con Ginger.»

«Alice? Porta anche lei, scusa.»

«E dove ci vediamo?»

«Dove? Ti va se andiamo a Torre del Lago?»

«Annabella, che stai tramando?» s'insospettì Nicola.

«Ma niente, pensavo a un pranzo tra amici, noi quattro...»

«Quattro?»

«Sì, non te l'ho detto? Sono qui con il capitano Gabriele Gualtieri. Viene anche lui» sparò Annabella, spietata, senza preavviso.

«Cosa?» disse il capitano, ancora più infiammato in volto.

«Cosa?» disse il commissario mentre saltava giù dal letto.

«Passiamo la domenica tutti insieme. Abbiamo molte cose di cui parlare, credetemi» concluse lei perentoria, con quel suo tipico tono *che non accettava un no come risposta*.

Il capitano sorrise, e alzò le mani in segno di resa.

Nicola, invece, si limitò a esclamare: «Oh... mio... Dio!».

Sembrava contento ma anche spaventato. Annabella scommise che, appena conclusa la telefonata, sarebbe andato di corsa a farsi la doccia con successiva messa in piega per una indimenticabile chioma fluente.

Un paio d'ore più tardi Annabella Abbondante passava a prendere Gabriele Gualtieri con la sua splendente, immaginifica, fantasmagorica, imbarazzante Lancia Ypsilon rosso corallo. Lo vide uscire dalla caserma, in abiti borghesi, vestito con una semplice camicia bianca e dei jeans. Ed era bellissimo.

Sospirò rassegnata. *Però, che incredibile spreco*, rimuginò mentre lui entrava sorridente in macchina.

Se ne stettero zitti per un po'. Le note degli Abba riempivano il silenzio, mentre intorno la campagna toscana regalava la sua consueta esplosione di colori e l'aria era profumata di lavanda ed erbe medicinali. Annabella si sentiva ottimista e allegra, nel suo abito leggero color carta da zucchero, e del tutto concentrata sul suo nuovo obiettivo.

Erano appena usciti da Lucca diretti a Torre del Lago Puccini, allorché il capitano le disse: «Dottoressa, stavo riflettendo su quello che mi ha raccontato. Come si spiegano alla Scientifica il ritrovamento solo parziale degli scheletri dei corpi?».

«Da quel che ho capito al momento non hanno ancora formulato alcuna teoria in proposito» rispose lei. «Perché me lo chiede?»

«Forse è solo una sciocchezza, ma mi sono ricordato che una volta, quando ero in servizio a Gallipoli, ci fu un incendio terribile in un campo rom. Purtroppo tre uomini non riuscirono a fuggire in tempo dalle loro tende e nessuno se ne accorse. Quei poveretti bruciarono tra le fiamme. Quando i pompieri arrivarono a spegnere quel rogo infernale, ritrovammo i resti dei loro corpi molto lontano dalla tendopoli. La forza dell'acqua li aveva fatti sbalzare di parecchi metri. Mi domando se non possa essere successa la stessa cosa nella cisterna.»

Annabella Abbondante sterzò di colpo, pestando il freno della Lancia Ypsilon come se non ci fosse un domani. La macchina si produsse in una specie di testa coda e svoltò a sinistra in direzione Bagni di Lucca. La testa del povero capitano batté con violenza contro il vetro del finestrino. Terrorizzato, Gabriele Gualtieri si abbarbicò alla maniglia sopra lo sportello.

«Capitano, prenda la mia borsa dal sedile posteriore, presto!»

«Dottoressa, ma cosa sta succedendo?» domandò il carabiniere.

«Esegua, capitano. È un ordine!»

Gualtieri obbedì per riflesso condizionato, frutto di anni e anni di addestramento militare. Le porse la borsa, mentre lei con la mano sinistra teneva il volante e con la destra rimestava alla cieca alla ricerca del maledetto oggetto, come sempre introvabile all'occorrenza.

Alla fine, lo afferrò e selezionò il numero con una sola mano, mentre continuava a tenere il volante con l'altra e a seguire la strada con la coda dell'occhio.

«Dottoressa, è mio dovere farle sapere che in questo momento sta commettendo almeno una decina di diverse infrazioni stradali, e io vorrei evitare di essere fermato dai miei colleghi di pattuglia, se fosse possibile.»

«Stato di necessità, capitano, stato di necessità. È una scriminante che si applica al caso di specie, mi creda.»

Nicola rispose finalmente al cellulare.

«Eccomi, eccomi, arrivo!» cinguettò il commissario. «Sto aspettando Alice sotto casa sua, e come al solito è in ritardo. Saremo a Torre del Lago in una ventina di minuti…»

«Lascia stare, Nic. Cambio di programma. Il pranzo è rimandato. Ci vediamo tra venti minuti alla segheria incendiata.»

«Cosa?» urlò Nicola al telefono.

«Cosa?» chiese atterrito il capitano, mentre si aggrappava anche con l'altra mano alla maniglia dell'automobile.

«Annabella Abbondante, si può sapere cosa stai combinando?» alzò la voce il commissario. Era già partito a razzo, giusto il tempo di far salire Alice sull'auto. Conoscendo la cocciutaggine della sua migliore amica, non tentò neppure di dissuaderla, preferì piuttosto minacciarla: «Annabella, ti avverto, qualsiasi cosa tu stia pensando di fare, ti ordino di non farla. Guarda che stavolta, te lo giuro, dico tutto a Massi e poi sono cavoli tuoi».

«Smettila di protestare, ti spiego tutto tra poco.»

Arrivarono sul posto, e il capitano appariva parecchio preoccupato, ora che aveva compreso appieno le intenzioni del giudice.

«Dottoressa, spero che lei si renda conto che nessuno di noi due ha l'autorizzazione per effettuare un'ispezione sui luoghi.»

«Lo so benissimo, capitano. È per questo che ci serve il commissario Carnelutti.»

Annabella Abbondante, nonostante il trambusto, non aveva dimenticato la sua nuova missione. E aveva pronunciato il nome del suo amico Nicola a bruciapelo, di proposito e con calcolata enfasi per osservare in diretta la reazione di Gabriele Gualtieri. Che non si fece aspettare. Rosso peperone. Annabella esultò, le piaceva troppo avere ragione.

Il capitano non fece in tempo a rispondere che l'automobile di Nicola frenò sgommando davanti al cancello della segheria.

«Annabella, tu devi essere definitivamente impazzita. Temo che la caduta da cavallo abbia peggiorato la tua già precaria salute mentale» sentenziò il commissario dopo aver sbattuto con foga lo sportello della sua auto, seguito da Alice, che invece si stava divertendo da morire.

«Commissario, mi fa piacere che lei sia arrivato in tempo per dissuaderla.»

«Sono d'accordo con il capitano Gualtieri. Qui ci sono dei sigilli, e ciò significa che è vietato scorrazzare liberi sulla scena del crimine» continuò Nicola con più convinzione, dato che aveva ottenuto la piena approvazione del capitano.

Si erano schierati tutti e due contro di lei. *Questi vanno sin troppo d'accordo*, pensò Annabella, combattuta tra l'irritazione e la soddisfazione.

«E poi potresti spiegarmi che cosa pensi di trovare nella segheria di così importante?» insistette Nicola.

Il capitano si affrettò a illustrargli la teoria dell'acqua sparata dai vigili sui resti dei corpi.

«Non vi è dubbio che le intenzioni del giudice siano lodevoli. La scoperta di eventuali altri resti delle due vittime potrebbe essere determinante per le indagini, ma occorre procedere secondo le disposizioni di legge» concluse il carabiniere.

«È naturale» approvò Nicola.

«Accidenti! Questa è una storia da prima pagina. Io voto per entrare. Annabella, possiamo scavalcare senza problemi da quella parte» disse Alice rompendo il compatto schieramento contrario.

«Alice!» la richiamò subito Carnelutti. «Resta dove sei. Non ti ci mettere anche tu… Qui io e il capitano rischiamo i gradi, e a te, cara Annabella, un bel procedimento disciplinare non te lo leva nessuno, se ti beccano.»

«Ascoltatemi bene, tutti e due» disse Annabella, puntando il dito prima contro il poliziotto e poi contro il carabiniere. «Qui abbiamo la possibilità di risolvere un caso, di trovare le prove che sono stati commessi ben due omicidi, e non ho bisogno che vi mettiate a fare storie come due scolaretti alle prime armi. I sigilli qui, i sigilli là… Insomma! Non è il momento di farsi venire inutili scrupoli legali. Dobbiamo agire. Sono stata chiara?»

E poiché i due continuavano a guardarsi le scarpe con un'espressione per niente convinta, il giudice Abbondante tirò fuori un vocione da sergente dei marines e gridò di nuovo: «Sono stata chiara?».

«Sissignora!» rispose il capitano ritrovandosi suo malgrado sull'attenti.

«Sissignora!» replicò rassegnato il commissario, portandosi la mano alla fronte per il saluto militare.

Annabella non credeva ai propri occhi e guardò Alice, che li stava osservando a bocca aperta.

«Tu sei diabolica, Annabella Abbondante, ma come hai fatto?» sussurrò la sua amica mentre si avviava al muro per scavalcarlo.

«*Full Metal Jacket*. I neuroni maschili proprio non resistono al richiamo del sergente Harper» rispose il giudice, e le strizzò l'occhio.

«Dottoressa, vuole che l'aiuti a scavalcare?» chiese premuroso il capitano, mentre Annabella si accingeva alla scalata.

«Lasci stare, capitano, la dottoressa Abbondante conosce molto bene la strada» rispose il commissario al suo posto.

«Spiritoso, Nicola, davvero, davvero spiritoso» commentò lei. «Comunque, visto che stiamo per violare la legge tutti insieme, direi che siamo entrati abbastanza in confidenza per darci del tu.»

«Non fa una piega» ammise Nicola.

«Mi pare giusto» concluse Gualtieri.

«Precedetemi, allora. Io penso di cavarmela benissimo da sola» disse lei, dopo aver adocchiato un albero molto vicino al muro di cinta.

Giunti tutti all'interno della segheria, il sergente Abbondante prese in mano le redini dell'ispezione.

«Nicola, tu vai con il capitano in direzione nord verso quel capanno. Nel frattempo, io e Alice ispezioneremo questa zona fino al corpo di fabbrica.»

Il commissario Carnelutti puntò un dito accusatore sul naso della sua migliore amica e disse con tono minaccioso: «Bada a dove metti i piedi, Annabella. Se mi pesti un reperto o mi distruggi una prova, ti lascio in pasto al sostituto procuratore delle Case. Parola mia».

Il giudice Abbondante ingoiò il rospo. Qualche gocciolina di sudore le imperlò la fronte, ma neppure il rischio di essere messa alla gogna dal caro Massi delle Case poteva fermarla.

Stava per incamminarsi, e il commissario la chiamò di nuovo: «Annabella, un'ultima cosa».

Lei si girò. E partì il flash del cellulare dell'amico. Nicola controllò la foto appena scattata: Annabella Abbondante immortalata vicino ai sigilli della polizia.

«Perfetta. D'ora in poi avrò anch'io una foto con cui ricattarti all'occorrenza» concluse tutto soddisfatto.

«Perfido!» gridò Annabella voltandogli di nuovo le spalle.

«Te lo sei meritato, tesoro» rispose il poliziotto, avviandosi con il bel capitano verso il bosco.

Dopo quasi un'ora di ricerche, non avevano trovato un bel niente. Annabella e Alice erano sfinite. Avevano battuto palmo a palmo tutta la segheria. Nessuna traccia di ossa o reperti di alcun tipo. Nulla di nulla. Neppure una falangetta.

Nicola e il capitano non si erano ancora visti. Nell'attesa, le due amiche si sedettero su una catasta di legna non lontano dalla cisterna, per riposarsi un po'.

Annabella aveva perso gran parte delle sue certezze ed era piuttosto depressa. Nicola l'avrebbe torturata fino alla fine dei suoi giorni con questa storia, ne era certa.

«So che non è il momento più opportuno per dirtelo» disse a un tratto Alice, interrompendo il flusso dei suoi pensieri.

«Se si tratta di una brutta notizia, hai ragione: non è il momento.»

«Bella non è» ammise la rossa.

«Va bene, dimmela. Tanto ormai... mi hai già gettato nel panico.»

«Tua sorella...»

Annabella si voltò di scatto, a questo punto davvero preoccupata.

«Mia sorella, cosa?»

«Mi ha chiamato stamattina. Mi ha tenuto un'ora al telefono per farmi una specie di predica sulle relazioni sentimentali. E come se non bastasse...»

«Per l'amor di Dio, Alice, non tenermi sulle spine» implorò esasperata Annabella.

«Ci ha invitato a cena per venerdì sera. Una specie di invito ufficiale alla nostra *coppia*. Capisci?»

«E tu?»

«Io? Be', io penso che me la pagherai molto, molto cara.»

Annabella finse di non cogliere: «Cioè, che cosa le hai risposto?».

«Cosa potevo rispondere? Ho detto che ne avrei parlato con te. Non sei l'unica Abbondante che non accetta un no come risposta. Lo sai meglio di chiunque.»

«Maria Fortuna Abbondante, ma perché devi impicciarti sempre dei fatti miei?» gridò il giudice, e arrabbiata diede un calcio a un sasso.

Che rotolò.

Solo che non era un sasso.

L'urlo di esultanza del giudice Abbondante ruppe il pigro

silenzio di quella domenica pomeriggio. Uno stormo di uccelli si alzò in volo in cerca di un posto più tranquillo.

«Come avete fatto a non notarlo? Prima di prenderlo a calci, intendo» disse Nicola.

«Era mezzo incassato nel terreno, sembrava un sasso» spiegò Annabella

«Non avevo mai visto un teschio da così vicino» commentò Alice mentre osservava incuriosita il reperto, che Nicola aveva con molta delicatezza posto in un sacchetto.

«Hai sempre le bustine per la raccolta reperti nella macchina?» domandò divertito Gabriele a Nicola.

«Se vai in giro con Annabella Abbondante, devi sempre averne qualcuna di scorta» scherzò il commissario.

Risero tutti.

«Bravi, prendetemi pure in giro. Ma intanto grazie a me adesso abbiamo la testa della seconda vittima» replicò Annabella, che ancora non riusciva a dominare l'eccitazione per il ritrovamento.

«A me invece sembra che l'idea sia stata di Gabriele» puntualizzò il commissario per stuzzicarla.

«Verissimo. Ma se fosse stato per te e per il nostro capitano, adesso voi due stareste a elemosinare l'autorizzazione del caro sostituto procuratore.»

«Annabella, si chiama procedura penale. Devi averla studiata anche tu per il concorso» ribatté Nicola, strappando una risatina al capitano Gualtieri.

«Che noioso! Dopotutto stiamo agendo nell'interesse della giustizia» sentenziò il giudice Abbondante.

Detto questo, si avvicinò al teschio per osservarlo meglio. Era parecchio annerito dalla fuliggine, ma qualcosa, un particolare, destò l'attenzione del giudice. «Nicola e Gabriele, piuttosto, guardate qui» disse, dopo aver indicato la parte posteriore del teschio. «Che cos'è questo buco qui alla base del cranio?»

Il capitano Gualtieri si avvicinò anche lui per osservare meglio, e Annabella Abbondante non riuscì a trattenersi dall'annusare il buon profumo dei suoi capelli. Un sospiro di rimpianto le sfuggì dalle labbra, suo malgrado.

«Mi pare un foro di proiettile» disse lui. «Nicola, guarda anche tu.»

«Confermo: gli hanno sparato. Se questo è davvero Ricci, lo hanno seccato con un colpo alla nuca. Una specie di esecuzione» disse il commissario, mentre Annabella cominciava a tormentarsi il sopracciglio. «Parla. Avanti. Ti ascolto…» dovette concederle Nicola, rassegnato all'idea che la sua amica avrebbe comunque espresso la sua opinione.

«Stavo solo pensando che non è mica detto che questo sia il cranio della seconda vittima.»

«Annabella ha ragione, Nic» intervenne Alice. «Chi te lo dice che questa non sia la testa di Erica Baldi? Dopotutto sembra abbastanza piccolo, il teschio…»

Tacquero tutti per qualche secondo.

«D'accordo. Questa conversazione sta diventando un po' troppo macabra. Domani mattina manderò questo reperto alla Scientifica di Firenze e sarà la Mancinelli a darci le risposte che ci servono» concluse il commissario Carnelutti. «E non ammetto obiezioni» aggiunse perentorio.

Annabella, che aveva aperto la bocca per dire qualcosa, la richiuse subito e non emise fiato.

«Ai nuovi amici!» gridò Alice, e tracannò d'un fiato il secondo bicchiere di vinello della casa.

Mezz'ora più tardi, seduti al tavolo della trattoria L'angolo di Paradiso, di cui erano senza dubbio gli ultimi avventori della giornata, i quattro stavano brindando alla fine di una domenica memorabile per ciascuno di loro, nel bene e nel male.

«Cara Annabella, se mi permetti, io brindo alle arance cadute in via della Corticella, senza le quali adesso non sarei seduto qui con voi, dopo questa incredibile avventura» disse il capitano sollevando il bicchiere.

«Allora alle arance di Annabella, che Dio le benedica!» aggiunse Nicola raggiante e già un po' brillo.

Quella sera stessa, Annabella se ne stava sdraiata a occhi chiusi, con i piedi appoggiati al bracciolo del divano di casa sua e la testa sulle ginocchia di Nicola. Ascoltavano in silenzio un vinile da collezione: l'album *Blue Train* di John Coltrane, il loro preferito. Serafino si era addormentato acciambellato sulla sedia a dondolo e ronfava soddisfatto. Nicola si gustava estasiato il suo limoncello Abbondante, giocando con il ricciolo ribelle dell'amica e lo sguardo perso oltre l'orizzonte dei tetti di Lucca.

«Allora, Nic, vuoi dirmi com'è andata? Penso di avere il diritto di conoscere i particolari. Dopotutto è stata una mia idea…»

Nicola si distolse dai pensieri che lo avevano portato molto lontano da quella stanza e rispose: «Che dirti, splendore? In realtà non c'è poi tanto da raccontare. È stata più una questione di sguardi… Ed è successo tutto all'improvviso. Ci eravamo seduti per riposarci su un muretto ai margini del boschetto di cedri. Lui sembrava un po' rammaricato, perché non avevamo trovato nulla. Forse temeva che la sua teoria fosse sbagliata. Continuava a darmi del lei e a chiamarmi commissario, e allora gli ho detto: "Non avevamo deciso di darci del tu?". Lui allora mi ha sorriso, un sorriso che partiva dagli occhi, Annabella, credimi! Mi ha fatto venire le farfalle nello stomaco, ma non ho avuto il coraggio di dire altro. Dopo un po' lui ha fatto un commento su di te: "Certo che la tua amica è una forza della natura. Inarrestabile, non c'è che dire". E io ovviamente non ho potuto che dargli ragione».

Non fece in tempo a finire la frase che un dolore assassino lo assalì dal fianco destro.

«No, Annabella, smettila. Niente pizzichi!» protestò il poliziotto. «Sto raccontando, dài! Vuoi sapere o no come è andata?»

«Va bene, la smetto. Ma solo perché muoio dalla curiosità.»

Nicola continuò: «Al che gli ho risposto: "Annabella Abbondante è una donna tenace. Caparbia fino all'intransigenza. Quando decide una cosa non accetta un no come risposta, lo sanno tutti. È una persona da prendere a pacchetto chiuso. O la odi oppure la ami"».

Annabella gli assestò una cuscinata sul naso.

«Bravo, mi hai descritto come una talebana!»

«Mamma mia, quanto sei permalosa! Aspetta a offenderti. Ascolta il resto… Lui ha risposto che si vedeva benissimo che io ti volessi molto bene. Io gli ho raccontato degli anni del liceo, di quanto tu mi sia stata amica quando nessuno voleva esserlo, quando mi hai difeso contro tutto e contro tutti. "E io non lo dimenticherò finché campo", gli ho detto proprio così. Soddisfatta?»

Nicola si interruppe un secondo per bere un altro sorsetto di limoncello. Annabella ne approfittò per dirgli: «Nic, anche io ti voglio tanto bene».

«Zitta, perfida. Così mi fai piangere. E poi adesso viene il bello. Non lo vuoi sentire?»

Poiché Annabella si era del tutto ammutolita, in attesa del seguito, Nicola proseguì: «A quel punto lui è stato zitto per un pochino poi si è voltato verso di me, tutto emozionato e mi ha detto: "Credo di capire a cosa ti riferisci, Nicola. E so anch'io molto bene come ci si sente, credimi". "Lo sai?" gli ho detto io e ho trovato il coraggio di voltarmi verso di lui. Gli ho sorriso, per fargli capire che per me era tutto chiaro e che ne ero molto felice. E lui allora ha sorriso a sua volta e ha risposto solo un semplice sì, ma in un modo che mi ha reso l'uomo più appagato del mondo. Tutto qui».

«Cavolo, è la cosa più romantica che abbia mai sentito» commentò lei asciugandosi una lacrima con il lembo della camicia di Nicola. Il suo migliore amico non le era apparso mai così felice come in quel momento. E pensò che forse fosse un pochino anche merito suo. E si disse che dopotutto, ogni tanto, qualcosa di buono riusciva anche a farlo.

Magari non per se stessa. Ma andava bene così.

13

Lo Sceriffo

Il tempo è cambiato all'improvviso, considerò Annabella Abbondante mentre, sferzata da una impietosa tramontana che le stravolgeva i capelli già arruffati dall'umidità, innaffiava con il solito zelo le piante sopravvissute allo sterminio di primavera. *Sarebbe maggio, in teoria, Signore. Non per sottilizzare, o polemizzare, ma avrei già fatto il cambio di stagione, io. Non si potrebbe ritornare sulle temperature medie del periodo?*, pregò. E adesso che fare? Aveva messo da parte in soffitta tutti i soprabiti e i pullover col solito ottimismo meteorologico che la coglieva, puntuale come un orologio, a ogni inizio maggio.

E quella mattina non aveva proprio il tempo di salire a riprenderli. Non poteva tardare di nuovo all'udienza collegiale, accidenti. Però si ricordò che aveva ritirato la toga dalla lavanderia ed era ancora appesa nell'armadio.

Metterò quella, che mi tiene sin troppo calda, risolse, memore delle saune sotto la toga durante i processi estivi.

Il tutto mentre versava i croccantini nella ciotola di Serafino con una mano e reggeva il suo caffè con l'altra.

Indossò la toga, diede un ultimo sguardo all'orologio a pendolo, e porca miseria quanto era tardi! Afferrò di corsa l'orchidea brasiliana che languiva sul primo gradino del pianerottolo. Il vegetale aveva urgente bisogno di un ricovero sul terrazzo di Paolo, maledetto pollice verde.

Prima di chiudere la porta, lanciò un'occhiata alla sciarpa di Harvard, che era rimasta appesa lì all'ingresso da quando Cristian gliel'aveva portata in regalo da Boston. Se l'avvolse intorno al collo.

Meglio di niente, pensò e uscì.

Parecchie suonate di clacson, frenate improvvise e parolacce più tardi, Annabella parcheggiò nel piazzale antistante il tribunale di Pianveggio. Il parcheggio non le era mai sembrato così silenzioso e tranquillo. Scese dall'auto in preda all'ansia, abbarbicata al vaso della sua compagna di sventura.

Si stava dirigendo verso gli ascensori, e dall'altro capo del corridoio di auto si stagliò una figura in controluce. Lei si riparò gli occhi dal sole per vedere meglio. L'uomo che avanzava con passo lento verso di lei sembrava uscito da un film western. La camminata di John Wayne in *Ombre Rosse.* L'espressione di Clint Eastwood in *Per un pugno di dollari.* Quella col sigaro, ma senza il cappello.

Senza volerlo, Annabella abbassò lo sguardo in cerca della stella sul petto. Perché non c'erano dubbi che si trattasse di lui: il nuovo collega Giovanni Soldatini, in arte lo Sceriffo. *Porca miseria, proprio oggi che sembro la sorella pazza di Harry Potter.*

«Immagino che tu debba essere la famigerata Annabella Abbondante... Mi hanno tutti parlato molto bene di te» fece l'uomo col pizzetto.

Non smetteva di fissarla negli occhi, e di aspirare dal suo sigaro che, lei ci avrebbe giurato, doveva essere un Habanos edizione limitata.

Quando la donna con la pianta incontra l'uomo con il sigaro, la donna con la pianta rimane immobile, ragionò Annabella.

Rimasero così, in silenzio a scrutarsi, per parecchi imbarazzanti e interminabili secondi.

Annabella immaginò che dovesse essere mezzogiorno. Solo che non era di fuoco, anzi faceva un freddo boia. Così decise che la scena da duello western potesse terminare lì, anche per non rischiare che il collega sfoderasse davvero una pistola.

«Sì, sono io. E tu devi essere il nuovo collega, arguisco» sorrise lei, non riuscendo però a non fissare preoccupata la mano dell'uomo, che con lentezza studiata andava a inserirsi nell'interno della giacca per estrarre qualcosa. Riprese a respirare solo dopo aver capito che si trattava di una scatola per sigari.

«Qui è vietato fumare, lo metto via» spiegò lui, con un sorrisetto beffardo. «Mi chiamo Giovanni, ma gli amici mi chiamano...»

«Lo Sceriffo» completò troppo in fretta Annabella.

«Vanni, gli amici mi chiamano Vanni» concluse lui, un pochino sorpreso. «Ma capisco adesso che la fama mi precede» commentò con il suo stretto accento emiliano, e le porse la mano.

Annabella Abbondante, perché non ti tagli questa stupida linguaccia, pensò lei, senza riuscire a replicare nulla. Gli strinse la mano con un sorriso ebete, che le rimase incollato alla faccia per tutto il tempo della lenta, lentissima salita in ascensore. Che, guarda caso, non mancò di essere ancora più lenta del solito.

Percorsero in silenzio il lungo corridoio del primo piano, accompagnati solo dal rumore degli stivali dello Sceriffo, che di sicuro indossava, ma nascondeva molto bene sotto i pantaloni di fresco-lana del suo impeccabile completo grigio. Arrivati di fronte all'aula collegiale, lui aprì la porta con decisione, usando entrambe le mani, come il pistolero che entra nel saloon.

All'ingresso dell'aula c'era Dolly che trafficava con i fascicoli. Il cancelliere notò subito lo sguardo del giudice Abbondante, fisso sul Soldatini, che intanto si allontanava verso la camera di consiglio.

«Pare che sotto la giacca nasconda una fondina in pelle di daino con una 44 Magnum cromata, calcio in avorio e oro, caricata con proiettili esplosivi a punta cava» le sussurrò Paolo in un orecchio, tutto compiaciuto.

Santangelo è davvero spacciato, pensò Annabella con un sospiro, e si fece avanti, mesta, per prendere posto accanto ai colleghi del collegio B, Severini e Merletti, già schierati per l'udienza.

Erano le tre del pomeriggio, e la giornata non era terminata. L'udienza era stata più esasperante del solito. La collega Severini aveva strapazzato tutto il tempo il povero Spedito, che non riusciva a tenere il ritmo della verbalizzazione neppure con il collega Merletti, famoso per il suo dettato rallentato e la sua precisione esasperante. Questa volta Annabella non aveva potuto fare niente per aiutarlo, perché sedeva troppo distante.

Grazie a Dio, verso la fine era arrivato Dolly a dare il cambio a Spedito, ormai del tutto nel pallone, per salvarlo dalle grinfie della Severini.

Sembrava invece che nell'altra aula lo Sceriffo, che presiedeva il collegio A al posto del presidente Montagna in ferie, avesse fatto a pezzi l'avvocato Malfatti, giunto all'udienza con cinque minuti di ritardo.

Adesso stavano ancora tutti insieme in camera di consiglio, e già da un'ora discutevano sui vari casi senza interruzione. La Severini era una macchina da guerra come presidente, e non accettava di sospendere neppure per andare in bagno.

«Allora, che ne pensate del reclamo dei coniugi Palombo?»

la Severini teneva davanti a sé il fascicolo e la sua agenda per gli appunti.

«La domanda è inammissibile» sentenziò Fausto Merletti.

Tanto per cambiare, pensò Annabella.

«Possibile che per te sono tutte inammissibili, le domande?» Annabella non resistette a fare quel commento ad alta voce, anche se sapeva che sarebbe servito a poco.

«Non lo dico io, collega: lo dice la Cassazione» rispose piccato Merletti.

«Fausto, lo sai benissimo che il ricorso può essere interpretato anche in modo diverso. Così la domanda del ricorrente può essere salvata» insistette lei.

«Non ho scritto io il codice, cara collega. E il significato letterale della norma mi dà ragione.»

«È vero. Ma a noi spetta interpretarle, le norme. E tu, Fausto, scegli sempre l'interpretazione che stronca la causa. Chissà perché! Carla, tu la pensi come lui?»

«No» disse la Severini. «Per me si può salvare. Quindi, concordo con Annabella. Ora, per favore, sbrighiamoci che abbiamo tante altre questioni da decidere…»

Carla Severini aveva un carattere insopportabile, ma era una grande lavoratrice e un magistrato coscienzioso. Annabella fu felice che stesse dalla sua parte.

«Ma scusatemi, lo chiedo a tutti, perché dovremmo intervenire noi a rimediare agli errori degli avvocati?» chiese polemico il Merletti, una volta vistosi messo in minoranza.

«Forse perché dietro gli avvocati ci sono le parti, cioè le persone vere, che aspettano una decisione definitiva sul loro problema. E dovresti sapere che alla gente non interessa un bel niente dei problemi di forma» a parlare era stato, contro ogni pronostico, lo Sceriffo.

Il collega Soldatini se ne era stato zitto fino a quel momento, all'apparenza impegnato a fumare il suo sigaro vicino alla finestra. Era la prima volta che interveniva in camera di consiglio. E lo aveva fatto per contestare Merletti senza mezzi termini e sostenere lei!

Sarà stato senza dubbio il riflesso della luce sul vetro della finestra, ma ad Annabella parve che sulla testa appena appena impomatata dello Sceriffo fosse spuntata una specie di aureola.

«La verità è che a te, caro Fausto, non interessa niente di rendere giustizia. Ti vuoi solo togliere un fascicolo dall'armadio!» continuò Annabella.

Come al solito era partita in quarta. Aveva esagerato e lo sapeva. Era più forte di lei: proprio non lo digeriva, quell'uomo così borioso e presuntuoso, che faceva il magistrato come un ragioniere, badando soltanto alle statistiche e alle pendenze, senza nessuna umanità o buon senso.

Litigarono. Ferocemente. Come sempre.

Lo Sceriffo non disse più nulla. Ogni tanto annuiva sornione in risposta alle argomentazioni più infuocate della Abbondante, e Annabella avrebbe giurato che mentre lo faceva, si toccasse la fondina della 44 Magnum nascosta sotto la giacca.

Un'ora più tardi, nel suo ufficio, il giudice Abbondante aveva appena terminato di ingollarsi la tristissima bresaola con fagiolini lessi, senza olio e senza sale, che si era inflitta come pranzo, quando entrò Paolo con un paio di chili di carte da firmare.

«Oddio! Paolo, ancora carte?»

«Dottoré, questo è niente. Sono stato buono e ve ne ho portato solo una parte: non vi volevo far avvilire.»

«La prossima volta non mi risparmiare. Li preferisco tutti, maledetti e subito!» rispose Calamity Abbondante.

«Mi pare che la presenza dello Sceriffo vi stia dando un poco alla testa» scherzò il cancelliere. «Comunque, adesso non potete firmare proprio niente. Ci sta Scalzi che vi aspetta qua fuori.»

Annabella si bloccò con la penna a mezz'aria, e lo guardò con aria interrogativa.

«Maronna benedetta. Ma siete sicura che non avete riportato danni con la caduta? Da quando siete tornata, con rispetto parlando, mi parete più rimbambita del solito.»

Lo sguardo del giudice continuava a brancolare nel buio. Così Dolly fu costretto a proseguire: «Me lo avete detto voi di farlo venire oggi pomeriggio. Arturo Scalzi. Il proprietario della segheria. Il fallito. Non ve lo ricordate?».

Principio di vita nelle sinapsi della Abbondante.

«Ma certo! Come ho fatto a dimenticarmelo... Che aspetti? Fallo entrare subito.»

Paolo fece per uscire, ma poi si stoppò di colpo.

«Aspettate! Prima che mi dimentico... Vi volevo dire che, dopo non facili ricerche, ho trovato il fascicolo della causa di risarcimento contro Erica Baldi. Mi avevate detto di cercarlo, questo almeno ve lo ricordate?»

«Certo, Dolly» rispose lei, un po' offesa.

«Eccolo qua. Leggetevelo. Sono certo che lo troverete molto interessante.»

Il giudice diede una rapida scorsa al fascicolo. Dalla lettura dei verbali emergeva che la causa era stata abbandonata per rinuncia di coloro che avevano intrapreso il giudizio. Tuttavia, le ragioni di questa rinuncia non erano affatto chiare: non si documentava una trattativa che avesse portato alla transazione della lite. La cosa appariva strana soprattutto perché la domanda degli attori, che avevano chiesto il risarcimento, appariva fondata. E la consulenza tecnica, disposta dal giudice nel processo, aveva loro dato ragione.

«Dottoré, e guardate un poco chi era l'avvocato degli attori che hanno chiesto il risarcimento...» la esortò Dolly.

Annabella lesse. Si tolse gli occhiali e lo guardò stupefatta.

«Matilde Santangelo! Ancora lei?»

«Assurdo, no? Però ne discutiamo dopo, dottoré. Adesso faccio entrare Scalzi, che sta scalpitando qua fuori già da un quarto d'ora. Vuole per forza parlare con voi.»

Uscito il cancelliere, si affacciò alla porta un nonnetto con le guance rubiconde, vivaci occhi azzurri dietro un paio di occhialini tondi e la barbetta bianca.

In pratica, un nano da giardino.

Chissà se si finisce all'inferno per aver dichiarato fallito uno dei sette nani, si chiese Annabella, mentre consultava il fascicolo e con la coda dell'occhio cercava una sedia abbastanza bassa dove farlo sedere.

«Si accomodi pure. Lei è il signor Scalzi, giusto?»

«Sì, signor giudice. Mi consente di far entrare anche la mia signora? Era lei la contabile dell'azienda e quindi sa spiegare meglio di me i dati tecnici...»

«Certo, la faccia accomodare.»

Annabella non poteva credere ai suoi occhi: la signora Scalzi era più alta del marito di almeno venti centimetri. Portava i capelli ancora neri a caschetto e indossava un vestito lungo a fiori.

E che cavolo!, pensò Annabella mentre si pizzicava la gamba per evitare di ridere.

«Le presento mia moglie Bianca.»

«Neve?» non riuscì più a contenersi la Abbondante.

«Cosa?» fecero in coro marito e moglie.

«Nulla, nulla. Ma veniamo a noi. Ha portato i documenti che le ho chiesto?»

«Sì, certo» disse Scalzi, «anzi, la ringrazio per avermi dato l'opportunità di chiarire la mia posizione una volta per tutte. Sono anni che conduco questa battaglia legale nella assoluta indifferenza delle autorità giudiziarie. Mi creda, quei due sono diabolici. Ma io non mi arrendo, dimostrerò la mia innocenza…»

«Intende i defunti coniugi Santangelo?»

«I miei cari soci, esatto. Mi hanno rovinato, derubato e fatto passare per un delinquente. Sono esseri senza scrupoli, mi creda.»

Mentre parlava il marito, la moglie aveva già tappezzato la scrivania di documenti contabili della società, estratti conto bancari e atti notarili.

«Ma perché non è venuto a dirmi tutto questo quando l'ho convocata un anno fa? Qui leggo che lei non si è presentato alla convocazione del curatore.»

«Sarebbe stato inutile. Non mi avrebbe creduto, dottoressa, perché non avevo ancora nulla di concreto in mano. Adesso è diverso: da qualche mese sono riuscito a risalire alla vera contabilità dell'azienda. Sono stati bravi a nascondere, il mio tecnico informatico, però, lo è stato ancor di più. Posso dimostrare le operazioni di sottrazione indebita. Posso dimostrare tutto. Glielo avevo detto che era solo questione di tempo, che li avrei incastrati per benino. Maledetti!»

«Mi sta dicendo che i Santangelo erano a conoscenza dei documenti che lei stava raccogliendo?»

«Non nei particolari, ma ne erano coscienti, sì. Sapevano che presto avrei fatto riaprire le indagini contro di loro.»

«Interessante» disse tra sé Annabella.

Per qualche minuto stette ad ascoltare la signora Bianca, che le espose i dati tecnici da cui risultavano, senza troppi dubbi, gli ammanchi della società dovuti a distrazioni di fondi operate dai due soci accomandanti. Ecco che cosa aveva determinato l'insolvenza della società...

«Immagino che lei sia stato informato dell'accusa che grava su Francesco Santangelo. A proposito, lei lo conosceva il figlio?» domandò il giudice, interrompendo il discorso di Biancaneve.

«Certo. Prima di essere soci siamo stati amici per molti anni» rispose Scalzi.

«Vorrei chiederle cosa ne pensa di questa faccenda, visto che lei conosceva così bene la famiglia Santangelo. Pensa sia possibile che Francesco Santangelo abbia ucciso i genitori, come sostiene?»

«Non lo so, ma non mi fido» disse Brontolo, con le braccia incrociate sul petto, il mento basso e la fronte corrucciata.

Al che Annabella Abbondante iniziò a lacrimare per lo sforzo di non ridere. Riuscì a calmarsi solo concentrandosi sulle informazioni che poteva ancora ottenere da quell'uomo.

«Per cortesia, mi potrebbe spiegare meglio cosa intende? Pensa che non sia stato Francesco a ucciderli?»

«Penso che finché non saranno ritrovati i corpi, io non crederò affatto che siano morti» disse Scalzi.

Annabella si drizzò sulla sedia, e si protese in avanti, come il cane che ha fiutato la preda. «Lei dice che si tratta di una messa in scena?»

«Non dico nulla, dottoressa. Ma so che loro ne sarebbero capaci, per come ho imparato a conoscerli.»

«Capisco, ma a che scopo?»

«Semplice, per rifarsi una vita da qualche altra parte con i soldi della società, dottoressa. Lei lo ha letto *Il fu Mattia Pascal*?» rispose Biancaneve, sovrastando la voce del marito.

Il giudice si bloccò, stile statua di sale... Brontolo e Biancaneve si guardarono perplessi, indecisi se aspettare o alzarsi e scappare via.

«I passaporti!» gridò all'improvviso la Abbondante, e nel farlo si rizzò in piedi, incespicò nel solito filo appeso della stampante e, per reggersi, spinse lo schienale della sedia girevole dove era seduto il povero Scalzi. La poltroncina prese a ruotare su se stessa come una trottola.

«Scusatemi, devo fare una cosa urgentissima» disse, mentre usciva di corsa dalla sua stanza. «Vi aspetto domani mattina con il curatore!» gridò dal corridoio, mentre si allontanava.

Entrò in ascensore pur senza avere un piano preciso. In ogni caso, doveva tentare. Premette il tasto due, quello della procura.

«Ascensore per l'inferno» mormorò.

Non ebbe il tempo di formulare una strategia offensiva, perché il sostituto procuratore Massi delle Case era proprio lì, nell'androne del secondo piano, vicino al distributore del caffè insieme a una biondina con la coda di cavallo e alla stangona rossa dalle gambe lunghe. Ridacchiavano.

Adesso la pistola dello Sceriffo mi farebbe davvero comodo, pensò Calamity Abbondante mentre a passo lento si avvicinava al trio.

Massi era di spalle, e dunque non la vide arrivare. A riconoscerla fu la biondina, che lavorava all'ufficio copie del registro generale, al piano terra.

«Buonasera, giudice Abbondante. Anche lei ancora qui a lavorare?» squittì con un sorriso cordiale.

«Cara Betty, purtroppo il lavoro non ci manca mai» commentò Annabella, intanto che si accostava alla macchinetta del caffè.

A sentire la sua voce la nuca di Massi si fece di colpo molto ostile. Almeno questa fu l'impressione del giudice Abbondante. Il procuratore però non mosse un muscolo né un capello, mentre Annabella reagì a quell'indifferenza con la massima nonchalance. Armeggiò con il distributore e iniziò a sorbire l'orrido liquido nero che veniva indicato come caffè.

Un'autentica schifezza, pensò mentre si sforzava di berne almeno un pochino.

«Che succede, Abbondante? Ti si è fulminata quella ridicola caffettiera che tieni nella stanza?» si decise infine a parlare Massi.

«No. Ma, a quanto pare, il caffè della procura deve essere assai invitante, se siamo salite tutte qui alle sei del pomeriggio. Non è vero, ragazze?» fu la pronta risposta di Annabella.

La rossa assunse l'incarnato dei suoi capelli, mentre Betty continuò a sorridere senza avere afferrato l'allusione. Beata inconsapevolezza.

Annabella era stanca di bamboleggiarsi con le due *groupie*. Si rivolse così al procuratore con voce più dura: «Massi, posso rubarti all'attenzione delle tue... collaboratrici? Devo parlarti un secondo in privato nel tuo studio».

Delle Case si voltò lentamente. Inviperito per la frecciatina, senza neppure salutare le due aspiranti *Casettine*, prese la Abbondante con decisione per il braccio e se la trascinò in ufficio, sbattendo la porta dietro di sé.

«Siamo nervosetti stasera» disse lei, sistemandosi la manica del vestito.

«Invero ero sereno e tranquillo fino a poco fa, e cioè finché non ho sentito la tua voce alle mie spalle...»

«Mi dispiace di aver disturbato la caccia, collega. Ma devo chiederti una cosa importante. Vorrei sapere se avete trovato i passaporti nuovi dei Santangelo, quelli che sono stati rilasciati dopo la denuncia di smarrimento.»

Massi non rispose, e andò a sedersi alla sua scrivania, con apparente calma. Le indicò la poltrona davanti a sé. E Annabella si sedette con altrettanta calma.

E va bene. Vuoi la guerra dei nervi? Accomodati. Non sono io che devo andare a giocare a tennis alle diciannove e trenta come ogni mercoledì, rimuginò lei, in attesa che il collega si decidesse a dire qualcosa.

Passarono un paio di minuti senza che nessuno parlasse. Si sentiva solo uno strano rumore, come uno stridio di ossa. Annabella lo attribuì alle mascelle del procuratore che si stavano consumando a forza di digrignare i denti.

«Cosa ti fa pensare che te lo dirò?» sibilò alla fine lui. Sembrava sereno, ma il sismografo della palpebra indicava forti movimenti tellurici a livello delle interiora.

«Non so. Magari il fatto che tu hai fretta di uscire da quest'ufficio, mentre io, come tutti sanno, posso restare qui a tempo indeterminato.»

Delle Case sbarrò gli occhi. Sul suo volto distaccato ed educato era calato un velo di disappunto.

«Facciamo così. Prima tu mi dici perché ti interessano tanto i passaporti di due cadaveri, e poi io ti rispondo» replicò.

Trappola scattata. Ma quanto è prevedibile il tuo neurone, Massi?

«Be'» iniziò la Abbondante, «il socio dei Santangelo, Arturo Scalzi, era pochi minuti fa nel mio ufficio. Mi ha portato pacchi di documenti che dimostrano come i Santangelo si siano intascati due milioni di euro. Tu lo sapevi? Dalla tua espressione deduco che non lo sapevi.»

Silenzio.

«Sulla presunta morte dei suoi soci, Scalzi ha una interessante teoria» andò avanti lei, «cioè pensa che possa trattarsi di una messa in scena. È solo una sua ipotesi, questo è chiaro. Ma mi domandavo: se i nuovi passaporti sono stati rilasciati, come mai voi non li avete trovati? Non si può escludere l'eventualità che Scalzi abbia ragione e che siano stati usati per uscire dal Paese. Hai fatto fare ricerche per verificare gli imbarchi? Magari la loro meta non era Caracas.»

«Ovviamente no, Annabella, mi prenderebbero per pazzo! I cadaveri non viaggiano in prima classe, non lo sai?»

«Davvero spiritoso.»

«Te lo ricordi, vero, che il figlio ha confessato di averli uccisi?» le sorrise.

«Ma tu, questi cadaveri, non li hai mai trovati. Te lo ricordi, vero?» gli sorrise.

Visto che Massi non rispondeva ma si limitava a guardarla come uno schizzo di fango sul suo bel vestito nuovo, Annabella ne approfittò per continuare.

«Sergio, concentrati solo un secondo sugli eventi. Prova a non farti condizionare dal fatto che mi odi. Dal momento che i Santangelo avevano ottenuto dei passaporti nuovi, perché mai prima di partire avrebbero dovuto preparare quelli vecchi, non più validi, vicino ai biglietti per Caracas?»

La palpebra di Massi sbandierava che neppure un gonfalone al Palio di Siena, ma lui sempre zitto.

Finché…

«Devi smetterla di impicciarti delle mie indagini, Annabella! Cosa credi, che non me ne sia reso conto? Lo so benissimo che dietro il ritrovamento del secondo teschio nella segheria c'è il tuo zampino. E illuminami: come hai fatto a sapere del terzo femore? La Mancinelli è venuta a piagnucolare da te come al liceo? Anzi, non dirmelo, non mi interessa! Ma te lo dico con chiarezza… Se ottengo la minima prova che tu hai interferito ancora nelle indagini, ti faccio un esposto al CSM e ti faccio cacciare dalla magistratura. Sono stato chiaro?»

«Cristallino» replicò lei, che non era certo il tipo da farsi impressionare da una minaccia del genere.

«Bene! E adesso mi scuserai se non resto qui ad ascoltare qualche altra tua fantasiosa teoria da Miss Marple dei poveri. Devo andare a interrogare Radin in caserma. Al contrario di quello che pensi tu, anche la mia giornata lavorativa non è finita» urlò Massi, e cominciò a trascinarla via dalla stanza.

«Roberto Radin? L'ex marito della Baldi?» gli domandò Annabella mentre Massi chiudeva la porta a chiave.

«Ti saluto, Abbondante» il procuratore si avviò a passo svelto verso l'ascensore.

Annabella lo aveva seguito quasi correndo. «Perché devi interrogare Radin?» gli gridò dietro, ma le porte dell'ascensore si erano già chiuse davanti al PM.

«Michele, un cannolo urgente con doppia dose di ricotta e un caffè al pepe. Grazie.»

«Visitina in procura? Faccio in un attimo» rise il barista, e sparì in cucina.

Annabella si accasciò sul divano di pelle. Si girò a guardare Alice, che era seduta al suo fianco, tutta presa da un libro.

«Cosa leggi di bello?»

L'amica le mostrò la copertina senza alzare gli occhi dalle pagine.

«*Amore tra donne* di Charlotte Wolff. Alice… sul serio?»

«Devo documentarmi, Annabella! Non posso mica presentarmi a casa di tua sorella senza un solido supporto di conoscenze sull'argomento. Maria Fortuna fiuta la menzogna a cento miglia di distanza.»

«Accidenti, non ci avevo pensato... Quanto manca all'evento? No, aspetta non dirmelo...»

«Tre giorni» dissero in coro.

Si guardarono.

«Passami quel libro, porca miseria.»

Per fortuna, intervenne il cannolo a ristabilire l'equilibrio emotivo di Annabella. Giusto un paio di morsi prima dell'arrivo di Nicola.

«Sono distrutto. Ho passato un'ora in caserma con quel testardo del procuratore. Sta torchiando il povero Roberto come se fosse un delinquente. Vi rendete conto? Mi sono fatto dare il cambio, altrimenti stasera con Massi finiva male.»

«Ma Roberto sarebbe l'ex marito della Baldi?» volle sapere Alice, già pronta a sfoderare il suo taccuino.

La Abbondante pensò che fosse meglio tacere. E il commissario, che la conosceva come le tasche del suo Levi's 519 Skinny, si insospettì.

«Annabella, come mai non mi stai subissando di domande?»

«Sto mangiando il cannolo» bofonchiò con l'aria innocente.

«Ma perché Massi sta interrogando Radin?» tornò all'attacco Alice.

«Mah! Si è fissato che la Baldi e il gioielliere erano amanti, e che l'ex marito li abbia uccisi per gelosia. Guarda, una cosa ridicola, lasciamo stare, Ginger.»

«Ma non lo sa che Radin è gay?» insistette la giornalista.

«Gliel'ho detto, ma non si è convinto o non gli interessa. L'effetto non cambia. Quando Massi si ficca in testa una cosa, non c'è verso. È tremendo! Il problema, però, è un altro: ora che conosciamo la data dell'omicidio, Radin non ha più un alibi, perché quel giorno era già rientrato da Dubai.»

«Avete ricostruito la data precisa dell'omicidio, e come?» investigò ancora la reporter.

Il poliziotto spiegò che la data del delitto coincideva con molta probabilità con il giorno della sparizione di Ricci, il 9 settembre. Per il procuratore, quindi, la Baldi e Ricci erano stati uccisi – la sera stessa del rapimento simulato – proprio dal Radin. Carnelutti aveva provato a fargli notare che le indagini stavano mettendo in luce differenti scenari, ma Massi delle Case non aveva voluto saperne di vagliare altre piste. Alice suppose che il procuratore non intendesse coinvolgere nell'inchiesta Matilde Santangelo, dato che era una sua ex. Nicola, però, non era d'accordo: Massi era sì ottuso, ma non disonesto. Se fosse stato convinto della colpevolezza della sua ex, non avrebbe esitato a incriminarla. Il suo limite era di essersi attaccato, come al solito, all'ipotesi più semplice.

Il commissario era davvero fuori di sé. Michele, che in queste cose era un maestro, afferrata la situazione portò al tavolo un passito di Pantelleria annata speciale, che era il preferito di Nicola. Carnelutti non se lo fece ripete e se ne fece due cicchetti di seguito.

«Adesso mi sento meglio» sorrise. «Comunque, non posso restare molto. Stasera io e Gabriele andiamo al cinema.»

A sentire il nome del bel capitano perduto, la Abbondante emise una sorta di sospiro tra il nostalgico e il rassegnato. Ginger propose un brindisi all'amore, col passito. Michele, nel frattempo, aveva portato un vassoietto di pane e panelle. Una delizia.

«Non si brinda all'amore a stomaco vuoto» sentenziò il barista.

«Amen» disse Alice.

Dopo un momento di indecisione, tutti e tre afferrarono un panino.

«Ah. Quasi mi dimenticavo!» disse Carnelutti a bocca piena. «Sono arrivati i risultati della Scientifica. Ci sono tantissime novità... La prima è che, dai rilievi al luminol a casa di Erica Baldi, si rilevano tracce di sangue sul pavimento del salotto.»

Annabella ingoiò alla svelta l'ultimo boccone della panella.

«Quindi la Baldi è stata colpita a casa sua? E con che cosa, che tipo di oggetto è stato usato per colpirla, siete in grado di capirlo? La Mancinelli mi ha detto che aveva il cranio sfondato...»

«Povera ragazza» commentò Alice, che con le orecchie ascoltava loro e con gli occhi aveva ripreso a leggere.

«Le cose non stanno proprio così, lo scenario è cambiato con quest'ultima relazione. Ho altre notizie» aggiunse il commissario.

Spiegò loro che la Mancinelli era già arrivata a delle conclusioni: il cranio rinvenuto apparteneva a Erica Baldi, mentre dall'esame della dentatura del primo cranio, confrontato con la panoramica dei denti di Ricci, fornita dalla vedova, la biologa era giunta all'identificazione certa della seconda vittima con Renato Ricci.

«In realtà c'è anche un'altra cosa, ma non ti piacerà.»

«Oddio, Nicola! Dillo e basta.»

Nel secondo sopralluogo nell'appartamento era stato rinvenuto un bossolo conficcato tra il parquet e il battiscopa dietro il divano, che alla prima perquisizione non era stato notato. Da questi elementi avevano dedotto che la Baldi era stata uccisa in casa sua con un solo colpo di pistola alla nuca. Una Beretta 92FS Compact.

«Colpita alle spalle?» chiese conferma la rossa.

«Proprio così. Questo indica che conosceva bene il suo assassino. Gli ha aperto la porta, perché non c'erano segni di effrazione. E si fidava abbastanza da voltargli le spalle.»

«Dio mio, povera Erica» sospirò Annabella.

«Avete trovato anche la pistola, quindi?» domandò ancora Alice, che aveva sostituito il libro con il suo block-notes.

«No, ancora no. Siamo risaliti all'arma dal bossolo.»

«E quindi, adesso come procediamo?» domandò il giudice Abbondante, tutta eccitata.

«Annabella, porca miseria! Tu non procedi proprio da nessuna parte» sbottò Nicola.

«Dài, non ti innervosire di nuovo! Non farò nulla. Però almeno posso aiutarti a decifrare gli indizi?» e sfoderò lo sguardo da cucciolo supplicante.

«Facciamo così. Ti prometto che ti tengo informata, se mi prometti che non ti metterai a interferire con le indagini.»

«Va beeene. Croce sul cuore» disse Annabella imitando l'inflessione strascicata del suo amico.

Nicola bevve l'ultimo goccio dal suo bicchiere e se ne andò dal suo bel capitano, mentre Alice e Annabella continuarono la serata a suon di passito e panelle.

«Sono proprio felice che Nicola esca con Gualtieri» disse a un tratto Alice.

«Anche io» convenne Annabella.

«Ma soprattutto sono felice che non esca più con quell'orribile pettegola ficcanaso di Tommy» riprese la giornalista.

«Sacrosanto» concluse il giudice, sollevando l'ultimo bicchiere di passito.

Restarono di nuovo in silenzio a riflettere. Un pensiero ancora indefinito cominciò a ronzare nella mente del giudice.

«Tommy! Ecco la soluzione!» esclamò la Abbondante, in preda a una delle sue illuminazioni fulminanti.

«Di che parli?» le domandò Alice, confusa.

«Dobbiamo andare... Dài, è tardi. Domani mattina alle otto devo andare a lezione di pilates.»

Alice la guardò come Angelica aveva guardato Orlando dopo che era impazzito.

14

C'è sempre una prima volta

Annabella Abbondante, in tutina azzurro metallizzato, bandana e scarpette abbinate, abbigliamento gentilmente offerto, o meglio imposto con non poca insistenza, dal titolare della palestra Bulli e Pupe, alle otto della mattina era entrata nella sala pilates come un gladiatore nell'arena.

Si era resa conto, quando già era troppo tardi, che il suo istruttore, appena mollato da Nicola, intendeva attuare una vendetta trasversale ai danni del suo apparato muscolo scheletrico.

In quel momento si trovava seduta con le gambe incrociate in una posizione del tutto innaturale, forse in modo irreversibile, almeno secondo lei, con il piede dell'istruttore conficcato sotto il coccige e il ginocchio incuneato nelle scapole.

«Adesso concentrati sulla posizione, cerca di trovare dentro di te l'allineamento della colonna. Senti l'appoggio sui dischi? Non lo senti? E per forza! Con tutti questi ammortizzatori che hai, tesoro mio!»

Annabella guardò con disperazione la lancetta lunga dell'orologio, sulla parete di fronte, che sembrava restare inchiodata, ormai da infiniti minuti, sulle otto e venticinque.

Tommaso Pucci detto Tommy, travestito da evidenziatore, in outfit arancio fluo e bandana gialla, la scrutava dall'alto con piglio deciso e professionale, e una leggera venatura di sadismo nello sguardo.

«Rilassa quelle spalle, gioia, rilassa. Madonnina, ma quanto sei contratta, tesoro!»

Orologio, sguardo disperato, lancetta ore otto e trentadue, quasi e trentatré.

«Incrocia, incrocia. Devi fare la respirazione intercostale! Altrimenti come me lo trovi questo centro di forza?»

Orologio, immagine annebbiata, lancetta ore otto e trentasette.

«Dài! Tieni la posizione, tieni la posizione! Alza queste gambotte, su, su, non ti fermare!»

Nel dire queste ultime parole, il personal trainer assestò al giudice Abbondante un paio di sonori schiaffoni sul sedere contratto e dolorante.

Ore otto e quarantadue.

«Ascolta, Tommy... non potremmo fare la versione breve? Non ti voglio offendere, ma sai, è la prima volta che prendo lezioni di pilates, sono fuori allenamento e dopo vorrei entrare in tribunale mantenendo una certa dignità.»

Ore otto e quarantotto.

«E no! No, no, no, no! Tu non mi puoi parlare mentre tieni la posizione, dolcezza. Proprio no. Mi allenti il centro di forza, mi scompensi l'equilibrio della colonna, mi comprometti il movimento, capisci?»

Ore otto e cinquantasei.

«Senti l'energia che ti attraversa la zona pelvica?»

Ore otto e cinquantotto.

«E me la srotoli questa colonna vertebrale, per cortesia?»

Ore nove: Annabella Abbondante giaceva esanime sul pavimento della palestra Bulli e Pupe, posizione *a quattro di bastoni,* facendo concorrenza al tappetino dello yoga, disteso di fianco a lei.

Sono morta, e questo è l'inferno degli obesi. Una eterna lezione di pilates in tutina metallizzata.

All'uscita degli spogliatoi trovò Tommy ad aspettarla.

«Allora, tesoro, non sei messa benissimo, te lo dico. Visto che era la prima volta che facevi una lezione di pilates, con te ci sono andato leggero. Ma le prossime volte dobbiamo far lavorare di più queste chiappone. Ok, pupa?»

Annabella rivolse a Tommy uno sguardo di fuoco liquido e fu tentata di dire quello che davvero pensava di lui. Ma per fortuna si rese conto di non avere ancora abbastanza fiato per farlo. Poi, pensando al motivo per cui era lì, si limitò a sfoderare un sorriso falso e cortese.

Dopo un paio di minuti, recuperato il fiato e la calma, disse: «Ascolta, Tommy. Prima di andarmene, ho bisogno che tu mi faccia un grosso favore. È per un'indagine che stiamo conducendo... Si tratta di un'informazione che rientra nel tuo settore di competenza».

«*Wow*. Tommy il detective... Dimmi, dimmi! Cosa devo fare? Dimmi tutto, sono curiosa come una scimmia!»

«Dovresti trovarmi la conferma che una certa persona è davvero omosessuale, come sospettiamo. Pensi di riuscirci in breve tempo?»

«Ma scherzi? E che ci vuole! Ti sei rivolta alla persona giusta, amore mio. Nessuno sfugge al *gay radar* di Tommy.»

«Immaginavo. Lo sanno tutti che tu sei il professionista del gossip LGBT.»

«Ci puoi giurare, stella.»

E in effetti Tommaso il ficcanaso dimostrò di possedere

una *rete infogay*, come la chiamava lui, che neppure l'Interpol sui terroristi. Venti minuti, qualche messaggio in chat e una videochiamata più tardi, Annabella se ne partì dalla palestra Bulli e Pupe con una foto di Radin e del suo compagno che si baciavano con passione, niente di meno che al loro matrimonio a Tenerife.

E adesso Massi mi sente, gioì Annabella mentre parcheggiava in tribunale.

L'unico problema era superare la momentanea paralisi delle gambe che allo stato attuale le impediva di uscire dall'auto.

La libertà non è star sopra un albero, non è neanche il volo di un moscone, la libertà è...

Il maledetto congegno aveva scelto il momento sbagliato per mettersi a vibrare, proprio mentre era in bilico sul bordo del sedile, finendo quindi inevitabilmente a conficcarsi nel punto più inaccessibile, sotto il posto di lato al guidatore.

No! Non nelle mie condizioni, pietà!, implorò Annabella.

Dopo indicibili sofferenze e contorsioni contronatura, finalmente riuscì a recuperare quel flagello di telefonino. Vide che la chiamata persa era di Nicola.

Lo richiamò. L'amico rispose al primo squillo.

«Ti stavo per chiamare» lo anticipò Annabella, che aveva la coda di paglia per essere andata da Tommy senza avvisarlo. «Ho una autentica bomba da far esplodere in faccia a quello sbruffone di Massi!»

«So tutto, perfida» fece lui in un sibilo.

«Quella pettegola traditrice!» strillò Annabella indispettita.

«Tommy mi ha chiamato subito, cara! Non avrebbe mai perso l'occasione di fare un pettegolezzo, e di sbattermi in faccia che sei andata a chiedergli aiuto... Guarda, passerò sopra alle tue promesse da marinaio, sono rassegnato. Ma quella foto mi serve subito! Ti aspetto nel tuo ufficio tra dieci minuti. Sbrigati, che io e Paolo ci stiamo preparando il caffè.»

«Arrivo, ma cosa intendi fare della foto?»

«Escludere una volta per tutte Radin dai sospettati sarebbe di grande aiuto. Sto andando dal procuratore: ho deciso che voglio convincerlo con ogni mezzo a chiedere l'autorizzazione al GIP per l'intercettazione telefonica dell'utenza di Matilde Santangelo.»

«Bravo, Nic! Non ti far mettere i piedi in testa da quel pallone gonfiato, mi raccomando... Ti mando subito la foto via WhatsApp» concluse Annabella e si fermò in attesa dell'ascensore.

«Dovresti fare attenzione a non parlare così ad alta voce, Abbondante. L'interessato potrebbe essere dietro di te» la voce sfottente di Massi delle Case alle sue spalle la fece sussultare.

Annabella, con una faccia tosta che neanche la Maschera di ferro, provò a recuperare in extremis.

«Abbiamo la coda di paglia, signor procuratore?»

«Può darsi» si limitò a commentare lui.

Entrarono, loro malgrado, insieme in ascensore. Massi ancora una volta sperò di completare la salita in silenzio. E anche stavolta restò deluso.

«E allora, ha confessato il tuo Radin?» gli domandò il giudice.

«Se lo avesse fatto, sono certo che tu ne saresti già informata.»

«Tu lo sai che l'ho fatta io, l'istruttoria per la separazione Radin-Baldi? Sono io che ho scritto la sentenza.»

«E che importanza ha?» rispose annoiato Massi.

«Tu lo sai perché si sono separati? Intendo la vera ragione, non le chiacchiere scritte nel ricorso» continuò imperterrita.

«No, ma immagino che tu stia per dirmelo, non è vero?»

«Non credo sia necessario» Annabella tirò fuori dalla borsa una copia della foto che aveva stampato e gliela infilò nel taschino. «L'ho già data al commissario Carnelutti, per la verità, ma ci tenevo a consegnartene una copia personalmente. Cerca di farne buon uso, signor procuratore.»

Massi non ebbe il tempo di replicare perché le porte si aprirono al primo piano e Annabella si trascinò fuori dall'ascensore senza voltarsi indietro, con tutta la rapidità che i suoi muscoli doloranti le consentirono.

Rientrò in ufficio dopo l'udienza che erano circa le tredici. Sospirò. La solita indecisione dell'ora di pranzo. Prima le zucchine o prima i decreti ingiuntivi? Questo era il dilemma.

Dovette rimandare la scelta amletica perché ricevette la telefonata del dottor Sottile, il quale le chiedeva se per cortesia era possibile spostare il colloquio con lui e Scalzi alla mattina successiva, dopo l'udienza. A quanto pareva Scalzi si era ricordato di una cosa importante.

«Per verificarla, deve andare dal notaio Gimondi oggi pomeriggio. Dice che è una cosa che lei troverà interessante. Ma non mi ha voluto anticipare nulla, vuole riferirlo direttamente a lei» spiegò il curatore.

Per la Abbondante non c'erano problemi. Fissò l'appuntamento con i due per l'indomani.

Chiusa la telefonata, sospirò di nuovo.

Le zucchine stavano ancora lì. Pallide e tristi. Aspettavano.

Stava per cimentarsi nell'eroica impresa quando le sue narici percepirono distintamente un profumo di parmigiana di melanzane.

Sarà un miraggio alimentare.

Il miraggio però bussò anche alla porta.

E poiché lei ancora non rispondeva, il miraggio bussò una seconda volta.

Annabella si decise a dire "avanti", ed entrò il garzone della Palermitana che depositò, non senza un certo timore, un vassoio incartato accompagnato da un bigliettino.

Anche stavolta non aspettò la mancia e si dileguò, ben conoscendo il caratteraccio del giudice all'ora di pranzo.

Come subodorato, si trattava di una porzione *abbondante* di parmigiana di melanzane. Annabella resistette al richiamo irresistibile di quel capolavoro perché moriva dalla curiosità di scoprire chi fosse il mittente di tanto ben di Dio.

Aprì il biglietto e per poco non le prese un colpo. Il biglietto era firmato "Sergio".

Timeo danaos et dona ferentes, pensò sospettosa. Se Massi delle Case le aveva mandato una parmigiana, doveva essere come minimo avvelenata.

Lesse il biglietto:

Ciao Annabella,
questo è il mio modo per proporti una tregua.
Mi dispiace di essere stato scortese ieri sera. Ma devi ammettere che tu hai la capacità di farmi perdere il controllo.
Comunque sarai soddisfatta di sapere che ho riflettuto su quello che mi hai detto. La faccenda dei passaporti va approfondita. Ho già dato disposizioni. Per la foto, grazie. L'ipotesi investigativa che stavo seguendo sembra ormai da escludere. Le indagini ora proseguiranno in altre direzioni. Sto lavorando su un nesso alternativo che possa collegare la prima alla seconda vittima. Vedi che non sono poi così un "pallone gonfiato" come dici tu? Sia chiaro, continuo a pensare che tu non debba interferire nelle

mie indagini e debba concentrarti solo suoi tuoi fascicoli, ma non voglio più discutere con te.

E comunque io non ti odio, ti trovo solo terribilmente irritante.

Ti saluto, Abbondante. Buon pranzo.

Sergio

Annabella dovette ammettere che stavolta Massi non era del tutto da strangolare. Per tutti c'è una prima volta, in fin dei conti. Sempre che la parmigiana non contenesse arsenico, era ovvio. Il giudice però aveva troppa fame, e la parmigiana aveva un odore fantastico.

Al diavolo Ulisse e il suo cavallo di Troia! Vorrà dire che morirò felice, concluse. E si sbafò la parmigiana con gran soddisfazione.

Mentre si sorbiva il suo meritato caffè, fu distratta da un messaggio di Nicola.

Diceva solo *"Veni, vidi, vici",* ma lei capì che il procuratore aveva capitolato sulla questione della intercettazione telefonica.

Posato il bicchiere, Annabella ripensò a quello che le aveva scritto Massi. In effetti, non si poteva negare che l'ipotesi di una relazione amorosa fosse al momento la spiegazione plausibile per collegare Erica Baldi a Ricci. Ora, Gabriele Gualtieri sembrava sicuro di poter escludere una relazione extraconiugale da parte del gioielliere. Ma era anche vero che c'erano le mail trovate nel computer di Erica. E, sebbene Nicola propendesse per l'idea che il *bosonedihiggs* fosse Francesco Santangelo, non si poteva escludere con certezza che invece l'uomo in questione fosse Renato Ricci.

Del resto un legame tra le due vittime ci doveva pur essere, a meno che non si volesse pensare che la cisterna della segheria fosse la discarica di zona per i cadaveri dei morti ammazzati.

I suoi ragionamenti furono interrotti dallo squillo del telefono fisso.

Rispose con una certa titubanza. Solo Dolly e sua sorella Fortuna la chiamavano su quel numero. In altre parole, aveva il cinquanta per cento di possibilità di inguaiarsi la digestione della parmigiana.

«Dottoressa, sono io state tranquilla» la rassicurò Paolo.

Annabella si spaventò. Adesso Paolo leggeva nel pensiero? Va bene l'efficienza ma un po' di privacy non le dispiaceva.

«Lo so che vostra sorella vi chiama sempre sul fisso. Lo avete scassato già un paio di volte, quel povero telefono» precisò il cancelliere ridacchiando.

Seguì il solito silenzio glaciale risentito.

Paolo percepì il cambio di temperatura attraverso il filo. Per fortuna, aveva un osso da gettare in pasto alla Abbondante prima che se lo potesse mangiare vivo.

«Giudice, ho scoperto una cosa interessante.»

La temperatura ritornò di nuovo sulle medie stagionali.

«E cioè?» domandò l'Abbondante, che aveva già agguantato l'osso.

«Stavo riordinando un fascicolo del fallimento di quel locale di Castel del Maglio, il Magic M.O.ments, e mi è capitata sotto gli occhi una domanda di insinuazione al passivo del proprietario del locale.»

«Dolly, vai al dunque» lo esortò il giudice impaziente.

«Il proprietario era il povero Renato Ricci, dottoré.»

«Ah, ecco. Ma cosa ci trovi di così interessante?»

«Sapete qual era lo studio che lo rappresentava nella istanza?»

«Non mi dire!» afferrò al volo la Abbondante.

«Eh sì. Proprio lo studio Artusi. Achille Artusi era stato l'avvocato di Ricci.»

«E bravo Paolo! Hai ragione, è una notizia davvero interessante. Per favore, chiama tu il commissario Carnelutti e raccontagli questa storia. Io non ho tempo. Devo andare via.»

«In che senso?»

«Nel senso che vado a casa, Paolo. Qual è il problema?»

«Ve ne andate dal tribunale a quest'ora? Dottoré, ma state male?»

«No!»

«Allora sta male vostra mamma? Cristian?»

«Madonna, Paolo, non sta male nessuno. Me ne vado semplicemente via un po' prima. Non sarà mica la prima volta! Ho da fare delle cose mie.»

«A dire la verità, dottoré, da quando vi conosco non è mai successo che ve ne andavate prima di me» fece il cancelliere, sospettoso. «Siete sicura che non è successo niente?»

«Sicurissima.»

In realtà aveva realizzato che per risolvere l'enigma era necessario acquisire ulteriori informazioni su Renato Ricci. Sul rapporto che aveva con la moglie e sulla sera prima della sua scomparsa. Solo in questo modo si poteva sperare di trovare il legame che collegava il gioielliere alla morte della Baldi.

Decise quindi che sarebbe andata a parlare con la vedova Ricci per farsi raccontare tutti i dettagli che conosceva. Ma non poteva andarci da sola. E sapeva benissimo a chi rivolgersi.

«Capitano, come stai?»

«Annabella, ciao. Cosa posso fare per te?»

«Domanda sbagliata. Chiedimi cosa posso fare io per te...»

Annabella non ci mise molto a convincere Gualtieri ad accompagnarla dalla sua amica Adele. Gabriele voleva scoprire l'assassino di Renato Ricci come e più di lei.

Adele Ricci era una donna ancora giovane e affascinante. Nonostante le occhiaie, aveva uno sguardo limpido e luminoso, solo di tanto in tanto attraversato da un'ombra scura.

E sorrideva. Di un sorriso malinconico e nostalgico che ti toccava l'anima.

Annabella e Adele avevano simpatizzato dal primo istante, come solo le donne intelligenti ed empatiche sanno fare. Dopo la presentazione del capitano si erano messe a parlare fitto come due vecchie amiche.

«Sapevo che era morto, Annabella. L'ho saputo dal primo momento. Non chiedermi perché. Qualcosa si è spezzato dentro di me quella notte» disse la vedova.

«Ma tu quando lo hai sentito l'ultima volta?»

«La sera dell'8 settembre. Poco prima di mezzanotte. Lui mi chiamò per dirmi che sarebbe rimasto ancora qui, in gioielleria. Stava finendo un inventario importante e non lo voleva interrompere. Renato era un uccello notturno. Gli piaceva lavorare di notte.»

«Quindi lui era qui in gioielleria, quella notte?»

«Sì, sì. Ma se stai pensando a un tentativo di rapina, ti dico che è da escludere, secondo me. Ho avuto tempo per pensarci mille volte. Quando sono venuta qui, la mattina dopo, la porta blindata della gioielleria era chiusa a chiave con tutte le mandate e l'allarme era inserito. E le chiavi sono state ritrovate nell'auto, insieme allo zaino che si portava sempre dietro. In gioielleria poi, non mancava nulla.»

«E quando hai chiamato la polizia?»

«La mattina dopo. Ma io ho iniziato a chiamarlo sul cellulare alle due di notte, quando mi sono svegliata di soprassalto e non l'ho trovato a letto. Te l'ho detto, ho capito subito che era successo qualcosa di tragico. Era la prima volta dopo venti anni di matrimonio che restava fuori o faceva tardi senza avvisare. Ma ho aspettato la mattina per chiamare la polizia. Sarebbe stato inutile farlo prima.»

«E poi hai ricevuto un messaggio dai presunti rapitori?»

«Il giorno seguente, ho trovato un biglietto anonimo nella cassetta della posta: mi chiedevano un milione di euro di riscatto. Una messa in scena, ormai è chiaro. Non si sono fatti più vivi…» Adele si fermò, la commozione le impediva di continuare. Gualtieri le portò un bicchiere di acqua fresca per farla calmare.

«Una messa in scena» disse tra sé Annabella Abbondante e non poté non pensare alla mail che era stata scritta sul computer della Baldi. Anche quella era stata una messa in scena. Solo un mono neurone come Massi poteva non accorgersi che questi fatti erano opera di una sola mente criminale.

Quando la Ricci si fu calmata, Annabella le chiese perché fosse così certa che suo marito non avesse avuto una relazione amorosa con Erica Baldi.

«Se mi fai questa domanda, devo dedurre che tu non abbia ancora conosciuto l'amore autentico e sincero. No, Renato non mi avrebbe mai tradito, eravamo molto più che marito e moglie, eravamo una cosa sola. Guarda cosa mi ha scritto la notte in cui è stato ucciso…» e passò il suo cellulare al giudice Abbondante.

Annabella lesse il messaggio che la vedova Ricci le stava mostrando. Parole di un uomo innamorato. Sul telefono di Adele c'erano centinaia di piccoli messaggi come quello. Ultime testimonianze di una storia d'amore che solo la morte aveva potuto interrompere.

Adele Ricci sembrava davvero troppo provata per insistere oltre, quindi si congedarono.

Uscendo dal negozio Annabella posò gli occhi sulla vetrina

dove era serigrafato il nome: Gioielleria Le Gaiole. Una specie di scossa elettrica dietro la nuca la fece paralizzare. Perché questo le ricordava qualcosa?

«Tutto bene, Annabella?» il capitano Gualtieri si preoccupò vedendola così, immobile.

Lei si girò verso di lui per rassicurarlo, e solo allora notò il numero civico accanto alla vetrina: 8. Via delle Gaiole, 8! Ma certo! Ma come era possibile che non avesse fatto prima il collegamento! Quello era l'indirizzo di Erica Baldi. Si ricordava benissimo quando glielo aveva dettato Cristian dal sito della motorizzazione.

Si guardò meglio intorno e le venne in mente di essere passata di lì con l'auto dell'avvocato Del Ciondolo, quando era in corso la perquisizione.

«Gabriele, ma tu lo sapevi che qui di fianco abitava Erica Baldi?»

«Sul serio?» si sbalordì Gabriele. «Assolutamente no! Non è un nostro caso, quindi non avevo motivo di sapere l'indirizzo della professoressa Baldi. Ma ne sei sicura?»

«Sicurissima! E scommetto che neppure Nicola ha collegato che la gioielleria di Ricci fosse quella che stava proprio a fianco al portone della Baldi.»

«Probabile. Il caso del rapimento lo seguivamo noi dell'Arma. E se il legame tra la Baldi e Renato fosse rappresentato solo dall'indirizzo?» disse il capitano, esprimendo a voce alta quello che Annabella stava già pensando. «E se Ricci avesse in qualche modo, suo malgrado, sorpreso l'assassino della Baldi e fosse stato ucciso perché aveva visto troppo?»

«E perché non viceversa?» aggiunse il giudice.

«Perché da quello che mi ha detto Nicola» rispose arrossendo il capitano, «è stato accertato che la Baldi è stata uccisa con un colpo di pistola in casa sua, mentre voltava le spalle all'assassino. Ha il *modus operandi* di un omicidio premeditato.»

«Hai ragione! E quindi è più verosimile che il colpo in testa ricevuto dal povero Ricci sia stato il frutto di una decisione estemporanea, nata dall'esigenza di improvvisare.»

«Mia cara dottoressa Abbondante, dovresti fare il pubblico ministero» scherzò Gualtieri.

«Non sei l'unico a pensarlo, credimi» sospirò Annabella.

Si misero in macchina diretti a Pianveggio. Urgeva parlare con Nicola.

«Stavo riflettendo su un'altra cosa» disse pensoso Gabriele, mentre guidava piano lungo la strada che si arrampicava tra le verdi colline.

«Non può averlo visto mentre uccideva. L'omicidio è avvenuto in casa» lo anticipò Annabella.

«Esatto. E quindi delle due l'una o Ricci ha sorpreso l'assassino mentre trasportava il cadavere della Baldi, oppure...»

«Ricci conosceva l'assassino» completò il giudice.

«Proprio così! L'assassino si è visto riconosciuto e ha reagito di impulso per liberarsi di uno scomodo testimone... E secondo me è questa la opzione corretta.»

«Perché?»

«Perché la Mancinelli mi ha spiegato che il colpo è stato inferto alla base della nuca, probabilmente mentre la vittima era di spalle e abbassata in avanti.»

«Ricci si era avvicinato, non sospettava. Vuoi dire questo?»

Era solo un'ipotesi, spiegò il carabiniere, ma gli pareva quella più plausibile.

La libertà non è star sopra un albero, non è neanche il volo di un moscone...

«Dolly, possibile che non riesci a far a meno di me neppure

301

per una mezza giornata?» scherzò la Abbondante che aveva riconosciuto il numero del suo cancelliere dal display.

«Dottoré, nel vostro interesse, se per caso non state troppo lontana, io vi consiglio di tornare in tribunale.»

«Paolo, sei impazzito? Ma perché dovrei tornare in tribunale a quest'ora?»

«Perché vi state perdendo una scena epica. Strilli di pazzi, dottoré!»

«Ma chi sta strillando? Cos'è successo?»

Annabella si morse il labbro per il rimpianto di non essere sul posto a verificare di persona.

«Massi. Sta come un pazzo.»

«Massi? Ma io non ci sono. Con chi sta urlando?» si stupì lei.

«Con lo Sceriffo. Stanno nella sua stanza, e gridano. A dire la verità, grida solo delle Case. Se fate presto forse riuscite ad assistere al finale.»

«Paolo, non dire sciocchezze, non è mica un *musical*…»

«Fate come volete voi, io vi ho avvisato. Adesso vi lascio che sennò mi perdo qualche passaggio.»

Annabella però non resistette alla tentazione. Si fece lasciare all'ingresso principale del tribunale e pregò il capitano di riferire a Nicola tutto quello che si erano detti, dato che immaginava si sarebbero visti. Lui le confermò che così era. E se ne andò, con un sorriso, bello come il sole.

Mentre faceva di corsa lo scalone che portava al primo piano, sentì delle urla provenire dall'ufficio del nuovo collega. Arrivò appena in tempo per vedere Massi uscire tutto turbato, con la palpebra tremolante ormai dotata di vita propria. Quella stessa palpebra che fino a quel momento aveva vibrato sempre e solo per lei. Ma c'era sempre una prima volta.

Trovò Paolo acquattato dietro l'angolo, con lo sguardo eccitato dal sangue appena scorso, come un antico romano al Colosseo.

Annabella, in un bisbiglio, chiese al suo cancelliere di essere aggiornata sull'accaduto. E questi le fece un dettagliato resoconto. Da quanto lui aveva capito, lo Sceriffo si era rifiutato di firmare il decreto che disponeva il giudizio immediato per Francesco Santangelo. A suo avviso non c'erano sufficienti elementi per ritenerlo colpevole. Aveva perciò deciso di negare il rito speciale perché di grave pregiudizio alle indagini. A quel punto il procuratore se lo sarebbe voluto mangiare: si era messo a sbraitare e a minacciare senza un minimo di decenza. Ma lo Sceriffo non si era mosso di una virgola, e allora delle Case se ne era uscito con la coda tra le gambe.

«Sceriffo, sei il mio eroe» proclamò Annabella.

E fu così che il giudice Abbondante e il suo cancelliere si ritrovarono ad accennare qualche passo di valzer nel corridoio del tribunale ormai deserto…

«Ciao Vanni, posso entrare?»

«Annabella! Ma certo, accomodati pure.»

«Abbiamo sentito un po' di baruffa qui dentro, tutto bene?»

«Alla grande, perché temevi per la mia incolumità?» ridacchiò lo Sceriffo mentre si accendeva il suo immancabile sigaro.

«In effetti no. Solo che mi dispiace per la brutta impressione che ti possiamo aver fatto. Non bastava la litigata di stamattina tra me e Merletti. A proposito, volevo ringraziarti per essere intervenuto a sostenermi. A volte Merletti è un… è un tale… come dire?»

«Coglione, Abbondante, non c'è mica da girarci intorno» disse serafico Soldatini.

«Hai ragione non si trova una definizione migliore» e si mise a ridere. «Posso farti una domanda indiscreta?»

«Se non è troppo indiscreta» scherzò lui.

«Perché hai rigettato la richiesta del PM su Santangelo?»

«Se vuoi, domani ti faccio leggere la motivazione. Ma in sintesi per due ragioni. Innanzitutto ho trovato davvero troppo superficiale che la procura non abbia fatto fare una sua perizia psichiatrica su Santangelo, e si sia affidato pedissequamente a quella della Baldi.»

«Mi sa che la Baldi era l'unico perito anche per la procura» disse tra sé Annabella.

Lui continuò: «La seconda ragione è che non mi convince la confessione del Santangelo. Una confessione troppo coerente per uno schizofrenico. E poi tutti quegli elementi probatori in bella vista... Non lo so. Mi è venuto il sospetto che si tratti di una cosa costruita. Ho chiesto al PM di approfondire le indagini per vederci più chiaro. Io da PM non avrei mai chiesto il giudizio immediato in un caso così».

«Intanto chi può avere interesse a simulare un omicidio?» domandò quasi a se stessa la Abbondante.

«Questo è un problema del dottor delle Case. Deve essere lui a consegnarmi un quadro probatorio convincente» rispose il collega. «Ma il procuratore è andato su tutte le furie. Hai sentito, no? Mi ha dato dell'incompetente. Era rosso come un peperone, e gli è venuto uno strano tic...»

«La palpebra ballerina!»

«Sì, brava! Per un attimo ho temuto che gli pigliasse un accidente... Io, però, non mi faccio mica intimidire dai palloni gonfiati, ve'. Gli ho detto: "Sarà come dici tu, intanto questi tuoi cadaveri non spuntan fuori, ve'..."» e rise di gusto.

Se la rise anche Annabella, finché, colta da un pensiero improvviso, non si fermò. Guardò fisso negli occhi lo Sceriffo e disse: «Giovanni, ti piacciono i cannoli?».

Qualche minuto più tardi Calamity Abbondante e lo Sceriffo celebravano la nuova amicizia gustandosi due cannoli appena fatti con doppia dose di ricotta, e ovviamente, un caffè al pepe per ciascuno.

15

Questione di vita o di morte

Era tornato il caldo.

Nel giro di ventiquattr'ore, dalla Siberia ai Caraibi. E giusto in tempo per l'udienza più affollata dell'anno.

Da circa due ore Annabella Abbondante affrontava, con stoico coraggio, le devastanti conseguenze di un suo unico, piccolo, tragico errore fatto quattro mesi prima, quando per distrazione aveva rinviato due udienze in un'unica data, inserendo in calendario per quel giorno il doppio dei fascicoli rispetto al solito. Risultato: la baraonda più totale. E non poteva neppure arrabbiarsi. Perché era tutta colpa sua.

«Allora, passiamo al prossimo fascicolo» disse il giudice continuando a sventolarsi disperata, nella calura dell'aula affollata e rumorosa.

L'aria condizionata del corridoio si era rotta, neanche a dirlo, proprio quel giorno, e Annabella non se l'era sentita di far aspettare le persone nell'*androne equatoriale*. Per cui, in quel momento, stavano tutti dentro, e respiravano tutti, producendo un piccolo effetto serra, completamente a vantaggio del giudice Abbondante.

«Cosa abbiamo qui?» domandò, dopo aver afferrato il fascicolo numero 26.

«Qui dottoressa, ci sarebbe da emettere l'ordinanza di vendita dell'immobile pignorato» disse l'avvocato del creditore.

«Signor giudice, faccio rilevare che qui è pignorata solo la nuda proprietà» precisò il custode giudiziario dell'immobile.

«Avvocato Giulietti, ha verificato che l'usufruttuario sia ancora in vita?» volle sapere lei, guardando il malcapitato custode con lo sguardo di Caronte alle anime dannate.

«Per la verità no, signor giudice» rispose tremante e mortificato il poverino.

«Ma ha visto quanti anni ha, l'usufruttuario? Siamo sicuri che sia ancora vivo?»

«Ma proprio non saprei, dottoressa.»

«Avvocato Giulietti, lei lo sa che se l'usufruttuario è morto, l'immobile deve essere stimato di nuovo? E con l'età che si ritrovava al momento del pignoramento, questa possibilità non è affatto remota» disse con foga la Abbondante, con la solita vena in pericolo di esplosione e il ricciolo franato sulla fronte.

Fu in quel momento che dal fondo dell'aula si sentì una voce: «Guardi che io sto benissimo!».

Attraverso la folta e sudaticcia schiera di avvocati assiepati, spuntò un vecchietto arzillo e piuttosto inviperito.

La folla, si sa, è come un cane che fiuta l'osso. Al primo accenno di baruffa si fa subito attenta. E infatti al brusio precedente si sostituì un silenzio assoluto.

«E lei chi sarebbe?» domandò il giudice, già temendo la risposta.

Il vecchietto si fece avanti con atteggiamento di sfida, pollici nella cintura dei pantaloni e mento alto. La guardò negli occhi e disse: «Sono quello che deve morire».

Annabella si rivolse in silenzio tutto il catalogo degli improperi, tra le risatine trattenute degli avvocati presenti, e abbozzò un goffo tentativo di spiegazione.

«Mi dispiace, ma non la prenda sul personale. La sorte del suo diritto è quella di estinguersi. Capirà bene che per noi sarebbe stato molto meglio vendere la piena proprietà che la nuda proprietà.»

«Signor giudice, la mi scusi, ma la morte mia, per me, l'è un fatto di molto, di molto personale» rispose il vecchietto ancora più offeso.

Non fa una piega, riconobbe Annabella.

«Ha ragione, mi scusi, ma si tratta di un fatto naturale, prima o poi anche lei morirà. Moriamo tutti» continuò la Abbondante peggiorando la sua situazione.

L'anziano signore la mandò senza dubbio a quel paese con lo sguardo e, senza dare segno di imbarazzo, attivò un plateale scongiuro di sicurezza.

Il giudice allora, cercando di porre fine all'incresciosa vicenda, tagliò corto: «In ogni caso, lei è ancora troppo giovane per morire, venderemo la nuda proprietà».

Il vecchietto restò ancora qualche secondo a osservarla con aria di compatimento, dopodiché, facendo le corna in direzione del giudice, si limitò a dire: «Tié!».

Tutti scoppiarono a ridere. Il vecchio, invece, girò i tacchi e si allontanò con passo da ventenne, accompagnato da un sommesso brusio di approvazione.

«Dolly, qual è il prossimo fascicolo?» sospirò rassegnata Annabella Abbondante, e con una brusca manata si sistemò il ricciolo.

«Sono finiti, dottoré.»

Lei si stupì. Ma come aveva fatto a finire il doppio dei fascicoli in così poco tempo?

Paolo colse il suo sguardo meravigliato e le disse: «E voi stamattina stavate assatanata, dottoressa mia. Agli avvocati gli avete fatto fare la maratona. Ci sta Del Ciondolo che ancora si deve riprendere. Guardatelo là… È uno straccio d'uomo».

Il giudice non ebbe modo di rispondere a tono, perché scorse sul fondo dell'aula il dottor Sottile accompagnato da Arturo Scalzi.

«Dottoré, ci stanno Dotto e Brontolo là, che vi devono parlare. Che faccio, gli dico di accomodarsi nel vostro ufficio? Mi sa che voi prima vi dovete prendere un caffè, o mi sbaglio?»

Annabella pensò che Dolly fosse davvero un cancelliere unico nel suo genere, e che doveva proprio informarsi sui progressi per la clonazione umana.

Arturo Scalzi aveva l'aria del gatto che ha appena catturato il topo. Una chiara luce di trionfo gli illuminava lo sguardo.

Non aspettò neppure che Annabella li salutasse e iniziò a parlare.

«Dottoressa, ce l'ho fatta! Ho trovato l'assicurazione sulla vita che il mio socio Santangelo e sua moglie Michela hanno stipulato dieci anni or sono. Mi sono ricordato che me ne aveva lasciata una copia tempo fa, quando eravamo ancora in buoni rapporti. Si tratta di una polizza milionaria, dottoressa. Guardi!» e mentre parlava tirò fuori dalla cartellina un atto notarile e un contratto assicurativo.

Annabella lesse e si rese conto che questo era un ottimo movente, per qualsiasi delitto. Andò subito a controllare se Francesco Santangelo figurasse tra i beneficiari. Con suo grande stupore si rese conto che l'unica beneficiaria della polizza era la figlia Matilde.

«Sì, lo so, sembra strano che avessero nominato solo la figlia come beneficiaria» disse Scalzi, intuendo i pensieri del giudice. «Ma quello che lei non sa è che i Santangelo avevano fatto testamento nominando loro erede il figlio maschio. La moglie aveva due belle proprietà in Sudamerica, che sarebbero andate entrambe al figlio, secondo la legge del luogo. Me lo ha raccontato ieri pomeriggio il notaio Gimondi...»

«Mi sta dicendo che Francesco Santangelo erediterà tutto il patrimonio dei genitori, fatta salva la quota di legittima? Questo è un buon movente per un omicidio» commentò il giudice Abbondante.

Nei successivi minuti Sottile e Scalzi riferirono nel dettaglio tutte le vicissitudini della società fallita, e la Abbondante si "fece definitamente persuasa", come avrebbe detto il commissario Montalbano, che senza quegli ammanchi la società *Amici per la Pelle* non sarebbe andata in insolvenza e avrebbe potuto farcela a superare la crisi. Si salutarono un'oretta più tardi.

Appena i due uscirono, il giudice afferrò il telefono e compose il numero del notaio Gimondi, che conosceva da molto tempo per motivi di lavoro.

«Carissima dottoressa, a che debbo il piacere di sentirla?» rispose allegro il notaio, che a quell'ora era sempre a prendersi l'aperitivo al bar in piazza Grande.

«Buonasera notaio, le rubo solo un attimo, perché non voglio rovinarle il suo momento preferito. Mi potrebbe confermare quello che ha detto ad Arturo Scalzi ieri pomeriggio? È vero che Francesco Santangelo è l'erede universale dei beni dei genitori?»

«Per la verità, adesso tutto il patrimonio andrà a sua sorella Matilde. Per il fatto che Francesco li ha uccisi, lei mi insegna, il ragazzo non ha più diritto a nulla...»

Annabella si diede una manata sulla fronte.

«Ma certo! Il figlio ha perso tutti i diritti per indegnità...» disse.

«Proprio così, dottoressa.»

«In pratica, in tal modo Matilde Santangelo prende sia l'assicurazione che l'eredità. Giusto?»

«Sì, glielo confermo, dottoressa. Ma perché si sta interessando della vicenda Santangelo?» si incuriosì il notaio.

«Eh, che le devo dire? Sono stata, mio malgrado, coinvolta nelle indagini... Una lunga storia» mentì in scioltezza la Abbondante.

«Capisco. La saluto, dottoressa, che mi si raffredda lo Spritz» scherzò Gimondi.

E dunque Matilde Santangelo avrebbe ereditato al posto del fratello. Francesco non traeva alcun vantaggio dal confessare l'omicidio dei genitori. Mentre Matilde si avvantaggiava non solo della presunta morte dei suoi genitori ma anche del fatto che questa morte fosse avvenuta per mano di suo fratello.

Una coincidenza davvero fortunata, non c'è che dire, ragionò Annabella. Ma lei, si sa, non credeva affatto alle coincidenze.

Decise che c'era una persona che doveva conoscere queste circostanze ancora prima di Nicola. Recuperò le chiavi dell'ufficio e si diresse verso l'aula di udienza numero due.

All'entrata dell'ampia stanza finestrata, trovò Paolo e il suo inseparabile carrello. Dal modo in cui spostava e rispostava sempre gli stessi fascicoli, Annabella capì che il cancelliere si era solo trovato un pretesto per restare dentro l'aula dello Sceriffo a origliare.

«Dolly, tanto l'ho capito» gli sussurrò sottovoce mentre gli passava accanto.

«Dottoressa, cose da pazzi! Se volete stare qua vi dovete stare zitta, altrimenti non mi fate capire niente» rispose Paolo sbrigativo.

Annabella non trovò nulla da ribattere e quindi decise di tacere e ascoltare. Posò lo sguardo sul testimone e lo riconobbe subito: Gino Bisticci, detto il Leggenda.

L'unico e insuperato *testimone professionista* del tribunale di Pianveggio. Il solo essere umano dotato del dono dell'ubiquità, onnipresente a ogni vicenda giuridicamente rilevante verificatasi nel circondario del paese, a tutte le stipule di contratti verbali, pagamenti in contanti senza quietanza, sottoscrizioni di cambiali solo per garanzia, ma anche all'occorrenza amico di famiglia per liti tra coniugi o vicino confinante per diritti di transito su fondo altrui, passante casuale a incroci, strade e piazze per investimenti, scontri tra autoveicoli o cadute a causa del manto stradale dissestato. Tre generazioni di giudici si erano cimentate nel vano tentativo di incastrarlo o quantomeno indurlo a contraddirsi almeno una volta. Ma lui dribblava le domande a trabocchetto con l'agilità di un olimpionico, e sulle domande dirette *sguisciava* come un capitone la sera della Vigilia di Natale.

In venti anni, mai un processo per falsa testimonianza. Era la primula rossa dei falsi testimoni. Tutti i giudici prima o poi avevano sospettato di lui, ma nessuno era riuscito mai a incastrarlo.

«Leggenda… Paolo? E scommetto che allo Sceriffo non glielo hai neppure detto, vero?» disse lei, sistemandosi il ricciolo dietro l'orecchio.

«Eh no, lo deve capire da solo. Ci siete passati tutti, dottoressa. Adesso tocca a lui. Bisticci è l'esame di maturità per tutti i giudici di Pianveggio, lo sapete» sentenziò con una certa solennità Paolo Dolly.

«Va be', ma cerca di non essere troppo severo, ricordati che lui è un penalista.»

«E che vuol dire? Pianveggio è un piccolo tribunale, e i giudici devono saper fare tutto» rispose, e subito riprese a origliare, più concentrato di prima.

Il giudice Soldatini stava fissando il testimone, con una mano poggiata sotto il mento e un'espressione non proprio serena del volto.

«E dunque lei, signor Bisticci, sostiene di essere amico del convenuto da molto tempo. E sostiene di avere assistito di persona al pagamento dell'importo di euro settemila e ottocento in favore dell'attore» stava dicendo lo Sceriffo.

«Confermo» dichiarò il Leggenda, senza esitare.

«Benissimo. E come fa a sapere che si trattasse di quella cifra?»

«Il mio amico li ha contati davanti a me, perché l'altro non si fidava.»

«Ma guarda che fortunata coincidenza, ve'!» commentò il giudice mentre si accarezzava il bavero della giacca, sotto la quale si diceva portasse la fondina con la pistola. «E come mai lei si trovava presso l'autofficina del convenuto proprio quella mattina, in un giorno feriale? Che lavoro fa, signor Bisticci? Quando non è impegnato a far da testimone in tribunale, s'intende. Da quel che ho letto, le capita piuttosto di frequente…» domandò lo Sceriffo.

E bravo Sceriffo, ti sei documentato, apprezzò il giudice Abbondante.

«Sono agente di commercio, signor giudice, e quindi non ho un orario fisso di lavoro» fu la risposta impeccabile del testimone.

«Capisco. E come mai si trovava presso l'autofficina del suo amico, se lo ricorda?» chiese ancora Giovanni Soldatini.

«Dovevo far controllare il sistema idraulico dei freni» altra pronta risposta, da testimone modello.

Lo Sceriffo rimase qualche minuto in silenzio, e si mise a trafficare con le carte in cerca di qualcosa.

Annabella e Paolo si guardarono soddisfatti: quella era la

stessa tecnica che lei usava sempre prima di affondare il colpo. Lo Sceriffo aveva capito, ormai era chiaro, con chi aveva a che fare, e si stava giocando le sue carte.

Alla fine, dopo molto rumore e parecchi spostamenti di documenti, parve aver trovato ciò che cercava, e così riprese a parlare: «E se io le dicessi, signor Bisticci, che lei non poteva trovarsi quella mattina insieme all'attore? E questo perché in quello stesso momento lei ha già dichiarato di trovarsi presso la sede della società ItalSat, ad assistere alla stipula di un contratto di vendita… Almeno così risulta dagli atti di quest'altro fascicolo, in cui lei ha fatto da testimone due mesi fa» e nel dirlo gli sventolò il fascicolo sotto il naso senza aprirlo.

«Non è possibile, signor giudice.»

«E perché ritiene che sia così impossibile, Bisticci?»

«Signor giudice, perché mi ricordo quella testimonianza, e la data era diversa» disse il Leggenda. «Ho una memoria leggendaria, lo sanno tutti» fece lo sbruffone continuando a guardare il giudice negli occhi.

Poi tacque. Forse si era reso conto troppo tardi di aver fatto un piccolo passo falso. Lo Sceriffo, che lo aspettava al varco, si appoggiò meglio allo schienale della poltrona e si passò una mano sul petto, all'altezza della stella. Tranquillo, commentò: «Ma pensa te, che distratto! Lei ha davvero un'ottima memoria per le sue testimonianze! La data non è la stessa, ve'».

Il Leggenda parve sollevato.

«Chissà perché mi aspettavo che mi avrebbe risposto che non era possibile… perché quel giorno lei si trovava nell'officina del suo amico a contare i soldi del pagamento e non poteva aver dichiarato di trovarsi da un'altra parte…» continuò Soldatini.

Il Leggenda ebbe un attimo di turbamento.

«Ma forse lei davvero pensa di poter stare in due posti nello stesso momento, come dicono» aggiunse imperturbabile lo Sceriffo.

Nell'aula ci fu una risatina soffocata.

«Se qualcuno pensa di stare al cinema è pregato di allontanarsi senza perder tempo» protestò il giudice Soldatini, glaciale.

«Signor Bisticci, la sua testimonianza puzza come le cozze al sole. Non ho elementi sufficienti per mandare gli atti in procura, ma stia sicuro che presto o tardi io li avrò.»

Detto questo, lo fece firmare e dopo pochi minuti l'udienza era terminata.

Nell'aula erano rimasti solo Soldatini, Abbondante e Dolly. Quest'ultimo si avvicinò al giudice ancora intento ad appuntarsi le ultime cose e, con fare solenne, gli disse: «Permette, signor giudice?».

Lo Sceriffo alzò la testa dalle carte e vide Paolo tutto compito che gli tendeva la mano. Il giudice ricambiò. Mentre gliela stringeva il cancelliere disse: «Benvenuto ufficialmente nel tribunale di Pianveggio».

Soldatini guardò Abbondante in cerca di un chiarimento. E lei aggiunse: «Hai superato l'esame, collega. Sei dei nostri».

Lo Sceriffo si lasciò andare a un breve sorriso di cortesia. Annabella pensò che quell'uomo, pur non essendo un campione di simpatia, aveva già dimostrato molte altre qualità: era onesto, preparato e soprattutto intelligente.

«Vanni, mi puoi dedicare un minuto? Si tratta del caso Santangelo» disse lei, a voce appena più bassa.

Soldatini alzò le sopracciglia un po' sorpreso, ma annuì incuriosito.

Paolo nel frattempo aveva ripreso a sistemare i fascicoli con sospetta lentezza.

Annabella riferì al collega dell'assicurazione sulla vita stipulata da Carlo e Michela Santangelo, del testamento in favore del figlio e dell'accusa di appropriazione indebita, con tutti i particolari che aveva raccolto nelle ultime ore.

«Avevano più di una ragione per simulare la loro morte» commentò alla fine lo Sceriffo.

«Anche tu non credi che siano morti, vero?» gli domandò Annabella.

«Certo che no. Adesso mi sembra chiarissimo. I Santangelo son vivi e vegeti da qualche parte a godersi i soldi, si tratta solo di capire dove son finiti, ve'.»

«Già, ma perché Francesco Santangelo ha confessato l'omicidio dei genitori? In questo modo lui non avrebbe tratto alcun beneficio economico dalla messa in scena» si chiese il giudice Abbondante.

«Forse lui non sapeva che confessando l'omicidio non avrebbe avuto diritto all'eredità. Sono cose che si conoscono se hai studiato legge.»

«Come un avvocato, ad esempio» si limitò a replicare lei.

Si presero entrambi qualche secondo per ponderare quell'ultima osservazione.

«Una cosa è sicura, Annabella» concluse lo Sceriffo. «Qui, alla fine della giostra, quella che ci guadagna più di tutti è Matilde Santangelo. Si becca l'eredità che doveva andare al fratello e anche il premio dell'assicurazione sulla vita dei genitori.»

Ecco il pensiero che ronzava nella testa del giudice Abbondante da tanto tempo senza trovare il coraggio di tradursi in un'ipotesi a voce alta.

Chiese scusa al collega Soldatini e si allontanò un momento per chiamare Nicola: «Ciao, lo so che sei impegnato, ma ti devo dire solo una cosa velocissima. Ascolta e non mi interrompere, per piacere. Incontriamoci stasera alla Palermitana dopo le dieci, che prima vado a cena da mia sorella. Voglio presentarti una persona e raccontarti molte cose che ho scoperto. E prima che tu dica qualsiasi cosa, tengo a precisare che non ho cercato le informazioni, sono loro a essere venute spontaneamente da me, e non ho fatto nulla di nulla che non rientri nella mia giurisdizione» e senza neppure ascoltare la risposta, riattaccò, lasciando il commissario a contemplare stupefatto il telefono.

Subito dopo Annabella e lo Sceriffo si presero in silenzio un meritato caffè, preparato dalle mani d'oro del cancelliere Dolly, che non si era perso una sillaba di tutta la discussione.

Alice e Annabella stavano immobili, in piedi davanti al cancello, mano nella mano, contemplando la facciata rosa della villetta dalle colonne ioniche, cercando di trovare il giusto spirito e la necessaria concentrazione per affrontare la serata.

«Sei pronta?» domandò Alice.

«Per un'intera serata a casa di mia sorella? Non sarò mai pronta abbastanza. Comunque, vai.»

La giornalista pigiò il pulsante del campanello bitonale.

Dall'interno della casa si udirono un paio di urletti concitati, un po' di tramestio e infine il cancello si aprì e sulla porta comparve Maria Fortuna Abbondante al culmine del suo splendore. Indossava un tubino verde Tiffany con orecchini e bracciale abbinato, su cui portava un grembiulino bianco in pizzo di sangallo e orlo ricamato, da non credersi, con la stessa tinta dell'abito.

Annabella alzò gli occhi al cielo quando si accorse che sua sorella portava persino le décolleté con tacco a spillo di vernice nera, quelle *delle grandi occasioni*.

La padrona di casa le accolse con un sorriso magnanimo, con

posa a braccia larghe, da benedizione *Urbi et Orbi*, e sguardo ecumenico che neanche il papa al Giubileo.

Tra centottanta minuti sarai fuori, provò a consolarsi Annabella, dipingendosi un sorriso sulla faccia.

In casa c'erano Massimo e Cristian con un'aria più imbarazzata di loro. Dal salone arrivavano le note di Gianna Nannini.

«Fortuna! Non sapevo ti piacesse la Nannini.»

«Non mi piace più di tanto... ma ho pensato di mettere un po' della vostra musica. Dopo c'è Tiziano Ferro. Voglio che stasera vi sentiate del tutto a vostro agio in questa casa...»

«La nostra musica?» bisbigliò sconcertata Alice mentre Fortuna le stava facendo accomodare nel salottino buono.

«Solo centottanta minuti, respira» le disse in un soffio Annabella.

«Ho preparato del pinzimonio con verdure bio a chilometro zero e olio EVO d.o.p.»

«Non dovevi disturbarti» disse Alice non sapendo bene cosa rispondere.

Si beccò una occhiataccia da Annabella, che l'aveva istruita a parlare il meno possibile.

«E i piattini sono tutti biodegradabili. Tranne quelli in cartone riciclato. So che voialtre ci tenete molto all'ambiente» continuò Fortuna tutta orgogliosa.

La reporter sgranò gli occhi.

«Brava!» rispose Annabella.

«E ditemi avete già scelto la *location*?»

«Per cosa?» disse Alice, smettendo di sgranocchiare un finocchio.

Si prese un pestone sull'alluce da Annabella, che rispose pronta, pensando alla foto di Radin con il compagno: «Pensavamo di farlo a Tenerife».

«Così lontano?» protestò Fortuna, contrariata.

«Be'…»

«Ma perché invece non lo organizziamo a Piano, il matrimonio?»

«Non se ne parla, Fortuna. Dovremmo invitare l'intero paese, ci costerebbe troppo» rispose il giudice, che si era preparata la risposta a questa domanda già da casa.

«Vi capisco… Allora ho qualcosa da proporvi.»

Capì che quel diavolo di sua sorella si era preparata la contro-risposta. E infatti la vide alzarsi da tavola, sparire in corridoio e riapparire con un pacchetto di brochures.

«Ecco. Questo è il materiale che mi ha spedito la *Gay Weddings in Tuscany* di Firenze. Sono dei *wedding planner* specializzati in matrimoni gay. C'è tutto. Per la musica mi piacciono i The Mud Live Music di Viareggio. E per la *location*, che ne dite della Villa Medicea di Lilliano? Aspettatemi, vado a prendere le fotografie…»

E sparì di nuovo.

«Non ne usciremo vive» Alice entrò in panico. «Non voglio sposarti davvero!» piagnucolò.

«Tranquilla, devi solo annuire sorridendo e soprattutto evitare di parlare a qualsiasi costo. Resta muta!»

La cara sorella rientrò armata di una quindicina di stampe a colori della villa su cui aveva puntato: «Eccole! Non è un luogo incantevole? Ma certo che lo è» domandò e si rispose Fortuna. E poi riprese: «E per gli abiti? Sarete vestite entrambe di bianco, voglio sperare. L'abito maschile non si porta più nei matrimoni gay, mi sono informata».

Oh, Signore, invocò Annabella ai limiti della resistenza.

Le salvò Cristian con apprezzabile tempismo: «Mamma, la cena si fa una schifezza se non iniziamo».

Dopo una cena tutta vegetariana, erano giunti in un modo o nell'altro al dolce.

«Grazie al cielo, è finita. Se avessi mangiato anche solo un'altra foglia avrei iniziato a belare» protestò Alice quando Fortuna andò in cucina a preparare il caffè.

«La torta era di carote, lo avevate capito» disse Cristian, che era più disperato di loro.

«Ma perché questo cambiamento alimentare, tu lo sai?»

«È per voi, zia. Ha letto su qualche rivista che le donne gay sono tutte ecologiste e vegane.»

«Ragazze, mi dispiace» disse Massimo un po' mortificato. «Ma lei voleva farvi una cosa carina, solo che, come al solito, ha esagerato.»

«Caffè ecosostenibile con zucchero di canna non raffinato» rientrò trionfante Maria Fortuna.

Terra, inghiottimi, implorò Annabella.

«Era tutto ottimo, sorella» mentì placida. Poi aggiunse: «Cristian, ma tu non dovevi farci vedere quella cosa al computer?».

Faccia a punto interrogativo di suo nipote.

«Ma sì! Quella lettura per la cerimonia del matrimonio» insistette Annabella gettandogli un'occhiataccia di rimprovero e soffiando via impaziente il ricciolo dalla fronte.

«Uh! Oh... Certo, certo. Venite un secondo in camera mia, vi faccio dare un'occhiata al sito che ho trovato» disse il ragazzo.

«Maria Fortuna, ti dispiace se ci allontaniamo da tavola?» chiese compita Annabella, con un sorriso da educanda alla prima comunione.

«Ma certo, fate pure, io nel frattempo sistemo in cucina» cinguettò Maria Fortuna allacciandosi un grembiulino rosa confetto.

«Zia, ma quando intendi dire a mamma che non sei affatto

gay?» domandò Cristian mentre smanettava sul computer in cerca delle informazioni che le aveva chiesto la zia.

«Zitto, Pulce, e lavora» fu la perentoria risposta di Annabella.

«Allora. Ho lanciato la ricerca. Sei certa dei nominativi?» «Carlo Santangelo e Michela Pellegrino, sono sicura.»

«Ci vorrà un po' di tempo in più, perché non conosci la destinazione precisa. Altrimenti avremmo già fatto» chiarì Cristian con aria competente.

«La ricerca è su tutte le compagnie aeree?» volle sapere Alice, incuriosita.

«Su tutte quelle che hanno partenze da aeroporti italiani» rispose il ragazzo. E si bevve un sorso della immancabile Coca-Cola.

«Ci siamo» disse Cristian serio e concentrato. «Ecco qui, zia. Due biglietti per Panama a nome di Carlo Santangelo e Michela Pellegrino. Data: 10 marzo, alle ore 09:50, dall'aeroporto Amerigo Vespucci di Firenze all'aeroporto Internazionale di Tocumen, con scalo all'aeroporto di Parigi Charles de Gaulle... Volo AF 1067 Air France - classe Economy - Airbus A318.»

Cristian staccò gli occhi dallo schermo e guardò la zia come il cucciolo che aspetta un premio dopo aver completato l'esercizio.

«Ok. Avrai i biglietti per il concerto di David Gilmour. Ma ci vai con Michele, questa condizione non è trattabile.»

Per la felicità, il ragazzo si lasciò andare a una danza tribale, saltando sul letto e poi suonando il bongo cubano che aveva sulla mensola. E Annabella non riuscì a trattenersi dal seguirlo, vista la felicità di quello che avevano appena scoperto.

Anche Alice si unì a loro. Perché Alice era Alice, e non si perdeva mai l'occasione per lasciarsi andare a manifestazioni scomposte di gioia incontrollata.

Si resero conto troppo tardi che erano osservati.

Maria Fortuna li stava guardando con l'espressione di chi ha appena scoperto l'anello mancante tra l'uomo e la scimmia.

La serata country era solo una coincidenza, assicurò Michele ad Annabella, dopo che lei lo aveva fulminato al suo ingresso nel bar, mentre raggiungeva al tavolino l'ormai inseparabile amico Sceriffo.

Decise di credergli, anche perché James Taylor non le dispiaceva affatto dopo una serata così stressante. Avevano appena affrontato la prima fetta di cassata, quando videro avvicinarsi Nicola. Il poliziotto sembrava più eccitato del solito.

«Cosa è successo?» gli domandò subito Annabella, senza nemmeno dare il tempo al commissario e allo Sceriffo di presentarsi. «Si vede lontano un chilometro che hai qualcosa da dire, e quindi dilla!»

In realtà anche lei non vedeva l'ora di spiattellare a Nicola quello che aveva appena scoperto grazie a Cristian.

«Be', amica mia, ho due notizie bomba» rispose il poliziotto. Dopodiché si accomodò al tavolo, diede un morso alla sua fetta di cassata e sospirò, giusto per creare una certa suspense.

«Nicola, ti estirpo un muscolo, se non parli all'istante» lo minacciò Annabella, dopo avergli dato un pizzico sulla coscia così forte da spezzargli per qualche istante il respiro per il dolore.

«Perfida che non sei altro!» riuscì a dire Carnelutti, appena ripreso fiato. Poi vuotò il sacco: «Innanzitutto la polizia postale ha scovato altre mail della Baldi sul computer sequestrato».

«Interessanti?» lo sollecitò l'amica.

«Molto. A quanto pare, al di fuori dalla relazione d'amore fra Erica e Francesco, la Baldi e l'avvocato Santangelo hanno avuto rapporti professionali di molto antecedenti al conferimento dell'incarico nel giudizio di interdizione. Ti ricordi della causa milionaria di risarcimento contro la Baldi?»

«Sì, certo. L'avvocato degli attori era Matilde Santangelo. Mi sono anche fatta tirare fuori il fascicolo dall'archivio. La causa si è conclusa con una rinuncia, ma non ho trovato traccia della transazione.»

Quella era la cosa strana, spiegò il commissario. Dalle mail, però, si capiva che la Santangelo aveva fatto rinunciare i suoi clienti alla prosecuzione del giudizio per una cifra ridicola: solo trentamila euro. Annabella convenne che fosse assurdo. Da quello che lei e Dolly avevano letto si trattava di una causa già vinta.

«Difatti. Ma una ragione c'è. Da quello che ho capito, la Baldi in cambio avrebbe dovuto aiutare la Santangelo in un certo affare. Le mail sono frammentarie e volutamente vaghe. Non c'è dubbio, però, che tra la Baldi e la Santangelo ci fosse molto più di un rapporto tra future cognate» precisò Carnelutti.

«Questo conferma la mia tesi» commentò lo Sceriffo. «Questa vicenda presenta dei risvolti molto più complessi rispetto a quelli prospettatimi dal sostituto procuratore Massi nella richiesta di giudizio immediato.»

«Credo che lei abbia ragione, dottor Soldatini» gli rispose Nicola. «E questo mi porta alla seconda notizia; tenetevi forte…» continuò il commissario, ormai preda di un violento attacco da pettegolezzo compulsivo. «Dai tabulati telefonici è emerso che Matilde Santangelo, due giorni dopo la presunta morte dei genitori, ha ricevuto una telefonata internazionale proveniente da un hotel. E indovinate di dove?»

«Da un hotel di Panama» lo anticipò tutta eccitata Annabella, neanche fossero a un gioco a premi televisivo.

Un secondo dopo gli mostrò la stampata con i dettagli del volo che aveva trovato Cristian.

«Cazzo, cazzo, cazzo! Annabella, devi smetterla di giocare all'investigatore privato. Non potresti avere soltanto un po' più di fiducia nei miei confronti?» sbroccò senza controllo il poliziotto.

D'istinto, lo Sceriffo passò un bicchierino di Malvasia al commissario Carnelutti.

«Non se la prenda, commissario, ci beva su. Nessuno riesce ad arginare la curiosità delle donne, soprattutto se sono sveglie e determinate come la nostra amica.»

Per fortuna, Nicola non era capace di serbare rancore troppo a lungo. E infatti, passati neanche due minuti, si ritrovarono tutti e tre a commentare gli ultimi risvolti delle indagini.

«A questo punto è chiaro che i genitori di Francesco sono fuggiti a Panama con i soldi sottratti al socio Scalzi» disse il poliziotto.

«E si sono finti morti per fare incassare alla figlia, loro complice, l'assicurazione sulla vita come *ricompensa* del suo aiuto» ipotizzò Soldatini, mentre affondava la forchetta in un'altra fetta di cassata.

«Ma come hanno fatto a convincere uno schizofrenico paranoide a confessare un omicidio che non ha commesso?» si domandò Annabella, con il suo cannolo bloccato a metà strada tra il piatto e la bocca.

«In effetti questo è il punto debole della nostra ricostruzione» ammise lo Sceriffo. «La personalità di uno schizofrenico è così instabile che mi sembra inverosimile farci affidamento al punto da incentrare tutto l'ingegnoso piano sulla sua confessione.»

Rimasero lì, tutti e tre, in silenzio, a farsi cullare dalla musica di Norah Jones, finché Michele non iniziò a chiudere il locale. E non sarebbero andati via neppure allora, se il poveretto non li avesse salutati e invitati con garbo a tornare a casa loro.

Mentre si avviavano lentamente al parcheggio, percorrendo la piccola salita illuminata dai lampioni, lo Sceriffo tirò fuori il suo sigaro e disse: «Nic, credo che questo sia l'inizio di una bella amicizia».

16

L'apparenza inganna

La mattina seguente Annabella Abbondante scendeva come una furia assassina le scale che dall'aula di udienza civile portavano alla cancelleria del contenzioso.

La cancelleria aveva omesso per la terza volta di comunicare una nomina a un consulente tecnico d'ufficio, che quindi, non sapendo nulla, non si era presentato a prestare giuramento, e così lei era stata costretta a fare l'ennesimo rinvio per quella causa, con grande disappunto degli avvocati delle parti.

Avrebbe scommesso un anno di decreti ingiuntivi che dietro quel disastro di fascicolo ci fosse lo zampino della signora Maria.

Adesso mi sente, si disse, soffiando battagliera sul ricciolo ribelle.

Entrò in cancelleria e la trovò intenta in una intensa e appassionata chiacchierata con l'avvocato Artusi. La rabbia le si placò in un attimo, sostituita dall'irrefrenabile curiosità di conoscere il contenuto della conversazione. Adottò la tecnica di Paolo, iniziando a spostare e rispostare alcuni suoi fascicoli da uno scaffale all'altro, spalle alla coppia per poter ascoltare indisturbata. A quanto pareva, l'avvocato Artusi stava facendo il cascamorto con Maria per ottenere una copia urgente di un fascicolo.

«Ti prego, Maria, è questione di vita o di morte» la incoraggiava con voce così falsa e melliflua che la Abbondante rischiò un attacco di iperglicemia.

«E va bene! Se me lo chiede così, avvocato, come faccio a resistere» gli rispose lei con voce sensuale da accapponare la pelle, accompagnata da una risatina sexy altrettanto agghiacciante.

«Ti ringrazio, Maria, te sei un angelo del paradiso... oggi pomeriggio si va insieme alle Terme di Pisa per rilassarsi?» insistette il dongiovanni.

Per non dare nell'occhio e non farli insospettire, Annabella si versò un goccetto del caffè che Maria aveva sul bancone. Ma loro neppure la notarono.

«Eh, avvocato, magari potessi. Qua sono carica di lavoro. Non la si smette un attimo di faticare. L'è davvero massacrante.»

A sentire quelle parole sulla bocca di Maria, la Abbondante per poco non sputò sul bancone il goccetto di caffè toscano appena bevuto. I due si girarono solo allora e notarono la sua presenza. Il giudice li salutò con un sorriso da museo delle cere e andò a rifugiarsi nella stanza di Paolo.

Stava per raccontare tutto a Dolly, ma questi, non appena la vide entrare, le porse sbrigativo il fascicolo che aveva in mano.

«Mi fa piacere che siete scesa in cancelleria. Stavo salendo io per portarvi questo.»

«Che cos'è?» chiese la Abbondante.

«È urgente, dottoré. Ci serve un CTU per questa interdizione. Che facciamo, dobbiamo nominare qualcuno da Lucca?»

«Ma perché non abbiamo nessuno iscritto all'albo del tribunale?»

«Ricominciate a fare la rimbambita? Com'è possibile che non vi ricordate? Lo abbiamo detto tante volte. L'unica era la Baldi. Lo sapevano tutti in tribunale. Ora non ci resta più nessuno… In pratica, senza di lei a Pianveggio non si possono più dichiarare interdizioni. Se voleva poteva far dichiarare interdetto pure il sindaco. Che peraltro, resti tra noi, non sarebbe neppure una cattiva idea…» ridacchiò il cancelliere mentre prendeva una corposa quanto instabile pila di fascicoli, per riporla nel fido carrello.

Ma non fece in tempo.

L'urlo della Abbondante glielo impedì.

«Ma certo! Lo sapevano tutti. Sì, è così… Era l'unica, e lo sapevano tutti! Ma perché non ci ho pensato prima?»

Paolo, per lo spavento, lasciò cadere tutti i fascicoli che aveva in mano, che si sparpagliarono per terra in un ammasso confuso.

«Maronna mia, dottoré… Guardate che guaio che mi avete fatto combinare! Ma che avete passato, tutto a un tratto?»

Il giudice Abbondante non rispose, aveva gli occhi sbarrati e sembrava in trance.

«Simulare una partenza, simulare un rapimento, simulare un omicidio… Perché non simulare anche una pazzia? Ma certo! Era simulata!»

«Giudice, non fate così, mi state facendo mettere paura, ve lo giuro!» cercò di farla calmare Dolly. «Volete un bicchiere d'acqua? Una tisana? Due goccine di Valium?»

«Ma non capisci? La Baldi e la Santangelo avevano agito di comune accordo per farmi dichiarare l'incapacità di intendere e di volere di Francesco! Erano certe che avrei nominato lei per la consulenza, non c'era nessun altro!» gridò Annabella.

«Sì, però abbassate la voce, dottoré. State facendo rivoltare tutta la cancelleria, mi dovete credere…»

«Ecco perché era stata coinvolta la Baldi. Ecco il loro segreto! Ecco perché la Santangelo ha fatto rinunciare i suoi clienti a una causa milionaria! Era il prezzo da pagare alla Baldi per mentire. Paolo, capisci?» il giudice afferrò il cancelliere per le spalle e iniziò a scuoterlo.

«Capisco? Capisco che mi state facendo male, dottoré.» Lei lo ignorò.

«Ed ecco perché Francesco Santangelo ha collaborato. Non è affatto pazzo. Era tutta apparenza, un inganno! Forse è un ingenuo, un debole, ma non è pazzo, Paolo!»

Le mani della Abbondante assestarono alle guance del cancelliere due simmetrici e dolorosi pizzicotti.

«Ho capito: l'apparenza inganna. Lo diceva sempre pure mia nonna. Ma lasciatemi la faccia, per favore.»

«Esatto! Lui è sanissimo, e si è sacrificato per aiutare i genitori a fuggire indisturbati all'estero. Forse soggiogato da sua sorella, forse convinto dalla Baldi. Solo lui può dircelo. Ma a un certo punto il loro piano si è complicato... Nessuno di loro aveva previsto il fattore irrazionale» continuò imperterrita Annabella Abbondante, a cui ora sembrava tutto così chiaro.

«Quale?» domandò Dolly, che per sfuggirle si era messo oltre il bancone, e oramai al sicuro, la ascoltava con attenzione.

«L'amore tra Erica e Francesco» disse lei.

«Perché l'amore, dottoressa, non si può fermare...» concluse Paolo, e con occhi languidi posò la sua mano su quella del giudice appoggiata sul bancone.

Lei però la ritrasse subito e lo colpì con forza sul dorso con uno schiaffo.

«Paolo, smettila!»

«Scusate, dottoressa, mi sono fatto coinvolgere» disse lui massaggiandosi l'arto dolorante.

Verso mezzogiorno il cancelliere entrò senza bussare nella stanza del giudice Abbondante. Le sventolò un foglio sotto il naso.

«Una sfogliatella calda calda appena sfornata, dottoré» le disse tutto soddisfatto.

Annabella, che quella mattina non aveva fatto colazione, alla parola sfogliatella iniziò a innervosirsi.

«Paolo, ma di che diamine stai parlando?»

«Eh, mamma mia, quanto siete acida quando si parla di dolci! Era una metafora, non vi alterate» si difese Dolly. «Leggete qua che cosa vi ha trovato Paolo vostro.»

Fu incenerito sul posto da uno sguardo laser.

«Perdonate la confidenza, giudice, ma ho fatto una scoperta interessante…» continuò lui.

«Ti ascolto» lo perdonò all'istante Annabella.

«Stamattina stavo pensando al fatto che mi avete detto, e cioè che la Baldi è stata uccisa con una pistola. E che la pistola non si è trovata, giusto?»

«Giusto.»

«Mi sono ricordato che la mia vicina di casa lavora all'ufficio armi della prefettura di Lucca. Allora ho pensato di chiederle il favore di verificare chi dei nostri sospettati aveva il porto d'armi. Ho fatto controllare Roberto Radin, Achille Artusi, Matilde Santangelo, suo fratello Francesco, e pure Renato Ricci e sua moglie Adele. Ho fatto bene?»

«Bene. Bravo. Bis!» applaudì il giudice Abbondante e soffiò via il ricciolo che svolazzò entusiasta per poi planare di nuovo sulla fronte.

«Stamattina non ve l'ho detto, perché avete fatto *quel poco* in cancelleria, e mi sono dimenticato» si scusò Dolly, «ma qualche minuto fa mi ha chiamato Serenella, la mia amica, con il responso. E poi mi ha mandato questo via mail» concluse con un sorriso.

«Achille Artusi ha il porto d'armi!» lesse il giudice in preda all'eccitazione. «E nessun'altro tra i sospettati?»

«No, dottoressa, solo lui. E leggete bene che arma possiede...»

«Una Beretta! E non mi dire che è lo stesso modello del...»

«Del bossolo in casa della Baldi. Sissignore, lo stesso!»

«E questa sì che è una magnifica sfogliatella, Dolly mio» disse il giudice prima di abbracciare stretto stretto il suo cancelliere.

Dopodiché, afferrata la borsa e il cellulare, uscì come un razzo dalla sua stanza, lasciando Paolo ancora lì, immobile, incapace di muovere un muscolo per l'emozione.

Annabella sedeva sul divano dell'ufficio di Nicola, con lo sguardo basso e l'espressione mortificata di chi l'ha fatta davvero grossa.

Aveva già chiesto scusa più volte all'agente scelto Meneghin, pur restando della personale convinzione che il ragazzo se la fosse proprio andata a cercare.

Nicola, per punizione, la teneva lì in attesa, fingendo di dover completare pratiche urgenti inesistenti, e in tal modo impendendole di raccontare la novità che, con ogni evidenza, era venuta di corsa a riferirgli. Così di corsa che non aveva badato all'alt del suo povero agente, caduto nell'adempimento del dovere.

Al commissariato di Pianveggio tutti conoscevano il giudice Abbondante. E tutti erano informati che con il commissario Carnelutti fossero grandi amici. Per cui Annabella era solita oltrepassare l'ingresso del commissariato senza dare il suo nome, né farsi riconoscere in alcun modo, come se si trattasse di una di loro.

Ma l'agente scelto Alfio Meneghin, trasferito dal Friuli Venezia Giulia due giorni prima, tutto questo non poteva saperlo. Quella mattina era di turno all'ufficio denunce, posto all'ingresso del commissariato, proprio di lato al portone. Dopo il tafferuglio aveva riferito al suo superiore cosa era successo. Stava completando il modulo dell'ultima denuncia quando aveva visto arrivare una donna un po' tondetta, in evidente stato di agitazione, rossa in viso, con folti capelli ricci scompigliati, occhiali da sole e il vestito a fiori svolazzante. Avanzava decisa, a passo militare, con uno strano ghigno sul viso e una enorme quanto sospetta borsa al braccio. Allora, come era suo dovere, era uscito dalla sua postazione e aveva tentato di intercettarla. Le aveva chiesto a gran voce dove stesse andando e quella lo aveva del tutto ignorato, continuando a camminare come se non l'avesse neppure sentito. A quel punto il povero agente scelto aveva intimato l'alt con maggiore decisione, ma la donna aveva proseguito imperterrita.

Era stato per questo che Alfio Meneghin aveva agguantato da dietro il giudice Annabella Abbondante nel tentativo di bloccarla con una presa al collo.

Il giudice dal canto suo insisteva che, vistasi aggredita alle spalle, aveva attivato istintivamente la manovra difensiva appresa con tanta fatica e applicazione al corso Krav Maga e, senza malizia, aveva quindi sferrato un violento pugno all'indietro andando a colpire in pieno i genitali del malcapitato.

Ne era seguito un putiferio di dimensioni bibliche, sedatosi dopo svariati minuti, solo grazie all'intervento del commissario Carnelutti in persona.

«Allora, cosa sei venuta a dirmi di così urgente da non poter aspettare che riaccendessi il telefono?» concesse magnanimo il commissario dopo oltre dieci minuti di attesa.

Annabella non disse nulla, tirò fuori dalla borsa il foglio che le aveva portato Paolo.

«Lo so già» la gelò Nicola.

All'espressione sorpresa e delusa di Annabella, Carnelutti sbuffò, alzò gli occhi al cielo ed esclamò: «Lo so che ti sembra impossibile che noi della polizia riusciamo a sapere le cose anche senza di te. Ma ogni tanto succede! E se proprio vuoi saperlo, la balistica ha accertato che il foro del proiettile sul cranio della Baldi è compatibile con il calibro della pistola di Artusi».

Visto che l'amica ancora non riusciva a spiccicare parola, ne approfittò per assestarle il colpo di grazia.

«E un'ultima cosa. Abbiamo fatto controllare i tabulati telefonici della Santangelo la notte del rapimento di Ricci, che – ormai è chiaro – è la stessa notte dell'omicidio della Baldi. E...»

Sguardo interrogativo e impaziente di Annabella.

«E abbiamo riscontrato due chiamate effettuate al cellulare di Artusi. Una a mezzanotte e trentadue e l'altra all'una e tredici di notte.»

«Complici» riuscì solo a dire il giudice, soffiando il ricciolo in un sospiro.

«Complici» convenne il commissario Carnelutti, finalmente soddisfatto.

Senza dire null'altro, Annabella si rimise in piedi e lasciò il commissariato. Appena in strada, recuperò il telefono dalla borsa e fece partire una chiamata.

«Annabella, cosa c'è?» le domandò Alice con tono sbrigativo. «Stai facendo qualcosa di importante?»

«In effetti sì, sto finendo un articolo sulla discriminazione alimentare delle donne gay» rispose.

«Non importa. Lascia tutto che oggi pomeriggio io e te andiamo alle Terme di Pisa.»

«Ma scusa, se ti ho appena detto che sono impegnata!»

«Alice, ti dico solo una parola. *Scoop*. Gigantesco, esclusivo, imperdibile *scoop*.»

«Vado a mettermi il costume.»

Erano a mollo da almeno quaranta minuti. E di Artusi nessuna traccia.

«Annabella, sei consapevole che questa piscina termale ha una temperatura di quaranta gradi? Qualche altro minuto e moriamo bollite. Abbi pietà, usciamo, lo sai che soffro di pressione bassa, mi sto sentendo male...» implorò Ginger con un filo di voce.

«Resisti, sento che è questione di poco» insistette Annabella imperturbabile tra i fumi e i vapori della vasca e le bollicine dell'idromassaggio.

Dopo altri cinque minuti, con grande sollievo di Alice, Artusi entrò nell'area delle piscine termali.

Annabella si compiacque con se stessa, soprattutto perché vide che l'avvocato era venuto da solo. Proprio come lei sperava. L'avvocato Achille Artusi però non continuò verso la vasca termale: si diresse verso la zona delle saune.

«Seguiamolo, svelta!» ordinò Annabella.

«No, pietà. La sauna no!» si lamentò Alice.

«Tranquilla, prima passiamo per la doccia di ghiaccio, così ti risale la pressione» fece il giudice, senza alcuna compassione.

E detto questo, trascinò la povera Ginger disperata fuori dalla vasca termale.

Alla fine, la giornalista aveva dato *forfait*. Si era incollata al lettino della zona relax e se ne stava immobile a contemplare il vuoto sorseggiando una tisana al ginseng, fregandosene persino del maledetto *scoop*. Perciò Annabella adesso era sola ad affrontare Artusi. Ma sentiva pulsarle nelle vene una tale energia che le sembrava di poter fare qualsiasi cosa.

Nel bagno turco non si vedeva quasi nulla. Sembrava che il locale, impregnato di intenso vapore acqueo e aromi salini, fosse vuoto. Pensò di essersi sbagliata. Forse Artusi aveva scelto la sala degli aromi mediterranei. Tanto valeva godersi qualche minuto quell'atmosfera magica. Già più rilassata, si inoltrò più in fondo, per raggiungere la panca di ceramica vicino al braciere. Dopo cinque passi sentì la presenza di una seconda persona.

«Giudice Abbondante, ma è proprio lei?»

Per lo spavento Annabella quasi si spaccò l'osso del collo scivolando sulle piastrelle umide.

«Chi è? Non la riconosco con tutto questo vapore» mentì lei.

«Sono l'avvocato Artusi, dottoressa. Mi sa che qui dentro ci siamo solo noi due.»

«Oh, ma che coincidenza, caro avvocato. Viene spesso alle Terme di Pisa?»

«Abbastanza spesso, sì. E lei?»

«Be', no, per me è la prima volta…»

«Allora è proprio una fortunata coincidenza» concluse Artusi.

Rimasero in silenzio per qualche secondo, poi Annabella attaccò.

«Come sta la sua collega?»

«Molto provata, sicuramente.»

«Immagino quanto sia preoccupato per Matilde. So che le è molto, molto affezionato. Non come un semplice collega, intendo» si produsse in una risatina civettuola alla zia Prudenza.

«Ah sì? Mi scusi, ma chi le ha dato questa informazione?»

«Suvvia, avvocato. Viviamo in una piccola comunità! Certe notizie fanno velocemente il giro del paesello» altra risatina da pettegola professionista. «Ma, mi dica, è vero che le ha chiesto di sposarla e che lei ha rifiutato?»

Annabella Abbondante si congratulò con se stessa. La parte della zitella impicciona le stava venendo proprio bene. Sentì la voce del suo interlocutore farsi leggermente più tagliente.

«Non capisco lei come faccia a sapere questi particolari, dottoressa.»

«Eh, mio caro avvocato, gliel'ho già detto: il paese è piccolo e la gente mormora» terza risatina, e poi cambio di tono: «A proposito, sapeva che Erica Baldi e Francesco Santangelo erano fidanzati? Io, quando l'ho saputo, sono rimasta proprio di stucco. Lei no?».

Artusi non rispose. Sembrava spiazzato. Il giudice Abbondante dedusse che l'avvocato non sapesse nulla di quel rapporto.

«Una vicenda molto singolare, quella della morte della Baldi... con tante coincidenze» riprese Annabella dopo un po' che erano in silenzio. «Ad esempio, lei sa che la Baldi abitava di lato alla gioielleria del povero Ricci? Non è incredibile?»

Nonostante la coltre di vapore, vide distintamente Artusi cambiare posizione e drizzare la schiena.

«Lei conosceva Renato Ricci?» gli domandò secca.

«Non mi pare» disse lui.

La Abbondante sudava terribilmente e sentiva che la pressione stava scendendo sotto il limite di guardia, persino il ricciolo ribelle sembrava esanime, afflosciato lì sulla fronte, ma sapeva che non doveva mollare proprio adesso che Artusi le aveva appena mentito.

«Strano» sussurrò. «Proprio ieri ho letto in un vecchio fascicolo che è stato un suo buon cliente.»

«Davvero? Non me lo ricordavo, dottoressa. Ho avuto

talmente tanti clienti, non posso ricordarli tutti. Ma si può sapere il motivo di tutte queste domande?»

Artusi stava iniziando a innervosirsi. Molto bene.

«Per nessun motivo in particolare. Si fa per chiacchierare, no?»

Di nuovo silenzio. Si sentiva solo il soffio del nuovo vapore che usciva dalla bocchetta vicino al braciere. L'avvocato colse l'occasione per sottrarsi al fuoco di fila. Disse che il suo tempo era scaduto, salutò e uscì.

Annabella fece passare qualche secondo, e lo seguì nella sala relax. Per fortuna, non c'era nessun altro, a parte loro due e Alice, che giaceva nella stessa posizione in cui l'aveva lasciata.

Dopo aver preso una tisana, Annabella andò a sdraiarsi sul lettino accanto a quello di Artusi. L'avvocato, a quella mossa, iniziò a dare segni di insofferenza.

«Sa che è venuto fuori che la Baldi è stata uccisa con una pistola?» la buttò lì Annabella.

Artusi assunse un'espressione gelida, ma la Abbondante non aveva nessuna intenzione di farsi scoraggiare.

«Hanno trovato pure il modello dell'arma. Vero, Alice?»

Sentendosi interpellata, la giornalista si drizzò a sedere sul lettino, come un pupazzo a molla: «Sì, infatti. Sembra si tratti di una Beretta 92FS Compact».

Lo sguardo di Artusi si era fatto di pietra. Non era un uomo stupido, ed era chiaro dove il giudice volesse andare a parare. Ma continuava a tacere.

«Adesso cercheranno tra i possessori di un'arma di questo tipo. Questione di tempo e lo troveranno» commentò ancora Alice, che adesso era di nuovo sul pezzo.

«Mi dica, avvocato, lei che consiglio darebbe al proprietario dell'arma?» domandò il giudice.

A quel punto successe una cosa strana. Artusi si alzò in piedi. Bevve un bicchiere d'acqua. Guardò fuori dalla vetrata il verde delle colline, e rimase così per un tempo lunghissimo. Sembrava stesse riflettendo, che fosse indeciso.

Poi alla fine parlò: «Io gli consiglierei di andare a costituirsi, gli consiglierei di raccontare quello che sa. Soprattutto se non è stato lui a uccidere».

«Ma ha solo aiutato qualcuno che amava» completò per lui Annabella.

Achille Artusi la guardò come se la vedesse davvero per la prima volta.

«E secondo lei perché il proprietario dell'arma non è ancora andato alla polizia?» chiese a questo punto l'avvocato.

«Forse perché l'assassino è qualcuno a cui tiene, o forse solo perché spera ancora di farla franca. Ma secondo me sbaglia. Perché gli elementi in mano alla polizia sono molti di più di quelli che lui può immaginare. Dal mio punto di vista, è solo una questione di tempo e lo incastreranno. Se invece collabora... la sua posizione sarà molto più leggera. Non è d'accordo?»

«Credo di sì» rispose Artusi, e stranamente sorrise.

Annabella giaceva inerme sul divano di casa sua, senza trovare la forza di andare a letto. La lunga sessione nel bagno turco l'aveva stremata a tal punto che non aveva avuto la forza di passare alla Palermitana dai suoi amici.

Ma la verità era che l'incontro con Artusi l'aveva svuotata di energie vitali. Non ne aveva parlato con Nicola, né con nessun altro. Lo avrebbe fatto l'indomani. Stasera era triste. Sentiva il peso del mondo sulle sue spalle. Sentiva il dolore, sentiva la solitudine di chi non ha vie di uscita. Stavolta neppure il limoncello di suo padre poteva aiutarla.

Decise di chiamare sua madre, perché era tanto che non la sentiva. Sua madre avrebbe saputo cosa dirle. Aveva il cellulare in mano per comporre il numero, quando il telefono squillò:

«Pronto, dottoressa Abbondante?»

«Sì, sono io, chi parla?»

«Mi scusi se la disturbo sul suo numero personale, dottoressa. Sono il dottor Frigerio, della casa di cura Sant'Anna in Colle. Non è stato facile rintracciarla. Ma si tratta di un'emergenza medica.»

«Mi dica pure, dottore.»

«Dottoressa, si tratta di Francesco Santangelo. Non so se lei è al corrente che il paziente è stato posto agli arresti domiciliari presso la nostra struttura psichiatrica.»

«Sì, lo sapevo. Lo hanno trasferito da voi dopo il carcere, giusto?»

«Sì, esatto. Sua sorella, che è un avvocato, ha presentato istanza di modifica della misura cautelare, ed è stato autorizzato il ricovero presso la nostra struttura.»

Annabella gli disse che ne era stata informata ma pregò comunque il dottor Frigerio di comunicarle in che modo poteva essergli utile. Lui le rispose che da quarantotto ore il Santangelo aveva iniziato una sorta di sciopero della fame: minacciava che non avrebbe toccato più cibo e acqua finché non avesse parlato con il giudice Abbondante.

«Con me?» domandò stupita Annabella.

«Sì, dottoressa. Non ci ha voluto fornire alcuna motivazione di questo suo interessamento per lei. Ma sembra molto determinato. Per questo mi sono permesso di rintracciarla. Prima di arrivare all'alimentazione forzata, vorremmo tentare un approccio più soft, e la sua collaborazione sarebbe davvero molto, molto apprezzata.»

Annabella Abbondante non riusciva a credere alle sue orecchie. Il dottore la stava invitando a ficcanasare nell'indagine. E senza alcun sforzo da parte sua.

Cosa poteva desiderare di più?

«Se questo può rappresentare un aiuto per la terapia psicologica del paziente, a malincuore, acconsento a parlarci.»

«La ringrazio» rispose il medico. «Lei è la persona disponibile che mi hanno descritto. Può passare da noi domattina?»

«Paolo! Sono la dottoressa Abbondante. Ti ho svegliato?»

«Dottoressa, ma sto sognando?»

«*Seh...* Paolo, macché sognando, dài!»

«Ma dove sono?»

«Sei nel tuo letto, al telefono con me.»

«Ma che ore sono?»

«Non tanto tardi. Non è ancora mezzanotte.»

«Azz! Non è tardi? Io sto dormendo da due ore almeno. Volevate qualche cosa, dottoré?»

«Dobbiamo andare al manicomio, Dolly.»

«Ah, se per questo, state tranquilla. Al manicomio ci andiamo sicuramente, se continua di questo passo, dottoré.»

«Non mi sono spiegata bene, a quanto pare: io e te domani mattina andiamo a trovare Francesco Santangelo alla clinica psichiatrica dove è ricoverato.»

«Maronna incoronata, ma quando finisce questo brutto sogno? Forse mi avranno fatto male i peperoni.»

«Paolo, su! Non fare la lagna. Ti ho chiamato adesso perché domani mattina ti devi svegliare prestissimo.»

«Pure!»

«Ci vediamo alla Palermitana per le sette e trenta.»

«Ma si può sapere perché ci dobbiamo andare a parlare con questo benedetto Santangelo?»

«Me lo ha chiesto il medico della clinica, poi ti spiego do-mattina.»

«Dobbiamo, nel senso che è obbligatorio? No, perché se è facoltativo, se non vi offendete, io non ci vengo...» azzardò il cancelliere.

Silenzio.

«Ho capito, dottoressa, è obbligatorio. Ci vediamo alle sette e mezza alla Palermitana. Sarò puntuale. Ma almeno, prima di andare, il caffè da Michele me lo fate pigliare?»

17

Angeli caduti

Entrarono nell'androne della clinica psichiatrica Sant'Anna in Colle con aria circospetta, che neanche due rapinatori in banca.

Una mezza dozzina di persone dall'aria smarrita staziona-vano nella grande sala d'aspetto, dal deprimente pavimento in linoleum e le inconfondibili sedute di plastica verde. Poco più in là, sulla destra, si apriva il grande banco vetrato dell'accoglienza.

«Tu lascia parlare me, mi raccomando» disse la Abbondante a Dolly.

«E chi vuole parlare, dottoré! Anzi, io direi che facciamo ancora in tempo a tornarcene in tribunale.»

La Abbondante neppure gli rispose e andò all'accettazione:

«Buongiorno. Sono il giudice Annabella Abbondante e questo è il cancelliere Sarracino. Siamo attesi dal dottor Frigerio».

«Mi dispiace, ma il dottore si è dovuto allontanare per una emergenza. Posso aiutarla io?»

«A dire il vero, è stato il dottore a chiamarmi, per il paziente Santangelo.»

«Ah, capisco. Ma non mi ha lasciato detto nulla… Faccio una telefonata al dirigente del reparto e verifico la situazione.»

«La ringrazio.»

Attesero qualche minuto che l'impiegato facesse le sue verifi-che. Dolly si guardava intorno con preoccupazione, tormentato dall'idea di dover incontrare da vicino un pazzo omicida. La Abbondante, invece, sembrava distratta mentre si mordicchiava il labbro inferiore e tamburellava senza sosta sul bancone di fòrmica grigia. Infine, l'addetto all'accoglienza comunicò loro che il dirigente era informato della sua visita e che potevano salire in reparto.

«Il dottor Frigerio sta rientrando in clinica, a breve vi raggiungerà, nel frattempo potete iniziare a salire, vi spiego come arrivarci.»

Presero l'ascensore. Salirono al quinto piano, girarono a sinistra. Si infilarono in uno stretto e lungo corridoio illuminato da una fredda luce azzurrina. Insoliti rumori e deboli lamenti risuonavano alle loro spalle, provenivano dall'interno delle stanze che si affacciavano sulla corsia. Superata una porta con apertura antipanico, si trovarono di fronte a un altro corridoio, identico al precedente.

«Dottoré, ma siete sicura che siamo entrati nel reparto che ci ha indicato quello all'accettazione?»

«Speriamo, Dolly. Abbiamo seguito le sue indicazioni, però non è semplice in questo labirinto.»

«Ma questo è il quinto piano? Non vorrei finire in mezzo ai pazzi pericolosi» piagnucolò Paolo.

Il cancelliere avanzava con cautela, appendendosi a un lembo della giacca del giudice. Continuava a guardarsi alle spalle, come se qualcuno dovesse spuntare all'improvviso dietro di loro.

«Ehi, voi due! Ma dove credete di andare?» disse qualcuno, spuntato effettivamente all'improvviso alle loro spalle.

Si voltarono e videro un corpulento infermiere in divisa blu e mascherina che avanzava a grandi passi verso di loro.

«Sono il giudice Annabella Abbondante, il direttore del

reparto ci sta aspettando» chiarì subito lei, avendo notato l'atteggiamento minaccioso.

«Sì, e io sono il principe Carlo. Muovetevi tutti e due.» E senza troppi riguardi afferrò entrambi per le braccia e iniziò a trascinarli lungo il corridoio.

«Mi scusi, deve esserci un equivoco, noi non siamo pazienti, io sono davvero un giudice del tribunale...» cercò di protestare Annabella.

Fu zittita in malo modo: «Sì, sì, certo. Anna Bellabbondante, ti do un consiglio, la prossima volta scegliti un nome meno assurdo. Che fantasia, 'sti pazzi, oh!».

Senza pensarci due volte, il giudice, facendo ricorso ai pochi rudimenti di difesa personale in suo possesso, assestò un pestone sull'alluce dell'energumeno, che mollò subito la presa. E con il tono perentorio delle grandi occasioni replicò: «Senta, assurdo oppure no, io mi chiamo proprio così: Annabella Abbondante» e si identificò con il tesserino del Ministero della Giustizia. «Adesso, mi accompagni senza altre perdite di tempo nel reparto dove si trova Francesco Santangelo o sarò costretta a fare rapporto su di lei al direttore della clinica.»

Poco più tardi, scortati al reparto dall'infermiere energumeno, che in realtà era ancora un po' scettico, il giudice Abbondante e il cancelliere Sarracino furono accompagnati dal dottor Frigerio alla porta della sala comune, dove li stava aspettando Francesco Santangelo.

«Paolo, tu aspettami qui fuori insieme al dottore. Voglio parlarci prima da sola.»

Santangelo stava seduto accanto al davanzale della finestra e guardava fuori. Sembrava ancora più dimagrito e pallido dell'ultima volta. Quando la vide entrare il suo sguardo si ravvivò.

«La aspettavo, dottoressa.»

«E io sono venuta.»

Annabella lesse una determinazione che non aveva mai trovato in quegli occhi pieni di solitudine e rimpianto.

«Perché mi ha fatto venire, Francesco? Perché ha cercato proprio me?»

«Perché lei è una persona buona, un giudice coscienzioso e umano. Perché mi fido di lei. So che lei userà quello che le dirò per fare bene e non per speculare sulla mia storia...»

«La ascolto.»

«Io non ho ucciso i miei genitori, dottoressa.»

Annabella ebbe un tuffo al cuore. Ma si sforzò di mantenere la calma perché il momento era cruciale e non doveva commettere errori.

«Lo so» rispose.

Francesco parve sollevato dalla risposta.

«Sa che non sono morti?»

«Lo so, Francesco. E lo sa anche la polizia. Sappiamo tutto. Abbiamo scoperto il loro piano: sono fuggiti a Panama con i soldi sottratti alla società. Non è così?»

«Sì, è così. Hanno spostato tutto su una banca panamense. Ma non so dirvi il numero di conto. Matilde si è occupata di tutto» fece il giovane, abbassando i suoi begli occhi sul pavimento.

«Lo riferirò al commissario che sta indagando.»

Francesco si contorceva le mani, inquieto. Solo ogni tanto alzava gli occhi per guardare gli alberi che si intravedevano dalla finestra aperta.

«Allora mi farà uscire di qui? Potrò tornare a casa mia?»

«Non è così semplice, Francesco. Lei è stato interdetto, ha una diagnosi di schizofrenia paranoide. Lo ricorda? Dovrà esserci un nuovo processo, temo.»

«Impazzisco davvero se resto qui dentro, dottoressa. Io non sono malato di mente, giudice. Era tutta una finzione! Mi dispiace di averla ingannata, dico sul serio. Ma non l'ho deciso io. Un'idea di Matilde, figuriamoci. Io non ho mai saputo dire di no a mia sorella. Mai.»

Si interruppe un momento, come se stesse inseguendo un ricordo tutto suo.

«Lei mi difendeva sempre quando mio padre alzava le mani» riprese a dire, con voce più bassa. «E le alzava spesso, dottoressa. Nessuno lo ha mai capito, che fosse un violento. Lei si faceva picchiare al posto mio, lo sa? Eravamo piccoli, ma lei aveva coraggio. Il coraggio dei folli... Lei è pazza sul serio, lo sa? Lo diceva sempre pure Erica.»

Tacque. I suoi occhi vagarono nella stanza e si fermarono ancora a contemplare gli alberi. Sorrise appena. Era un sorriso di rimpianto.

Era davvero un bel ragazzo. *Un angelo caduto*, pensò la Abbondante.

«Vada avanti» lo spronò lei.

«Volevamo sposarci, lo sa? Ma lei aveva capito quanto malata fosse la mente di mia sorella. Mi aveva avvisato. Mi aveva detto che Matilde mi stava ingannando, che non dovevo fidarmi delle sue parole. E io non ho voluto crederle... E per questo mi ha lasciato, dottoressa. Se n'è andata senza neppure un abbraccio, un sorriso. Io l'amavo così tanto. Ho cercato di rintracciarla, di dirle di perdonarmi. Ma sembrava sparita nel nulla. Non sapevo come ritrovarla. Non rispondeva più al cellulare. E nessuno sapeva dove fosse andata... E ora io sono costretto qui dentro, in mezzo a tutte queste persone malate, e mi sento peggio ogni giorno che passa. Ho bisogno di lei, della mia Erica. Se almeno lei potesse aiutarmi a contattarla... Mi basterebbe anche sentirla al telefono. Devo chiederle scusa. Devo dirle che la amo più di tutto. È importante, lo capisce?»

Abbassò gli occhi continuando a torcersi le mani.

«Francesco, anche io ho una cosa importante da dirle. Riguarda Erica Baldi» disse il giudice, e gli prese le mani fra le sue. «Non aveva nessuna intenzione di lasciarla, Francesco. Erica la amava.»

Francesco Santangelo sollevò lo sguardo pieno di speranza, ma lesse il dolore negli occhi del giudice Abbondante e un sorriso gli morì sulle labbra.

«Mi dica quello che deve, dottoressa. Preferisco la verità per quanto insopportabile.»

«Erica è morta, Francesco. È stata uccisa.»

Francesco Santangelo non disse nulla. Iniziò a singhiozzare, in silenzio.

Annabella Abbondante pensò che fosse fondamentale non dire nulla. Era il momento più delicato di tutti.

«È stata lei» disse d'improvviso Santangelo, con voce dura.

«A chi si riferisce, Francesco?»

«L'ha uccisa lei. Ne sono certo. Aveva paura che Erica la denunciasse. Sì, aveva capito che Erica e io progettavamo di andarcene, e questo non le stava bene. Volevamo ricominciare una vita nuova da qualche altra parte. Come ho potuto essere così cieco? Come ho potuto pensare che questa storia potesse avere un lieto fine? Avrei dovuto dirle no. Avrei dovuto fermarla. Io potevo, potevo…»

«Si riferisce a sua sorella Matilde?»

Francesco Santangelo piegò la testa sul petto e cominciò a grattarsi la fronte. Lentamente.

«Sì» disse, con un filo di voce. «È stata tutta sua questa folle idea. La fuga dei miei. Il finto omicidio. Mi ha raggirato per bene, lo sa? La cara sorellina. Avrei fatto qualsiasi cosa per lei, se me lo avesse chiesto. Mi sentivo per sempre in debito con lei. E lei lo sapeva. Mi ha detto che dovevamo aiutarli, ché erano disperati... Mi ha convinto che mamma sarebbe morta in prigione. Ma non mi ha mica detto che qui dentro, per omicidio, ci dovevo restare dieci anni. Bugiarda! Mi disse che in pochi mesi mi avrebbe tirato fuori e che i pazzi hanno sempre un trattamento speciale... Io mi fidavo di lei, mi sono sempre fidato troppo di lei. Non ci ho neppure pensato a verificare quello che mi diceva. Stupido che sono! Un idiota! Quando sono stato arrestato l'avvocato di ufficio mi ha detto come stavano le cose. E oramai era troppo tardi. Diabolica manipolatrice...»

Si strinse la testa tra le mani. Lo sguardo basso.

Annabella ascoltava senza osare muovere un muscolo.

«Ha ucciso la donna che amavo. Mi ha fatto internare in questo inferno! E per cosa? Per arraffare tutti i soldi che poteva. Non le bastavano quelli che le avevano promesso i miei per aiutarli a scappare. Voleva il premio dell'assicurazione sulla vita, voleva... E si sarebbe presa pure la mia eredità. Me lo ha spiegato l'avvocato, qui dentro. E io fesso. Che l'ho ascoltata. Che ho subìto ancora una volta il suo volere. Come quando eravamo piccoli... Io la invidiavo tanto, lo sa, dottoressa? Lei era forte. Decisa. Intelligente. Molto più di me. E tutti la amavano. Tutti. Ma lei non si accontentava. Mai. Voleva di più. Sempre. Voleva tutto. E aveva sempre tutto.»

Si alzò, appoggiando le mani sul davanzale della finestra.

«Io avevo solo Erica. L'unica cosa che mi appartenesse davvero. E lei me l'ha portata via.»

Rimasero per qualche istante in silenzio. Annabella trattenne il fiato aspettando che lui parlasse ancora.

«Sa cosa diceva Friedrich Nietzsche? "Ciò che si fa per amore è sempre al di là del bene e del male"» sussurrò Francesco.

Accadde tutto in pochi attimi. Il giudice si rese conto troppo tardi delle sue intenzioni. Il tempo di realizzarlo e Francesco era già balzato in piedi sul davanzale del quinto piano.

Annabella Abbondante scattò in piedi. Terrorizzata, si accorse solo in quel momento che la finestra non aveva le sbarre.

«Francesco, non farlo. Ti farò uscire di qui, te lo prometto. Non perdere la speranza» riuscì solo a gridargli.

«Speranza? Non esiste senza Erica… "La vita senza amore è morte." Meravigliosa Frida Kahlo» rispose.

Le sorrise. E si gettò.

Quando gli altri entrarono era già finita. Paolo corse giusto in tempo, prima che il giudice Abbondante crollasse tra le sue braccia.

E se la tenne così, abbracciata stretta, per farle piangere sulla sua spalla tutte le lacrime che doveva.

Annabella se ne stava seduta, sul solito divano di pelle della Palermitana, con una tazza di tisana al bergamotto tra le mani. Non aveva più detto una parola da quando Nicola l'aveva portata via dalla clinica Sant'Anna in Colle, dopo la lunga deposizione rilasciata al PM di turno. La collega Pistelli era stata molto umana e comprensiva, ma per lei era stata comunque durissima ripercorrere i momenti che avevano portato al tragico gesto di Santangelo.

Gli altri intorno a lei se ne stavano zitti, preoccupati per il suo equilibrio emotivo, al momento ancora molto precario, come testimoniava il liquido, ormai tiepiduccio, contenuto nella sua tazza.

«L'ultima volta che Annabella ha bevuto una tisana credo

sia stata la notte in cui morì suo padre» spiegò in un sussurro Alice nell'orecchio di Michele.

«Ma infatti! Quando me l'ha chiesta ho avuto un brivido, mi devi credere» rispose Michele scuotendo la testa.

«Avete provato a portarle una fetta di cassata o un cannolo?» suggerì il capitano Gualtieri, che era arrivato da poco.

«Certo, ma me li ha rifiutati. Credo sia la prima volta, da quando la conosco. Sono ancora scioccato» aggiunse il barista a bassissima voce, per cercare di non farsi sentire.

«Guardate che vi sento. Smettetela di bisbigliare» si lamentò Annabella. «Non è una veglia funebre. Non sono mica morta.»

Aveva parlato con tono piatto e monocorde, e continuando a guardare il sole che filtrava attraverso gli alberi del giardino interno. Si sentiva priva di forze e oppressa dal senso di colpa. Si sentiva responsabile. Aveva fatto di testa sua, come al solito. Aveva agito di impulso, senza riflettere sulle conseguenze. Avrebbe dovuto dirlo a Nicola che stava andando lì, avrebbe dovuto accorgersi della finestra aperta, avrebbe dovuto dire qualcosa di meglio per fermarlo... Non aveva ascoltato i consigli del suo migliore amico.

Nicola.

Nicola, che adesso non le avrebbe più rivolto la parola. Nicola, che l'aveva guardata come un insetto molesto e invadente. Che l'aveva accompagnata e se n'era andato senza neppure salutarla. E aveva ragione, senza se e senza ma.

La libertà non è star sopra un albero...

Al telefono c'era l'unica persona con cui Annabella desiderasse parlare in quel momento. Se ne andò in giardino, sotto il pesco fiorito.

«Mamma» sussurrò. Non riuscì a dire altro, le parole rimasero impigliate in gola. E per farle uscire non le rimase che piangere. E pianse, pianse. Pianse per tutto il tempo necessario, mentre sua madre la consolava, come quando era bambina.

Due ore più tardi Annabella era ancora lì a guardare il vuoto, con la stessa tisana tra le mani.

«Adesso te la senti di raccontarci quello che è successo?» fece Alice, accarezzandole il viso, nel tentativo di riscuoterla.

Annabella non fece in tempo a rispondere, perché il telefono del capitano Gualtieri iniziò a squillare.

«Perdonatemi, una chiamata di servizio» disse, allontanandosi di qualche passo. Mentre ascoltava il suo interlocutore, il viso di Gabriele si fece serissimo, e i suoi occhi si posarono su Annabella. «Scusatemi tutti, ma devo correre in stazione. Si tratta di una emergenza.»

«Che succede?» gli domandò Annabella rianimandosi un pochino.

«Achille Artusi si trova da noi in stazione. Pare che stia confessando la parte che ha avuto nel duplice omicidio Baldi-Ricci. Sembra che abbia portato con sé la pistola che, a suo dire, sarebbe l'arma con cui Matilde Santangelo ha ucciso Erica Baldi» spiegò il capitano. Prima di andare via di corsa aggiunse: «Per favore, avvisate voi Nicola».

Annabella sentì ritornare le energie poco a poco. Artusi allora aveva seguito il suo suggerimento, e questo significava che lei non era un essere così inutile e molesto, dopotutto. Scattò in piedi rovesciando metà della tisana sui pantaloni di Alice.

«Michele, prenditi questo schifo e portami al volo un caffè alla nocciola» disse Annabella Abbondante, porgendogli la tazza mezza vuota.

«Arriva subito, signor giudice» scattò Michele sollevato di vedere che la sua amica stava ritornando in sé.

Si ingollò il caffè come un cicchetto di grappa.

«Alice, chiama Nicola!»

«Parte la segreteria, Annabella» disse l'amica, dopo aver provato.

«Devo avvisarlo subito, ci sentiamo più tardi» annunciò il giudice. Soffiò via il ricciolo dalla fronte e girò i tacchi, lasciando la compagnia attonita a guardarla mentre si allontanava con passo militare.

Visto che Nicola aveva il cellulare staccato aveva deciso di andare a piedi direttamente in commissariato, che non era lontano da lì. Ma quando, dopo una corsa affannosa, giunse sul posto, scoprì che Carnelutti non c'era.

«Ha ricevuto una telefonata dalla stazione dei carabinieri più di un'ora fa e si è allontanato, dottoressa. Non posso riferirle altro, mi dispiace» le disse l'agente all'ingresso.

Ma porca miseria...

La libertà non è star sopra un albero...

«Paolo, non è il momento» rispose concitata Annabella, che adesso stava correndo a piedi verso la stazione dei carabinieri di Pianveggio, nella speranza di intercettare Nicola.

«Dottoré, non vorrei contraddirvi, ma credo che invece questo è proprio il momento. Dovete venire in tribunale. Fate presto» fece il cancelliere, serio e teso.

«Che succede ancora?» si preoccupò il giudice Abbondante.

«Matilde Santangelo è qui. Sembra impazzita...»

«Arrivo» affannò la Abbondante, e riprese la maratona alla volta del tribunale.

Accidenti a me e a quando ho deciso di smettere le lezioni di cardio fitness, si maledisse Annabella mentre arrancava sulla interminabile salita che dalla caserma la portava all'ingresso secondario del tribunale. *E accidenti a me che non ho ancora imparato che non si possono portare i tacchi in questo infernale paesello lastricato di sanpietrini*, pensò, mentre rischiava storte a ripetizione per correre sul selciato della stradina.

Imboccato l'ingresso del tribunale, sentì delle urla provenire dai piani superiori. Non aspettò l'ascensore, e iniziò a salire le scale che portavano al primo piano, seguendo il suono concitato delle voci.

A metà scala dovette fermarsi per riprendere fiato, era stremata. Proprio in quel momento in lontananza sentì il suono delle sirene della polizia.

Nicola stava arrivando. A Matilde Santangelo ci avrebbe pensato lui. Aveva imparato la lezione, a ciascuno il suo mestiere.

Puoi tornare indietro, Annabella.

Aveva appena iniziato a ridiscendere le scale, quando sentì la voce terrorizzata di Paolo che gridava:

«Avvocato, adesso basta. Posate quell'arnese! Qui nessuno vi ha fatto niente di male. Che cosa pensate di risolvere in questo modo?».

Annabella riprese a salire le scale in direzione delle urla.

Quando giunse nell'androne del primo piano, in un angolo vide lo Sceriffo riverso a terra, immobile, e accovacciata al suo fianco, la signora Maria, che gli stava premendo un fazzoletto su una ferita all'altezza della spalla, che doveva essere piuttosto profonda a giudicare dal quantitativo di sangue sparso. Soldatini aveva cercato di fare l'eroe, a quanto pareva.

Al centro dell'androne Matilde Santangelo impugnava un oggetto appuntito e minacciava un gruppetto di persone con le braccia alzate, asserragliate dietro il bancone del deposito atti. Tra di loro c'erano anche Dolly e l'avvocato Malfatti.

«Avvocato, lasci stare queste persone. Lei era venuta per me, non è vero?» gridò Annabella Abbondante irrompendo sulla scena, come nelle migliori tradizioni teatrali.

Matilde Santangelo si girò di scatto nella sua direzione. L'espressione del volto era trasfigurata dalla rabbia. Puntò l'arma verso di lei. Solo allora capì che si trattava del taglierino di Paolo. Quello che usava per aprire le buste. Glielo aveva sempre detto che quel coso era pericoloso, cavolo.

«Matilde... Non peggiori la sua situazione. Non ha fatto già abbastanza male? Non sente le sirene della polizia? Adesso lei mi darà quell'aggeggio e andremo ad aspettare nella mia stanza. È finita, Matilde!»

Funzionava sempre, al cinema.

Ma non erano al cinema. Porca miseria.

«Tu, brutta cicciona impicciona e petulante. È tutta colpa tua. Ficcanaso maledetta!» gridò la Santangelo.

Accecata dalla furia, Matilde Santangelo provò a lanciarsi, ancora armata, contro il giudice. Paolo, senza riflettere, fece appello a tutto il suo coraggio e si staccò dal gruppo, riuscendo ad afferrare la Santangelo per i capelli. Questa mossa inaspettata di Sarracino la fece sbilanciare e così la donna lasciò cadere il maledetto taglierino, che finì oltre la balaustra, al piano di sotto. Ancora più furente, Matilde si liberò dalla presa del cancelliere sferrandogli un colpo al centro del viso, proprio all'altezza degli occhiali. Il cancelliere si gettò a terra in preda a un dolore lancinante. Con uno scatto felino la Santangelo riprese a correre in direzione della Abbondante, che a sua volta cercò di scappare verso l'ascensore. Ma non fece in tempo, l'avvocato la raggiunse, si scagliò contro di lei come un'indemoniata e l'afferrò per il collo a mani nude. L'assalto fu così rapido e violento che Annabella non ebbe il tempo di reagire in alcun modo.

Proprio quando iniziava a mancarle il respiro e le immagini intorno a sé si stavano sfocando, alle spalle della Santangelo si aprirono le porte dell'ascensore...

Con un sol colpo deciso alla base della nuca il sostituto procuratore Sergio Massi delle Case, uscito dall'ascensore, atterrò Matilde Santangelo e liberò la collega Abbondante dalla stretta mortale.

Il giudice ebbe solo il tempo di vedere arrivare Nicola e i suoi uomini prima di svenire.

Due giorni più tardi Annabella Abbondante, ormai ristabilita, si gustava un arancino sotto l'ombra del pesco della Palermitana.

Michele aveva deciso di tenere il locale chiuso quel giorno per poter passare una giornata tutti insieme e starsene tranquilli a festeggiare la fine di quella brutta avventura.

«Puoi dire tutto quello che vuoi, Alice. Ma non posso accettare che Sergio Massi delle Case mi abbia salvato la vita. Lo ha fatto apposta, quel pallone gonfiato… Per farmi sentire obbligata nei suoi confronti finché morte non ci separi. Non glielo perdonerò mai!»

«E allora io?» disse lo Sceriffo. «Che devo dire grazie alla signora Maria che mi ha fermato l'emorragia? Non potrò mai più cazziarla a dovere quando sbaglierà a far le cose, ve'…»

In quel momento li raggiunsero Nicola e Gabriele, ormai inseparabili. Nicola andò a sedersi vicino ad Annabella. Era la prima volta che si trovavano faccia a faccia dopo l'incidente. Lei abbassò la testa, un po' mortificata, e in questo modo il solito riccio le cadde giù, davanti all'occhio destro. Lui accostò la bocca vicino al suo orecchio.

«Ti voglio bene, perfida!» le disse.

«Anche io, non sai quanto» rispose lei, con più sincerità di quanto non avesse voluto. Si strinsero la mano sotto il tavolo. E una lacrima traditrice scivolò tra le ciglia di Annabella.

Michele portò a tavola una teglia fumante di parmigiana

di melanzane, due vassoi di insalata caprese, involtini di pesce spada e panelle per tutti.

Non passò molto tempo che la conversazione finì, come era prevedibile, sull'arresto di Matilde Santangelo. Anche perché tutti erano curiosi di sentire i particolari della confessione di Artusi.

«Ma quindi, alla fine, Artusi non ha preso parte agli omicidi?» domandò Alice, mentre si serviva la terza porzione di mozzarella e pomodori.

«Lui sostiene che non c'entra niente» disse il capitano. «Dice che la Santangelo gli ha fatto credere di amarlo per poter ottenere la sua collaborazione.»

«Sì» continuò Nicola. «Sembra che quella notte la Santangelo abbia chiamato Artusi per chiedere di aiutarla a coprire le tracce dell'omicidio che lei aveva già commesso. Pare che Matilde fosse andata a casa della Baldi con l'intenzione di ucciderla…»

«Pare che lui in un primo momento si sia rifiutato di aiutarla» riprese il capitano, «ma che lei lo abbia ricattato dicendo di avere usato la sua pistola per commettere l'omicidio, e che lo avrebbe fatto incriminare. A quanto dice, la Santangelo l'avrebbe rubata dal suo studio e lui non se ne sarebbe reso conto.»

«Ma quindi Ricci è stata una vittima casuale?» si informò lo Sceriffo, che era alle prese con la sua ottava panella.

Gabriele illustrò loro la versione di Artusi. Secondo lui, la Santangelo aveva ucciso la Baldi in casa sua, e poi lo aveva chiamato. Lui era corso e l'aveva aiutata a portare giù il cadavere, per metterlo nel portabagagli dell'auto della vittima e trasportarlo alla vecchia segheria. Avevano appena caricato il cadavere nel portabagagli, quando è sopraggiunto Ricci, appena uscito dalla sua gioielleria. L'ingegnere, che era un vecchio cliente del loro studio, doveva averli per forza riconosciuti… Perciò Matilde lo avrebbe colpito alle spalle con il crick dell'auto. Artusi sosteneva di non essere riuscito a impedire quel secondo delitto, perché colto di sorpresa dalla reazione violenta della donna.

«Be', abbiamo potuto tutti apprezzare la sua rapidità di esecuzione» commentò la Abbondante.

«A me ha conficcato un taglierino in petto in una frazione di secondo, solo perché ho cercato di fermarla!» sottolineò lo Sceriffo.

«Ma perché lui l'ha aiutata secondo voi?» domandò la giornalista.

«Per paura di restare coinvolto nell'accusa di un duplice omicidio. Avrà pensato che nessuno avrebbe creduto al fatto che lui non aveva partecipato all'esecuzione dei delitti» spiegò Carnelutti. «E in effetti la sua posizione è tuttora molto pesante. Anche se il fatto di essersi costituito spontaneamente gli sarà di aiuto nel processo.»

«O forse semplicemente l'ha aiutata perché la amava troppo» ipotizzò Michele.

«Michele, non ti facevo così romantico» osservò Alice colpita.

Il barista le rivolse uno sguardo intenso e poi rispose: «Forse perché non ti sei mai soffermata abbastanza per notarlo. Ci sono molte cose di me che ancora non conosci, Ginger».

«E poi che è successo?» tagliò corto Annabella, non senza aver prima notato quello strano scambio di sguardi tra i due e averlo catalogato come "questione da approfondire più tardi".

Il capitano riprese il filo del racconto, spiegando il modo in cui la Santangelo e Artusi avevano caricato anche il corpo di Ricci nel bagagliaio per gettarlo con la Baldi nella cisterna della segheria. Avevano scelto quel luogo, perché Matilde Santangelo lo conosceva bene: apparteneva a un amico di suo padre e lei c'era stata molte volte, soprattutto da bambina. Era il luogo ideale: un locale abbandonato da anni, dimenticato da tutti.

«Non potevano immaginare che tu, Annabella, avresti preso in mano il fallimento e lo avresti portato alla vendita in pochi mesi» concluse Gabriele.

«In pratica, li ho fregati con la mia efficienza» commentò Annabella.

Tutti risero.

Poi il capitano continuò: «Dopo sono tornati sul luogo del delitto, hanno pulito tutto e hanno simulato la partenza improvvisa della Baldi scrivendo la mail con il suo stesso computer.»

«Proprio come io avevo ipotizzato!» si vantò il giudice Abbondante, tutta soddisfatta.

«E come hanno fatto a entrare nel computer della Baldi?» si domandò Alice.

«La password era *Francesco*. Non molto difficile da indovinare per sua sorella» chiarì Nicola, mentre si faceva passare il vassoio degli involtini.

«E il rapimento di Ricci?» volle sapere Annabella.

«Sempre la Santangelo ha ideato il finto rapimento. Conoscevano la macchina di Ricci, perché era andato spesso al loro studio con quella stessa automobile. Quindi gli hanno preso le chiavi dalla tasca, e il resto lo conoscete» concluse Gualtieri, dopodiché attaccò la parmigiana di melanzane.

«Ma Artusi sapeva il movente dell'uccisione di Erica Baldi?» domandò Soldatini.

«Lui afferma che la Santangelo non gli ha mai detto quale era la ragione per cui aveva ucciso la Baldi. Ha solo detto che la ricattava, ma non il perché» rispose Carnelutti.

«Cos'ha detto Matilde Santangelo al riguardo?» chiese Alice.

«La Santangelo non ha detto una parola su nulla. Muta come

un pesce» rispose Nicola. «Ma credo che le cose siano andate come ha ipotizzato Annabella. La psicologa in un primo momento aveva accettato di fare la falsa perizia in cambio di un accordo più che vantaggioso nella sua causa di risarcimento professionale, poi aveva conosciuto Francesco e si erano innamorati. Può darsi che la Baldi l'avesse minacciata di denunciarla. O ha capito che Erica avrebbe convinto Francesco a tirarsi indietro.»

«Sì, questa è stata la molla di tutto» si convinse Annabella.

«Nicola, ma che intendete fare per i genitori dei Santangelo?» domandò ancora Alice, che a quanto pare si stava preparando il pezzo del giorno dopo.

«Abbiamo fatto fare una richiesta di estradizione e il PM ha richiesto la rogatoria internazionale per recuperare i soldi sul conto estero. Speriamo di restituirli al povero Scalzi il prima possibile.»

Continuarono a ragionarci su ancora per un po', finché il Nero D'Avola non fece il suo effetto e la compagnia virò su argomenti più leggeri.

«Ehi. Ma qui stiamo dimenticando una cosa importante!» annunciò a un tratto la giornalista.

Poiché aveva ottenuto l'attenzione di tutti, e adesso la stavano guardando in attesa della risposta, proseguì con tono solenne.

«Fra tre giorni è il compleanno di un certo giudice ficcanaso! Che lo scorso anno ha fatto alcune promesse importanti…»

Annabella, sentitasi chiamata in causa, si alzò in piedi e disse: «Cari amici, vecchi e nuovi. Ebbene sì! Fra tre giorni compirò trentotto anni. E poiché non sono riuscita nella promessa numero uno, ovvero dimagrire dieci chili entro il successivo compleanno, e poiché temo che neppure la seconda promessa andrà in porto, mancando solo tre giorni – e sorvoliamo su quale fosse –, allora mi impegno solennemente a mantenere almeno la terza».

Applauso spontaneo dell'uditorio.

«Pertanto la qui presente Annabella Abbondante, giudice zelante, si impegna a preparare due ruoti della sua famosissima pasta al forno e di invitarvi tutti a cena a casa sua per dopo domani. Del che è verbale!»

«Ma Annabella, mi raccomando, faccela...» disse Michele.

«*Bellabbondante!*» risposero in coro tutti gli altri.

18

E la serata finì come doveva

Dopo settimane così frenetiche, una serata a casa era quello che ci voleva. Annabella intendeva godersela in santa pace, per ricaricare le pile e fare pace con il mondo. Il giorno dopo c'era il suo compleanno, e lei era alle prese con la preparazione della pasta al forno alla napoletana.

Una cenetta tranquilla con i suoi amici era quanto serviva per ristabilire l'equilibrio nell'universo.

Aveva appena iniziato a impastare la carne per fare le polpettine, quando neanche a dirlo squillò il cellulare. Si asciugò alla meglio e si tuffò a capofitto nella borsa per recuperare il telefonino prima che smettesse di suonare.

Quando dopo parecchi tentativi riuscì ad acciuffarlo, il povero Gaber si era sgolato per quasi un minuto.

Aveva le mani ancora un po' unte perciò, mentre accettava con veemenza la chiamata, ecco volare il perfido oggetto attraverso la stanza, sgusciato via dalle dita, per atterrare sul tappeto, e andarsi a infilare sotto il divano.

«Chiunque tu sia, non riattaccare! Ci sono quasi... Aspetta un secondo...» gridò mentre si ficcava dietro il divano per raggiungere l'angolo più remoto dove, con la solita fortuna, era andato a cacciarsi il maledetto ordigno.

Alla fine lo recuperò. «Eccomi, ce l'ho fatta!»

«Hai mai pensato di iniziare la telefonata con un semplice pronto? È meno spettacolare ma più pratico.»

Riconobbe subito la voce di Lorenzo Di Salvo. Il *numero ventiquattro.*

«Lorenzo...»

Decise in un istante che stavolta non se lo sarebbe fatto sfuggire.

«Mi fa piacere che ti ricordi ancora di me.»

«Non dimentico mai le cose che mi interessano.»

«Mi sembra una buona risposta...»

Un silenzio denso di significato per entrambi.

«Ti avrei chiamato prima, ma sono stato all'estero per lavoro. Sono tornato solo ieri. Forse ti ho raccontato che collaboro con l'OMS e che viaggio spesso. Stavo per dirtelo quella sera, che dovevo partire il giorno dopo, ma non me ne hai dato il tempo...»

La voce di Lorenzo era una specie di carezza, che la stava scombussolando completamente.

«Non pensavo che avrei più risentito la tua voce» disse Annabella con sincerità.

«E perché lo pensavi?»

«Ero certa che non mi avresti più chiamata dopo quella sera. Sono davvero mortificata per... per tutto» rispose.

«Ti riferisci al fatto che hai sbadigliato per metà serata e dormito in piedi per l'altra metà? Oppure al fatto che hai russato per tutto il viaggio di ritorno?» fece lui ironico.

«Ho anche russato? Perfetto!»

«Sì. Ma in modo molto seducente.»

«Davvero spiritoso.»

Altro silenzio.

«Senti, Annabella, mi reputo abbastanza adulto e razionale per capire che quella sera eri solo molto stanca, troppo per uscire la prima volta con un uomo. Tutto qui.»

«Hai ragione… L'idea iniziale, infatti, era chiederti di rimandare la cena.»

«E poi?»

«E poi. E poi ti ho visto, mi hai parlato, e non ho avuto più voglia di rimandare.»

«Attrazione fatale?»

Così. Bello diretto.

«Sei uno che parla chiaro» disse lei.

«Credo che alla nostra età possiamo permetterci la verità, senza troppi giri di parole, non credi?»

«Sono d'accordo. Non sai quanto mi sono odiata per quello che è successo quella sera. Mi rendevo conto che stavo rovinando tutto» disse Annabella d'un fiato.

«Non hai rovinato proprio niente.»

«No?»

«No.»

Pausa. Annabella trattenne il respiro. Aspettò che lui riprendesse a parlare. Un'eternità.

«Senti… e se ti proponessi di vederci ancora, tu cosa mi diresti?»

«Vuoi rivedermi?»

«Te l'ho appena detto.»

«E perché?»

«Perché mi sei piaciuta, e parecchio.»

Lo stomaco di Annabella pareva un frullatore. Un sottile formicolio per tutto il corpo e un lieve giramento di testa.

«In effetti, anch'io ti voglio rivedere.»

Altra pausa. Lunghissima. Almeno così le parve.

«Bene. Allora me la apri questa porta? Che dici?»

«Quale porta?» si stupì Annabella.

«Quella di casa tua. Sono qui fuori.»

Annabella andò in panico. Era in camicia da notte. In condizioni imprestabili.

«Facciamo così» disse Lorenzo, «ti concedo dieci minuti. Poi mi vieni ad aprire 'sta porta.»

Si guardò allo specchio. A trentotto anni mostrare un viso acqua e sapone richiede molto più di dieci minuti di trucco. Ma doveva farcela. Ci mise tutta la buona volontà. E alla fine il risultato le parve soddisfacente.

Corse ad aprire, e si rese conto troppo tardi di indossare ancora la stupida camicia da notte di Betty Boop.

Lui era lì. Appoggiato alla ringhiera del suo terrazzino. Sorrideva.

«In effetti me la ricordi molto» disse indicando la camicia da notte.

Ed entrò in casa chiudendo la porta dietro di sé. Annabella adesso era paralizzata. Aveva dato fondo a tutta la sua faccia tosta nella conversazione telefonica. E ora si sentiva esposta e disarmata di fronte a quell'uomo così deciso.

Lui capì e le offrì la via di uscita dall'*impasse*.

«Che programmi avevi per la serata?»

Mentre lo diceva si era avvicinato e le aveva sistemato una spallina della camicia da notte, un gesto all'apparenza casuale, ma terribilmente intimo. Adesso lo invidiava un po'. Così naturale e disinvolto, così padrone di sé.

«Stavo facendo le polpette» confessò.

«Una vita intensa, la tua.»

Annabella rise. E la tensione si sciolse in un istante.

«Ho promesso di preparare la pasta al forno per la cena del mio compleanno.»

«Sono un mago con le polpette!»

Cinque minuti più tardi erano insieme in cucina.

Non avrei mai pensato che impastare le polpette potesse avere un risvolto erotico, si disse Annabella Abbondante, mentre gli passava i piccoli mucchietti di carne e le loro mani si sfioravano. Pensò anche che non aveva fatto mai niente di così intimo con un uomo.

Lui non diceva niente, continuava a sorriderle, con aria intensa e carezzevole. Lei incominciò a sentirsi perfettamente a suo agio, una sensazione meravigliosa che finora aveva provato nella sua vita solo con Tano.

«Ecco, questa era l'ultima.»

«Mi sembra che siamo stati bravi, che dici?» mentre pronunciava quella domanda, Lorenzo si era avvicinato e le stava slacciando il grembiule. «E adesso, signor giudice, qual è il compenso previsto per questa mia collaborazione?»

Era vicinissimo, sentiva il suo respiro sul collo, profumava di buono.

Annabella si voltò. Ora lui la stava guardando con una vaga aria di sfida. Decise di accettare quella sfida.

«Dottore, dal suo sguardo arguisco che lei si è già fatto un'idea ben precisa» fu la semplice risposta.

«Bottiglia di vino?» propose lui, scostandole il ricciolo impertinente dalla fronte.

«Credo che nel nostro caso il vino sia d'obbligo...» rispose lei, emozionata.

Mentre lui apriva il vino, Annabella cercò il suo disco preferito. Le note di Brad Mehldau si diffusero sensuali nella stanza.

«Una donna che ama il jazz... cosa si può desiderare di meglio?» commentò Lorenzo mentre armeggiava con il cavatappi.

«Non ti ho ancora chiesto di preciso che tipo di medico sei. Di cosa ti occupi?»

«Sono un gastroenterologo, specialista della nutrizione.»

Incredibile. Un medico nutrizionista. Tutto per lei. *Che sia l'uomo della mia vita?*, si chiese sorridendo tra sé mentre andava a sedersi sul divano.

Anche lui andò a sedersi accanto a lei porgendole il bicchiere. Annabella lo appoggiò sul tavolino e, senza troppi preamboli, lo baciò.

E la serata finì come doveva.

«Pronto, Fortuna?»

«Annabella, ma sono le due passate! Oddio, è successo qualcosa di grave?»

«In effetti qualcosa è successo, ma non direi che sia grave. E pensavo ti avrebbe fatto piacere saperlo in diretta, visto che ci hai lavorato tanto…»

«Ma sei impazzita, di che parli? E perché bisbigli?»

«Non so» disse Annabella, trattenendo una risata, «forse perché c'è un uomo nel mio letto e non voglio svegliarlo?»

«Un uomo nel tuo letto? Oddio… E Alice lo sa?»

«Ti voglio bene, Fortuna!»

Riattaccò ridacchiando e tornò a infilarsi tra le lenzuola, accanto a lui.

Ringraziamenti

Questo romanzo non avrebbe mai visto la luce senza l'incoraggiamento, il sostegno e le critiche di tutti coloro che hanno avuto la voglia di leggermi in anteprima. Ai miei meravigliosi "beta reader" Lorella Triglione, Linda Mercurio, Franco De Stefano, Lucia Odello, Raffaele Rossi, Salvo Leuzzi, Fabrizio Di Marzio, Pierpaolo Lanni, Sabrina Passafiume, Nella Ciardo, va quindi il mio primo pensiero, affettuoso e grato.

Un grazie speciale con tutto il mio cuore va a Luciano Ciafardini e alla mia cara amica e "quasi sorella minore" Luisa perché hanno avuto la pazienza non solo di leggermi, ma anche di rileggermi passo dopo passo man mano che il romanzo nasceva e prendeva forma nella mia testa.

Ma grazie con affetto anche agli amici: Barbara Ciccolella, Guglielmo Bernard, Stefania Santoro, Alessandro Vernole, Roberta Zocco, Paolo Calvanico; alle mie cugine Stefania De Luca, Ivana Perna e a mia sorella Annalisa, per le loro "recensioni" entusiastiche che mi hanno scaldato il cuore. E un abbraccio al mio collega penalista e caro amico, Antonio Baldassarre per la sua "consulenza" procedurale.

Grazie a Barbara Di Tonto, Monica D'Agostino, Nicola Graziano, Catello Maresca, Eva Scalfati, Floriana Gallucci e tutti gli altri miei colleghi di concorso ormai indissolubilmente avvinti nella chat "gli ultimi del II millennio" che fanno il tifo per "Mamma Perna" e la sostengono come farebbe una vera famiglia.

Grazie al mio amico e collega Giovanni Fanticini per avermi "regalato" il meraviglioso personaggio dello Sceriffo, a lui ispirato, e avermi addirittura prestato un episodio della sua vita da giudice. Grazie di cuore anche alla mia amica e collega Anna Ghedini che affronta la vita con coraggio e ironia, come Annabella, e che mi ha autorizzato a inserire nel libro un suo esilarante episodio di udienza.

Un tributo di gratitudine non può non andare a Paolo Cuomo, mio insostituibile cancelliere a Santa Maria Capua Vetere, per aver dato nome e soprannome al personaggio di Paolo detto Dolly, e per avergli donato i suoi pensieri e le sue sagge riflessioni nonché le tante risate condivise lavorando fianco a fianco per tanti anni.

Un ringraziamento speciale va poi al giornalista napoletano Luca Palamara, mio compagno di classe e caro amico sin dai tempi del liceo, che con il suo acume, intelligenza, spirito e ironia mi ha spinto a credere in me stessa, nella validità del mio romanzo, a non demordere e a battermi affinché Annabella vedesse la luce.

Grazie ad Arianna Miazzo, la mia "superagente" della PNLA Literary Agency per l'entusiasmo che impiega nel suo lavoro, l'affetto e l'efficienza con cui mi segue. Grazie a Davide Giansoldati e il suo staff per aver aiutato questa povera scrittrice esordiente molto "boomer" a entrare nel mondo dei social media.

Grazie infine alla casa editrice Giunti e alla mia editor Annalisa Lottini, per aver creduto in me e dato la possibilità di far leggere la mia adorata Annabella Abbondante a chiunque avvertirà la curiosità di farlo.

Indice

MISTO
Carta da fonti gestite
in maniera responsabile
FSC® C115118
FSC
www.fsc.org

Stampato presso Elcograf S.p.A.
Stabilimento di Cles